# 沙漠邊的孩子

劉 國 欣 著

文 學 叢 刊

文史哲出版社印行

國家圖書館出版品預行編目資料

沙漠邊的孩子 ／劉國欣著. -- 初版 -- 臺北
市：文史哲,民 99.11
頁；　公分. --（文學叢刊；241）

ISBN 978-957-549-939-6 (平裝)

848.6　　　　　　　　　　99024777

# 文　學　叢　刊　241

# 沙漠邊的孩子

著　　者：劉　　　　國　　　　欣
出　版　者：文　史　哲　出　版　社
http://www.lapen.com.tw
e-mail：lapen@ms74.hinet.net
登記證字號：行政院新聞局版臺業字五三三七號
發　行　人：彭　　　　正　　　　雄
發　行　所：文　史　哲　出　版　社
印　刷　者：文　史　哲　出　版　社
臺北市羅斯福路一段七十二巷四號
郵政劃撥帳號：一六一八○一七五
電話 886-2-23511028 • 傳真 886-2-23965656

**實價新臺幣四二○元**

中華民國一百年（2011）元旦初版

序一

# 徽州文化遇到沙漠邊來的孩子

## —— 80 後世代崛起當代文壇的徵象之一

林 靜 助

一

　　這兩年來，個人兼任臺灣中國詩歌藝術學會理事長，同時發行《藝文論壇》雜誌，對於社團和刊物的宗旨都是在於推動華文地區文化交流，不遺餘力。認識劉國欣，正是在這樣的機緣下，今年六月初皆同香港文促會秘書長張詩劍、詩人劉虹一行應邀遊覽黃山風景區，同時和黃山市文聯舉辦交流座談會，因緣際會，又促成了今年十一月初，組團參訪南京作協、黃山市文聯、安徽省作協，舉辦多次“華文區域文化交流研討會”，並接受了蔡克霖、吳順輝、李平易、許輝幾位上列各地文聯、作協領導和黃山風景區管委會主任程光華和程亞星的接待。這段期間，也促成了《藝文論壇》第五期製作“80 後”世代專輯，推薦介紹當前大陸具有典範性的幾位“80 後”世代的學者、作家、詩人，劉國欣，也是其中之一。

　　劉國欣，一個被黃山市作協主席李平易當初誤認為男生的女孩，今年才二十三歲，從她是陝北地區沙漠邊緣成長的孩子，來到具有濃郁徽州文化氣息的黃山市就讀大學，2008 年就經常有優秀的小說作品在安徽省報刊雜誌發表；經過李平易慧眼識英雄的提拔，以《青苔》小說作品獲得安徽省小說創作對抗賽黃山市冠軍。

　　八月間為了撰寫“80 後”世代的評論，筆者請劉國欣用郵件發來她的作品，包括近四年來創作的小說、散文、遊記和現代詩，總字數不下於 50 萬字；流覽過她的作品，才明白她因為貧困的關係，憑她各單元的作品都足以出版小說、散文、詩歌的單行本，迄今卻無力自行出版，也尚無機關單位或藝文社團決定協助，對於一個出身寒微，卻才華出眾，在今年四月自力購買電腦之前，任誰也無法相信，她多年來充沛的作品創作，都是孤單地跑到屯溪的“網吧” 打出來的。所以，心生感動，樂意就“藝文論壇”推動文化交流的志業立場，先幫她出版一本具代表性的單行本，後續再推出小說作品單行本。

在九月間，“藝文論壇”設立了北京和成都兩個聯絡處主任，成都的人選當然就非她莫屬，這也是因緣際會，剛好配合她今年考上成都市西南民族大學現當代文學院研究所。筆者應用十月下旬到武漢財經大學參加“第十六屆國際華文文學研討會”之便，順道到成都，透過詩人龍郁和劉國欣，認識了成都作家協會副主席兼“星星詩刊”主編梁平、四川大學幹教授、西南民族大學李教授和王教授，還有“青年作家” 主編浦秀政，建立《藝文論壇》在成都地區未來推展華文文化交流的機緣，也為劉國欣在成都引薦前輩人脈，讓她的才華有一個更寬廣的發展空間。

## 二

劉國欣的作品，呈現 80 後世代共有的特徵：具有強烈的反現實意向，反歷史、反道德，書寫欲望化的生存現實，宣洩生存之痛和無望的情緒，反映“成長”的主題，凸顯人生磨難，只是，因為她的成長遭遇，年少時的創傷和磨難，完全是真實的體會，其在作品中所反映的意涵，絕對不同於一般新生代的年輕人。

此時，尚屬年輕，未能觸及“超越” 層次的題旨。

收集在本集的作品，李平易主席在他的序文有詳實的解析，不再贅言。筆者僅就文化生態和思想格局，點出數項值得推崇之處：

她的語言駕馭能力超強，加上天生一副陝北方言的風韻，自然天成，令人驚異。她得到安徽省小說對抗賽黃山市冠軍的〈青苔〉（一萬多字），是在比賽前夕，疾筆揮書，僅用四個小時，一氣呵成，除了說是一種天賦外，無從解釋。

　　因爲貧困，在黃山學院就讀大學期間，爲了爭取最高獎學金，刻苦耐勞加上打工，每每以最高的成績掄元。而她的大學生活，一點也不刻板，從不缺少玩世不恭的愛情遊戲經歷，並且認爲女人的青春年華只有十年（二十到三十歲）；反映她凡經歷過皆學問，未經歷過卻天真得可愛。

　　對社會經歷的洞察力十分敏銳，反映在她的小說作品和散文，不乏當代社會圖像的描繪，並且直言無諱，十足的叛逆性顯現無遺。所以，在屯溪時，對於古徽州流傳下來的“那些象徵和落後，仍然被人標榜著的貞節牌坊”，十分不以爲然，一個從沙漠邊來的孩子，解讀過徽州文化的底蘊，她嗤之以鼻的說，他們都是抄襲自中原文化。當徽州文化遇到來自沙漠邊的孩子，真是拿她沒辦法。

　　一個躊躇滿志，思想成熟度超出既有的年齡的女孩，對於論列女性意識的小說作品（見本集劉國欣：《略論方方小說創作中的女性意識》一文），已經具有宏觀和微觀交叉的評論視角，論述有條有理，列舉精准，論證有力，用語精煉，架構沈穩，觀察洞徹，結論精闢，具有學者的風範，令人驚豔。

# 三

　　劉國欣說，到了現在，偶而還會做惡夢，夢見十歲的時候帶著小羊群，在自家附近的樹蔭下，不敢回家，那種害怕、孤苦無依的恐怖感仍然侵蝕著自己的心靈。我們期待劉國欣除了要像她自己寫過的，阿喜和阿蓮，同樣是年少時喪父，一個變得堅強，另一個卻由此墮落的實例；頓悟人生的際遇，“命運”不同，會決定我們一半得失，但是還有另一半，是可以靠自己去爭取和開發。

　　要勇於面對已經失去的；要趕緊抓住可以擁有的！讓我們共同祝福她。

序二

# 多彩多姿的水晶魔棒

## —— 關於劉國欣的文學空間

### 李 平 易

　　國欣要出作品集了，幾天前得到這個佳音，這個年輕人在創作方面的進步尤如南方春天雨後的竹筍、北邊夏夜拔節的麥苗，成長得夠快的，我當然爲她高興。鶴立雞群，她究竟沒有辜負黃山學院唯一一名"文學之星"的稱譽。雖然這個集子不是我原來想像中的她作品的處子秀，一個單純的集子，小說或者散文又或者詩歌，她所寫的都是可以單獨成集的了，但是不同體裁的作品放在一塊自也有它們的長處，從中可以看出她作品中的多種色彩。

　　這真是難得，在當今紛繁的社會，年輕人能破繭而出爲世人所知，除了自己的天賦和努力，還要看機遇，所幸一路走來她的機遇很好，於是就有了這個作品集的出世。

　　集中讀了國欣的小說、散文（包括遊記）和詩歌，我要說點什麼，腦子裏卻浮現出自己很久以前的所遇的到一件事情：那是文革期間，我讀初三那年的數學教材裏出現了一直是高中才學習的立體幾何的內容，難度很大。爲了建立學生頭腦中的空間概念，有心的先生有一天拿來了三根火柴，給學生出了一道思考題，要求在空間範圍內，用這三根火柴搭成四個等邊三角形。一時難倒了眾人，先生也不追求答案，只讓孩子們思考罷了。

　　我苦思冥想，一直沒有結果。有一天上體育課，站在籃球場邊上休息，看見邊上一棵隨風飄動的狗尾巴草，頂上分出頗標準的三道岔。腦中一個激靈，有了，那個思考題有解了。很得意地去向先生彙報，得到了表揚。之所以想到自己年少時的事情，是我感覺到國欣的小說、散文和詩歌仿佛三根水晶魔棒，放射狀地構成了她獨特的文學空間，因為它們的色彩太不相同了。而且這三根從一個原點—亦即她的大腦中發出的水晶魔棒是射線，現在用尺規去衡量其長短顯然還遠沒到時候。

　　一個童年多難，困苦家庭出身，北方邊地成長起來的一棵"苦苦菜"，說其生活經歷的曲折（自然也就豐富）同其一般的同齡人相比至少超過一倍一點也不誇張，因此她對社會的認知，對人的認知，對人性醜美的感悟有著這個年齡段少見的深入甚至深刻。在現實生活中，遇到對事物的不同評價，她的輕言慢語，一句似乎不經意的評點，可以使比她多活了幾十年的長者面露愧色。

　　構成她文學空間的三根魔棒色彩各異，粗細長短不一，最為凝重當為小說，小說的主要內容大致可以分為兩大塊，一塊主要寫她老家 —— 陝北之北毛烏蘇沙漠邊上那個貧窮荒涼的小村莊及周圍所發生的故事，—— 這些中短篇也可以看作她已經在寫的長篇《沙漠邊的孩子》的前期作業。中國鄉村的淳樸和美好已經被太多的人寫過，但人性惡在貧窮愚昧的鄉村的表現卻還是少有人涉筆，國欣的筆觸大膽地寫出了她所看到的感知的鄉村人物和故事，限於篇幅，這個集子裏所收的這方面內容只有幾個短篇，但我們已經可以讀到其風骨所在，如那個精緻的短篇，從童年視角出發的《鄉村女教師》，美麗單純的愛情因為周圍人群的愚昧導致愛情的毀滅；又如《一坡白羊》，一個單純女孩的價值僅等同于一群白羊，命運淒慘。在劉國欣的故事裏，死亡是一個經常性的結局，這當然同她童年時經歷了太多的死亡有關，更同她對世事的認知有關。另一大塊則是她筆下的中學和大學及其相關的生活，如《青苔》，刻劃了一所普通高校男女學生的眾生相以及這些學生和周圍環境的關係，他們基本上看不到前途 —— 這是當下中國普通高校學生的現實。他們和周邊環境的關係是狹隘的，被網路緊緊控制著，追逐著愛情卻並不相信愛情，渴望著友誼卻又時時充滿了背叛，社會上淫靡的氣息已經深深地侵蝕到校園裏面，侵蝕著年輕人的心靈。然而他們擁有青春，有著這個時代大學生的快樂，他們有自己的幸福觀，沒有人有權力對他們指手劃腳。可以說這些小說或多或少都有作者的影子在裏面閃爍，但又沒有一個人是作者。正如大文豪略薩所說，小說的藝術本來就體現在"真實中的謊言"

或"謊言中的真實"裏面。在這些小說裏有一篇《門》，是作者少見的站在旁觀者的角度，表現小說中的主人公，一個性苦悶的大學男生的生活和情感故事，小說寫了嫖娼，但主人公不像郁達夫《春風沉醉的晚上》裏的主角睡在女人身上還想著"祖國呀我愛你"那樣虛假。還有《地下室手記》寫競爭激烈的當今高中生的實際生活狀況，《桃之夭夭》寫剛邁入社會的大學生所遇到的殘酷。這兩塊小說我想可以用一句話來概括，作者所呈現給我們的是"愛的缺失、尋求和重負"，這當然同國欣的不長的人生經歷有關，和整個社會的大環境更有關。

這根水晶魔棒是凝重的，但語言是抓人的，描述是精彩的，把邪惡寫的迷人是不容易的。讀國欣的這些小說我會不自覺地想到日本石原慎太郎的成名作《太陽的季節》，那部描寫戰敗後日本中學生的小說裏面內容也"很不乾淨"，小劉的文字在某些方面同其可有一比，雖然據說她根本就不知道這部小說的存在。但是畢竟還是鶯啼初試，在偉大的作品面前，國欣的這些小說還只能說是習作，距離妥斯妥也夫斯基說的小說要寫出"人性善的面具後面的惡，但是這還不夠，還應該寫出惡的後面所保留的善"（大意）還有待她自身的探求。

國欣的第二根水晶魔棒則為她的散文和遊記（遊記其實也是散文之一類），在這些數量眾多的散文作品裏，她把自己的深情投入到山川美景、傳統文化以及底層普通人群甚至一些屑小生靈如貓呀狗之類的生活裏。呈現出的是生命的綠色，多的是一種健康向上的氣息，雖然也時不時冒出少女的哀怨或歎息，但灰暗的色彩一掃而去。當然對於所遇到的她認為腐朽的事物也會坦率地表示自己的態度。這裏我不想展開談了。

繆斯賜予國欣的第三根魔棒則從她的詩歌中所呈現出來，我覺得這根水晶魔棒最為絢麗多姿，雖則在她自己可能寫得最為隨意、率性。有天賦的詩歌作者可分為兩類，一為苦吟派，一為靈性派，劉國欣天然地屬於後者，從她腦中汩汩而出的詩句，總是意象鮮明，色彩生動，如《玫瑰園》、《罌粟》、《我們偷偷返回大漠》等，總能讓人看得眼睛一亮，仿佛新鮮的水果。有趣的是國欣背熟了相當多的古典詩詞，對於國外的著名詩人特別是女詩人的作品接觸相當有限，但卻容易給人一種她讀的多是國外詩歌的錯覺。那都是從她靈魂裏自然流淌出來的靈性吧。當然有時因為太隨意，也給人散漫的感覺。清泉如果只是石上流，那只會洇漫石上，形不成激流、瀑布與深潭的。總之，讀她的詩，我們知道她可以是一個好的詩人，也肯定可以寫出優秀的小說或者散文。

　　三根水晶魔棒構成了劉國欣的文學空間，前面我說了它們的粗細長短現在就已不一致，將來它們還會更不一致的，就我個人而言，希望劉國欣在小說方面下重力，寫出讓人信服的優秀作品。甚至我期望她將來會有重大突破，突破藝術三維空間的限制，進入她自己的"異度空間"，開出璀璨的花朵，從她豐富的想像力來看，這是完全有可能的。

　　是為序，可乎？

2010、11、10
於合肥天鵝湖近處

# 沙漠邊的孩子

## 目　錄

## 小說篇

## 後　記

# 論文篇

# 一曲悠遠的旋律

## ── 老書新讀話《巨硯》

　　《巨硯》是安徽省作協副主席李平易先生早些年著的一個短篇小說，發表於 1985 年第十二期《上海文學》。小說通過一位古董師和癱瘓老婦人圍繞"巨硯"的買與賣而產生的心靈撞擊，使得"巨硯"凸現出人類精神情感活動的某種普遍的卻也是典型的東西。小說以較深層次上的徽州文化作底蘊，秀麗的皖南山水作背景，象徵色彩強烈。該小說獲第二屆《上海文學》獎，並被多種選本收入，曾譯為英文發行國外。還被改編成電影《硯床》，獲得第五屆中國金雞百花電影節提名獎。此作連同《斷墨》（1986 年第四期《上海文學》）、《白紙》、《空筆》（1987年第四期《鐘山》），被評論界稱為"文房四寶文化小說"。

　　也許對於許多讀者來說，《巨硯》這個短篇小說算不上最有名氣最具代表性的作品，但這篇小說用文化的筆調，以對人性的深刻剖析和研究，對現實生活的細緻觀察和反映而獨樹一幟，在眾多現代作品中閃爍著細碎的光芒。

　　在我很細心的一字一句讀了多遍《巨硯》後我開始深思：平易先生將創作關懷由男性世界移到女性世界是難能可貴的。在整個現當代，男性作家普遍不自覺的是在一種男性的高度來窺探女性，但平易先生則是反常規地表達了男性作家對整個人類尤其是女性的生存狀態的逼視與探詢。

　　在這篇以古董師為線索人物、以吳三婆子（對《巨硯》中吳三家癱女人的簡稱）為主人公的短篇小說中，平易先生特別注意時間外部的變動給人物的心態和生態帶來的現實影響，但他卻沒有停留在時間外部變動的淺層空間，而是把人的生存狀態的關注更多地聚集在文化生存背景上。

　　房裏射進的陽光，以及流進的外面世界的氣息，房裏的幽暗，本身就無言地訴說吳三婆子長期以來的苦悶生活，作者對充滿生機與活力的外部世界的細緻描寫，更反映了吳三婆子內心對生活的執著追求，而這追求只能附庸在古董師身上。她對這樣的生活是如此失望，甚至憧憬"瞎了或許倒清閒些，睡得安心些，盼望眼中的白內障快長大"，但"聽到古董師的足音，就沒了那份心思，兩眼放出光來"，平易先生就這樣將故事發生的時間和人物內心對時間的認識巧妙地融合在一起，令人感慨憂傷和苦悶、幸福和喜悅竟是如此地相近。但古董師只是常來，並不常在，給人以"長的是苦難，短的是人生"（張愛玲語）的喟歎。讓人不得不認為憂傷和苦悶是生活的主旋律，讓人不得不認真審視希望之於生活的重要，儘管這希望最後落入的仍是虛空。

　　我深深感到《巨硯》絕非寫一位古董師執著找尋巨硯的悲喜，而是在於重在揭示文化對人性的擠壓與人性對文化的突圍這兩種矛盾中身處文化重負之下人們的生存狀態和精神指向。

　　我個人認為，需要來自於缺失。《巨硯》中主人公和配角都甚至沒有一個真正意義上的名字，也許平易先生認為名字只是一種符號，他對其只是做了一種消解。從這裏可以看出，平易先生是以一種同情的姿態為普通人寫作的，是人道主義作家的樣本。他雖然沒有在文中帶來生活的答案，但通篇告訴我們執著的結果。也許一切都是虛空，我們最後都不可避免的落入或跌入這虛空，但我們仍在執著著。正如平易先生在《巨硯》中想表現的，不是古董師不執著，不是吳三婆子不執著，而是這種彼此的執著或者可以說是彼此各自忠於自己精神世界的固執本身就是一種矛盾。

　　吳三婆子的突然死亡，從本質上講並非來自生理的故障，而是一種潛在的威脅，一種突發性的心理作祟。她的死是必然的，她死於一種期望破滅的絕望，當古董師以一種近乎"威脅"的語氣說"我不會再來了"就已經宣判了她的死亡。她難以掙脫生活的壓迫而突進到暫時新的生存狀態，即使有著自己至真至徹的心靈呼喚，當她的生存價值受到惘惘的威脅不再體現時，她只有死亡。

　　巨硯的突然消失，致使古董師近在咫尺的希望轉眼間化為泡影，也使得這個引人沉醉的下午平添了令人心碎的苦澀感。這個結局絕對不是僅僅在寫實層面上追求一種出乎其外、入乎其中的效果，它更深層次的意識底蘊，則在於進一步探索巨硯的文化隱喻內涵。

平易先生讓我在這個以爲深切的結局中真切地感到，文化心理的變遷是不可能與時間的變動同步的。吳三婆子自身就是一種文化的古董，一個舊有時代舊家族的象徵。她雖有了生命的覺醒（如跟丈夫私奔，在巨硯上歡愛）和心靈的掙扎（如讓別人到巨硯上坐坐），但她的悲劇性的生存狀態並未因思想的提升而得到及時的改善。在這裏，平易先生是不是在跟我們探討宿命的存在與否這個問題，我不知道，但潛意識告訴我，平易先生是相信宿命論的，他讓吳三婆子死在一種宿命的糾纏下。

這篇小說賦予了身處文化重負下吳三婆子生存狀態濃重的悲劇色彩，平易先生深切關注著他筆下人物的心靈掙扎。小說的尾聲寫了巨硯的消失，寫了吳三婆子丈夫去世後那幅畫的突然不見，這說明作者雖然沒有走出文化壓迫的陰影，但仍然堅守著掙脫心靈重負的精神指向。一定程度上是作者人文關懷的一種體現，成全了兩個人的一種不可言說的心理，對兩個人來說都是種慰藉，這是最好的結局，帶給人一股溫情，一縷感動，一種人道主義的善良情懷。

此時，我也許真正讀懂了平易先生的心曲，領悟到他在文化生存背景上的創作關懷裏浸透著超越個體、超越現實的人文關懷。

《巨硯》讓人想到很多，平易先生揭示人生存處境的同時，深刻地洞察見世界與人關係的惡劣，作品雖未明說，但通過對生活情狀的描摹，如“抬眼搜索四壁，倒沒有一點舉喪過的痕跡。”，不難使人體味到隱藏於其中的深層次的悲劇意味。這體現了一種潛在的生存威脅，這種威脅追隨著我們每一個人，這也許是我們做爲人註定遭遇這種近乎絕望的境遇，由此我也更加體會到平易先生結構故事以及省略性敘事的美學用意。

《巨硯》從頭到尾作者都仿佛處在高空俯瞰著，悲憫地想給故事中的人物以溫情，然生活就是如此，他至多也只能以溫情的筆調敘述這些不溫情的現實。這反映在許多細節描寫中，如蜻蜓點水的寫吳三婆子與丈夫的歡愛，這歡愛本身就嫁接在災難的基礎上，但作者還是以溫情的筆調，讓吳三婆子繼續在回憶裏享受溫情，在回憶裏快樂沉浮。其實，在我認爲，這本身就是一種虛空，一種徒勞，一種尚未得到已失去的無可奈何不起任何作用的補救，這樣更會陷入另一種虛空，另一種大渺茫。當然，這個問題有待於同平易先生商榷，不知他肯不肯給我這個機會。

《巨硯》這一曲悲歌，沒有了目標，執筆都將變的沒有意義，生活又有什麼價值呢？

古董師無名無姓，渾身上下籠罩著神秘色彩，他害怕孤單，又拒絕與同行們的交流，拒絕被人瞭解。其實，他是孤獨的，而現實世界的每個人都是孤獨的。

「不幸起因於不能承受孤獨」，古董師是孤獨的，所以他尋求一種失落的希望，尋求給他以希望的巨硯，而這巨硯是他明知不可得而強求的。執著是他與吳三婆子的相同處，他們渴望被人關懷，卻不願意付出，他們同病但並不相憐，不成全彼此，這就是悲劇所在。這個社會是黑暗的，人際關係是如此冷漠，生活於其間的人是如此絕望，一個灰色的像夜一樣陰沉的世界。也許，孤獨與生俱來，人人都免不了，只有人人多一分理解，才能多感一分慰藉。

《巨硯》這部小說，看似波瀾不驚，其實暗流湧動，如果一個作家沒有深厚的生活積澱，是怎麼也寫不出這麼優秀的作品的。只是令我現在仍奇怪的是，看《巨硯》三四遍之後，我才體會到了這種切入骨髓的冰涼，這種浮流在血液裏的刺痛，這是為什麼呢？是因為作家的生活底色本來是這樣（作家寫作其實是自己生活的自傳），還是虛構也可以表達一種對生活另類層面的理解呢？我不知道。

《巨硯》中有些句子雖稱不上雋永，但也明白如話地寫出一些哲理，文字需要高度凝煉，往往涉及許多歷史和典故，寫起來不易，而平易先生這方面的功底卻很好。無果的花，也有開放的價值。何況一本《巨硯》不經意的就成全了一個大師。當然，在我認為，平易先生是文學大師，如是而已。

# 略論方方小說創作中的女性意識
## Special Landscape of Female Writing

**內容摘要:** 方方小說的創作題材廣泛多樣，主要可概括爲平民生活、愛情生活、城市亂象、員警故事、家族命運等幾個方面。方方是女性作家，在她的作品裏面，女性意識是隱性的，但很強烈，本文就是以她的女性題材的小說爲例，來探討她的女性意識，來探討她作品裏的這些女性是如何反抗命運，又如何走向絕望，最後又如何以不同的方式走向沉落，在這些作品的背後也體現了方方對女性生存狀態的悲憫和人文關懷，暗蘊著方方對女性命運的認知和預言。

**英文摘要:** The writer Fangfang's topic choices of novels usually cover a wide range of subjects, including civilian life, love life, urban chaos, the police story, the fate and several aspects of the family.fangfang is a famine writer and thus could be preposed to a certain female consciousness with a very strong faminist resolve. it is the theme of women in this her novels to develop a full length of drammatic change. to demonstrate such characteristics, i choose to write specifically this article that will go through a thorough analysis around her famale-themed novels. the thesis will undertake various approaches to explore her faminist consciousness, and the full-size development which resolves around the protagnistress's fight against fate, leading changes to desperateness and various ending to withering. and with such an analysis, such a conclusion can be drawn that there is a deep concern for the living conditions of women and a insightful recognition and prophecy for famale fate from fangfang .

**中文關鍵詞:** 方方小說　女性意識白霧　女性家園　生存狀態

**英文關鍵詞:** Keywords: Fang Fang's Novel white mist Female consciousness

　　方方，原名汪芳，著名女作家，現已出版小說、散文集六十餘部。方方寫了《風景》、《何處是我家園》、《暗示》、《奔跑的火光》、《有愛無愛都銘心刻骨》、《水隨天去》、《在我的開始是我的結束》、《樹樹皆秋色》、《出門尋死》等小說，在這些作品中，方方以犀利的筆觸，簡樸的語言，深刻地揭示了現實生活中女性嚴酷的生存環境以及女性心靈深處的困惑、痛苦與掙扎。這些以女性爲題材的小說，體現了方方一直關注中國婦女尤其是中國知識女性的精神成長和生存狀況。

　　女性解放是一百多年來中國作家較爲關注的話題，幾乎沒有一個作家可以忽視女性的存在，問題是他們對女性的態度如何，透過一個作家對女性的態度，可以看出作家作品的優劣，那麼，作爲女性作家的方方，她的女性觀點如何？是現代的還是傳統的？女性意識在她的文章裏是如何體現的？她又是如何探索女性的解放道路的？本文試圖從女性意識角度來探討方方的小說創作。

## 一、籠罩在方方小說中女性世界的 "白霧"

　　在方方營造的小說世界裏，女性的存在，正如她在小說《白霧》中對一場白霧的描寫："行人連足下之路都難以認清，仿佛自己打包裹似的被一卷一卷捆起。四面如堵。落寞而孤零。一如整個星球只留下他單獨一個。"[1]作家在她作品的許多方面都撒下了這種"白霧"，在人物塑造、敍事風格中，方方用"白霧"遮蔽了讀者的眼睛，使他們看不清作家的直白的女性立場，但是，作爲女作家，她不可能把自己的性別忘掉。愛情是千百年來永恆的話題，而女作家尤善寫，在方方的筆下，我們看到美麗的愛情神話被瑣屑的生活小事所取代，愛情脆弱的不堪一擊。愛情題材是方方撒下的最大的一片白霧，是悲劇的，迷蒙的。

　　方方曾說："在這裏，我提出一個問題，就是女性文學的反叛要走多遠，是不是公開自己的隱私就是對男權意識的反叛，反叛是在肉體還是精神層面上展開？是不是公開自己的隱私，拋棄倫理道德，才叫反叛。我認爲這種反叛太表面化了。我的小說中的反叛意識主要體現在一種獨

---

1 方方，《白霧》河北教育出版社。

立的思想層面，這種反叛應當說比暴露女性隱私的小說有更深層次的內涵。"[2]方方所說的獨立的思想層面，筆者認爲是她想在她的作品裏，改變既往男權社會定義定性了的女性形象，賦予這些女性以反叛的意識，而不是出格的行動。是的，方方就因爲她的反叛意識體現在這種獨立的思想層面上，故其不同於那種關於身體的顯性敍述，不同于陳染林白等一些下半身寫作的美女作家，因爲比之陳染林白等一些身體作家的敍述，方方的小說性的敍述是隱秘的，關於女性從身體方面反抗男性也是隱性的，她的小說表面遮罩了對於身體的敍事，所以我姑且稱方方的小說爲隱性敍述。

方方的小說有很重的悲觀的色彩，她隱性敍述女性的作品裏，都把女性推向了一種沒有未來的結局裏。如在《奔跑的火光》裏體現的愛的虛無；《樹樹皆秋色》裏書寫高知女性情感生活的創傷；《有愛無愛都銘心刻骨》裏愛的漂泊；《水隨天去》裏愛情在俗世欲望擠壓下的困守與敗退；《在我的開始是我的結束》真愛得不到呼應的靈魂的絕響……在這些作品裏，方方的這層悲觀的色彩就像白霧，遮蔽了人們洞息女性內心隱秘的目光。方方在敍述她的故事時，多採用第三人稱的敍述，它呈現的是客觀敍述的形式，表現爲不動聲色的敍事態度，她的幽默是冷的，讓人感到的是生命的殘酷，這種敍事方式和語言風格很難把方方同那些溫情脈脈的女性作家聯繫在一起，較爲準確說，這就是方方的隱蔽性質的女性敍述，她不是直白的顯示女性的呼號、呐喊，而是通過對女性生存狀態的間接描繪，來讓作品自行敍述女性生活的困頓。

方方在《爲自己的內心寫作》說過："我覺得‘女性寫作’這個概念很成問題，是評論界的問題……。其實，我認爲在今天婦女的地位已經提高了，她們面對的所有問題跟男性是一樣的……"[3]從這幾句話可以看出，方方的女性意識特別隱蔽，因此部分學者說她是超性別寫作，但具體分析她的作品，一定程度上卻是在爲女子立傳。筆者認爲，女性意識就是女性能夠發現自我，定位自己，把握自己，認同自己作爲一個單

---

2 方方，《爲自己的內心寫作》，小說評論，2002.1。

3 《爲自己的內心寫作》，（葉立文採訪方方）（於可訓《小說家檔案》鄭州大學出版出版發行 2005 年 9 月第一版）。

獨個體的存在，在方方作品裏的女性都沒有意識到自己作爲一個個體的生命是獨立存在的，但這正表明，作者是有女性意識的，所以她刻意在作品裏表現女性對於自己存在價值的不自知。

方方小說塑造的人物，絕少有完滿的，也絕少是理想主義的，大都是俗人，所以，她被認定爲是新寫實小說作家之一。方方自身不是很認同，"其實新寫實小說並不能涵蓋我十餘年的創作。因爲我只有部分作品可以同新寫實對上號，只是因爲人們已經把我算到了新寫實裏，於是把那些不算新寫實的作品也都扯起了進去。"[4]，新寫實的主要特徵是還原生活，零度寫作，儘量顯示生活的瑣碎，而方方在 2000 年開始後的作品，更多的是女性意識的凸現，如《水在時間之下》。在她的作品裏，所有年代的敍述都沒有高尚，在失去高尚的年代，所有的事情都平平淡淡，所有人都庸庸常常。小說中的人物根本談不上崇高，也與優美無緣。他們面對生活和歷史的沉重壓力，不是採取對立、抗爭等積極、主動的主體化的姿態，而是採取隨風逐流的消極的被動的姿態。因此小說總帶給人們失望，在小說的結尾，也不象一般的作家，能給出暗示性的光芒，而是徹底地通向黑暗，要不就是以死亡來昇華，來解脫悲苦和進行生存的懺悔。但就是這樣，作家還是把同情與讚美的筆墨毫不吝嗇地分給了女性。在方方的作品裏，幾乎每一部作品裏，女性的整體壽命都比男性長，儘管女性是在悲苦堅韌的活著，但總歸是活著的。如下面兩部作品裏的女性，都堅強而凄美的活著。在《桃花燦爛》中，女主人公星子是男人的犧牲品。新生命的到來，是一個象徵，是粞（《桃花燦爛》的男主人公）的新生命的輪回。星子孕育出的孩子也許是一個希望，他是在女人堅強的肩膀扛出的天空中的希望之星，但是罪惡的十字架（星子與粞相愛是值得肯定的，但背著自己丈夫懷了粞的孩子，因此這個孩子在沒有出生就有原罪，所以筆者認爲是罪惡的十字架，儘管愛情的存在在先。），是愛情掩蓋下肉欲的狂妄發展。《船的沉沒》是一個女人對一段刻骨銘心又撕心裂肺的愛情的回憶，從小說中可以看出方方內心的隱秘 —— 對愛情的執著與信心。方方的小說，對於愛，女性都是比較執著的，愛情的堅守與渴望，是女人永遠不變的追求，不管她外表多麼冷酷，

---

4　《方方自述》。小說評論，2002.1。

她的內心總渴望愛情的溫暖，在表現愛情這一永遠繞不開的主題時，方方的女性意識得以不可遮蔽的流露。方方撒下白霧，表面上看不是爲女性做注腳，但作品裏女性的抗爭，女性的無可奈何，都是在無意識的表現她的女性意識，她探討女性解放的出路，實則就是撤銷這層白霧的存在。

波伏娃《第二性》裏說 "女人不是先天生就的，女人是後天形成的。"[5]方方把希望留給女性，小說中的男性世界則黯然。一般小說家習慣于塑造陽剛男人，但方方這裏卻消失了，在她的作品裏，男子裏沒有英雄、沒有偉丈夫。男人成爲軟弱的象徵，這正是方方作品的另一個特色。與內心細膩的女性相比，方方作品裏，男人都是粗糙的半成品或者是劣質品。如《奔跑的火光》中的貴清，只懂得玩樂，打老婆；沒有主見。《落日》中的丁如龍、丁如虎竟然把母親活活地送進火葬場；《何處是我家園》中的那群磚窰工，他們身上積攢了人性惡的一面，把男人的卑劣展示的淋漓盡致。《風景》中的父親，像養活一群小狗一樣養活七男二女……在他們身上人性消失了，展示在人們面前的是動物性的部分，是一種獸性。他們只是爲了自己活著，對別人肆意地踐踏、摧殘，甚至是自己的母親、妻子、親生兒女。他們活得很齷齪、低賤。方方在寫知識份子生活的小說中，男人的形象並沒有改善多少。相反，這些男人幾乎都有一個致命的缺點：怯懦。如高人雲（《行雲流水》）、父親（《祖父在父親心中》）、吳早晨（《船的沉沒》）、糙（《桃花燦爛》）。

在作家方方眼裏，女人無論精神上還是肉體上都比男人堅強得多。如《祖父在父親心中》，女人活得比男人永久，女人的精神比男人堅韌；再如《桃花燦爛》星子最終堅持活了下來，成功孕育了下一代。然而，方方小說裏的女人雖然都是強大的，但大都以悲劇結尾，方方沒有明確爲女人開闢一條更好地活下去的道路，她的作品，大都是女人自殺了，若活著，但也只是身體活著，這可以看出作家對於命運尤其是女性命運的宿命般絕望的擔憂。

方方的小說《水在時間之下》是她近年來的新作，裏面著力寫了一個女子的生長歷程，那裏面有一句話："我這滴水像是石頭做的，埋在

---

5　[法]西蒙娜・德・波伏娃，《第二性》。

時間下面，就是不幹。"這句話也可以劃分她作品裏的女人，方方作品裏的女子，在生命的自在與自爲過程中，一部分升出水面，一部分沉入水底，她們就像女性世界的冰山，自爲的生命相對于自在的生命來說，多了一份改變生存境遇的自覺性，然而，方方始終不能明確的指出女性真正昂揚自我的生命出路在哪里，方方始終沒有引領女人走出女性世界的沼澤地！

## 二、生存困境：女性家園的失落

蔣子龍在爲方方的《桃花燦爛》作序裏說方方"苦戀痛苦而有力的人生"，[6]的確，人生的痛苦命運與遭際，是她全部作品的主題。根據所處社會階層的不同，方方作品中的女性形象大致可以分爲以下三類：1、城市平民，主要包括瑤琴（《有愛無愛都銘心刻骨》）、何漢晴（《出門尋死》）等。2、鄉村婦女，主要包括英芝（《奔跑的火光》）、天美（《水隨天去》）等。3、知識份子，主要包括秋月（《何處是我家園》）、葉桑（《暗示》）、黃蘇子（《在我的開始是我的結束》）、華蓉（《樹樹皆秋色》）等。方方作品中的這些人物，無一例外地都是失去了精神家園的女性流浪者。作家不僅深刻地挖掘了她們無家可歸、無可憑靠的心靈的迷惘、困惑和孤獨，而且從文化層面上揭示了男性社會對女性群體的心靈戕害。方方主要從兩個方面來揭示的女性生存困境。

第一，愛情困頓。方方筆下的女性不幸都是被流放到愛情之外的悲劇性主人公。華蓉（《樹樹皆秋色》儘管是高級知識份子，在愛情方面卻一無所知。瑤琴（《有愛無愛都銘心刻骨》）的情人楊景國在結婚前夕不幸死亡，她便耽於"曾經滄海難爲水"的愛情追憶不能自拔；她渴望愛情，然而陳福民的出現並沒有把她從虛幻的想像中喚醒，她對於陳福民的接受，並非是因爲愛情，而是因爲性的需要。天美（《水隨天去》）儘管只是一個普通的鄉村婦女，丈夫三霸移情別戀，她在獨自的生活中忍受著生活無盡的孤寂，她不能承受這沒有愛情的生活，於是，出軌了，

---

6　蔣子龍，桃花燦爛・序。方方，《桃花燦爛》天津：百花文藝出版社，1996，第2頁。

最後換來了情人殺夫的苦痛結局⋯⋯華蓉、瑤琴、天美這三個不同階層的女性的悲劇，儘管各有其深層的社會、家庭及個人的原因，但是，其根源卻在於女性生命意識的不自知，不能有自己堅定的生活立場，往往對現實世界幻想太多，對生活一再妥協；一定程度上，也是女性比較脆弱的內在氣質導致的。

第二，家庭失落。方方是中國現當代作家裏一個有自覺意識關注已婚女性"無家可歸"的生存困境的作家。在方方建構的女性世界裏，女子是沒有地方可以講道理的，尤其是年輕的女性，這是男權的壓制。如在《奔跑的火光》裏，英芝公婆對英芝既冷漠又暴虐，無論發生什麼事都把責任推到她身上。英芝不服，公婆卻給了她一個不是理由的理由："我家從來就是這個理。你進了這個家，就得服這個理。"英芝想離婚，但是她父親堅決反對。在男人對女人的統治上，兩家的家長取得了十分荒唐的一致。方方通過英芝媽的話道破了女性的宿命："伢呀，要認命。你是個女人，要記得，做女人的命運就是伺候好男人，莫要跟他鬥，你鬥不贏的。"英芝在娘家的家不是家，在婆家的家也不是家，在娘家，她自嫁出去就是外人，沒有嫁出去時，就被貼上准外人的標籤，所以，方方的女性意識裏，女人是沒有家的。方方作品，體現了男權社會對女性的集體欺壓，女性的奴性意識也在不同程度上體現，女人反抗的出路，在傳統意義上，是找不到光明的。

## 三、尋找心靈的家園

尋找心靈的精神家園，是方方各類愛情題材的共同主題，也是方方不同于其他女性作家而對於當代文學史所做出的獨特貢獻。

在尋找家園的作品裏，最早提出"何處是我家園"的追問的是《何處是我家園》裏的秋月。秋月深切地感受到家園失落的痛苦，她說："我不曉得我是從哪里出發的，最後還要到哪里去。"因此，她終其一生都執著於對於家的追尋。

方方作品中典型的體現出中國當代女性對於心靈家園追尋的是《奔跑的火光》。在這部作品中，作家運用了獨特的象徵手法。英芝背後那一團奔跑的火光，既象徵了被焚燒的丈夫貴清，又象徵了不可預知的女性的命運，還象徵了推動英芝不斷走向悲慘結局的強烈的內心自責，這是她追求心靈家園所付出的代價。英芝是閣樓上瘋女人（《簡愛》）的續寫，是對男權的一個有力反抗，她所修建的沒有住進去的房子，則是英芝也是所有當代女性精神家園的象徵。

波伏娃說：“一個人要在自己內心深處找到一個家，就必須先在作品或行動中實現自我。”[7]英芝的行動充分表現在她傾其一生都在“建造”屬於自己的“房子”上面。公婆拒絕為新房出錢，英芝說服丈夫貴清去城裏打工；她自己更是想盡一切辦法賺錢。在貴清不能忍受勞累之苦又恢復吃喝玩賭的生活方式以後，英芝不畏艱辛，單槍匹馬獨闖天下。她有著堅定的決心，她說：“就算我是個女的，我也要自己蓋間房子出來讓你們看看。”理想的房子，是她心靈的家園，是她活著的動力，是她在艱難中挺立起來，在困苦中生存下去的最主要的精神支撐。為了贏得心中的房子，她不惜出賣自己的身體，甚至跳了脫衣舞，也為此遭受了一生中丈夫最為殘忍的一次毒打。然而，道德的觀念在英芝這裏已經淡漠；身體的痛苦，英芝也能吞咽。英芝是方方小說中塑造的少有的鄉村女性，為了房子投資了所有的幸福。

《隨意表白》也探索了女性的家園。方方通過女主人公的口，敍述了女性精神生活得不到正常滿足時不得已的墮落。她作品裏的女性，大多以為犧牲身體，就可以解放靈魂，但實際遠不是這樣。《隨意表白》作品裏女主人公雨吟說：“反正他們不是說最少有100個男人上過我的床嗎？我索性湊夠100個，免得他們犯冤枉好人的錯誤。”雨吟用她放蕩的生活方式來回擊流言和肖石白（男主人公）的懦弱。在這裏，方方試圖為女性找一條出路，開一劑藥方，但是，卻導向了墮落，由一個深淵到了另一個深淵，在嘗試的開始就已經迷茫。

## 四、自在自為：女性的生命形式

根據作品中人物的生命意識是否覺醒，方方小說中的女性形象鮮明

---

7 [法]西蒙娜・德・波伏娃，第二性。陶鐵柱譯，北京，中國書籍出版社，1998，第513頁。

地呈現出兩種生命形式。在第一類生命形式中，這些人物都能感受到生存的荒誕，卻又找不到出路，甚至根本沒有意識到自己應該去尋找出路。這是一群蒙昧的小人物，如葉桑、華蓉、瑤琴。第二類人物都能比較清醒地意識到自己內心深處的需要，並且能夠通過實際行動去追尋自己的現實目標，如秋月、黃蘇子。

佛洛德曾說：“健康正常的愛情，需要依賴兩種感情的結合 —— 我們可以這樣說，一方面是兩心相悅的摯愛的情，另一方面是內感的性的欲。”[8]方方作品裏的女性，大都處於一種性饑渴狀態，她作品裏的女性，往往是精力充沛的，開始是聖女，但褲子總是不緊，有過短暫的性經歷之後，就以各種名義，開始以性的方式墮落了，方方開的女性解放的這張藥方，其實在現實生活裏不是可以導向光明的。這是她小說的缺陷。身體是需要尊重的，而不是用來下注。所以在自在與自為這兩類生命形式當中，每一種都有其自身缺陷，都不是作家或讀者理想人物的類型。自在的生命，多了一層自主性；自為的生命，多了一層改變現實的可能，但都不能從根本上改變當下女性的生存環境。而自在與自為的兩種女性，都無法擺脫肉體的欲望，方方的作品，貞操觀念都不是很強烈；作品裏的男性，荷爾蒙的作用都被極度誇大了，顯示了作品的不太真實。

方方小說，無論是自在還是自為的女性，都沒有真正反抗男性的身體。當代評論家陳思和在評述女性文學時曾這樣說過：“這些女性寫作大多數並沒有真正反抗男性菲勒特。在關於女性與男性關係方面，簡單化的將男性處理成一些惡棍，性欲狂，要麼一味地逃避女性的內心世界。”[9]陳思和先生針對當下女性文學作了有力的批判。中國女性的解放，首先從身體上要求解放，方方這方面做得很好，但往往是從女子的積極地主動解放跌落到自甘墮落的解放，從一種健康的光明跌落到一種充滿避孕套氣息的沉淪中去。方方想為女性找出一條明朗的反叛之路，但卻沒有真正指出來。她的作品裏，女性是有反抗意識的，但反抗的結果，甚至還不如不反抗，這也許不能說明是方方自身就不相信女性的反抗，可以走向光明，但可以說明一點，方方還是支援反抗的。

---

8 轉引自《中國當代情愛倫理爭鳴作品書系》。今日中國出版社，1995。
9 陳思和，《女性文學筆談二十一家》，百花洲，2000.4。

　　總之，女性意識是方方文學創作的重要內蘊，它使方方作品帶有反抗精神，給作品賦予了特殊的審美意趣和藝術氣質，但由於缺乏方法的指引，只提出問題，不切實指出女子真正的出路問題，使方方的小說，顯得少了一些批判精神和偉力之美。

# 散文篇

# 祖　　母

　　我抱著花斑貓給你，你耍脾氣，可是忽然揭開被子，從你懷中跳出兩隻小貓咪……

　　這是夢裏，我總是做有你的夢，醒來後哭泣好久，可是，下次依然還是如此的夢，依然是欣慰，依舊是哭泣，我怕失去你，儘管你在，可是幾年來，隨著你年齡的增大，這種恐懼每天蔓延著。

　　我不能聽到別人提"奶奶"二字，不能在路上見老年人，甚至不能看見貓之類的東西……幾乎每一樣，都能讓我想到你。

　　我常常想像，我不在你身邊，你是如何過？每次都無法自抑的流淚，流好多好多，六七年了，我已經習慣不爲自己流淚了，可是想到你，我卻總是哭，無聲的，靜靜的，一行行淚流啊流，我怕，我恐懼，這個世界，我不能過沒有你的日子，我想都不敢想。

　　大學了，每年在秋天裏，你就算著我的歸期。你想著我，我知道，就如我想念你。你總是指望母親或者哥哥或者小叔叔對你說我的消息，對你說我打了電話沒有，對你說我好不好，你又怕他們罵我，所以你儘量不提我，可是，你想著。

　　幾年了，我也就過年的那幾天在家，就過年的那幾天可以陪你。我給你洗身體，洗頭髮，洗被子褥子，每天給你洗臉，洗手……你盼望著我，你總是習慣了我給你做這些。你不希望我給你洗腳，你總覺得我以後要做尊貴的人的，所以，你不讓。可是，洗了幾次習慣了，你也就默許了，任我揉你纏過的足，任我輕輕的按摩。

　　你跟我總說好多，你說別人提起我去遠方讀大學，一個人，不放心，其實哪有人不放心呢？只是你擔心而已，你擔心沒有出過遠門的我一個人出門遇到什麼事，你擔心我在路上害怕，以及被人欺騙之類，你甚至擔心我坐火車走失……你說這些的時候，儘管用了平靜的語調，可是，後面卻補了一句："你在我面前，現在不是好好的。"你這是安慰自己，你是說我總算沒有出什麼事，是好好的。你仍有劫後餘生的怕，帶著僥倖想我一個人離家上大學的那年。

　　我在家總是每天在你的房子裏，也好像總是在下午，太陽昏昏的，我也不開燈，有時看看書，有時什麼都不看，只看你，我不敢想像沒有你的生活，所以我要記著，我看著看著你就哭了，又怕被你看到，一個人低轉頭。我剛歸家你就問著離家在什麼時候，然後扳著指頭數日子，數我可以陪你幾天，你也總是哭，不過不在我離家的時候。可是，每次路上我想到你就會難過，淚就會流。這個世界，也只有你，能讓我這樣了。

　　我開小灶給你吃，你總高興的笑，其實也只是熬個稀飯之類，我想像你給我小時另鍋做飯的樣子，想像小時你寵愛我的表情，若沒有你，哪有現在的我？我三歲那年，居然還不會走，更別提說話。"聰明倒是蠻聰明的，會看人眼色行事"，這是你的話，你問父親他們離開家我怎麼辦，父親說送了人算了，或者活不下去就扔了。你終是沒有扔我，背在背上，每天餵無數次的奶粉，把白麵炒幹給我吃……我終於活了下來。我的生命是你創造的，所以，我為你幹什麼都可以，每次我為你做事，我總是這樣想。—— 我怕，我不能沒有你。

　　高中我省著錢花，為你買各種小吃，就是老年人不能吃的東西，我都買給你，只要你喜歡。記得一次因為香蕉你吃壞肚子，被母親罵我，我還是沒有改，甚至偷偷的給你吃冰冰的海紅子，母親自然是給你吃的，但她怕你過量，我雖然也怕，但是，我希望你吃著開心。

　　我跑許多條街給你買鞋子，因為總是沒有合你腳的小鞋子。每次我都買兩雙，每次我都想你以前跟我說的夢，你說鞋子是孩子，你總是夢見自己丟鞋子，所以最後你丟失去了父親和二叔。我原以為這是白髮人送黑髮人的悲哀，所以你才把這些迷信作為他們提前離開的理由，直到我真正聽到外鄉人發鞋的音為孩子的"孩"音，我才淚如雨下。

　　年前花了近四百給你買多天的睡衣，是藍低繡花的，老式的那種，穿起來很舒服，我試過。回去給你穿，你不捨，說是你總是整天在炕上，怕弄了新衣服，我笑著說又不貴，你還是不穿，後來小叔說既然是娃娃買的，你該穿，娃娃買給你什麼你都穿得值。其實真是這樣，只要我能，世間所有，我都願給你，買給你。你最後偷偷的又問了我價格，我說是不到五十，你放心了的樣子，又覺得心疼，摸著布料直說好。我知道你喜歡，那種桃桃的扣子，舊式的衣領，第一眼看到我就知道是適合你的，所以才買了來。

我走，你又提起鞋子，希望我買給你鞋子。後來去了鎮上，我轉了幾條街，還是沒有買到，於是我把這事托給了姐姐。我常常想，我還是不夠對你好，姐姐她們，是願意把所有好吃好喝的擺在你面前，但恐怕不會想到你需要鞋子，在她們，你是不下地的。你走不了路，所以，她們不會顧及你的鞋子，也因為確實不好買。

在這個城市，我看到了北京布鞋的店，想到應該有你可以穿的鞋子，就進了去，可是尺碼都太大。在這樣的夜晚，我忽然想，我做鞋給你穿算了，如果實在買不到，我願意做給你穿。

你總說不該讓我上大學，這樣可以在你面前伺候你，可當我任性的說我不去讀陪你的時候，你又流著淚勸我好好在外學習，不要掛念。你總是對我說：「如果娘娘死了，你不要急著回來，等放假過年能送點紙錢就好了，也不枉我養你一回。」你說的平靜，可我卻不能聽，沒有你，我該如何過！

農村的天總是長長的，你跟我這麼說，我當然知道，你是想說你的悲苦。一整天的，幾乎沒有人陪你，除了貓。你不能過沒有貓的日子，每只來到屋子的貓都是你的朋友，自家的更是不必說，你說是貓黏著你，是它願枕你的枕頭，願躺在你的臂彎，你說趕它都趕不走。我總是看著，強忍著眼淚，在你的訴說裏，我也喜歡上了貓，是因為你。你說貓是有靈性的，你曾經講過一個故事，說某某家的祖母去世了，只有一隻貓忠實的在身邊躺了四天四夜；你甚至還說起了二老姑，你說起這個跟我脾氣極像的女人，出葬的時候她養了八年的貓跳到棺材上就死了。這些是真事，我知道，所以我怕。我愛著貓，我又怕著貓，它們是極容易消失的，我怕它們的消失。

我總是夢見你，有時夢見你去世了，我哭的喘不過氣來，好幾次胸悶著就醒了，但醒來卻高興，一是因為知道你活著，二是因為你說過，夢見人死了是給人長壽。我也常常夢見現在的你，夢裏的你淚少，總是笑，跟我說許多過去的人事，講狐仙鬼怪的故事。夢醒卻立即開始擔憂。

你今年九十了，我知道天數，可是，我無法想像，我不能沒有你，我想都不能想。這個世界，你教給了我愛，溫暖，擁抱。對，說到擁抱，一次我給你洗頭髮洗身體之後，溫柔的扶你躺下，你已經很累了，閉著眼。於是我碰了碰你的濕唇，抱了抱你，躺在你身邊很久。那天你很安靜，居然沒有說太多話，可我抬眼看你的時候，你流著淚。

躺在你身邊，我總是擔心，許多時候，我會手輕輕探過去摸摸你的鼻子。跟母親說起你，她說人老了就是熟透了的瓜，很容易就……我能理解，但無法接受，所以後來也不敢說了。

母親是孝順的，這方圓幾十裏都知道，你躺在炕上五年，她盡心地伺候著，可是，我還是覺得不夠，生怕她冷落了你，所以總是叮嚀，後來被旁人說了幾次，才覺是自己不對，是我太愛你了，把你交給別人，總覺得不放心。可是，叔叔是你兒子，母親是你媳婦，都是親的，比我更近，我不該不放心。但是隔代親，我懂，我把你當我的生命，只要想到你有點痛，我就無法承受。

我在離你的千里之外，我想著你，沒有你，我一天都過不了，請你活著，好好活著。

# 圍爐夜話

　　冬天來了，總讓我想到圍著紅泥小炭爐聽故事的日子，那段時光是那麼富足和安閒，那麼愜意和舒適，人生所有的快樂都藏在那時了。

　　我四到七歲的時光，是跟祖母在鄉下度過的。春秋太忙，祖母照顧我的時間不多，所以任我自己玩；到了冬天，田裏忙完了，東西都進倉了，冬夜也長了，奶奶就有大把的時間講故事了。

　　奶奶的故事總是新鮮吸引人的，我迄今仍記得白狐報恩的故事，記得兩姐妹被後母吃掉，而最小的妹妹爬到樹上扔下斧頭把後母砍死的故事，記得傻子有傻福的故事，記得……那些故事新穎獨特，是用最平實的語言講出來的，但往往情節跌宕，扣著我們的心弦，講到高潮處，奶奶總是留下懸念，以待第二天哄我們入睡時再講。

　　那時候，村裏的電經常被停，尤其冬天，機器用的多了，電更少了，不到晚上八九點就被停了。電來的傍晚，奶奶哄著我們把飯吃了；電滅了，爐火亮起來了，我們的晚間節目也就開始了。往往是在雞羊入圈、爐火正旺時，奶奶開始講故事的，紅泥爐子裏的火一跳一跳的，映著奶奶千溝萬壑的臉，那張仿似寫盡中國五千年滄桑的臉，看起來是那麼安然慈祥，讓人覺得有那樣信賴那樣親。門外邊呼呼的北風刮著，第二天天明，一定是下了一夜雪了，可是，我們都沉浸在了故事裏面，哪管得明天呢？

　　白貓匍匐在我和哥哥的腳下，像我們一樣，被奶奶的故事給陶醉了似的，它有時候故意發出呼嚕嚕的聲音，讓我們誤以為它睡著了，等到把它抱到膝蓋上來，就著爐火看它的眼，它卻眨巴著自己的綠色小眼睛瞄瞄的叫著。

　　夜那麼長，奶奶的故事講著講著她自己睡著了，我們知道是她累了，但實在是情節太動人了，就懷著歉意把她叫起來，繼續先前的故事，奶奶問說到哪了，說到哪了，然後接著講下去，直到把故事完整的講完，直到小貓心滿意足的離開爐火旁到外面捉耗子去。

　　奶奶的故事總是那麼多，就像羊身上的毛拔不盡一樣。時間久了，我們詫異於其間沒有重複，便問奶奶哪來的這麼多故事。平日謙和的奶奶臉上浮上一種自滿的表情，爐火撲撲的，像舌頭一樣撲在她面前，她得意的說："這是我沒有出嫁時候聽來的呀！那時候我家有點地位，家裏有個說書人，我們叫水青二爺，沒有事情時候，給我們可以講上一整天呢……他拿著快板講一句拍一下，那氣勢，那派頭，估計你們這代人是見不上嘍。"那時候，我們多渴望有個搖著快板的水青二爺，多希望他能來親自給我們講故事，可奶奶卻說他已經死了，死了許多年了。那麼讓他講故事只能算是夢了，這個夢，只有在奶奶的故事裏滿足了。可是，半夜睡夢裏，搖著快板的老爺爺，曾經無數次的出現過，他是那麼和善，那麼親切，那麼淵博。

後來讀書了，從書上看到許多知識，看到許多故事，可是怎麼也找不回圍爐聽話的感覺了。上了大學，學校開設了一門民間文學課，年輕教師的理論倒是多，可故事，他們能說出的只是個梗概，遠沒有奶奶說的詳細和曲折，說的豐富和多樣。在奶奶的故事裏，雖然有因果報應，有可憐的地裏黃的小白菜，有被親娘虐待的小孩子，有化作人的美貌狐狸，可是，她的故事裏，一切都是有溫情的，開始的開始蒙上了溫情的面紗，最後的最後揭開來，是暖暖的一片爐火，照射進每個人的心裏，讓我們感到富足，感到安然，感到活著的快樂。奶奶的故事沒有理論，但是處處充斥著理論，處處漫溢著理論，而現在我們的民間文學課，處處理論，可給人的感覺總缺了那麼一點什麼似的。

假期回去，傍晚時分，給爐子加火，使炕熱起來，開了電燈，俯伏在奶奶胸前，聽奶奶述說一些過去了的人和事，說著說著，就有叫奶奶講原來故事的想法。奶奶講是講了，可是，她講著講著就睡著了，我躺在她身邊，很怕很怕，生怕她就此睡過去，畢竟九十歲的人了。奶奶醒來時，往往已經是深夜了，她抱歉的對我笑，"奶奶老了，不比年輕時候，那時可以兩三晚不睡覺做豆腐呢！"我扶扶她的寸寸白髮，想奶奶真的是老了，老的連個完整的故事也講不下去了。

圍爐夜話的日子，該是不會複返了，而今，故鄉的雪早就下了一出又一出，我的奶奶，誰來聽你顛三倒四的故事呢？時光催著人老，在這樣蕭蕭的冬季，瘦了誰思念的目光呢？門前的那條路，也該被您望成細線了吧。

# 野　草

　　這世上有那麼一個人，無論我給她寫多少文字，都是甘願的，然而我無論寫多少文字，她都是看不懂的，我又不能讀給她聽，怕她難過，再說我也總不在她身邊。她活在我的氣息裏，活在我的血液裏，活在我跳動的心上，我在，她就在。

　　她是不知道我寫了很多文字給她的，我的文字，每一個都是從她那裏來的，最初的最初，就在她的嘴裏，流出來。那時候是沒有童話的，她每個夜晚講古經，用她的話說，那些故事叫古經。她那時候已經很老了，七十多歲了，每晚每晚哄著三個孩子睡覺。她每天都講故事，那些故事孩子們都懂得了，每次她遺忘的細節，總是被重複提起。

　　她總是常年穿那麼幾件沒有顏色的衣服，過年的時候，才會把櫃子裏的新衣物拿出來，那些衣物也是好多年了，她就那麼穿著。她的衣服總是沒有顏色的，黑不溜秋，記憶裏她就是那個樣子的。她有說不盡的苦難，但她從來沒有想過自殺。──每當我想起她，我就想起這個世上至少有那麼一個人，不想我死去，她是要我活著的，那麼還有什麼不可以面對呢？悲哀也好，寂寞也罷，就如此吧。

　　那個家庭充滿爭吵，打罵也是常常的，她在恐懼裏度過，但她還是強烈給孩子們營造一個安全的氛圍。房子已經塌陷下來了，房子裏的人還在，她還是那樣波瀾不驚的口吻：“不會有事的，過一會不落土了我們出去。”要到哪里去，受什麼氣，她並不是不知道，但她還是這樣，那屋子終於沒有覆蓋了她們。多年之後回想那場景，多麼膽顫心寒，一個農村老婦，一點科學知識都沒有，帶領著三個孩子，躲藏在一個不斷塌陷的窯洞裏，那是怎樣的場景？一不小心，就會死亡，就會消失。可是那時候她是比天更可信任的，孩子們都以為她可以解決一切，都是這樣以為的。多年之後，這個老婦戰戰兢兢地問其中的一個孩子：“這個藥吃了不會痛了吧？”她已經不再相信她自己的能力了，還是她終於可以把恐懼交給那漸漸長大的孩子了？

　　冬天裏總是爐灶裏缺炭，她的二兒子給她一塊一塊的抱，她得看那兒媳的臉色。她看了那麼多年，半個世紀。孩子們已經懂得冷暖了，也懂事，三個孩子圍著她，圍著爐子的前沿，這是白日裏；夜晚是沒有鐘的，剛落了太陽，她說能睡了，就那麼睡了，冷冷的。

　　午間的飯是看著太陽的，她不叫太陽為太陽，她叫它為陽婆，她早晨叫孩子們起來，就說是陽婆上來了，下午叫孩子不要看書了，就說陽婆下去了。村子裏總是沒有電，她用煤油，用羊油，她把火芯挑小，然後可以點很久，孩子們有時在燈下看很久的書，她居然支持，她竟然不覺得浪費，她知道讀書是好的，在她沒有多少知識的大腦裏，她是認為不管讀什麼書都是好的。她讓他們看書，不嚷嚷著叫他們做事。煤油一燈盞燒了過去，撚子也快盡了，她就用紙搓個條魚子（方言就是搓成條）在油裏沾一沾，然後放燈盞裏當撚子。那燈盞是鐵的，比我都年長，後來那窯洞塌陷了，再後來電總是常年供應著，那燈盞也就不見了。不過總記得她側身撥弄燈盞的樣子，火苗一跳一跳的，她有時會說火苗裏藏著鬼，當然，是在孩子們看著牆上撥弄燈盞時跳動的影子想去搗蛋時她說的。孩子們後來一直記得燈盞裏有鬼，是不能去撥弄的，孩子們還引申為電燈泡甚至一切亮著的東西裏都住著鬼。那時候她的剪影就佝僂了，但她側身撥弄燈盞的樣子，總讓孩子們感覺有蝴蝶在那火苗裏飛，而她，是那變出蝴蝶的魔術師。

　　孩子們漸漸長大了，她漸漸老了，更老了，老的走不了路，她一整年一整年的在炕上躺著。她還是不要自己死去，她總是這樣的，兩個兒子死去了，在兩個兒子之前，死去了很多自己生的小孩，可是，她從來沒有想過自己結束自己，她頑強的像野草，是那令我尊敬令我深愛的長在沙漠邊的野草！

　　我把每個走過身邊的老人都想像成她的樣子，想到她我就會流淚，永遠都控制不住。這世上有這麼個人，想到她我的心裏就充滿愛充滿溫暖。她活在我的血液裏，活在我的氣息裏，活在我脈搏的跳動裏，這世上，不管她活著，還是她將來死去，都是這樣的，她在那裏，在我的肢體裏。

　　想起她，我總是懷著深深的悲憫看那些舊時光，怎麼哭都是無法補救的。那其中的一個小孩，在她的庇護下，就那麼過來了，長大了，找到了機會，一有了那機會，就逃離了故土。

　　叛逃故土的孩子並沒有忘記，她愛她！

# 土　炕

　　舊曆年的對子在門口嘩嘩響，西北風吹著，如一個披頭散髮的女人在嗚嗚的哭。那是去年的對子了，過二十多天就會被換掉，因為新的一年又將開始了。

　　祖母在土炕上坐著，用副張數不夠的紙牌測著卦，她已經九十多歲了，眼睛不太好使，但日子總得打發吧，所以，經常性的這樣翻著牌。這牌已經好多年了，許多人使用過它，那些人，大都作古了。

　　院子裏的棗子從八月份就開始飄落了，而經過幾場雪後，卻還有幾顆在樹上掛著，固執的不肯告別。

　　在剛掃開的雪地裏貓咪匍匐著身子，它想要抓那些從枝頭飛下的麻雀，然而總是一撲一個空，但它的激情總也不盡。

　　爐火溫著，閃著光，像一簇簇可以觸摸的溫暖；燈還沒有上，線在祖母手裏握著，她不喜歡那突起的光亮，而且電花錢，所以獨自一人時很少開燈。

　　誰家在殺豬，那聲音叫的淒涼，祖母在土炕上向身後的枕頭倒了倒，她不想聽這豬叫聲。豬仍淒厲的叫著，村裏的狗叫聲也四起了。祖母自己養豬時，每年殺豬的前幾天就會覺得悽惶，獨自偷偷哭幾回。祖母很少吃自己喂得豬的肉。小時候問過祖母原因，祖母一邊抹袖子一邊說：「心裏悽惶。」那場景她仍然記得，當時她家正在殺豬。

　　窗玻璃上結滿了冰花，窗簾到冬天也從來不拉開，農村人是沒有時間觀的，祖母更是。寒氣在屋外盤桓著不肯走，門簾厚厚的擋著它。

　　祖母已經很老了，她喉嚨裏總像塞滿了東西，嗡嗡嗡嗡的一直在響，如轉不動的風車快要停下的樣子。

　　窗花上的紙某處破舊了，風過的時候，總是吹的亂動。這院子裏許多年前總是鬧鬼，因為這家人一月不出死了兩個。祖母看著那窗花，一定也想起別人說的鬼吧，但她還是裝著沒有看到，瞥過頭無神的望著地下的木頭櫃子。

　　那櫃子很多年了，櫃子裏的東西也很多年了，很少有人動那櫃子，以至它頂上結滿了灰塵。櫃子是紅木做的，漆也是紅漆，看過去，像一個疲倦的老人。── 木頭原來也是會老去的。

　　土炕的牆底一層繪著有圖案的花邊，不過因爲好多年了，所以一點也看不清。彩繪上面是白牆，中間釘著幾張圖紙，那是兩張世界地圖和一張中國地圖，但由於圖釘的滑落，正面牆上的圖紙快要掉下來似的。

　　那漫漫長長的冬夜，祖母是怎樣度過的呢？

　　風過，窗櫺發出細碎的聲響，土炕上的女人說著話 ── 祖母自言自語的說著話，說著田裏的玉米，山上的樹木，說著今春要多種點綠豆。祖母的思維，已經沒有了邏輯。

　　── 那是黃土高原的一片土炕，是建於上個世紀的土炕，建它的人已經死去十多年了。

　　小黃貓從外面回來，銜回一隻特大的耗子。祖母看著它把耗子拉到炕上來，精神也來了，綴著燈繩開了燈。頓時，一片火海，黑暗遁形於屋外的角落……

　　在南方的一張二尺寬的床上想著祖母的樣子，想著那住了十多年的土炕，想著祖母每天無所事事的眼神、空洞的表情，單只這一幕就覺得要流淚了；小黃貓在視線裏幻化，那是祖母唯一的安慰。她想，她終究連一隻貓都不如，貓可以在土炕上陪著祖母，她不能。

　　臍帶斷開時嬰兒啼哭的聲響，許多時候，人們說那是對這個世界的吶喊，其實，也許更多的是對誕生的恐懼，對母體的眷戀。

　　她想念著那土炕，她就是出生在土炕上的人。命運若有輪回，她願做個土炕上祖母一樣的女人。

# 祖母的腳

　　祖母的腳不像張愛玲母親的腳，祖母的小腳沒有橫跨過兩大洲，甚至沒有跨越出那個黃土高坡的小鎮，所以祖母是沒有名氣的，甚至連個正二八經的名字也沒有。但是，在我的眼裏，祖母是偉大的，是世界上最偉大的祖母。

　　祖母與五四運動同齡，但在上個世紀三四十年代，處於妙齡時期的祖母沒有參加各種運動。在閉塞的陝北小鎮，祖母過早的結婚生子，過起了普通人不顯山不露水的居家生活。平淡而有滋味，瑣碎而安寧。

　　祖母是辛苦的，她從地主家嫁到一文不名的祖父家來，是吃了很多苦頭的，祖母家是爛船也有三千鐵的那種，祖母放下了小姐的嬌貴嫁過來。開始的生活還算可以，後來是一日日水向東流人往下走了。

　　祖母小腳走過的一生，是悲戚疼痛的。祖母生過好幾個孩子，一個個都夭折了。到了父親這個時，祖母已經是三十幾歲的女人了，不知道她這個小腳女人拴了多少家門口的石頭獅子才拴回了個兒子（陝北人的一種迷信做法，如果生下孩子活不了，就去用紅繩子拴別人家門口石頭雕的獅子）。後來祖母又斷斷續續生了幾個孩子，活下來的就只有我二叔和三叔。孩子的過早夭折，對於善良的祖母來說，是個致命的傷，但是更大的傷還在後面。

　　祖母辛酸的前半生我沒有見證，祖母慘慘的後半生卻是一個真實的影集，一一收藏在我記憶的河裏。

　　祖母七十四歲的時候失去了他的丈夫，我的爺爺。祖母七十九歲的時，在不到一個月內，永遠的失去了他的兩個兒子——我的父親和我的二叔。

　　祖母是堅強的，堅強的祖母把淚咽進心裏，堅強的祖母把淚滴在沒有人知道的枕畔，堅強的祖母用她的意志陪我們度過了那段最艱難的時光。

　　祖母常常會呢喃著一個夢："我知道的，我怎麼大意了呢？年三十的晚上我夢見我媽媽回來找我了，她在後地叫我快收拾，叫我陪了她去，她說我不去的話我的兩隻鞋就可能丟了，我說我在家裏還有小孩我怎麼能陪你去呢？……"

　　祖母的夢我懂，在我們那裏丟鞋子就是丟失子女，誰家不管是夢裏還是平時丟了鞋子總是不好的。祖母在埋怨她自己，她認爲是她自己把他的兩個兒子在人世給弄丟了，所以她總是怨恨著，帶著餘生的一切情感。

　　祖母的夢做了又做，她總是夢到她兩個兒子的小時候，她總是夢到他們一起回來要她抱要她親，要她一起去，祖母總是喜歡說同樣的話："我現在放不下他們的孩子，以後終歸是要隨了他們去的。人家說前世的仇人是今世的兒女，你說他們會在以後我去找他們時來見我嗎？他們畢竟是我的兒啊……"

　　我是不能說話的，我又能說什麼呢？我知道一切的語言對祖母都不起作用的，她陷在自己的世界不要出來，也出不來。

　　祖母八十八歲時，一個多天下雪的早晨，顫巍巍地動著雙腳去隔壁房間看他的小兒子（即我的三叔），但不小心跌倒在了門邊。用她自己的話說是本來想去院子裏看看雪的，可是不知怎地就想走進三叔的屋子。她把這些解釋了一次又一次，別人也一次又一次埋怨她大清早跑出屋子幹什麼。但是我明白，她是怕了失去，怕了死別，她是怕我三叔在夜裏睡著出了什麼事。從那個早晨祖母以從此半身不遂的代價證明她最小的兒子是安全的，很舒適的在炕上睡著的。

　　祖母癱瘓的那個多天我正讀高三，經常回家去。一次回去我很認真的給她洗了頭髮，擦了身體。但是最後，她拒絕我爲她洗腳，我哄了一次又一次，可是她還是不聽勸，我就動用了叔叔的威力，我說不給她洗腳的話叔叔會認爲我不孝順的。我的祖母終於說出了理由，卻是這麼的令人心酸。她流著淚對我說："你是我的孫女，讀書認字是自不必說的，你以後要成爲貴人的，沾了我的晦氣是沾了我的黴氣，而這黴氣在腳上，你以後沾上了是洗不掉的，你現在還沒有活人呢，我怎麼能讓你這樣呢？……"在我的有意無意的勸解下，祖母的腳還是被我洗了。

　　盈盈一握，全是骨頭，就是這雙腳，撐起了我童年時代的天空啊，我怎麼會嫌棄，怎麼會害怕呢？

　　……

　　以後的以後，我還是經常給祖母洗腳，還是經常會遭到她拒絕，但沒有哪一次，我沒有成功的達到目的。祖母只讓我給她洗腳，別人誰也不行，甚至是她的小兒子。在我眼裏，祖母的腳是尊貴的，沒有祖母，那來的我呢？

　　祖母辛酸的一生，小腳走過的道路，我無法用語言來形容，也難以用感情來寫盡，只能在心裏一次次說著抱歉，而這樣的抱歉，親愛的奶奶，你需要嗎？

# 父　親

　　童年就像敲著鑼打著鼓一樣，飛速的過去了。當我駐足回眸的時候，一切都像海邊的貝殼，枚枚都收藏在記憶的沙灘。

　　父親是個逐漸模糊的稱呼，回憶起來，卻是溫熱的，如冬天的火爐。小時候最盼望的就是冬天，因為盼來了冬天也就快盼來了年，過年是件多麼興奮的事呵！每逢過年，父親都能從遠天遠地的他鄉歸來，帶回新衣服、新書包，也帶回新玩具，更帶來大於別家孩子的壓歲錢。

　　對於年的記憶，從懂事起就很明晰。有一年年夜，父親想起個什麼好注意，把我們兄妹三人一起叫起來。這一天按照往年小孩在夜間是不能出門的，因為院裏的兩個火籠。陝北過年，院子裏總是用炭壘兩個火籠，靠近大門的在太陽落下去時候點燃，靠近門的在正月初一早晨四五點點燃。據奶奶講，這樣的爐子，是為了接祖宗回來過年，而小孩子由於靈魂還沒有完全長成，很容易讓回家過年的祖先帶走，所以就在過年的夜裏把小孩子關起來。

　　那一年父親說服了奶奶，把我們放到院子裏去了。父親是不信神靈的，也不褻瀆，祖先們例來的規矩，他都是嚴謹的遵守著。如初一早上四五點到墳裏給祖宗去燒香，去放炮。父親把我們帶到院子裏，自己先跪在香爐前，很恭敬的磕了三個頭，然後依次讓我們仨磕拜。據說這樣可以增高個子，因為那個香爐是進貢土地爺的，在那上面貼著副對子："天地三界，土神之位。"跪拜了土神，我們的個子就可以長得更高了，因為有了這麼一說，我們都跪下去了，而且很恭敬的磕了好多頭，對著土神之位，也對著火爐之地。火爐是不能在初一早上過早滅掉的，那一年卻很早就滅了，奶奶說這是不吉利的兆頭。—— 那一年，父親離開了。

　　不記得是幾歲的冬天，村子裏來了個耍毛猴子的人，他帶了六七個猴子，那些猴子可愛至極，在我的眼裏，它們勝過了所有的貓狗。我追著看了好幾天，最後，那個耍猴子的灰眼大叔對我說：你只要把你家裏的雞蛋拿來給猴子吃了，我離開這個縣城就把那個最小的猴子給你。說著，他順手給我指那個個極小的最可愛的猴子。當時我正吃著煮雞蛋，毫不猶豫的給了小猴子。然後回家讓奶奶煮了好多雞蛋拿來給猴子，甚至還帶來了一小袋奶粉，而且還把我過年父親給我的捨不得花的壓歲錢也背開人給了耍猴子的大叔。我等了許久，那個耍猴子的人走了卻沒有把小猴子送回來。後來母親帶著城裏生長的姐姐回來，姐姐對我說猴子是不會來了，因為賣猴子的人是騙人的。這事被父親知道了，父親對我說：是因為你等待的時間不長，心不誠，小猴子離不開母親，它長大了自然會被送來的！── 可是我等了這麼久，直到現在也沒有來，倒是讓我等待的父親離開了。

　　小時候由於父母把我下放到農村，所以對於父親，是很不親熱的。每年我極其盼望過年，因為過年姐姐也就回到農村來了，她於我是漂亮可愛溫柔的玩物，我可以帶著她到處炫耀。可是，姐姐回來父親也就回來了，雖然我很盼望過年那天他給我大把的壓歲錢，然而，他於我是陌生的。我很少當面叫他"爸爸"，在別人面前卻以他而自豪。父親總是拿著新買的東西，哄著我叫"爸爸"，我藏在角落裏，怯生生的，眨巴著眼睛看他，然後他就把我拉過他懷裏去，用他的鬍子刺我，我跑出房間。直到午飯時候了，被奶奶逼著去叫父親吃飯，我回到房子裏，他已經睡著了，我推他，不醒，繼續推，然後說："吃飯了，吃飯了！"而"爸"這個稱呼，卻是沒有叫出口的。 ── 當我想叫他"爸爸"的時候，我的父親卻永遠地離開了。

　　父親離開後，再也沒有盼望過過年！很多人說秋天是適合追憶的，而於我，卻是多天。多天是跟年一起相跟著來的，多年前，父親跟著年總是按時的歸來。

# 母親的短信

家在那片巴掌大的土地上搬來搬去，座機也就搬來搬去，所以經常出問題，直到家裏只有母親和祖母沒有手機的時候，大家再也沒有意識搬那個座機了；自然也就不會有人續費，漸漸的，母親通向我的心，便只能在小叔或者哥哥的手機上實現了。不過，以前座機能接通的時候，母親也很少打給我，後來幾乎也沒有。

母親是很少拿別人的東西用的，就是自己兒女的，她從來也不主動拿過來。所以，在母親沒有手機前，我的記憶裏似乎沒有接到過母親打的電話。

母親的手機是姐姐換下的，已經很舊了，時不時的自動關機，但當姐姐心血來潮給母親辦了張卡後，母親就經常給我打電話了。我仍然記得聽到母親有手機的那通電話，那次電話是我打給母親的，當時的座機還能用，只是時不時的壞，母親在座機的那頭絮絮叨叨了很久，最後才慢騰騰的說：「欣欣記下媽媽的號，你姐姐給媽媽辦了個卡。」說著，她就報出了那十一個數字。

臘月回家，我拿母親的機子不停的打電話，發短信，母親在身邊坐著，微笑，不說話。後來我不知怎麼心血來潮，要教母親學發短信，母親囁嚅著說現代化的工具，她玩不了。我唏噓：「媽，你是那個時代的貢生，怎麼能學不會呢，何況這麼簡單？」母親笑，卻明顯有尷尬。母親是八一年的高中生，而且當時學的非常好，儘管這十多年來生活不太如意，但母親的手頭從來沒有丟開過書，即使下地回來，一往炕上坐，下意識就去翻她常看的書，母親怎麼能學不會發短信呢？然而我教母親，母親卻只是看，不學，我也就不到一分鐘失了耐心，拿著母親的手機自己聽歌了，渾然不顧守在身邊的母親。

那日之後，第二日我玩相機，不由興奮的要母親給我拍照，想不到說了一下母親就會了，給我拍的也非常好，真高興。不過看了相片之後話不由自己的就蹦了出來：“短信那麼簡單，我家媽那麼聰明，怎麼就學不會？”許是這句話讓母親覺得自己笨吧，半晌不說話，我也不介意，又自己去玩了。

其實，母親的聰明，並不是我自己說出來的，而是認識的人皆知。母親沒有學過裁縫，卻在買來機子後看著剪裁書很快就會了；母親沒有做過鞋，挑過毛衣，在看了別人的東西後一晚上就做了一雙，一晚上就挑了個毛衣……這樣驚人的事時有發生，所以人人都知道母親的聰慧。

小村太過乏味，我找各種理由小年沒有過就離家了。離開家後，我在一個不到十八米的房子裏當宅女。某一天一個人感覺天地間只有自己的時候，母親的短信來了，先是空白的，我回了一個：“媽媽有事嗎？”母親很快就回復了：“欣欣在外邊還是在校園？”見我沒有回復，母親很快就打來了電話。

手機一直響，我任著它持續，卻感覺心裏難受。我是沒有接電話的習慣的，只除了打出去，而這些，家人都是知道的，而母親卻固執的打給我，爲了什麼？後來過了不久母親回我：“欣欣的短信媽媽已收到，媽媽沒有事，就是看你怎樣？”

某一個下午我獨自在房間裏坐得久了，起了給母親發短信的心思：“媽媽幹什麼呢？我自離家後買了只雞自己來熬湯，肉不是很好吃，我每天早上煮稀飯吃麵包，中午就熬雞湯面來喝，雖然不是很豐富，但營養跟得上，我也就沒有出去吃飯的心思；不過媽放心，我會照顧自己。”後來這個短信顯示發送失敗，我也就好幾天不給母親發資訊了，我認爲母親停機了，因爲我在的那幾天就把她的卡打電話打到只剩下十多元。

想不到母親今早給我發短信，事關問候的，問我在做什麼，我回一個過去：“準備靜下心來好好寫點東西。”母親又是很快就回了我：“媽媽看到了孩子努力，願上帝托起！”這個短信讓我瞬間就哭著不能自抑，我不知道母親是如何摸索的打出一個個字的，但我知道母親的心態。

以前我總是埋怨母親，對母親從來就沒有好好用心理解過，但近年來在我受到人生的各種打擊時，我才慢慢抵達母親的心口。

那天我買了跑山雞來自己切碎熬湯喝，後來聞著那味就想吐，但這卻讓我在某種程度上走近了母親，這麼多年母親不就是忍受著噁心來過生活的嗎？

　　我知道以後還將有許多事讓我更能走近母親的靈魂，我知道，母親以安全的子宮養育了我，我也終將經常在意識形態裏回到這個子宮去，不然，哪來的母子一體呢？

　　媽媽，我愛你，用了二十多年的時間，我才發現我愛你。

# 哥哥新婚

　　哥哥結婚在即的消息，已經被家人重複很多遍了，我還是聽著不厭，也一再向熟識或不熟識的人重複：“我哥哥遇到真愛了。”其實說到真愛，只是一種唏噓說法，對於愛情，我有我的看法。就如昨夜裏與同學吃飯，夜半歸來，他說到他要離婚再嫁的姐姐，說他姐姐的新歡有兩個孩子，他姐姐已有一個。我聽了這情況，只說了一句：“半路夫妻，左右不是，千般不宜。”他認爲是名言。

　　愛情與婚姻，在我這裏，並不是肝腸寸斷真實存在的，寫了那麼多悼亡詩的元稹，還不是幾棄幾娶，哪一次不是“眼前新婦新兒女，已是人生第二回。”所以，有時固執的堅持，還不如“憐取眼前人”來得真。

　　哥哥前些年談過一次戀愛，愛的死去活來，由於家庭原因，當時沒有讓他們結合，後來那女孩很快嫁人了，聽說有了孩子，是個男孩。哥哥一度是不快活的，持續了好幾年，拒絕戀愛，拒絕相親。我小叔叔說他是情種，諷刺的說法，卻也無奈。哥哥雖然比堂哥小，父親卻是長子，所以，他若不娶，斷了長門香火，簡直想都不能想。家人著急，我也焦急，因爲哥哥之前的戀情，一半的原因，是由於他當時年紀還小，另一半，就是我與姐姐在讀書，家裏經濟條件差，支持不了他。

　　哥哥對於初戀的捍衛，簡直叫山高水長。眼看著一年年大了，他也不急，無事人一般，標準定的超高，要是娶，得像之前那個女孩。那女孩已經嫁人，上哪里找去？

　　今年家裏開了飯店，哥哥似乎有了進取之心，人也活絡，給我經常打電話。近些年來我們有隔閡，因爲我的學業問題，我是自行其是慣了的人，很難接受家人的安排，卻每次總諾諾的點頭，做聽話狀。比如不要到南方的學校去。這是家人千叮萬囑的，但填志願的時候，一不小心落筆，遂了我的意到了江南。這些也是我與哥哥不睦的一個原因，以至幾年來我們都無法好好溝通，他看我不順，我看他膽怯，兄妹之情，就在這種張弛中變得淡淡了。然而血濃於水，內裏仍是很關心的。如每次年後離家，他都要向母親或小叔叔嘮叨，意思是要我過了小年再走。我知他不捨，卻也無奈，每每意思表錯情達錯意，最後誤會重重，竟至連話都不敢跟他講。長兄如父這個道理，我是真懂得，雖然哥哥只比我大了兩歲。在我這裏，他有父親的威嚴。

哥哥要結婚了，新娘子是山西保德的，與我家僅一河之隔。新娘子是我家開飯店請來站櫃臺的，居然他們對眼對出了感情，很快就你儂我儂，升級到商定婚事。我沒有見過這嫂子，只電話裏聽她軟軟甜甜的說過幾句話。我常常想像這是怎樣的一個女孩，她能讓哥哥枯井般的心，在認識幾個月就打開？

母親說即將娶進門的我的嫂子還不錯，長的也可以，不過同時歎息，說是苦命人家孩子，七年前父母離了婚。我想也許正是這樣的女子，才能引起哥哥的深情吧，因爲他是那般善良。

哥哥是極其良善的，這良善不只對人，還對貓狗，甚至植物，他都存著悲憫情懷，他就像一個多情的讀書人，若是個女子，肯定屬於多愁善感的一類，偏偏不是，卻又極敏感細膩，他總把人想像的很好，以至很容易受傷害。比如我們兄妹之間，他總想著爲我好，所有的都考慮過了，卻沒有想到，我總是做出一些出格的事情來，總是走到事物發展的反面去。哥哥初始是還抱希望的，後來簡直到了絕望，因爲我的不聽話，不過還是對我極寬容，指望著我乖巧一點，不要我行我素，卻刺激我走到了更深的反面去，我是越走越偏，想幹什麼幹什麼，真真是惹到他了。

二零一零年最開心的事，就是哥哥的婚訊。哥哥電我，笑著呼我未來的嫂子爲“丫頭”，然後溫柔的哄著他即將迎娶的新娘說：“你快點，快點接，欣欣要跟你說話。”他雖然語速急促了點，卻滿溢著柔情。欣欣是我，家人一直這樣疊音叫，聽了總有幸福感，一圈一圈蕩漾著。那個叫做豔芳的女子，我未來的嫂子，你知道我是多麼感激嘛，你的出現，讓我們兄妹之間五年間的薄冰一下子化掉了。

雖然我不相信婚姻，愛情，卻還是希望哥哥與嫂子一生一世從此一起走，希望他們美滿。父母半生，兄妹一世，哥哥，俗世俗情，什麼都可以忘記，卻只有親情能讓我如此的黏著揪著，祝你幸福，妹妹真心祝你們幸福。

# 與君世世爲姐妹

今天上網，無意進入姐姐的空間，感慨頗多，想念不已。

姐姐去年臘月結婚，當時正逢我們放假，但我沒有趕回去，如果一定趕回去的話，其實是可以做到的，但我沒有。並不是因爲姐姐與我有什麼矛盾，而是我不想看到這種場面，我這樣說有許多人是不理解的，就像我的許多身邊的同學不理解我與家人之間不常打電話一樣。我宿舍一個女孩，一個周可以與她大姐二姐打好多個電話，短信更是不斷，而我卻是一月也沒有三回，甚至一回也均不下來。

這樣說並不是因爲我與姐姐情薄至此，相反，我們的感情深的很。我與姐姐的交往，在許多我身邊的人看來，是冷漠的，我也不做解釋，因爲根本不需要給太多的人做解釋，知我者謂我心憂，不知我的人說起來只是增加點談資罷了。

我是個秉信血濃於水的人，不管是姐姐，還是我未見過面的祖先，只要想起他們，都讓我覺得心扉暖暖。

我不想參加姐姐的婚禮，是因爲實在接受不了我的姐姐離開我家，縱使那個人再好，我都覺得是把屬於我的東西搶走了，只要想到這點，我的心就哀哀的，有想流淚的衝動，心脹脹的。我無法接受姐姐的婚禮，所以我否認它的存在，對於別人，我都一概是說，我姐姐還沒有結婚，這是個多麼幼稚的謊言，不過沒有誰真正在乎她有沒有結婚。

那個我該叫做姐夫的人，我過年回去見過。雖然看起來不錯，但看見他的第一眼，我就覺得眼眶逼的難受，因爲是他搶走了我的姐姐呵！我拒絕叫他姐夫，一直沒有叫，甚至爲了逃避他們，我過了年早早就返校了。至此算是今年的分別，因爲我暑假也沒有回去見他們。

是在秋天吧，與母親的電話裏，得知姐姐懷孕了，只要想到沒有我高的姐姐腆著個肚子，我就覺得接受不了。

自從姐姐結婚後，我再也沒有在視頻上與她見面，雖然以前見的也不多；自從她結婚後，我再也沒有與她 QQ 聊過天，我與那麼多有關無關的人聊天，可是，在看見她的頭像亮起的時候，我不是急匆匆的下線，就是快速隱身。即便短信偶爾發一次，也都是關係家裏的正事，而且我絕對不多發一個字。

迄今我記得最清楚的一個短信，就是我忽然想起家裏失蹤許久的貓，想知道它的死活，所以我就給姐姐發了個短信。姐姐回的是：「現在家中共四隻，大貓一個，小貓四個，胖乎乎的。」當我收到這個短信，我覺得我的姐姐還在我身邊，還只屬於我一個人，當然，這只是一瞬間的恍惚。

看到她關於貓的短信，我就想到我們的小時候了。那時哥哥與奶奶到別人家去串門，往往半夜回來，我與姐姐就貓在被子裏玩撲克，一般我們玩升級，我總是贏，現在想來，十之八九是姐姐讓著我，那麼聰明的姐姐，怎麼可能玩不過我？我又想到我小時候十分怕鬼，只要關了電燈，我就覺得地下炕上恍惚的都是鬼影，可當時經常半月多的停電，所以晚上熄了油燈後，就是我最怕的時候，姐姐總是抱著我，用她還沒有我大的身架。即使是夏天，她也是抱著我的，半夜我跑開來，被嚇醒了，馬上鑽到姐姐的胳膊上去。姐姐從來沒有推開過啊，從來沒有推開過！

還有，小時候我總是嚇她，她晚上睡覺不怕鬼，可她怕我做鬼臉，每次我感覺她不順著我的時候，我就扒著自己的眼睛把自己的臉皺起來嚇唬她，就這樣，她還被我嚇哭過。現在想來，真是不該，她是我姐姐啊。

童年，總是有許多活要幹。一次與姐姐打葵花，不小心拿棒子打在了她頭上，叔叔把我教訓了半天，當時好怨恨姐姐，雖然她沒有責怪我。現在想來，也一樣是不該……

姐姐的婚禮，我不是不想祝福，可是我祝福不了，一直祝福不了，所以我避開來。其實許多東西我是改變不了的，就如姐姐的人生軌跡，我以爲我躲開，一些事就不會發生，可是，沒有哪些事可以不照常發生。

今天看姐姐在空間裏的照片，她穿著牛仔褲和長長的黑底打著紅花的上衣，在一個牌子地下站著，牌子上面的字很清晰，是李白寫的那首《峨眉山月歌》：「峨眉山月半輪秋，影入平羌江水流。夜發清溪向三峽，思君不見下渝州。」喜歡古典詩歌的姐姐，選擇這個牌子拍張生活照很正常，可是，對於想念她的妹妹我來說，這是多麼合適的契機，正是由於這張立體的照片，這首詩歌，我終於接受了姐姐的出嫁，終於可以真心的祝福姐姐一聲了。

　　"思君不見下渝州"，一句道盡我的心事。這麼多日來，我一直在姐姐的空間外呆著，悄悄的探視著裏面，今天，我終於可以走進了，心的走進。

　　照片上的姐姐笑著，微簇著眉頭，我多希望，她永遠如此刻一樣平靜，一樣快樂，可是，這些話我只能寫在鍵盤上，因爲不知道什麼時候，我們再也不能談知心的話，再也無法敞開自己的心扉，雖然我知道我是愛的，我也知道我的姐姐也一樣愛我，我們之間比任何一對姐妹的情誼都深？

　　在這裏，祝福我的姐姐快樂，祝福我的姐姐永遠健康，與君世世，永結金蘭。

# 失落的童年

　　我將背著我的心意，找尋失落的童年，記載我成長穿越過的最初國度！

—— 題記

　　打小就不喜歡吃大肉大油之類的東西。祖父養了一群羊，殺來吃的時候，我只吃肚子之類的，嚼起來感覺帶勁，也不會覺得對不起曾經的與我朝夕相對的羊兒。小時侯最有趣的不是吃這些，而是吃燒烤的麻雀，因爲麻雀不是很容易得到，所以吃起來覺得特別有意思。

　　冬天是麻雀找不到食物的時候，尤其是下過雪後，它們成群結隊的來院子裏找吃的，跟雞啊狗啊之類的搶東西吃。這個時候是捕雀最好的時候，哥哥總是帶了我和姐姐一起去捕麻雀，捉到了我們就燒著吃，很香的，是我吃過最好吃的肉。

　　下雪後，我們早上起來看見白茫茫的一片總會歡呼，姐姐央求哥哥幫忙堆個大雪人，堆完後我們再在雪人的臉上按兩個扣子大小的黑炭，稱之爲眼睛。然後過一會這個玩厭了，哥哥就帶領我們捕麻雀了。每年都是這樣，直到我們長大。

　　先在院子裏掃開一片空地，支起一個用紅柳編成的喂牛吃草的簍子，下面撒滿玉米或者是黍子（一種紅色的穀物，去了皮後陝北人當小米吃），然後把線拴在簍子上，藏在房子裏從玻璃上看，專等麻雀下來吃。然後一拉繩索，就可以套到好幾個。

　　有時候大人也跑來陪我們玩，尤其是二叔叔，他會教我們怎樣準確的捕捉到它們，怎樣燒著更好吃。當他陪我們時，我們捉到的比平時多好幾倍，每當此時我就可能發善心放飛雀鳥，否則不是被我們燒的吃掉就是被我們拿來喂貓。

　　姐姐喜歡玩捕麻雀的遊戲，但不喜歡虐殺麻雀，活著的不玩，死了的更是遠遠避開。有時候母親在家，她會跑到房間告訴母親我們又在準備屠戮麻雀了，因爲新學的屠戮二字，她咬的很是準確，每次都是這樣。可惜母親也沒有辦法，這是我們的樂趣，她至多也只是跑到我們跟前看看，摸摸被我們握在手裏的麻雀，說聲玩厭了就放了吧，怎麼說也是一條命。

是命怎麼了？自然界的都是命啊，樹木還會哭呢，誰疼過他們了？我有時候是會可憐它們的，但大抵無濟於事，最後都被哥哥給我燒來吃了，哥哥也喜歡吃這個，但是他見我更喜歡總是讓給我。

哥哥自己燃一堆柴禾在院子外面的空地上燒著麻雀，或者在灶房的爐子上燒，當然，如果母親同意的話。我總是跟著哥哥，還沒有燒好我就讒得不得了，恨不能搶過來生吃，哥哥每每此時會瞪著眼睛嚎我，說烤好後都是你的，急什麼！是啊，只有我吃得不想吃了，他才開始吃點，可是我就是看著就想吃啊，哪能等呢？

我坐在哥哥身邊耐心地等，偶爾也跑去抱一點柴來，哥哥是寵著我的，很少讓我去幹活。燒好的麻雀很好吃，最好吃的是包泥巴裏在柴火上烤，烤到七成熟開始趁熱吃。簡直是人間美味，吃了你幾天都覺得胃裏面很舒服。

姐姐此時總是離的遠遠的，她看起來像個不食人間煙火的小天使，很小的生命都想挽留下來，比如我踩死個螞蟻都會被她埋怨半天，何況我吃了活活被我們整死的麻雀。所以每次吃過麻雀後姐姐總是把我冷上幾天，哥哥習慣于找比他大的男孩去玩了，只有我躲在奶奶幽暗的老窯洞裏給自己贖罪。

每年的多天，最快樂的就是捕捉麻雀，可惜後來哥哥長大了，姐姐長大了，沒有人喜歡堆雪人，也沒有人喜歡燒麻雀了，我的童年被迫跟著他們的長大也結束了。

後來我進入了學堂，知道了什麼是善，什麼是惡，但關於麻雀的事，我始終不知道我做的是否正確，只知道，我的童年，成了失落下去的太陽，飄不上來了，即使浮上來，也是別人的了。

後來無論到那裏吃飯，我總會想到姐姐不讓我殺死麻雀。後來看到佛家的書，說人是因爲吃的動物的屍體多了，所以才會死後發臭，或者腐爛，因爲人犯了罪。所以現在我幾乎是不吃肉了，那童年裏吃過的麻雀，也成了記憶了，我總怕它們哪一天成群結隊飛回來找我，說我吃了它們的肉，那我該怎麼辦呢？而我的童年，因這樣的想法，就此遺失了。

# 十二歲生日

　　十二歲那年，該是我人生最慘澹的一年，失去了親愛的父親，失去了疼愛我的叔叔，家不復溫暖，人生開始顯得孤單。我十二歲的生日，更是顯得悽愴。

　　在陝北，有一種風俗，人到了十二歲得開鎖。所謂的開鎖就是十二歲生日那天由父母在孩子的脖頸上一圈一圈系上十二條紅線，然後在中午十二點在紅線上系上一把新鎖，最後在晚上十二點由父母慎重打開。這樣就標誌著小孩從此向孩提時代告別，開始走向成人。用紅繩是因為紅色避鬼，按照迷信的說法是小孩系了紅繩之後就可以打開智慧，遠離魔鬼的干擾。

　　當然，這是由奶奶在我小的時候告訴我的。因為在我十二歲的前一年跟前前一年我的哥哥和姐姐分別開了鎖，所以對於這些說法我很清楚，甚至可以給別人講上大半天。

　　我十二歲的生日，是被忽視的，被忘記的，我的父母沒有給我系紅繩，沒有給我掛長壽鎖，我驚恐地躲在角落自己點燃了不是紅繩的線，告別了我的童年。

　　那天，我按照往常一樣早上起床之後就去了學校，在夥伴們的吵吵嚷嚷中度過了一個上午，期間如往常一樣從視窗翻走回家吃了早飯。

　　下午同學們都走了，教室也被鎖了，我躲在校園紅旗台的背後，盤算著該到去哪找紅繩，該給自己怎麼開鎖。

　　小時侯的我像現在一樣倔強，是拒絕要求別人給我什麼的，包括我的家人。我的不善於說話或者準確說不善於表達自己地感情的缺陷在小時候就已經表現了出來，從這件事就可以看出。當時我大可以告訴母親讓她給我開鎖，給我打開智慧之門，給我驅逐童年的鬼，給我增加更長的壽命，但我沒有！

　　那個下午我自己坐在升旗台想了一個下午，後來我從學校出來，爬上了已經沒有了棗子的棗樹。當時應該是感覺到悲哀的，但我已經記不起來。只記得當時已經是秋天了，我離開學校時好象已經接近黃昏。風颯颯的刮著，不時有棗葉飛下枝頭，不知誰家的黑貓從樹上跑來跑去，眼睛裏閃著幽藍的光，甚至近距離地打量著我，我"咪咪咪"地呼著它竟呼出了眼淚。

月上柳梢了我才回去，母親問我哪去了，我說作業沒有做完去同學家做了，然後母親走出了房間，去忙秋天的農活。趁母親不在，我打開母親的衣櫃把裝毛線的盒子拿了出來，我拿了一團毛線趕快把整個盒子放了進去。母親在門口問："你在幹什麼，怎麼還不吃飯？"我應和著說在朋友家吃過了，然後懷裏藏了毛線就走了出去。母親呶呶喁喁著怪我不該在別人家吃飯，我又趁機順手拿走了灶邊的火柴盒。然後，我跑出了院子。

在屋後那片荒涼的草地上，我就著月光給自己的頸上纏了十二圈毛線，把以前父親給我買的用來鎖筆記本的鎖子從兜裏拿出來。然後我一下一下鎖了開了十二下，每一下的聲音都是脆生生的，像要響進我的心裏去，讓我的心咯噔咯噔跳動起來。

然後我直接就把那些毛線從身上扯下來，才發現它們是白色的，在月下，反倒泛白成了電視劇裏常見的上吊的白綾，我很奇怪我怎麼在我拿它們的時候沒有看顏色，但我已經沒有時間考慮這件事情了，母親還在燈下不遠的家門口叫著我的名字。

我把那些白色的線放在一塊石頭上，然後找來幾根細柴禾，用我隨身攜帶的火柴惡作劇地把那些線點了起來，就著那一點光，我看見了月下蒼白的自己。

有風吹來，時節近深秋。

那一天，母親也沒有想到是我的生日，從小撫養我長大的祖母也沒有，他們沉浸在大人的悲傷裏，根本沒有覺察到小孩子也會有悲傷，終使她們知道小孩子有悲傷，她們也會認為這悲傷是細小的，根本不值得提。

　……

這件事就這樣過去了，過了好多年了。

有一天，我陪一個好朋友去算卦，聽人說算得很准的。朋友算完了，她一定要我也算一算。我想既然來了，就算一次吧。沒想到算卦的那個白髮老頭一看我就說，你身體可是不好啊，沒給老爺報到吧。這話一下就說到了我的心上。我脫口而出：是不是因爲沒有開鎖？要知道，我是以我自己的方式給自己開的鎖，儘管開了，儘管在當時我還請求天地原諒，我是不得已才自己給自己開的鎖，可是我既沒有父母在身邊，也沒有系紅繩，更沒有弄個新鎖，所以在我的潛意識裏，終究是沒有開過鎖的，這件事是一直放在心上的。白髮人肯定地說：因爲你沒有開鎖報到，當地的老爺還沒有接管，所以你的身體總是很虛弱，看也能看的出來……

我不是個容易迷信的人，雖然小時侯我用我自己的方式給自己開了鎖。然而就像我雖不信烏鴉叫是壞事，但看到烏鴉還是心悸悸的，總感覺有不好的事要發生。我很後悔那天跟著朋友去算卦，我覺得被那個白髮老頭一語中的，我走不出這個心結了。我聽見了不好的事，我無法避免的，自己要跟著這個別人的預言走下去，這真的好悲哀。

現在只要身體不舒服，我就會想到這件事，想到我慘慘的十二歲，想到在那個我生日的夜晚，我是怎樣就著月光燃燒了自己的童年開始成長的。

# 朋友齊齊

　　在大學生活接近尾聲的時候，我一一回憶這四年過往生活裏的女子，善良的、乖戾的、執著的、亦或邪惡的，都可以涵蓋，唯一不可定義的，在我想起來有點悲傷的一個，就是齊齊了。

　　認識齊齊是大一下學期，之前聽過她已經多次了。她是文學社的，我也是，她當時是負責編輯工作的，而我這種人向來是編外人士，進文學社的目的，無非是看上了當時的社長，希望他陪我玩一段時間，所以大一上學期，除了聽社長講起文學社，講起齊齊，竟至沒有見過。大一下學期，也只是聽總打我電話的一個寫詩的朋友殷民說起，他總一口一個齊齊如何，齊齊說了什麼，所以在我的想像裏，齊齊是幹練堅決有女俠氣質的女子。後來在期末雜誌出刊的時候，某一天在一食堂下來的乒乓球台碰到，經殷民介紹，我才知道我眼前的胖胖的女孩叫齊齊。

　　初相見，齊齊就拉的手討論我的文字，說她喜歡我的詩歌和散文，那些隨意寫下的東西，在我早就沒有印象了，她卻記得深，她跟我說我筆下的柳永，跟我討論我文字的悲情，我感動於她的認真，更喜歡她的快言快語，仿似不藏心機單純樸實的女孩一般，一下子就很喜歡。於是相互留了號碼，彼此說定以後相約。

　　那之後，斷斷續續，我們也交往了幾次，每次都是她約稿，或者是說文學社的事。後來她買了臺式電腦，某一日我有事，忽然想到，過她寢室玩，她也是極熱情的，甚至她要上課了，也不趕我，讓我一個人繼續。我聊天，或者遊戲，她都任著，即便打擾了她午休，她也不說，甚至買了東西回來給我吃，讓我繼續。當然也勸我，要我珍惜身體，估計那時候，她已經感覺我不是很開心了。我骨子裏的憂鬱氣質，被她覺得很徹底。及至後來很親近了，她跟我們共同的朋友明星他們私下說起，總一臉悲憫："國欣並不是你們說得那麼灑脫。"我聽別人轉述，是在喝酒的時候，我端著杯子全部喝了下去，這句話對我，若西歐神話裏被人叫出名字的神仙一般，再也無法自製了，卻也只是微笑。那之後，我徹底引她爲知己。—— 當時的齊齊，是快樂無憂的。

齊齊如鄰家大姐姐般，以她比我大爲由，總管著顧著我，一起的時候，由著我居多，所以我任著自己，不高興就拉她在校園裏亂走，惡作劇，在大馬路上狂叫。大三，可能感覺時光的疾水流觴過得太快，她比我更珍惜在一起的光陰了，許是因爲她是專科，要畢業的原因吧。我們當時在一起，總是三人行，我，她，還有一個叫明星的，我們笑稱是“鏗鏘三人行”組合。我跟著明星，有時也叫她爲“齊齊姐”，這樣叫顯得親，她也樂意。我們總在一食堂的門口或一教二樓聚，總是齊齊來看我們。這時候，她已經開始陷落那段萬劫不復的愛情了，卻還是強顏歡笑，裝作很快樂。

戀愛中的女子，總是容易患得患失，齊齊在大三的時候，那麼容易流淚，傾訴，她喜歡上了一個大二的男孩，人家並不喜歡她，卻也不拒絕。齊齊那樣的女孩，怎麼忍心拒絕，她是什麼都可以想到的人，像個護子的母親。也就在這個時候，齊齊從一個快言快語幹練堅決的女孩，變得婆婆媽媽，甚至有點老年婦女的傾向了。某一天在蘇州人家飯館的二樓坐著，我摸我手臂上的紅印，說碰一下就是一疤痕，不知情的人還以爲怎麼了。齊齊就馬上進入聯想，指著自己兩胳膊上的十幾個黑色橢圓斑點無限悲情的說：“我這是提前老了，老年斑都出現了。”她這一句話，讓我跟明星瞬間沒了語言，不過愛情終是好的，我們那時還以爲她只是稍微失意，就如戀愛中的人吵架，吵吵就好了，可後來終至沒好。

齊齊，在大三的下半年，總拉我的手，哭，我陪著她，聽她絮叨，如一個嬰孩般脆弱，卻也知道愛情是幫不上忙的，她中了毒一樣。某天聽說她給那人發了短信，說是血是比水濃，我們都嚇了一跳，擔心她出事。再後來就是聽到懷孕啊墮胎啊之類的消息……其實事實並不是這樣，她只是要他在乎她。

後來齊齊就去了北京，臨走我也沒有送行，當時我正在成都度暑假。

齊齊在北京的日子，比較順利，她那麼善解人意的女孩子，肯定招人喜歡，不過看她的簽名，還總是擔憂，因爲她還是愛得那麼固執，那麼深，依舊沒有得到回應。

四月齊齊說回來，要一起走徽杭古道，但因爲半天的時間之差，在我趕回黃山的時候，他們已經出發了，所以成了空話。好在後來兩人也見了面，一大圈當時的人，吃了飯喝了酒，我勸齊齊想開點，說到了：天涯何處無芳草，何必單戀一個林子裏的鳥？說這話時，齊齊怔怔的看我，我覺得我被人看透了一般，愛情是夢魘，我一樣無法脫身，卻還想以語言超度別人？

五月我去北京，臨別，在趕往車站的地鐵上要齊齊來見我。她撂下工作跑了來。兩個人在偌大的車站，聊隱秘的兒女心事，我們握手而談，她還是那麼不管不敢，為了愛情，為了得到所愛，赴湯蹈火的樣子。能狠狠的這麼愛一個人，無保留無奉獻，也是一種大勇氣，我就沒有。

現在想到齊齊，我還是佩服她對愛情的信仰，以及那種堅持。她真是個好女孩！

# 愛者的世界

## ── 詩人林子印象記

　　有幸識得林子，是在 6 月 3 日晚的香港臺灣黃山作家詩人聯誼座談會上。之前李平易老師在他的文章《"金童" "玉女"》中也提到過林子，因為林子女士是李在魯院讀書時一位忘年交的乾媽。

　　在那晚的座談會上，林子女士首先說自己七十五歲了，當時黃山的作家舉座皆驚，因為無論是聲音，還是體態，林子女士都沒有顯出老年人的樣子來。她說前些年二三十歲的女孩子，見了她總叫大姐，近來有人叫奶奶，但依舊覺得自己是以前的女孩。確實，她的聲音仍有少女的氣息。在那晚的座談會上，林子女士講到了自己是由初戀寫情書開始而創作詩歌的，她用一種講故事的方式，說了一個甜美動人而又圓滿的真實的愛情故事。她，是故事的女主角。她說到讀書時的懵懂，甜美的初戀，以及八年的異地相思，還講了林子筆名的由來——因為戀人在東北工作，每次總說到林子裏去了，所以取名林子……戀愛終是美好的，能把一次高中時期的戀愛，持續近乎一輩子的人，這世間能有多少呢？舉座的人，大概都如我，羨慕林子女士那份滄海桑田般的愛情吧。

　　後來，林子還當場朗誦了一首詩，她朗誦的是她的名作《給他》組詩的第二首：

　　　　親愛的，親愛的這三個字有什麼神奇，
　　　　我永遠不會知道，如果不是用來呼喚你。
　　　　多少人都把它放在心裏，放在
　　　　最深的地方——和一個人融合在一起。
　　　　……

　　林子女士朗誦這首詩歌的時候，幾乎所有人都沉浸在"親愛的"這三個字的神奇裏。初戀，就如夏天，夜風，柔柔的，隨著林子女士的聲音，蕩過來蕩過去，在每個人的心底，開了一扇明麗的窗子。

　　讓我驚訝的，不是這首詩的內容，而是它的寫作背景，這首產於二十世紀六十年代的愛情詩，散發的魅力，撲面而來，在我的認知裏，那是個沒有愛情的年代，卻有女子，在那個年代，寫下如此單純明淨的詩歌。──愛，原來不論在哪個年代，都是值得歌唱的。

　　那天的座談會結束我們分開，翌日，林子女士就與同行的八位一起上黃山了。再見，是在隔日下山後歙縣的一個叫做披雲山莊的酒店裏。

　　我負責把 6 月 3 日晚兩岸三地作家詩人的集體照發給港臺作家詩人時，發在林子女士手中，我輕語：“我想與您在剩下的時間（之前知道她晚上要乘火車離開黃山）做個非正式的訪談，可以嗎？”林子女士含笑把照片接到手中，連說可以。於是我們就順勢坐在酒店的沙發上。我的採訪經驗幾乎為零，只是隨想隨問，而林子女士卻答得認真，她是個責任感很強的人。然而馬上就入席了，我們的訪談也只能終止。席間我們相鄰而坐，邊吃邊聊，話題主要是愛情。在知道我也是少年失父，高中初戀，將愛情已經進行了七年之後，似乎遇到了達到共鳴的契機一般，林子老師握了下我的手，兩個人一下子近了很多。以後的談話，比之前更親切，本來林子女士就是個很容易讓人有親切感的人。席間我匆匆拍照，同時記錄另外幾個即興在酒席間對著練江水抒發感情寫詩歌的人的詩，林子女士一再提醒我：“要吃點東西，吃一點。”即便在我敬她紅酒的時候，她也是這樣說，在我眼裏，她不再是一個隔著書本的著名詩人，而是一個從小看我長大的鄰家老太，親得很。

　　飯畢我們陪客人們參觀歙縣的西園和棠樾牌坊群。走在林子老師身邊，看她猶豫著要不要刪除相機裏的黃山的照片（存儲卡已滿，若繼續拍只能刪），覺得她有著少女般的憂慮，絲毫不像七十五歲的老太太。她問我：“小劉，這個要不要刪除？這兩張哪張好？”她說的是在黃山夢筆生花處拍的兩張照片，她問得認真，我答得隨心，那麼大的太陽，而且我對攝影沒有什麼特長，所以只憑感覺說前一張好，她又猶豫了半天，最後還是刪除了後一張，因為前一張的夢筆生花上面的草顯得更多一些。

　　在棠樾牌坊群男祠的朱熹書的孝字前，林子女士一邊與我說話，一邊移步看景，卻忽然踏空臺階重重地摔倒在地，一下子嚇壞了所有在場的客人和陪同者,大家一起擁過去。我在她後面眼睜睜的看她忽然倒地,急步上前想扶她起來,被她擺手示意不要這樣。幾秒鐘後,她以手撐地自己站了起來,她的實際年齡,才真正的顯示出來,她是一個上了年紀需要照顧的老人。大家都怕她骨折,我更怕,因為我一直小心陪著她的呀。

她站起來後,圍著的人放心了,我也是。我拿藥(我前幾天不小心摔了手腳,隨身帶著外敷藥)給她塗,她說我貼心,怪不得李老師看好。她笑著忍著疼痛安慰我,叫我不要怕,說自己是經常摔的,很快就可以好起來。林子女士挽起褲腳塗藥,縷縷血絲滲出膝蓋,但她還是怕我擔心,說沒事沒事,我心都揪緊了。

回屯溪陪她郵寄完東西後,在賓館稍事休息采風團又去了老街參觀。林子女士要買關於黃山的光碟,別人在山上阻止她買,到山下,她一定要補到。我陪著她,看她孩童似的,看著徽墨酥要買,看著猴子樣的小掛件也要買,看著檀香木梳子徘徊……我只覺得時間過得太快了。在我的筆記本上,她寫了香港和昆明的地址,仔細的看,生怕哪個錯了失了聯繫。我拉著她的手,在老街的小商店裏裏外外走,恨不能把時間給拉住,可以多陪她一會。

晚六點半的時候,林子女士及其他三位詩人要去火車站了。看著她蹣跚的和其他三位詩人在老街的夕陽下走遠,我心裏生出酸酸的感覺。

此刻我對著林子女士寫在筆記本上的地址,以及我們的合影,擔心著林子女士,不知道她腿疼不疼,摔的重不重,有沒有繼續塗藥?

林子:原名趙秉筠。女,著名詩人,中國作家協會會員,香港文學促進協會副會長,香港文學中華文化總會副理事長,香港《華夏民族》副總編輯。組詩《給他》1981年獲全國中、青年詩人優秀詩作獎。

# 愛有千千結

　　是在縫書包帶子的時候想到母親的。書包是藍灰的，我只有紅白兩種線，而紅線還是很粗的那種，不過比較耐用，然而穿不過針眼，於是我只有用白線牽引紅線來縫補書包了。一針穿下去，針頭過來了，針尾巴還沒有過來，因為布料厚，也因為線粗，便只有用力抽，但還是很困難，沒有縫幾針，我的手指已經受傷三四個了。這讓我想到母親。

　　母親平日在我心中，是書卷裏走出而略失于那種臨行密密縫的慈母形象，而在這一刻想起來，卻讓我感覺那麼的溫暖。

　　初中以前，母親在我心中是遙遠而美麗的陌生女子，雖美好，但談不上親切，因為她長年在外，而且回家時也只像過節一樣，都是買一大包一大包現成的東西給我，從來沒有自己動手做過，所以，我與她之間是疏離的。雖然也會在過年的時候多叫她幾聲媽，但那純是為拿到壓歲錢，若說什麼親密的感情確實是少有的。

　　父親去世後，母親為了我們兄妹仨，開始在家住下來，但跟我之間的感情，同初時沒有什麼兩樣。我不是嘴甜的人，若沒有客人來，我是很少叫她媽的，更別說兩人之間多說什麼話，有時她到我身前來，我馬上就如鶯鶯一樣的躲到祖母那裏去了，這樣試圖親近了幾次，母親也作罷。

　　初中一周回家一次，飯是母親做，但其他都是我自己動手。某個冬天，毛衣胸前部分不小心沾了墨水，我嫌水冰，不想洗，便拿著剪刀試圖剪掉髒了的部分（現在想來，我當時實在是笨！），這件事被母親看到了，她史無前例的痛心，除了罵我懶之外，主要是遺憾我蠢笨，她本來是高分貝的人，嗓門一發聲，就可以大門口都聽到，何況動了氣，被我傷到心，她大聲的訓斥我，因為有客，我也不便立即跑離，就這樣最終一秒秒堅持熬到這件事過去。

　　這件事之後，我儘量不惹母親生氣，做什麼自己覺得不對的事，全是背開她來，於是，我與母親之間的隔閡，愈加寬了，深淵一般……

高中時期住校，與母親離的更遠了。不過還是一月回一次家，當時吃不下食堂的飯菜，卻喜歡吃母親晾乾的饅頭片，於是，經常會回家背一些來，而我又是喜歡把書背來背去的人。因此，我的書包一直都是破的，不是帶子斷了，就是包的鏈壞了。我是鮮求母親縫補的人，從小自立，養成了我不會求人幫助的習慣，然而每次母親見包破了，總是趁我不注意補好，有時見我不規整的縫痕針跡，也拆開來重新補整齊。母親的針線活很好，而且會裁縫，所以經母親補過幾乎是新的了，我自然高興，但鮮少謝母親。

後來買的鞋子經常膠脫落，所以只要回家，無論新鞋舊鞋，母親都要輪番上一回才放心。經母親縫過的鞋，真的可以穿很久。母親做什麼都很好，她學得快，比如織毛衣之類，她是從來沒有學過的，看著別人織，自己也開始織，卻比別人織得好；母親從來沒有做過鞋，看別人做，也見樣學樣，卻也非常好。我打小穿慣了買的衣服和鞋子，一直希望母親做給我穿，但從來沒有主動說出口，她也終是沒有給我做過。後來我高中畢業，她一度有這個想法，我卻是不穿了的，說什麼也不穿她做得任何東西了。

我大學了，每個寒假都回去，書包還是裝到可以撐破，別人見了，我只說我書包懷孕了，每次回家書包帶子都會壞，不然就是包裏面慘不忍睹。上次過年回去，母親由於身體不適，而我才住了五天，所以她沒有給我縫書包，後來我打電話，她曾經兩次表示過遺憾，意思是沒有給我縫補書包，不知道半路有沒有掉東西，堅持下來沒有。我自然是以一切都好來安慰她，但說了後真心酸。

我用紅線補藍灰色的書包，而且針與針之間特大，我一針針補著，想著我的母親，若她知道我是藍灰布料配紅線，那該是如何的失望，又該歎我笨了，想到這，我有流淚的衝動。

母親近年來身體不是很好，跟我說了幾次，而我也只是叫她去看看，從來沒有真正關心過什麼，直到七月，她病的厲害，我打電話回去，知道她連做飯都不能，撐著用電爐煮面，才知道嚴重。後來催姐姐帶她看病，雖然去了，但因為看得遲了，所以需要吃好多藥來調理。後來我多次打電話，她總是以吃藥效果很好，很快就可以好起來安慰我。

　　書包縫補完了，我還在沉思，想念我的母親。從小到大，我惹她生氣無數次，她很討厭說謊話，而我總是隨口就扯謊，她希望的事，我向來都走到背面去，卻總還在她面前做點頭答應狀。生女如我，真是她的苦難！

　　我想念你，母親，我多希望你原諒我曾經的任性和愚笨，以及輕狂。

# 家

夜半驚夢，非是因為早醒的雀鳥，也不是由於窗外樓下燒烤的聲音，而是夢的情節，實在讓人心慌，端得讓人心悸。

臘月來，哥哥姐姐催歸數次，就連不主動電我的母親，也給我打了一個似是而非的電話，問我近來身體如何，考試如何，最後一句才點名主旨，這個年，你歸來，還是不歸來？對於母親，我做的是肯定回答，可是，難以解釋還未歸來的原因，買不到票實在是下下的藉口，不過這一次，我還是用上了，非是想騙家人，而是女在外，報喜不報憂的準則，一直被我堅持著，從來沒有改變過。

人說：“兒行千里母擔憂，母行千里兒不愁。”記得少年時節，常拿此話來問責母親，因為她在外面，總引我煩憂。現在想來，當時我憂傷的，是別人父母膝下孩子的歡顏，是輕薄時尚的小衫，又何曾真正憂慮過母親的飄零？今我在外，母親憂慮的，卻是整個的我，身體憔悴否，學業順利否，旅途安否？

半夜夢到家人，是姐姐打來的電話由於看電影沒接的原因，還是朋友早早歸去，讓我物念其類思及家人，還是由於年關的到來？對，是年關，我知道，這是個永遠都無法讓我開心的節日，但只要念及此，漫山遍野都是今天，都是關於年的記憶。

父親去世多個年頭了，三十五歲的母親一守再守，我不知她的守望是否有結果，只是，當青絲成了白髮，一年年慨歎年華的，不是她，反倒是我了！她的寸寸白髮，是灑在我心上鹽一樣的白色種子，年年開花，花花無果，讓我對年望而生畏。

對於年，我一直都是逃避的，但我空有逃避的想法，卻從未有實際的行動，非是因我是個理想主義者，而是它的不可逃避性。

前日觀《摩羅為我受戒》，真真說到我心裏去。在無聊的日子裏，也看了大片《音樂之聲》，記得最清晰的一句，就是“修道院不是用來逃避的，在哪里失落自己，就在哪里找回來。”我想，我的歡樂是從家裏失去的，我也該從家人的身上再次找到歡樂的因數，畢竟死亡是不可避免的，但是，假若我們真的相信死者是被天使帶到美好的地方去，是不是活著的人會更加快樂呢？

摩羅爲我受戒，難道，我是有罪的嗎？我有罪就在於我的不知足，我的自滿，我的卑薄嗎？可是我知道，脫下這層標誌人性的外衣，我什麼都不是，只是一個裸裸赤子，我是不需要誰來爲我受戒的。可是，我的母親，我苦難的母親，怎麼就成了我的摩羅呢？

我向來認爲夢是最忠實於我們自己的，可是，我這個半夜驚醒的夢背叛了我自己，它攜了遠山遠水母親的牽掛來問責我，來以愁苦的面容襲擊我，來以淚水換取我的淚水，來以傷痕展示我舊日的傷痕。我唒唒的像撲水的鴨子，從夢裏河床跌落在沙灘上，可是，唇齒無法攜帶彼此同行，我的慌亂的夢就此撤退，如水掠過，給沙灘留下波紋的痕跡；如鷹飛過，留下乖戾的尖叫。

淩晨三點，我從夢中驚醒，夜的眼惺忪著，舌頭舔噬著窗，我知道，它把長長的觸角探到我的心的深處了。

家，是涅槃的地方，也是皈依的天堂，是彼岸，水流花開，是值得我們回首又嚮往的，那就且做歸去的姿勢吧。

家，是我的諾亞舟，是最後唯一的堅守地，也是唯一無法永久撤離的地方。

# 一個回不去的地方

　　我以前的幸福，就是我現在的罪過，我得背著。

　　那個村子原來離城市很遠，離小鎮也很遠。那個小鎮日本人打中國的時候，也只十幾個小日本去了一次，觀光似的，遊了一下就走了。

　　那個村子歷史上幾乎沒有出過什麼人，除了幾個被征去當兵的，其他想出去的，村裏的規矩，只要滾過楊樹灣就可以離開。楊樹灣是個長滿大樹的坡，根本沒有人滾得過去，所以這裏的人從來沒有到過大地方。

　　小村很小，也就一二百人，小村人卻以為是大的了。逢廟會的時候，請的必是大戲團，不能唱二人臺，有年輕的男女，主張著唱三天二人臺，那也須唱了大戲之後，若不然，村裏上年紀的人是不依的，小孩也會不依。因為這是規矩，人人都會說：「這麼大個村子，不唱大戲敬敬祖先不是忘本？」是的，村人不會忘本，所以大戲是年年必唱的。所謂的大戲，也就是京劇，幾十幾百年了吧，每年都那幾出，翻來覆去地唱，年紀長的人，幾乎可以倒背如流了，然而每年還是這樣，大家就是圖這麼個熱鬧。

　　唱戲的時候，周邊村子的人都來了，戲臺是臨時搭建的，每年的時間卻是定了的，正月二十到二十二，總共三天。賣小吃賣玩具的，台下有好幾家，很熱鬧的，整個場子都站滿了，有個子矮的人，索性站到戲臺後面去看；也有搶先占了位置的老年人，當然，有時也有年輕人，可是看著看著就不見了，他們去小樹林裏談他們的「琴」去了。

　　村子很小，但走起來卻很費時間，因為戶戶住的遠。房屋都是仄仄斜斜的，一點都沒有規矩。外鄉人若來參觀，絕對的質樸渾拙，絕對是原始的鄉下。但是，鮮有外面人來，大城市的人，喜歡到複製的鄉村去，說是感受田園生活，其實，那只是變了樣子的城市罷了，不信，去衛生間看看。而這裏卻是最原始的，就連廁所，也只是幾塊磚圍起來，有時也用茅草蓋蓋頂，這算是好的了……總之，這裏是未經城市人雕琢的鄉下，看起來落後，卻自有自的樂趣。

村子建在小山裏，山上山下都有人家，每家都有狗有雞，也有羊有牛，每家都餵著口大豬，否則就會被人說成不像人家。戶戶的屋子幾乎都是窯洞，冬暖夏涼，除了光線不是很足，其他都是很舒服的，但村民要明亮的光線也沒有什麼用，雖然也有讀書的小孩子，但都是在村裏學習，讀個小學，鮮有人家把孩子放到初中去，若這樣，全村人都笑著哩，就連小孩也會說：“祖上就沒有賢人，還準備培養出什麼德行？”村裏是不重視教育的，雖然故事裏總有中舉的秀才，但那只是故事，村人從來不指望發生在自己頭上。有納鞋繡花的婦人女子，上夜了也只點個煤油燈，一家人說說話，手底的活卻是不停的。

村人十分忠厚，近乎癡傻，互相幫忙幾乎是每天都在進行的事，你用我家的牛耕兩天地，你就得給我家栽幾天的秧子，從來沒有人計算這樣值得不值得。待人接客，也總是鋪一年都捨不得鋪的褥子，吃平時捨不得吃的雞；也喝酒，平時女婿兒子過節孝敬的酒，閒時至多抿一兩口，過個酒味，有客來就大碗大碗的倒，生怕吃不好喝不好。

村裏有人家殺了羊，全村都可以吃的葷味；有人家買了一副羊雜碎，全村人都可以喝上粉湯。若是殺了豬，家家都得端一碗去，有肉有菜，上了年紀的老人多點，因為備他吃個下頓。

村人衣著都是樸素的，一件衣服可以穿多年，髒了洗洗，破了縫縫，洗了的水有城的倒到土裏積肥，無城的倒樹下澆水；破了的衣服，縫縫補補，新三年舊三年，實在不能穿了，再用來納鞋底，做小孩的墊褥。

村人吃飯，除了有來客，幾乎都是端著碗，從村頭走到村西，一碗完了，然後再從村西的別人家端一碗回來，換著吃。有時端了碗，從村上頭走到下頭，只為著吃那家婆娘泡制的鹹菜；也有蹲著吃的，常常是幾個人一夥，一邊聊一邊吃，吃完了盛去，人群不會散了。

少有人家栽花，至多就是養幾盆仙人掌，因為這個可以消毒，治療腫起來的地方；有讀了書的人，知道牽牛花好，便買些種子，村前村後的撒一些，來年戶戶都可以見著花，沒有人去摘，也沒有人說好，但花放時村裏的女子個個都是桃花水色，比平時精神多了。

最熱鬧的事情，是村裏嫁閨女或者娶媳婦，人人都可以參加，家家都可以聞到喜氣。當然，村裏若是死了人，也是全村子的悲傷，每家都出一個代表去送燈籠，直送三個夜晚，但從來沒有人喊累；等到要埋葬了，也是每家都出人，年輕的去撐杆，年老的跟後面。

過年是喜慶的，對小孩子來說。村人向來是一到冬天就不幹活了，因爲地裏沒有什麼幹的，一入十月，就開始準備著過年，第一道手續，村裏每家開始殺豬，這樣殺上一個月；入十一月了，開始蒸過年的饅頭，糕點之類；等到十二月了，年就相當於到來了，家家剪窗花，糊窗子，戶戶帖對子，除了喪葬人家頭年綠二年黃三年白外，其餘家家是紅對子，門口一般貼個“出門通順”；少有人家有大門，若有，也是土大門，一般都是貼在樹上。梁柁上是“抬頭見喜”，若是有早歸的燕子，在二月裏飛來落那裏，這家人覺得一年就喜氣了，是福光。

沒有人家鎖門的，也沒有人怕偷，有心的人家，怕豬子餓了撞進去，有時也在門口的兩個銅環上插一根棍，但若有鄰人來，馬上就抽了，一邊笑著解釋。

每家門口都綠樹成陰，棗樹居多，可能是“早生貴子”的說法流行了許多輩子的原因吧。村人得去溝裏擔水吃，大約需要走半個小時，從溝裏挑水，需要翻好幾個坡，但沒人叫苦，小孩子也不閑著，拿個瓶子去接幾瓶回來，算是幫大人的忙。人們在樹地下歇著，歇一會摘些路邊的果子吃，吃好了繼續挑，水很重，但還可以唱曲子：“我家住在黃土高坡，大風從西北刮過……”

天旱了，村人焦急，不敢吃不敢喝，缸裏沒有水，甕裏沒有米的日子，他們不是沒有過過，不過沒有人抱怨，他們也不知道抱怨誰。若是來一場大雨，村人們可以忙活好幾天，把家裏可以盛水的東西全部拿出來，甚至碗都不放過，各家門口有個大水窖，公路上的水都恨不得舀了來，不蓄滿是不安心的。

村裏人不常生病，他們也沒有看醫生的意識，若是生病了，至多也就是抓些藥來，有的甚至拒絕吃藥，到上墳梁背些紅泥來，以防下雨天豬圈之類的漏水，就這樣，背累了，汗也出了，回家睡一覺，病也就好了。當然，也有病死的，但沒有人認爲是病死的，只認這是命，就這個死法，雖然有悲傷，但人人都接受，落到自家人身上，哭雖哭，但日子是照常過的。

……

　　我在這個村子出生，成長，在這個村子學會說話，卻無法回去了，再也無法回去了。

　　寫的這一紙，無法郵寄，無法抵達，我夢裏的地方，那個漸漸被解剖的村莊，我愛你。我現在大城市，喝著自來水，吃著市場上買來的各種動物的屍體，住著水泥鋼筋囚成的房子，但我卻無法享受到那份安然，住在你那裏時候的安然，而你卻成了我再也無法抵達的夢境！

　　我以前的幸福，就是我現在的罪過。我再也無法回去的故鄉，我該如何夢你？

# 陝　北

　　我是狹隘的人，總是把自己固定的劃分在陝北這個地方。當別人問我是哪里人時候，我總是說"陝西"，說了之後急急的加句："具體說是陝北人。"因爲只要提到陝西，別人想到的總是"西安"，許多人對於陝西的概念，抽象爲西安。

　　當我告訴別人說我是陝北人時，最常聽到的下句是："你們那裏很缺水吧？好象多風沙，荒涼的很。"以致我現在只要想到家鄉，總感覺就如置身於那個叫做毛烏蘇的沙漠裏，四周荒荒涼涼的，一派"大漠孤煙直，長河落日圓"的氣象。

　　在陝北時，我強烈的希望離開，當時我對它是沒有什麼情誼的。當我南來後，提起家鄉，卻有著氣短情長的感覺。我在說自己是陝北人時，往往心底湧起一股自卑，既而就是十足的自信了，我感覺從那片土地上走出來的人都是這樣的，他們瞬間的自卑，是因爲他們發現都市紅塵滾滾，遠比他們想像的喧鬧；他們自信，是因爲他們的根深深的紮在黃土上，是從黃土地上走出來的，一步一個腳印，沒有什麼比不了別人的。

　　今日無意中看到毛毛的一篇文章，裏面這樣寫著："窯洞裏打牌至破曉；漫步在天空跟寶石一樣翠綠的神木街……深夜迷路在沙漠裏終見大漠日出的壯觀……"看到這裏，我潛然淚下。她所說的窯洞，翠綠的寶石一樣的神木街，都印下了我成長的足跡。我以我整個的生命和心靈烙慰著這個地方，卻不知道自己是愛著這個地方的。當我看了她的文字，心底湧氣一陣陣的熱流，那個地方，原來我是愛的，是如此愛的，是深刻愛著的，別人提起，我居然滿心歡喜。

　　我骨子裏曾爲做一個陝北人深深自卑，因爲這是個缺水的地方，在我，水就是靈，缺水就是缺靈氣，而一個地方如果沒有靈氣，那就什麼也沒有，我的想法是如此幼稚。直到多年後的現在，我才明白，大漠更能打造陝北人的性格，更能培養出俠骨豪情，這遠非柔軟濕潤的水能達到。

　　陝北，古代的不說，現代就有那麼多的名人，活躍在人們心中，如柳青，路遙，張子良，高建群，蘆葦，馬治權等。

　　我曾經對柳青和路遙很不敬，在心裏一次次詆毀他們的作品，是因爲我不喜歡他們的表達方式，我固執的認爲他們破壞了陝北大漢的形象，現在想來，正是因爲他們，才支起了當代陝北人的文化橋樑，讓陝北文化在文字的世界裏周遊列國。

　　現在，陝北依然是荒涼的，那荒涼的風，總是在夢裏，沿著塞北吹向江南，吹進我的心田。我家鄉的父老，我的長輩以及一些平輩，我的親人們，仍然在那個地方默默活著，我知道，我也將回到那個地方，我知道，從那個地方出來的人終將回到那個地方，即使肉身不回去，靈魂也終必回歸。

　　陝北是吸著人的魂的，這個地方的大漠孤煙長河落日未必爲別人所瞭解，但是存儲在自己人的心中，它是陝北人靈魂的聖水，是希望的天堂，是幸福的家園。

# 神木那一年

　　是在八月七號抵達神木的，當天租好房子，付了押金，然後晚上就返回了。一個月後，我去了這座小城，從此開始我的一年寄居生活。

　　陌生的地方，也許最安全，這麼多年來，於我是這樣。我一個人在神木租住的時候，雖然時常寂寞侵犯，但很少感覺到自尊受傷害。

　　我開始住的房子，房東初時很好，不過房間沒有暖氣，說好是燒爐子的，我也就放了心。我當時因爲需要那天返回，就草草付了定金，直到真正住進去，才知道屋裏是多麼荒蕪，裏面甚至有蜘蛛經常光臨，因爲是南房，下午就不見了日光，我住的時候已經是秋季了，屋子終日感覺潮潮的，於是起了搬房子的念頭，何況我又加了一層考慮，我咽喉是聞不成爐子的煙氣的，冬天怎麼辦？必須得搬。

　　女房東回鄉下的那幾天，我趁機搬了家，連著付了三個月的房租都扔了，我知道她是不會給我退的。然而等她回來，大發火，我隔壁的女孩子是個應屆高三生，與我關係很好，搬房子也是她給我出的注意，因此房主甚至連她也罵。女房主在學校的大門口堵了我好多回，然而我是不可能回去了，雖然初時搬家對她有點小小的愧疚，到後來因爲她的幾次相煩，我已經厭惡到極點，這個時候她的二女兒悄悄跟著人跑了，可能因爲面子問題吧，她再也沒有堵過，我也安靜了下來。

　　後來我很少經過這第一次租住的房子門前，雖然於畢業時想過帶點禮物去看看他們家，但最後終於沒有去，我已經不知道該與他們說什麼話。男房主當時是對我極好的，其實女房主開始也不錯，也許是因爲我常常買她家的東西吧，他們對我隔壁住的女孩子遠不及對我好，然而我卻走了……多日之後現在想來，還是覺得心中有不安，雖然我什麼壞事都沒有幹。

　　既之搬去的那裏，房間很好，然而樓上住著好幾個人，隔音效果很差，這曾經讓我很懊惱，但我總不能再搬吧，於是這裏一住一整年。直到來年的八月，我去南方之前，才搬離。

　　這家的房東甚至不如那家，但很分明，要多少錢就是多少錢，從來不亂加，開始我們住都是一百二，後來長了二十，但也是全部長，非給我一人。我對門的女孩跟我同班，一度因這二十元吵翻了天，甚至搬走了，但至始終房東都是不讓步的。

　　這家有個女孩兒，特能吵，但有小孩子的天真。西山上有一龍泉，流出的水比礦泉水都甜，她常常早上四點多起來就去接，有時也跟我說好帶我去，然而我總是懶懶的，等醒了她也回來了。不過這小女孩總帶了水來給我，每次都夠我喝一整天的。

　　神木是個好地方，這裏認識我的人很少，我走在大街上，從沒有感覺到別人投射過鄙夷的目光，因此，我對這裏充滿了感激。

　　在神木住的一年，是我生命裏最貧困的一年，也是最潦倒的一年。也就是在這時起，我養成了一天吃一頓飯的習慣。這時，我的身體已經被自己糟蹋到極點，很是虛弱，經常得吊液體。每次當我一個人躺在某個門診裏面，我都有想哭的感覺，但從來都是不敢哭的，因為如果連我自己都軟弱到想拋棄自己，還有誰有理由不拋棄我呢？所以，這一年我對自己很好，想得少，回憶的更少，只把日子一天天過著。

　　雖然與我原來的縣城只隔了二百多裏，但兩個縣城有好多方面是不一樣的，我所在的府穀，地勢陡峭，居民區都是在半山，平整的地方都是商業，除此，到哪裏都得爬半天坡；然而神木卻是極平坦的，兩面雖然也是山，但山上少有人家，中間地勢寬，人家都在平地上了。這裏如個小盆地似的，被山圍著。

　　東山是需要交錢的，而且遊人眾多，太繁華，我很少去；西山有一龍泉，很甘甜，也有許多廟宇，因為山上平坦，地勢不陡峭，走一個小時就完了，因此我常常去散步。

　　我在神木的生活，有時甚至不出房門半步，只星期六買一大堆東西回來。神木有一個大超市叫商貿城，幾乎每週的星期六我都光顧一次，從裏面拎一個周的食糧。面就是在這個時候吃厭的，米也是，因此直到現在我也是很少吃米和麵。

　　現在想來，我絲毫沒有覺得在神木生活一年苦，只是常常有絕望，對於前途的絕望，人世的絕望，總讓我想消失。

學校門口有許多影像店，幾乎每家我都光顧，我熟悉那裏的每一張盤的擺放位置。還有幾家書店，我很少去，除了買幾本必須的資料外。

我記得最清的是那家照大頭貼的店鋪，主人是個二十七八的年輕人，他照相的同時也出租房，爲了免費看書，我把我自己的書也免費放進他租的那些書裏去。這裏光顧的人很少，經常的，我一個人沉沉的從書裏抬起頭，發現推門而入的人馬上又退出去了。 — 因此他沒有開多久，就轉手做別的了。但我現在還記得他，記得他拿書的表情，記得他聽歌時的憂鬱，那些他聽過的歌，現在我還喜歡聽，只是當時那些我放他那裏的書，後來收回的卻很少。他不是做生意的料，我也不是會利用人的料，不過我真的很感激，在他這裏我看了很多東西，雖然大多是垃圾，比如就是從這個時候起，我開始補習了中國乃至外國的娛樂新聞，認識了各種不同面孔的美女和帥哥，並記住了他們的名字和風流韻事，雖然這些現在看來是垃圾，但在我後來的大學生活裏，卻成爲班上認爲我知識頗多的一個資本，說來真是可笑，但確實是這樣。當我在大城市來的孩子面前，肆無忌憚的談著娛樂圈裏的醜聞，許多人曾經把我當偶像，絲毫不相信我是從黃土地上走出來的。

神木我雖然只呆了一年，但記憶很多，如果有可能，我將在以後的歲月，一點點真實的記錄下我那一年絕望而又平和的生活。在這裏，我沒有一場真正的愛情，也沒有玩過任何一場曖昧的遊戲，就像一個輸光了一切的賭徒，來到這裏逃避人生，蟄伏了一年後，我南去了。

# 雲橫秦嶺家何在

　　車過秦嶺是在正月初七的晚上，按照我鄉下人的說法，這一天是小年。還沒有過年的時候，哥哥就強烈要求今年我必須在家過了小年才能走，對於一家人的團聚，他向來比我看得重；然而我還是只堅持到了初六，就義無反顧的拿起背包出發了，其間沒有回頭，怕面對哥哥那年年失望的臉。哥哥沒有送我，是三爹送的，母親也只是拉開門看了看，囑咐我路上小心，別念家。

　　其實離家是該有千言萬語要敘的，單是祖母那裏，就夠說幾個晚上，但實際上敘是敘，家還是離了，祖母那裏因那天走得早，臨別是看都沒有去看的，怕她難受。

　　火車在秦嶺的一個山洞接一個山洞裏翻越，隔著臥鋪車廂的玻璃，那山上水上的月，雲裏霧裏的星，被擋得模糊，看起來很朦朧，竟至讓我起了淡淡的哀愁。這一次離家，估計又是一年，六七年了，每年都如此，感情早就磨礪的粗糙了。但看了那星那月，居然有了流淚的心思，硬撐著眼眶，最後還是落下了，濕潤了車廂的枕頭和被褥。有旅人說我臉相上眼睛下面兩個黑色的點是滴淚的標識，好像真被他預言准了。

　　雲橫秦嶺，車窗外的土山土地，大都雪還沒有消盡，一簇簇的白，棉絮一般的輕薄，透過夜的窗傳遞著彼處的寒冷，這讓我想念家的溫暖了，也就想起了母親，想起了家人。

　　四五年了，我在家呆的日子，攢在一起也沒有一個月，許是時間短的原因，也許是姐姐出嫁後家中只剩我一個女孩兒的原因，母親最近兩三年來對我出奇的好。我家的小孩有賴床的毛病，前些年一到早上八九點母親就氣勢洶洶的叫嚷："窮漢生驕子，怎麼就生出你們這幾個德行？"而現在即便我睡到十一二點，她也只是吃飯的時候輕輕說說，有時直接拿吃的到我床邊來，怕我餓著。若是前幾年，哥哥肯定又要嫉妒的嚷嚷，現在則是護著我。

正月初二包餃子，我興奮地來回跑，母親和哥哥卻怕髒了我手，就連三爹，撥蔥搗蒜的活也不留給我，我成了自己家裏的貴客，被尊重著，被關愛著。這是幸事，寫來卻覺得心酸，他們以爲我在外面受罪了，所以護著，其實我在外面哪有他們想像的那般辛苦？

我回到家門的那天，家裏的狗把著大門一個勁的叫，害我只能到祖母那裏去坐了一會，後來才回了去。而僅僅一個晚上的時間，母親就調教好了她餵養的這只黃狗，阿黃見了我一個勁的搖尾巴，直把我當親人。── 原因是我去廁所的時候，母親陪著，她抱著狗的頸項撫摸，指著我說：「這是家裏的二姑娘，你怎麼能咬？」狗通人意嗎？我不知道，但那狗確實像明白了母親的話，後來的幾天，我夜裏去祖母處，它也跟著；到外面的廚房找東西，它還是跟著；我也歡喜它這黏人的神情，只是不能細看。家裏的溫暖，就是這般瑣碎的讓人想哭。

院牆外有棵海紅樹，果子很少摘，因爲家裏沒有小孩，也就不必備留著給孩子吃；現在這棵樹成了鳥雀的棲息之處了，只要出得院子，就呼得飛起一片，全落在這棵樹上了，院子裏有沒有剝的玉米棒，還有狗和大牛小牛的食物，所以才會有這麼多的鳥。我每每上午或下午在爐火邊坐著，看那些鳥時而在窗前飛過，小狗躡著腳步捉麻雀的模樣，聞爐子裏黑豆秸稈的味道，聽母親講去多閒話，總感覺過盡了幾世一樣，是那般的安閒，那般的幸福。這樣的時光，是我在城市裏怎麼奮鬥都享受不到的。

夜裏踩著星星在月下走，到祖母住的那個院子去，或者到大門外的平地上看四圍的山色和人家去，我總覺得我脫離了這個人世。在農村的日子，原來這麼幸福，我前些年怎麼感覺不到呢？那時候只覺得苦，立了大志似的一定要到江南去，可現在卻發現還是起點的地方美。奈何我山裏人家，燒的除了柴禾就是炭火了，我日裏夜裏聞著那味，鼻子被堵了般的難受，這讓我最終又很快起了離去的心思。

臨走的前一天，我懶懶的在床上躺著，看母親沾了水擦我走時要拉的皮箱。她很仔細的擦洗了一遍後，把箱子靠到火爐邊讓烤幹水汽，一邊漫不經心的說：「看，擦一擦就是新的了。」她話語裏有小孩般說話時細細的瀰漫著的喜悅，瞬間，我心堵了般的，內裏有一個聲音大聲喊著：「何苦呢？何必一定要離開呢？」於是我哽咽著聲音對母親說不走了，不走了，但母親沒有繼續說任何一句話。

　　初六那天，硬了心腸的離家，又一次裝作無悲無喜，世事洞明的模樣，但初七夜裏車過秦嶺，隔著車窗看星看月，想著"青山一道同雲雨，明月何曾是兩鄉"的句子，還是落淚了。及至到了南邊的城市，鼻子順暢的開始呼吸，聽身邊人說有種回到家般安逸的快樂，心裏忽然一陣陣酸疼。

　　"雲橫秦嶺家何在"的下句是"雪湧蘭關馬不前"，詩裏的語氣鏗鏘決絕，我深愛著這兩句，難道暗示了我命運的漂泊？

# 江南的春天

　　大學以前，在古詩詞裏，聽到江南二字，比聽到天堂更覺得嚮往。在我，江南就是那杏花，就是那毛雨。而今，春雨又至，我也到了江南，怎麼能不隨著綿綿細雨抒發一些感慨呢？

　　我印象裏的江南是美麗的，包括雨，可是，現實總是催逼著人迅速改變某些想像，否則理想與事實就會出現矛盾。干戈頓起，那是每個平和的人都吃不消的。

　　江南的春天美麗是真的，但美麗的有些殘酷，因為去冬樹上的葉子還掙扎著粘在樹上，而今春的嫩牙就開始抽出了。現在北方的春天還停留在山上的草叢裏，而南方的青苔卻已經爬滿了青石板，我一直以為，春天的出現，與青苔隨意的攀爬有關，只要潮濕的地方，它就在春天來臨時，開始一路攀爬，然後延伸到冬季。

　　我喜歡從青苔身上走過，踩著嫩嫩苔鮮的心情是舒適愜意的，人世間的許多事，就在這一步步裏，曲折婉約的回蕩在了人生的原野上。巷陌要是有人家，門前一角也是長滿青苔的，在屯溪，我從老街那邊來，打率水過，除了一些堂皇的酒家商店，老房子的周圍幾乎都是有著青翠的苔鮮的。

　　每次到了江南，回到屯溪，我總喜歡走一走老街。因為屯溪老街斑駁之美攜帶著歲月幽暗。粉牆黛瓦，錯落有致，寂寞的在雨裏立著，每次看到，總讓我有想哭的感覺。每次去老街，我都是急匆匆地走過，好象後面有什麼催著似的，也許是幾千年的時光吧。難道屯溪老街接受不了春天的裝飾嗎？怎麼這次來，讓我更有想哭的感覺呢？在秋雨裏，我曾經落淚一次，為它；在夏日裏，我也落過；在冬日裏，我更是落過，可是，現在，春天，我想落淚卻落不下來，老街沒有春天嗎？老街不需要淚水的滋潤嗎？

　　“屐痕處處”是我從飛機上的書裏看到的四個字，第一次看到，有驚心之感，走在老街，走在春天的屯溪老街，我想到的是這四個字。老街承載了多少個春天，才變換成今日這般蒼老的模樣。

江南的實質，我認爲都是在尋常巷陌。在百姓人家，春天的江南，是著了情誼的，但只有那些尋常地方，風兒吹過，雨點落下，才能露出江南的真正痕跡。老街是江南春天的一角，是記憶裏春天江南的恍惚影子，隱約地閃耀著舊時江南春天的光。

學校有一個池子，是新修建的，周圍栽滿了柳樹，好象已抽出嫩芽似的，在表像的世界，這裏也許是真正江南的春天，可是，這就像一筆丹青，只一筆是描繪不了世界的神韻的，所以，江南的春天，雖然是喧泄著的，但真正的風韻卻是藏在尋常人家。老街的珠漆門，盛載不了江南之春，河邊柳描繪不出江南之春，即便時光一格格的從地下爬到枝頭，但江南春天的風韻一直都是躲藏著的。

那麼，就讓我們去找尋心靈的江南吧。去尋常巷陌，去流水人家，隔著籬笆，看著四圍山色，看著路邊的野花，聽著牛叫，聽著笛聲。江南的春，就會出現在這裏。

江南的春是一本可以翻閱的書，是一幅隨意流動的畫，是一禎精美的圖片。我想像裏的江南之春，我沒有見到，所以我需要出去。

背著書，打著傘，去一個小鎮，尋我江南的春。🎋

# 皖南的雪

　　對於雪，相信很多人會有特別的感情，因為那一片片肆無忌憚的白，總能直穿到心底的平地上去，像晃著的光，刺激著內心裏關於美好的記憶。

　　雪是白的，白是純潔的象徵，所以人們很容易就把雪引以為知己，因此希望自己也如雪一樣純潔，但世事從不遂人願，人終究是被漂染過的，純白不起來。

　　二零八八年的雪是從合肥歸黃山的路上看到的，大巴經過九華山的隧道後，一片片的白直入眼中來。一路無語的我，帶點驚乍的表情拉著身邊的一個老師說：「雪，你看雪，你看你看哎！」老師表現的很鎮靜，絲毫沒有被我的激動點燃起來，我也就有點掃興了，抱著頭呆呆的望著外面。

　　南方的雪下得很有情調，就像南方的女子一樣，是含蓄的，給你展示笑靨的同時，卻忽忽把臉背過去，讓你回味那笑的愜意雋永。南方的雪是稀稀落落的，不像北方的雪那樣張揚，它們停留駐足在山間的田壟上，在阡陌間的縫隙裏，在小簇的樹叢裏。它們看似漫不經心的躺在那裏，其實卻蓄積著一個冬天的陰謀，就像一個調皮的姑娘，把自己藏上一整個冬天，在快過完這個季節的時候，拿出了自己織了許久的白色帽子，戴在了戀人的頭上。這樣說來，雪是上天給南方最好的禮物，正因為少，所以才顯得珍貴，就像南方給我的情一樣。

　　北方的雪太多，容易讓人對它失去應有的那份喜歡，南方的雪因了其含蓄內斂，牽動著我的每根觸覺。對於南方的雪，只用相識情太淺，相思又太濃，還是用來相知吧，我願意與南方的雪做一回知己，在某個漫天飄著它的夜晚踏著細碎的步子歸來，與它趕赴這場冬季的美麗約會。

　　車過九華山，我的心由一瞬間的震顫到靜寂，是經歷了一番大的波動的，但雪還是在外面恣肆的炫耀著自己的白，自顧自的張著四肢舒展著，消化著，我恨不能把自己的身子融合在裏面，重新塑造一個聖潔如嬰孩的自己出來。對，是嬰孩，南方的雪就像嬰孩一樣聖潔，而北方的雪卻是滄桑千年的老人，一年年在人們的記憶裏重複著嚴冬的威嚴，絲毫不顯示一下自己的柔情。

　　我是在二零零六年來到皖南的這塊土地的，那年冬季上天太過刻薄，沒有把雪降臨在這片安靜的土地上，讓我失望了一整個季節；2007年全國的雪都下得太過張揚，這片土地也沒有忘記囂張那麼一回，讓一個南方的同學驚訝了一回，但實在驚到了別人沒喜到我，因為去年的雪下的太過豪放，絲毫沒有江南女子的那份溫婉。二零零八年，車過九華山的雪，下的別有情致，如一個悄悄迎郎歸來的女子，站立在遠山的盡頭，癡癡的張望著，清風吹起白裙，曼妙的身子隱藏其下，除了讓人起了憐惜的念頭，絕對不會讓人動了心裏的妄念。

　　我是個對家沒有確切定義的人，心安的地方，就是我的藏身之所，皖南這片土地，這片飄飛著小雪花的土地，惹起我的心魔了。這裏的雪是藏著深情的，那麼含蓄，溫婉，如江南的女子，江南的春雨，江南的杏花，還有老大橋，還有新安江的人家。

　　上天安排人，向來情多緣淺，讓人們的悲傷多過歡樂，對於南方的雪，我是有情的，但我不是善於違抗天命的人，我向來沒有過改寫命運的想法，隨遇而安是寫盡天下智慧的詞，所以能與南方的雪，相知一場，已經是足夠。

　　相識太淺，我這樣貪婪的人，始終不甘；相思太深，我怕緣淺，焚燒了我自己；所以就相知吧，南方的雪，看你，看你一眼就已經足夠，謝謝你給我展示了一個冬季的美。

　　我將夜夜在夢裏與你相約，在記憶的山腳，高唱你的雪白。

# 屯溪老街印象

　　歲月定格，昨日重現，行走在具有徽文化特色的老街上，你會感到此地有曲水流觴，又有絲竹管弦。

　　老街也許並不老，但總是流溢著滄桑，像在風裏矗立了幾千年的金字塔，蘊藏著無盡的文化，或深厚，或綿遠。

　　最合適去老街的時候是何時呢?是細雨霏微、沾衣欲濕的春季，綠意侵入，草長鶯飛，雜花生樹；或是梅子黃熟，水面清圓的夏天，小楫輕舟，看那不勝涼風的水蓮花；或是萬木霜天，"一鉤新月天如水"的秋日，清明淡雅，靈魂在秋水般寧靜中潛沉；或是萬籟俱寂，雪花紛飛的寒冬，就著唐詩裏的紅泥小炭爐，對窗而坐，品一杯香茗，似乎微醺薄醉。

　　老街，這明眸皓齒的少女，或低眉或遠眺，惹人駐足流連；像秋天裏的童話，冬日之戀歌。

　　我在一個秋意漸濃的季節，來到這悠長的小巷。沿著淺赭色的路面，一路觸摸她的素淨淡雅。黛青的瓦片，粉白的風火牆，層次分明地勾勒出古樸的線條，簡潔而明快。

　　只是，她早已不是躲在閨中的害羞模樣。昔日的青衫長褂褪去，綾羅綢緞、珠光寶器之下是否還是原來的老街？一座座刻意仿古或格格不入的酒樓歌廳漸起，它們覬覦老街的聲名，企圖借此充實自己的荷包。在這樣的情境下，老街的操守還能堅持多久？

　　我難過地轉過身，當青磚小瓦馬頭牆成了一種純粹裝飾，當筆墨紙硯成了一種無謂擺設，徽文化的精髓是否只有在泛黃的線裝書中才找得到？細雨無痕，天色漸晚，清風攜我走失在愈加濃麗的霓虹光彩裏。這樣迷離的傍晚，太容易讓人產生幻覺。

　　如今，在商業的包裝下，老街真的像莫內的日出一般，綺麗卻模糊。那青石巷、飛掛的簷角，那向晚的城影，還有那淳樸的居民以及濃郁的鄉風民俗，給我留下了很深的印象。在商業的包裝下，老街猶如總是在變換著的傳說。

　　老街靜默著，可是眼光卻總是關注著那通向外面世界的小徑。青山秀水雕就了玲瓏纖媚的風貌，醞熱了一代又一代的傳說，傳說又滋養了一代又一代的徽民。

　　不經意地打老街走過，像千年不變的活化石，老街生長在了我的心房，我開始為她歌為她唱，為她增添新的嚮往。

# 黃山之秋

昨天從兩千公里外回到黃山，一下車，就感覺到這黃山秋的蕭瑟了，但天仍然是清麗的，空氣依然是清新的，是的，沒有變，黃山雖然冷了點，但還是以前明媚的樣子。

今天去市里，經過的新安江，又是用心的看了個通透，除了多了些葉子，沒有什麼改變，甚至比以前更亮堂了一些。

這座城市的冷，隨著這綿綿的雨，開始顯示。我穿冬天的棉裙，加了厚厚的外套，走在雨裏，還是覺得難以擋寒，不過我是喜歡著這所城市的，單那青磚黛瓦馬頭牆，單那山間線條分明的小房子，就已足夠成全童話世界的幻想，更何況這所城市，總是給人意想不到的驚喜。

我從商貿城走過，在雨裏，感受喧嘩的聲響，然後撐著紫傘走過老街，如一個結愁怨的姑娘，我走過老街，探詢我不在的這四十天的變化，探詢我不在老街是否改變了樣子；我如一個多疑的情人，走過老街，走過老大橋，撐著那把舊了的破傘，然而老街一如繼往的用沉默來接待，來包容我。

是的，我是一個內心極度不安分的人，也只有在黃山，在屯溪，在這個看起來很小而實則很大的地方，我才能使自己安靜，如一個處子一樣的安靜。

黃山的樹，早在四十天前就有了秋聲，片片葉子經常無意中闖到路邊來，闖到行人的衣襟來，而現在，那些該落葉子的樹也落的差不多了，而葉子不落的，因了雨的清洗，有了春一般的翠綠，但這綠是深沉的，有著厚重的滄桑感的；野葛在山間紅遍，跟十月紅楓齊爭十一月的豔，黃山的野葛樹真多，隨意的在車上望，山間田野，蹤跡處處，紅是澎湃的顏色，看了野葛樹，人的心也跟著熱了。

無家可歸的小白貓，在路邊詭異的伸出頭，但不敢到我的身邊來，我學著貓語叫它，它也喵喵的呼應，但總未走近；我走遠，它還在路邊草叢裏偷望，草是濕漉漉的，貓的身體也濕了吧？跟同行的人說貓的各種可愛，也說貓流落山野的可憐，同行的友人卻說貓不會冷，一件自帶毛衣就可以抵禦一個冬天的寒。 —— 我終是沒有說下去，不過我還是擔心著貓是否冷？貓的世界，人是否感知到那寒？

　　半夜裏莫名醒來，雨滴屋簷，一聲又一聲，我開始失眠。黃山的秋，若沒有貓咪淒厲的叫，我就不會如此難過，該多好，不過我還是喜歡這裏明麗的秋，喜歡自己撐傘走在老街的樣子。

# 蜀源，讓人感傷的皖南古村落

　　到了蜀源，我才真正的開始爲一些古鎮的消失感到悲觀了。是的，古鎮的永遠消失可能比我們想像的更快一點，消失的更落魄一點。看到現在被重組被修葺的蜀源，我想到了我們陝北的窯洞、四合院，以及位於我們市的長城，這些大多因地處蠻荒或者位置偏僻，即使一度繁華過，也因它的不再實用而早就開始門庭冷落，窖藏塵封。僥倖保存下來的，也如現在的蜀源，雖被仿製和被修葺，其實還是什麼脆弱的。

　　我沒有資格沒有權利評說古鎮人的追求和選擇，更無意評說政府的一些做法，但由衷不希望一些曾經繁榮的小鎮，到現在只是滄海，只是無可奈何的看花落去。不過也許沒有毀滅就不可能重建？破壞和建設是同步的。一個處女被變爲少婦未必就是倒退，當然，肯定不只是一層膜被剝落的關係，也不是資源重組；是一種深化，是人生發展的必然。

　　蜀源太過偏僻，其附近的靈山，更是陋壞之地。靈山我是捎帶著去的，因了它這個美麗的有點玄理的名字，可惜它給了我徹底的失望。它讓我品嘗到了害怕、恐懼的滋味。到蜀源的車子順便也到靈山，當然，如果有人的話。但一天只有兩趟，早上七點去，中午十二點始回；而下午兩三點去，半小時就必須返回了。我是下午去的，因誤過了車子，差點被留在那裏過夜，我跟當地人語言不通，而我的普通話又很對不起聽眾，估計住人屋簷下也會如喪家之犬一樣被趕出來，好在我最後乘上了一輛出山的便車，硬沒有留了下來，免了如喪家犬的境遇。

　　蜀源又名小桃源，桃樹很多，山谷深幽，小巷深幽，如果能在陽春三月來到這裏，桃花層林盡染之季，感受山野清風，那是多麼美呵！現在當是丹桂飄香時，但今年由於天氣熱，桂花仙子遲到了，十月的現在仍然沒有登臨。到蜀源春天沒有見桃花開，秋天沒有聞桂花香，想想就覺得是人生一大遺憾。

　　站在蜀源村口的牌坊下，有風吹過，陽光在西山的半坡懶懶的下滑著，像白貓一樣慢慢隱在樹後，偷窺著行人。鳥雀啁啾在枝頭，遠處炊煙嫋嫋，雞犬相聞，讓我想到了一首詩，可惜不知道作者是誰，以下是這首詩歌的內容：

> 我想像我在輕輕的獨語：
> 十一月的小村外是怎樣個去處？
> 是這渺茫江邊淡泊的天，
> 是這映紅了的葉於疏疏隔著霧；
> 是鄉愁，是這許多說不出的寂寞；
> 還是這條獨自轉折來去的山路？
> 是村子迷惘了，繞出一絲絲青煙；
> 是那白沙一片篁竹圍著的茅屋？
> 是枯柴爆裂著灶火的聲響，
> 是童子縮頸落葉林中的歌唱？
> 是老農隨著耕牛，遠遠過去，
> 還是那坡邊零落在吃草的牛羊？
> 是什麼做成這十一月的心，
> 十一月的靈魂又是誰的病？
> ……
> 我折一根柱枝看下午最長的日影
> 要等待十一月的回答微風中吹來。

　　我是極不喜歡詩歌的人，但此情此景，這首詩歌最適合最足以表達我當時的心情。

　　在蜀源，秋水共長天，真是一筆水墨丹青，無須購買，只兩眼一睜，它就立體地展現在眼前。除了藝術方面的成果，在蜀源，我吃到了皖南的名小吃 —— 臭豆腐，這既有古代氣息又有現代風味的東西，代表著世俗的幸福和永恆的美，讓我品嘗了一桌沉重的筵席。

　　蜀源美，承載了許久待開未開的東西；靈山陋，擱置了許多欲忘未忘的過往，這兩個村子，我今用一杯琥珀盞，將它們匯成一杯酒，拼死也要飲卻。

　　今天，當繁華已經成為往昔，蜀源小村把它至美至淳的一面展現給了我這北來的人，應該是不太甘願吧。繁華落盡桃源在，這是多麼殘酷的歷史，想想西北大漠，那曾有的輝煌，金戈鐵馬以後恢弘宮殿，不也都淹沒在了滾滾風沙之下了嗎？與之相比，蜀源還是保留了些，該是感到榮幸才對！

　　夕陽在群山寂寞地弄著光與影，我從靈山走了好久的路，終是踏上了一輛出山的車子，往現實的方向奮然前行了。我只穿了一件秋衣，刻骨的風刺進心裏，然對於這兩個未完全開發的地方，還是玩得意猶未盡，不過，終是走過了的，不可再來。居在現代的人，就是再喜歡舊日子，都如登上了一列轟轟去的馬車。一切都是回不去的，多次的回首，只能徒增自己的傷悲。

# 想念屯溪

　　四年的南方生活，已經把我的戀鄉之情完全隔斷了。這次回家，用了四十個日夜來適應我曾經長大的城市，卻在最後倉皇中離開。我想，我的靈魂留在了南方，這樣寫來，決絕而又有點不甘。

　　在家鄉的四十天，除了黃米稀飯、羊雜碎、蒸土豆丸子外，我背叛了自己的胃。我強烈想念屯溪，有人說人最不會背叛的就是童年的食物，而我，現在最想念的，就是屯溪所常常能吃到的糖醋排骨，喝到的芙蓉蓮子羹，甚至街邊的酒釀圓子，也是我所十分懷念的。

　　我站在黃沙漫天的北方，站在荒涼的幹禿禿的土山頭，我是那麼強烈的想屯溪的夜，此刻若是置身屯溪，多好。

　　我想念新安江，現在已經是早春，新安江的楊柳枝肯定抽芽了，梅花也肯定正開的豔，紫薇花也快要冒出來了，還有那許多我叫不上名字的花友，都肯定爭著來芬香新安江的兩岸了。只是我不在，可歎我不在！

　　我還想念老街，黃昏的老街，晚霞投影下的老街。是的，我想念隔著狹窄的街道看舊時光的自己，雖然常常感覺逼仄、傾軋、擁擠，但是，此刻回憶中的老街是那麼讓我想扯近鏡頭。真的，我想那一排排古式的房子，我想念青石板上自己一腳一腳踏過去發出的那聲響。

　　我還想念戴震公園，想登到最高處看屯溪時的那種安逸、自足；我想念戴震公園正門處不遠的遊船，想念飛鳥在山頂掠過的那從容。

　　我不是一個有自己想法的女子，我如許多在屯溪的人一樣愛著屯溪。這塊巴掌大一樣的地方，僅僅有幾家賣衣服的店鋪，我能買到心儀的東西很少，許多物質的欲望，我不能在這個彈丸之地得到滿足，但是，這並不妨礙我愛它。

　　屯溪，每每想起，我都無法抵擋那撲面而來的熟悉。在這個地方，我感覺那麼安全，那麼富足，隨意的在市面上走，見不見認識的人，有沒有戀人陪，都不重要。屯溪就像伴在心底的前世的情人一樣，我一點都不覺得孤單。

　　七樓上面遙遙的望，天和月都是那麼近，人世的燈火也那麼近，以前每晚每晚獨自在陽臺看，總感覺寂寞，無所適從，現在卻想念那種感覺，因為這也是可包容的。在屯溪，沒有什麼不可包容，就連那些不喜歡的面孔，經過漫天的雨一洗，也覺得很快就清新可愛了。

　　那在校園後山流浪的貓，是不是這些日子無處可去？總是在露天食堂來回飛的麻雀，是不是也沒有可以尋食的地方？那在校門口賣水果的老太太，近期有沒有被瘋兒子打？那個眼睛得了嚴重疾病的陌生叔叔，是不是還每天來小攤上擺自己的東西……

　　我關心的很多，儘管每一樣都無能為力。

　　此刻，我只想在七樓的陽臺上坐著；或者在率水橋下漫步著也可，這樣更好，我可以看月下的漁船，聽流水的悲傷；若是有人陪，最好到北區的徽駱駝那裏走走，我記得上次去，我見了許多水牛，還見了一些之前不曾謀過面的花草。

　　回憶，像淒豔的罌粟花，屯溪，你知道我在想你嗎？

# 杯中窺水

人心隔著水，我們淌不過去，所以才是孤獨的，在一個十五的夜晚，把著一盛滿水的杯子，看天上叫做銀河的那條白練似的帶子，我這樣想。

《詩經》裏有語：「蒹葭蒼蒼，白露為霜」。在初讀《蒹葭》的豆蔻之際，曾經深深的為故事中的人物遺憾過。我固執的認定這是一個男子寫給心愛女子的情思，我在為他遺憾露為霜。「所謂伊人，在水一方。」這個伊人多麼美好，卻是隔著的，在水的同時，不止一次的想，為什麼不淌著水過去，哪怕濕了鞋子，衣服，甚至濕了心，只要能見到她。可是，經歷了紅塵萬千劫難的我，現在才知道，許多東西並非我們一廂情願就可以免去遺憾，也許丘比特箭只射中了我而沒有射中她？

《國風》裏也有：「漢之廣矣，不可泳思。江之永矣，不可方思。」前不久車過漢水，在鬱鬱蒼蒼的群山浩水中，陣陣飛鳥出沒於其間，當時做此想：人若有翅膀，是不是也可以飛到河那邊去看一看呢？漢水邊的女子，究竟是飄若驚鴻婉若游龍的傾國傾城的神女，還是一個挑著菜籃脂粉不施的侍女？但我寧願相信她美的如同皓月一樣。人類好幻想，這是天性，尤其對女性，然而，真正傾了國家傾了城池的女子實在太少，這該是個大遺憾。在好奇中尋求美好，發現只是庸常，生活就是這麼欺騙人，不得不叫人遺憾。然而我的遺憾也只一掠而過，因為我深知，人類就是安裝了翅膀，也無法飛躍那自設的滄海，所以對這個夢幻般的故事，該持一份感激才是。

李白的詩歌，關於水的部分，總有種快意恩仇的味道，如「抽刀斷水水更流」、「飛流直下三千尺」、「南湖秋水夜無煙，耐可乘流直上天」……然而總讓人覺得是疏朗少年狂歌痛飲不負責任之言，其間隱含著人生的大悲憫，有無可奈何及時行樂之感。所以，據此看，還是沒有脫離原始神話裏銀河賦予水的孤獨感。

現代的中國人也是喜歡寫水的，好像只有水能反映出那種隱藏于心

靈的大孤寂似的，例如沈從文，他在《邊城》裏面，開頭就把故事發生
地定格在溪邊一座白塔下的房子裏，房子裏有兩個人，一個是老人，一
個少女，這樣的描繪，就像一尾魚直接蕩過來，無依無靠似的，老人沒
有子女，少女沒有父母，人生三大悲劇全都占盡。少年失怙，中年失伴，
晚年失子的境遇，僅僅在幾筆看似無意實則有心的句子裏描繪出來了，
一下子就把人物推到前臺來，置身在一條飄落無依的溪邊，就像置身在
一條流蕩的小舟上。故事中的人物，就這樣不可推辭的去躲避風雨的襲
擊。然而，那抵抗，好像也只是徒勞。人類的悲劇，也該就是這樣的畫
面，才可以盡情的展示出來。

有許多文字，是浮蕩在水上的，人們只看那流于表面的繁華，卻不
知道隱在水下的淒苦，就拿《邊城》來說，這一曲湘西的挽歌，唱響的
同時也在遺忘，在重建古老神話的同時也在解構，可是，許多人只看到
了那美麗的帶點憂傷的河流，以及河流邊生活著的人們，但卻不知道那
些人們，也有自身的愚昧、狡黠。

現代文明在清洗著每個角落，無論是農村，還是山之一隅，水之一
角，然而，一部文明的歷史同時也許更是一部野蠻史，

當我在白紙上寫下這些，我知道，我更多的是寫在水上，所謂杯中
窺人，也許真能偷的半點玄機，然而我是杯中窺水的人，而且只望向水。

好像一個叫做濟慈的外國作家說過："寫在水上。"我曾經想這該
是句情話，完整的版本爲："我的愛，寫在水上。"後來結合佛經裏的
話，才發現表達的意思是水過無痕，寫過就忘記了。 ── 也許，這就是
人生。所以，落筆於苦難，苦難很快就過去，如風過水面；落筆於快樂，
快樂也很快就過去了，沒有什麼永恆，只除了那山上海上的月，日裏夜
裏的流水。這樣想，人生還是把握當下好，正因爲一切都將過去，如流
水，所以，才更該過得瀟瀟灑灑。

水上的語言，是神秘的，像童話，更是神話。

# 山月不知心中事

　　"千萬恨，恨極在天涯。山月不知心中事，水風空落眼前花，搖曳碧雲斜。"

—— 溫庭筠《夢江南》

　　我向來不敢說別人不瞭解我，儘管這是事實。我覺得別人沒有瞭解我的必要，所以無須怎樣要求別人瞭解，今日看了《夢江南》第一首，才知不被瞭解的人多著呢。山月不知心中事，何況人呢？

　　有時候連自己也不知道需要什麼，那日晨起，淡淡的冷掠過胳膊，才覺秋寒，有麻雀在房間飛來飛去，撞得風鈴叮噹做響，才知它這個活物飛進了房間。我拉開蚊帳，與地下安靜的它對視，它居然盯著我的眼，讓我有想笑不敢笑的表情，因為怕驚了這天邊的來客。快樂，原來這麼簡單，一隻麻雀，就可以讓我言笑盈盈。與它說著話，念著"兩個黃鸝鳴翠柳"的句子，把它從門上放了出去。秋天了，外面的柳早就不翠綠了，但因了這隻無意闖我心房的鳥，我的心綠成一片芳草地。

　　無端入夢，奶奶在爐火邊坐著，我給她穿了新衣服，梳了個新髮式，抱著她向溫暖的地方去。醒來，才知是一場大夢，她還在千里之外的地方，用那雙老眼昏花地看著我回去的路，聽著被風刮著響了差不多一年的對聯，聞著有點腥味的風沙。當月帶著微涼沖入室內，一盞油燈點起，該是她思念我最深時候。可惜，陪伴她入眠的只有那世事不知的老貓，它不明事理的每天自顧自地用爪子梳著皮毛，洗著鬍鬚。

　　許多人說，忘記一個人比記住一個人更難，於我，卻是相反的。我知道我永遠是以回首的姿態站立在我的童年，但我也明確的知道，我不會回去，永將不回去，我永遠都是他方的遊子，故鄉的旅人。我的心是流浪的，靈魂是漂泊的，我沒有家，如果有，就在我停腳的地方。可是，這一輩子，只要我喘著氣，吸著人煙，我將永不止步。永遠有多遠呢，沒有人知道，大概只是一輩子。

　　我愛人，也希望人來愛我，可惜只是明月照溝渠。以前我是極不喜歡雨的，感覺雨使日子發著黴，現在我愛極了迷朦的雨，因為雨可以寄託許多東西，當我明白這一點的時候，我開始瘋狂的喜歡上了它。

　　合歡這個名字很好聽，不過因為給人感覺太過圓滿，怎麼聽著都覺得要破滅似的。前些天與一新識友人走在新安江畔，他摘下合歡樹上的葉子，問我：你知道這是什麼樹嗎？我看著梗結處小葉子閉攏著，說：不就合歡嗎？沒有想到真猜對了！以前我只是聽說過合歡，真正見到並知道。從那個夜晚開始，我與那個新識的朋友若即若離的交往著，而合歡卻在河畔兀自等著秋天的蕭條，被我們集體遺忘了，這不能不說是圓滿的反面結局。

　　生活中的許多人，我以為可以走近，但別人都以不同的方式疏遠著。這總讓我想起小時候，我想要件新衣服，或者新玩具，但幾頓飯下來，我把它們全吃掉，也絲毫沒有發過感歎，因為我舊的欲望早被新的所代替了。現在想來，真是沒有什麼是認為自己是唯一的，這個世界，除了變化是唯一的外，再沒有唯一可以存在。

　　古時候，恨是遺憾的意思，我現在逐漸喜歡起這個恨字來。正是因為有了遺憾，所以圓滿才讓人覺得怪異，所以遺憾是常態，圓滿是怪異的，盛著大災難，反襯著不如意，倒不如不圓滿的好。

　　山月不知心中事，真好！

# 我家阿醜初長成

　　阿醜是一隻狗，認識它就像我不小心認識許多人一樣，是純屬偶然的。只是，這偶然卻總是讓我傷感。

　　前年我在神木租房子住。某天中午放學回去發現陽臺上站了許多人，我湊過去看，才發現一隻小狗被房東家的兒子抱著。我接過來，它眨巴眨巴著眼睛看我，我在瞬間好感動，自己也不知道是為什麼。及至最後，房東說這小狗是從樓頂救下來的，不知誰家不想要了把它扔到我們樓頂去。大夥不知如何處理這個小狗，最後我就把它抱進了我的房間，這就是我與阿醜相識的經過，如此簡單卻如此讓我不想回首。

　　阿醜並不醜，只是它來時髒兮兮的，我當時就管它叫阿醜了，這大概與我自己很醜有關吧。後來我每天給它洗澡，它的毛長出來許多，居然變為美天鵝了。見了它的人總是用手摸一摸，它從不咬人，總是很溫馴地配合著，極盡全力似的去討好別人。這大概與它被人拋棄的心理有關，它可能怕那被厭棄的感覺。我極討厭它這副奴顏婢膝的樣子，我總希望有一點自尊的，只是它一直讓我失望著。

　　對於阿醜，我是盡了十二分的心的，它也是，我想我們都太相似，我們在那一年是相依為命的，至少對我是這樣。沒有阿醜，我的寂寞又有誰能來填充呢?沒有我，阿醜又會流落在何處呢?今日想來，我真覺得阿醜是上天怕我孤單，為我派來的三翼天使，只是我後來竟背叛並拋棄了它，辜負了它對我的信任和依戀。不過我也是出於無奈，竟至相信了別人的話，儘管如此，我仍覺得自己不可原諒。我想阿醜不會怪我，它要怪只能怪自己的宿命;可我卻怪我自己，我無法原諒我自己。

　　那些日子，因為有阿醜，我總得多買點吃的，阿醜是什麼都吃的狗，它被餓怕了，不是吃的衛生紙它都要吃。當此時，我總是想流淚。阿醜見了人總要躲起來，我只有在去上課時把它鎖房內，一來怕它丟掉，二來怕人再把它扔掉，於是阿醜與我一起時幾乎是過著一種半拘留的生活。因此我總覺得是太虧對它了，就給它買許多許多好吃的，阿醜總是以一邊吃我手上的吃的一邊看我，在我們四目相對的瞬間，我常常覺得阿醜是有靈性的，它的眼神會說話！我不高興時它就不來回跳著與我搗蛋，我如高興時它必對著我的臉又親又聞，舔我的手對我表示關心，我想我們朝夕相處，竟至如此相愛，也是上天賜我們的一次機緣吧，只是太過短暫了些，終究是不甘的。

　　阿醜是有靈性的，它知道哪些人不喜歡它。比如我對門的玉芳，她是最最討厭動物的，尤其貓狗，她開始特別反對我抱養阿醜，後來沒法才勉強接受，只是從來不正眼看第二眼。阿醜通人性，玉芳的房間它從不進去，而且它見了玉芳總是轉身就走。"一種風格啊！"玉芳總是這樣笑著走進我房間，當此時阿醜就藏在床底下，任我千呼萬喚就是不出來，可當玉芳一出門，它就肆無忌憚的跳到我書桌上來要我抱，真是個惹人愛的寶貝兒。

　　阿醜在與我相識時毛少且髒，與我一起後日漸漂亮，那一身雪白的毛總是讓我不禁去輕撫。它的眼神本來就充滿智慧，與我一起後它更好象每天專門鍛煉它的眼神似的，總是眼窩滿儲柔情，惹我相思。想到它的以後，禁不住淚下千行，惟有更寵更愛它，當時已知今日的相思是如此，今日的相離是必然，可卻還是滿腹真心去愛去擁抱去毫不保留的給予。若當時不是這麼愛，是不是今日不會這般傷？

　　在我高考的那段時間，我經常想我的阿醜該怎麼辦？我上大學走是不可能帶它的。我問過別人，大學宿舍裏面不讓養寵物，我不是有錢的人，不能為了它在外面租房子住；母親當時是很反對養狗的，所以我不能把它抱回家裏去。想來想去，我只有給它找個好的主人，這是最好的辦法。可是，我終究是沒給它找好主人的，現在說來，還是想流淚，為我曾經的永遠的阿醜。

　　高考前幾天，我告訴房東幫我留意一下他的親戚有沒有人家要狗。就在高考那天，我因為一整天忙不回來，就把阿醜交給房東餵養。可是，我犯了錯，我就這樣與我的阿醜分開，孰料這是最後一面，最後一面，如我早知如此，我必好好看它幾眼，可是，可是……

　　在我高考完後的第二天，我急匆匆的去找阿醜。結果是伊人已去，它已被房東送他的親戚了。房東告訴我："我親戚家有小孩，而且是在農村，是不會有人打他的，他們會好好餵養的。」他如此說，我雖欣慰，但還是悵然。睹物思它，狗食狗具仍在，只是我的阿醜呢？

　　阿醜就這樣離開我了。此刻在鍵盤上敲擊這些文字，阿醜若有知，是不是也會傷心呢？我不知該說什麼了。我僅以此文來表示我對它的惦念，我想我是永世不會忘記的。《小王子》裏面有一句狐狸對王子說的話：「你走之後，我會記住麥田的金黃！」我想對我的阿醜說的也是這樣：「阿醜，你走後的現在，我會記住月光的潔白，記住雪花的美麗，記住你的色彩。

# 菖蒲花發五雲高

端午節的前一天，友人 H 君跨越大半個城市來看我，得知我收到五份郵件，其中有三份有我塗鴉的文字時，就嚷嚷著要我請客，卻最後成了他賀我，約好一起過端午。

多年的外地生活，節日早就是淡了的，也很少感受那氣氛。前幾日車過嘉興，好多人買了粽子，我也只淡淡看。小時候對粽子還是滿有感情的，每年都盼著，自從到了外地求學，那一層熱情早淺了，許是怕了思鄉吧，異鄉客是沒有節日的，於我。

朋友那麼誠心的為我過節慶賀，確實是感動了我。雖也有巢湖的不太熟的友人，要遠道而來，被我禮貌的拒絕了。我是生怕給別人添了麻煩的人。但這一次，卻跨這個城市的一大半，去吃飯，去聊天，去過這個節，踩著正午的陽光。

友人早早就踩好地盤，"閣樓酒吧"的二樓，向陽的窗子，整個房間都是木質結構，就連衛生間的把柄，也是舊式的木頭柄，斜插起來。虧他有心，我去了，只覺得感動，所有吃的喝的，都是其次了。

酒吧的服務員是兩個年輕的男孩子，跟我差不多大，但比我靦腆，說話斯斯文文，不過不卑不亢。我們點了四個菜 —— 水果平盤、魚香肉絲、肉末茄子、青菜豆腐湯。那沙發可坐可躺，房間的窗子是鏤花的，猴子的圖案在上面，打開來看，對面是個叫做夜間小憩的酒吧，有幾個外國人在樓下坐著喝茶，時刻有人過，但整個街道是靜靜的。我所在的酒吧，臨老街，但不在正街上。許是正午時分，幾乎沒有來人。兩個人坐著，吃一會躺一會聊一會。

這頓飯從中午十二點吃到下午近四點，飯菜都涼了，水果拼盤裏的葡萄散著香，房間的隔壁有書，塵封的紙氣不時傳來。說累了，兩個人彼此在座位上躺著，很快就睡了，也不知什麼時候。他先醒的，叫我，抱歉說自己睡著了，孰料我也是。—— 卻沒有夢。這樣的情節，在零七年的望江樓上有過一次。那時飄著雨，走累了，就在望江公園的吟詩樓上躺著，毫無過渡，直接睡熟。今日亦是，一點心事都沒有，彼此靜靜的，就那麼入夢。

現在想來，兩個人實在沒有說什麼，卻那般迷醉，喝了酒一般，許是環境太美了，我們沉在舊時光的虛幻裏，容易走失，不，容易物我為一。朋友是個很隨和的人，無論笑還是沉默，都讓人覺得開心，我木木的，總是找不到話題，於是極喜歡那靜，空氣裏有水流過有鳥飛過有風刮過一般，自然的靜美。

下午四點，有陌生的女人推門入，已不是正午的服務員；在隔壁的包間，來了兩位年輕男女。她笑著輕聲向他們介紹，生怕吵嚷到我們，又近乎想吵嚷到我們。但想想，整四個小時，幾乎是無人打擾的，所以想來也不至對我們厭煩，難得這家酒店如此好，雖然價格不菲，飯菜較別處每一種都貴四倍。

別人來了，安靜也就破壞了，我們商量著走，卻又坐了半個鐘頭。—— 實在喜歡那味道，脫離九陌紅塵的味道。

下樓視察，到隔壁的酒吧又坐坐，環境甚至比閣樓酒吧好，但珠光寶氣了些，不是我很喜歡的，朋友說著下次來，我沒有點頭。他的興致總是比我好，自然我也不掃他的興，於是微笑。

兩個人沿老街走，他給我拍了很多照片，踏老街深深的巷子，或低首或回眸，總感覺活了很久似的。他也喜歡那舊時光的迷離，嚷嚷著要把那斑駁的陽光、幽階上的苔蘚、以及高高聳立的馬頭牆攝進圖片裏。

五點作別，兩個人在夕陽的影子裏揮手，說了三四次再見，再見，許是端午節太美好，不忍心別過吧。後來我去移動大廳交費，經過超港那家專門賣粽子的店，聞了聞，沒有吃的欲望，也不再討厭。

端午節，據說是祭奠屈原，我對這樣傳統的節日，總是熱情有餘，溫度不足，今年卻開心，有人陪怎麼說都是快樂的事，何況那個人很好。

這個節日，沒有愛情為序，卻也安然，現在寫來，忽起"菖蒲花發五雲高"之思念意，此刻我仿佛看見紫色的花瓣滿天飛舞，穿過了漫漫的時空，猶如閣樓酒吧庭院裏的菖蒲，瘋狂的滋長著。

回來時已經日落了，校園的合歡花落了一地，合歡是象徵愛情的花，即便落了，也是美好的，粉粉的一地，讓人想追了去。

這個端午，我是快樂的！

# 流盡年華

　　母親的號碼，發來短信："你自己考慮好以後在哪發展，不要聽三爹的！"我以爲是母親發的，以爲是我讀研的事，母親與小叔叔意見不合，於是回信打哈哈，勸解他們不要吵架，接著卻發來："我是姐姐，家裏都好。"瞬間溫馨的感覺傳遍全身。

　　像以前母親給我發短信時候："我是媽媽，欣欣。"姐姐也是這樣。當然，說著話的時候容易，但短信裏很少，我是家裏最小的，雖然護著，但農村人，親昵有餘，但絕對缺少電視裏柔情，所以，姐姐發我是姐姐四個字，讓我感動，雖然之前她也發過多次，每次都是叫著我的名字，疊音的名字。── 只有在家人嘴裏，這名字才聽起來不彆扭。他們愛我。

　　哥哥的電話，我掐斷，馬上短信："什麼事，哥哥，我不能接電話，手機壞了。"我不想接電話的時候，總是用這套語，家人明白，但也不揭穿，難得。哥哥發來短信："沒事，就是想給你打個電話。"我知道，他是擔心他在外一個人獨闖的小妹妹，所以想問一聲。他總是不放心我的，卻用不對方式，以至我們的關係一度走得很僵，但我知道他愛我，爲我操心。

　　後來接了個工作在靜安路的老師的電話，他說他那裏有三個名額，另一個做官的老師那裏還給我專門留著一個，問我怎麼不報，然後催我，要儘快聯繫。瞬間感動，他們已經催了幾次了，只是跟我預料的時間錯開來，我又不想失信于別的老師，便只有抱歉，卻難以說出口，甚至掛了電話，也無法發一個禮貌的短信表示拒絕，我真是孔子口下的女小人。

　　之前也想過，未來三年，若踩著靜安路的葉子，每晚每晚去看九眼橋那邊的白鷺，經過那些老樹旁，會怎樣的驚心？高爾泰曾經寫過，他也喜歡靜安路，他也喜歡那寧靜，我就是因爲看了他那篇小文去的，也因此培養起了感情，卻由於某種曲折，不得不告別。

　　當一個地方，一個人，願意爲我費周折的更改時間，我怎麼能失信於人？何況，那個地方也是不錯的，只是太繁華，處於市中心，整個城市的嘈雜都在那周圍響著。那個人肯在初相識就認定我，肯收留我，這份恩情，說什麼也不辜負。

不過心裏還是不甘，魚與熊掌，我都貪，便有了痛苦。

打電話給姐姐，她說自己選，是呀，從小到大的路，都是自己選，所以付出了在小地方呆四年的代價，雖然因此耗費了青春，卻也安心，不過靜下來時總覺得最美麗的年華都失去了，留在了那地方，便滿滿的不甘，又不能說與人聽。

好家庭的人，三姑六婆五姨夫，加上父母，什麼地方想不到，什麼心操不全，我呢？自傷身世，不過沒有什麼大感歎，如此的走，也無怨言。有時竊喜，難得自己逢事都可以做主，就像自己的王似的。

這麼多年，幹什麼事，都誤打誤撞的過來了，哪能沒有主意，卻總在選擇的時候，問了這個問那個，其實自己早作做了取捨，但還是希望參考下別人的意見。卻沒有人肯說那麼一聲，堅定的說那麼一聲：「向這個地方去！」

我並不是怕失敗，只是消耗了時間，總得打撈點什麼，順手牽羊，別人都牽了，我也拉那麼一隻，只是羊不是我真正要的，是以有失落。人世的大悲大喜，也就是如此吧。我該滿足，至少我終牽到了什麼東西。」年華都流盡了，不這樣，也挽不住。

# 秋燈瑣憶

　　我自己也不知道，爲什麼要把將要寫下的這篇小文名爲《秋燈瑣憶》，儘管現在已是初冬，雪下了一場又一場。然而我真想給自己一個理由，於是，我找了幾個，因了聽松湖邊將落的柳葉，今晚柳梢上的月光，以及已經現在我床頭一盞亮度不足但溫度有餘的臺燈，我確實有秋日未盡的沉沉感。

　　下午回來已經是五點，本來準備收拾東西上床看書或者做筆記，但因爲室裏一個人正在看《蝸居》，於是，自己也湊合著看了幾個小時。從小到現在，我對於這種泡沫式的電視劇，一般只看個梗概，或者是聽一下聲音，今天就是後一種。我一邊收拾藏在櫃子裏的箱子，一邊聽劇情。

　　房間換了三次，箱子也跟著我走了三次，但是，自從大一放進去之外，這裏面的東西再也沒有動過，這裏塵封著我的舊時光。

　　收拾東西，我才發現我有收集筆管的嗜好，以前我是收集郵票，但這個愛好在高中經過一次被盜事件就夭折了；後來我收集賓館的洗漱用品，所以習慣走各式低級的賓館；一前一後與收集旅館的小飾物一起喜歡上的，是收集門票、車票、甚至曾經一度收集過陌生人的頭髮……但是，之前我是怎麼也沒有想到我喜歡收集筆管，然而整理以前的東西，整理近兩年的小碎物，我發現用過的各式的筆管都沒有扔掉，這是個大發現，該高興。對於人世，只要有一樣愛著，就算是有希望的人看來，我不是別人眼裏的消極分子；然而同時也悲觀，我喜歡的，怎麼就沒有一個上檔次的？

　　翻這幾年的舊物，我還發現了打火機，那該是高中時期買的。當時租住的房子很容易停電，就買了火機，其實與吸煙有關。在大一的時候，被宿舍的人發現我書桌前的鏡子下有火機，當時驚呼：「你吸煙！」我淡定，一本正經的說：「我以爲這裏也是經常停電，所以帶了火機來。」

我甚至還準備拿出蠟燭以明這是事實，但是，這樣做似乎有點太過掩飾。
—— 不過，那之後的第二日我就把火機藏了起來，就藏在了這個箱子裏，當時，一起藏進去的，還有沒有開封的煙。真的，我是想過做一個正常的人的，做一個看起來比較乖比較文靜的女孩子的。我一直在這樣努力。

隨手翻出的還有我大一的生日禮物，這時《蝸居》裏面的宋思明正開始出現在海藻的生活裏。朋友歎息的說：“宋思明這樣有錢又溫柔多金的男人，是多少女人的嚮往呵。”我因爲之前看了電視劇的臺詞，以及各樣評論，所以不想發任何言論。因爲對於老男人與年輕女子的故事，無論劇情如何感人，我都覺得與物質有關，跟愛情有點遠。老男人在年輕之前，也該是有過珍惜的女子的，所以，這之後才學會多情，體貼，才懂得如何用金錢物質等套牢進網的魚。當然，愛情是不分年齡的，但這個物化的時代，這樣的愛情相當少。

大一的生日禮物，是個鐵盒子，很精緻，買來的時候該是幾十元錢，不過，那個時候還沒有賺上錢的朋友，送這麼一個東西，加上那十幾朵精緻的塑膠假花以及胸針、布娃娃之類，也算一筆大的支出了，不由人不珍惜。盒子裏還放著兩封信，也是幾年前收到的；還有一個戒指，我不知道是別人送的，還是自己買的，忘記了，它在這個封閉的盒子裏，就這樣一關兩三年，多少個日夜啊；有點生銹，我帶上，還是很合適，只是，它的來歷我怎麼也想不起來了。

我戴戒指的時候，《蝸居》裏面的小貝，海藻的男朋友，正給她說這樣的話：“我的錢就是你的，怎麼能說借呢？”他們手牽手在櫥窗前轉悠，很心疼的買二十五元的冰激凌，一個爲一個做飯……多麼幸福的愛情啊，沒有房子，沒有錢財，除了青春和親情，以及愛情，他們就是缺乏物質了，但是，這樣的日子過得難道很難受嗎？

我翻出來的，能用的，都把新油芯換舊筆套裏面，我手都是藍油墨和黑油墨，但是，這並不影響我的心情。我想到愛情，想到家人，想到人生種種。過去就如這些舊筆管一樣，雖然不值錢，甚至是垃圾，但畢竟是我們走過的路，那些牽手的人，雖然由於生活種種，變得如左手牽右手，但是誰忍心砍掉其中的一隻呢？

《蝸居》裏面的男男女女，是比較困頓、比較艱辛的，他們沒有一個不在享受普通人的幸福與快樂，只是他們自己把自己揪進物質的漩渦無法自拔，鐐銬是自己帶的，怨不得誰。在收拾舊東西時聽這部片子的劇情，也算有收穫，至少讓我明白，生活的路，過得好不好由不得自己，但怎麼過還是自己可以做一半的主，而另一半交給命運吧。

筆管整理完了，火機也被請了出來，禮物還是照舊藏著，我的心，還是如以前一樣，相信美好、單純，相信愛情、親情。只要心無雜念，對得起自己，一切可以過下去。

臺燈還在繼續亮著，品質不是很好，但一開就可以發熱，在這樣的天氣很適宜，是大一買的；大二就厭煩了，買了個更好的，但就在昨天壽終正寢，於是，這個舊的就被請了出來。東西其實和人一樣，用久了是有感情的。在這台昏黃的臺燈下，我想起了許多舊時光，它們如葉子一樣的，飄浮在我的秋天裏，繼續著自己的溫情。

# 過盡飛鴻

　　中秋節那天晚上八點十五的飛機，起飛卻已經九點多了，飛機先是停頓了一會，接著滑行了數秒，又是半個小時的停頓。

　　坐飛機已經數次了，但夜飛機還是第一次，每次都選擇靠窗的位置，喜歡看白雲，以及白雲下的千溝萬壑，燈火酒綠，看飛機的翅膀在天空滑過，巨大的母體分開軀幹。

　　飛機從雙流機場起飛，該有的暈機反應是一點都沒有的，除了曾經在隆隆聲裏下降了半個小時製造的恐懼外，其他時候坐飛機總是平和的。

　　萬家燈火，仿佛隔著海隔著山隔著無數層的空間般，往下望，看那些在夜空裏出來的房子，以及那些街道，昏黃是主要的色彩，金子般的黃，飛機上往下望，覺得另個世界藏著美好，但落到地上不就一樣了，人還不是如之前那樣渺小？

　　飛機在上空飛，穿過城市的上空，霧氣，在雲層裏飛翔，海天一色的感覺，天空是有邊的，一眼可以望到。每次坐飛機，總想若是可以走在白雲上多好，恐懼那深淵的深淵，不顧一切的往下墜，墜到底。因為每次都這樣想，竟至做過這樣的夢，一個人在周圍棉花似的雲層裏漫步，白茫茫的，似乎是批著袈裟的僧人，身前身後沒有一個人，走著走著就翻過來了，看見天底下一個又一個倒著的影子。

　　怕那失重，真在白雲上走，冰凌重重，寒冷可以姑且不論，掉下去怎麼辦，再說那麼乾淨的雲層，又怎麼忍心？當然主要是下墜的恐懼，墜下去也好，只是深淵的深淵，沼澤地，泥淖一般的捲進去，無休無止，那是怎樣不甘心的糾纏，仿似宿命，誰又能受得了？

　　飛機有那麼好一會停在天空不動的感覺，看不見翅膀在動，翅膀上的“上海航空”四個字就在那一片漩渦似的雲層上，機上的人大多睡著了。開始他們在看電視，起飛前開著，起飛時關掉了，起飛後又開了。放的是一個長相似凱西莫多的人尋找愛妻的故事，他很執著，如同所有歷盡千辛萬苦總能修的正果的故事一樣，這個也沒有脫離那俗套。那男子其心可嘉，不過妻子落在一個知冷知熱的人身邊，也不見得不是好事。最後那個如花似乎的妻子，終於被這個農民工找著了，壞人得到了應有的懲罰，被公安機關帶走，而他，領著貌美的妻子，又開始扛起鋤頭過上了男耕女織你歌我唱的生活。斷斷續續的，在時開時閉間，兩個多小時的飛機航程，居然全部演完了這個片子。機上的人都在笑，因為整個故事運用的是詼諧的手法，不知道為什麼，直到看完，我都沒有一點舒適感，我為那漂亮的妻子覺得不甘。人們總是在二元對立裏尋找真愛，殊不知到處都是可珍惜的人，心存善念就好了，壞人也不是沒有情意的。

機上開著電視時端來了飲料，接著就是晚飯。2010 年的這個中秋節，若說是有新奇的部分，那就是機上發了月餅。還有番茄，小麵包，以及大豆一袋，上海航空的飲食是比較差勁的，但難得有月餅。我是不喜吃月餅的，但卻把這個放在了包裏，我想著這是個特殊的日子，想著分食一個月餅可能帶來的快樂，千里萬里的趕來，能有那麼一個人站在那裏不遠不近的把我等待，這份情誼，是怎麼都回報不了的。── 那個月餅就這樣被收起來了。

吃過夜宵時關的燈，機上大多人迷糊著眼睛，有遙遙的聲音從前方傳來，也是打鼾聲。飛機定在天空一動不動，我所看見的一隻翅膀的兩片羽翼也不動，整個世界昏昏沉沉，雲在這個巨大的母體四周睡著，有什麼東西在不眠不休的注視著這架飛機。忽然感到害怕，恐懼感由肚子竄到胃裏，五臟六肺都在燒，火辣辣的，就這麼一個又一個輪回，想到近期的飛機失事。掉下去的人多半是活不了的，空中驚魂，那是怎樣的驚悸？想到面目全非誰會來看我，誰會心痛的拾撿我的骨頭，大概沒有人？愛就是這樣，存在就是這樣，人是很容易消失的，拿什麼來拯救，拿什麼來懷念？這是多麼悲哀的事情呵！

飛機恒定，我揣測著種種可能，居然睡著了，迷糊了一會。醒來時機裏燈已經開了，明晃晃的，那個上機時就在打電話的傢伙，又一次開了手機螢幕。周圍人是厭惡的，但沒有人說話，就如一次坐大巴走長途一樣，經過一家加油站，一個三四十歲過了期的女人拿著手機不停打電話，很多人都用眼神抗議了，卻沒有人出來說一句，哪怕一聲咳嗽。

後來就看見了新安江上的燈火，知道屯溪到了，我生活了四年的昱城到了，這個讓我又驚又喜又厭又愛的城市，寫滿了我青春的時光。這個讓我強大又讓我渺小的城市，就在眼底下了。那條江，叫新安的江，紅塵皚皚的燈火，又吸著我了。

這座讓我悲欣交集的城市，這一次的到來，許是永訣，我心帶了這樣的念頭，然而誰又能知道，我的埋葬只是收藏，我實在是愛極了這裏。再也不曾會有哪一個地方能如此包容我，能如此讓我停靠了。

這個八月十五還算美好，是夜睡在寬大的高樓房間，看見外面的天空一大朵雲從另一個樓層飄過去，心裏安穩，飛機上的那些驚慌與不安都過盡了。這個高樓的房子和一個人的心裏住了我，我心的房子裏也住了這個人，不空！

昱城，我用我的生命擁抱你，我的《昱城記》，不知道將用多少時光來補上，不知用多少時光來抒寫，餘生都不夠。

# 想起秋天

　　每當我想起秋天，就想到那個不想我死去的人，還有她的那一雙手。

　　那時候實在太小太小，愛，粘稠濃密，深厚如門前紅熟的棗子，悠悠的從窗戶外的一夜秋風裏掉下來。我聞得到，祖母把跌落的棗子撿回，大半袋的炕在鍋頭，我記得的，那種甜 ── 嘗得出 ── 有股膩味，還滲合著一種蜂蜜味，就是多年之後我在南方喝到的那種蜂蜜味 ── 滿屋子都是的，八月十五過後，一整個秋天，這種味道彌漫。它黏在碗上，糯米做的糕上，我的舌頭也被黏在那兒了。

　　那時候我每天吃丸藥，兩顆，褐色的，圓，比乒乓球小一點，每次吃下去之後就喝水，過一會再吃紅糖，或者蜜棗，祖母會把蜜棗跟紅豆煮在一起，棗子的核被切菜刀小心翼翼的在煮透之後去掉了。

　　夜深了，我乾咳的厲害，一整晚的咳，祖母會用黃米換一袋蘋果來，我喉嚨乾了就吃，清新淩烈，我的喉嚨深處吹出風的輪廓，我感覺到它的存在，有點快樂的存在。我會沉沉再睡一會，或者囈語，有一雙手就從頭上探過來，停在額上，摸著頭看熱不熱，一會繼續摸頭髮，一寸寸掠過去，再掠回來。有時也會摸到脖子那裏，然後拉棉絨的被子，蓋好，接著再在我頭上停一會兒。

　　有人家給了番茄，祖母就剁，一整個一整個的切碎，柿汁四濺，紅紅的，還有星星點點的青綠色顆粒，酸酸的，空氣裏的味道是這樣；祖母把這些柿子做成醬，放上蒜、以及鹽巴之類，每頓飯倒碗裏一點，紅遍整個碗。

　　有時候我也會拎著菜籃去地裏挖苦菜，就是那種苦苦菜，吃起來苦，但陝北農村人就是喜歡吃它，因為除此之外，幾乎五菜可吃；聽說後來那種菜很貴了，城裏人大片的種植，裝進罐子裏賣，可惜還是沒有鄉下野生的那種味道。我可以挖大半個白天，然後拎著袋子或者籃子回家，我的手上都是苦菜的汁液，苦菜是綠色的，汁液卻是乳白，落在手上成了褐綠色，費半天的功夫都洗不掉，聞著還有一種草香，當然，澀澀的，長在身上了，我感覺那汁液如柿子的汁液潛入我身體了。那些顏色都在我心中，現在還歇在那裏呢。祖母會拿我的手聞聞，然後看刀子一樣牛吃的那種城草有沒有割破手，有的時候就吹吹，沒有，繼續聞聞，搓搓，就放下了。

　　爺爺死的時候，我似乎一夜之間就長大了，祖母把剩下的菜放在一個小甕裏，那菜都有些餿了，她挖出來，我聞到空氣裏一種絕望的味道，祖母微笑著，讓我吃，用大手撫過我的耳朵，那時候那雙手就痙攣了，伸不展了，勞作過的手總是這樣。可是我怕她的手，血管突起，我甚至看見血液的流動，我根本不能看，一看就要哭，我怕祖母也會死掉，怕得要死，但又不能說，我每夜每夜睡在她身邊，半夜裏都不敢睡去，我偷偷去摸她的鼻息，這樣過了很多年，很過年。

　　村子裏總是有各種古怪動物的叫聲，有時也有火光，許是螢火蟲，一道一道的，一聲一聲的，雞叫了一遍了，雞叫了兩遍了，村子裏的雞都叫起來了，祖母就說“你怎麼還不睡”，她用手把我的眼合住，她那時視力已經不好了，但她摸著我，撫過我睜著的雙眼，祖母長歎，總是說：“這孩子心重！”她那時候就已經擔心我以後的命運了。

　　祖母的喉嚨在夜間總是發出聲響，轟隆隆的，唱歌一樣的嗓音，撫慰著我。有那麼幾年，整個屋子因了她喉嚨發出的聲響，成了一個受保護的國度，我在這個屋子裏形成，── 一個不受束縛的，堅強的自我。

　　因此，每當我想起秋天，想起風吹過落葉，似乎咳嗽的聲音，我就想到那個不想我死去的人，還有她的那一雙手。

# 夢落敬亭山

八月十三晚踏上去宣城的車子，是因為敬亭山。

早就知道敬亭山了，它是座詩山，而在我這裏，卻是一座情山。此前十多次經過宣城，在火車上遙遙的看見敬亭山，覺得那若少女乳房般的山峰就是敬亭山。在火車上看是很低很低的，似乎幾分鐘就可以爬完的感覺，但每每看到心裏就起爬一爬的衝動。

八月十五的上午，去謝朓樓的臺階上坐了坐，下午打車去了敬亭山。我對宣城的印象，除了宣紙，就是這句「相看兩不厭，只有敬亭山」似禪語似情話的句子了。

李白曾經寫過「一生低首謝宣城」，宣城的謝朓樓我去時是關閉著的，有解釋語說是重建，就是那麼一座二層樓，木質的，樓還算高大，只是孤立在那裏，有點寂落，樓下四周被欄杆與樹木圍了起來。樹有冬青，桃樹，也有棕櫚，還有青桐黃楊等灌木，樓側有一涼亭，高樹提供了大片陰涼，有兩個中年男子赤著脖子在睡午覺。謝朓樓周圍石椅很多，有人打麻將，有人打紙牌，旁觀者也多，大都是小孩老人；有兩妙齡女子，也在樹下乘涼，手裏啃著夏季的冷飲；還有三個男子，提了好幾個飯盒以及一些涼菜來吃……看起來都是本地人，遊客很少。看了謝朓樓吃罷午飯，我們就直奔敬亭山。

敬亭山是一個閃爍著詩性之光的山，很多璀璨的名字刻畫在這裏，從謝朓開始，到白居易、韓愈、劉禹錫、李商隱、陸龜蒙、蘇東坡、歐陽修、范仲淹、晏殊、湯顯祖、文征明等，從魏晉到清代，他們都先後歌頌過這座看起來並不是很巍峨很秀美的山峰，所以我在登臨之時，看到「江南詩山」四個字，有著深深的不解。

我們是打車上到半山的，到時是下午兩點多，遊人很少，鍛煉的人倒是有好幾個。過昭亭，賣香火的婦女站在陰涼裏，她不大兜售生意，倒像個解說員，為遊人指路，告訴遊人上面有太白樓和玉真雕像值得看。

翠雲庵傳出鐘聲，庵下的雞冠花吸引著我，紅紅的一個雞冠頭，像火熱的青春，只那麼一棵，在路邊石頭旁的一簇土裏生長著。翠雲庵裏的尼姑，靜靜的坐在蒲扇旁的一塊席子上與人說著話，我提著涼鞋在門口站了很久，始終沒有進去。我就像一個趕了很久路來敬獻虔誠之心的人，臨了卻忘記了此來的目的。

同行的人吆喝我，或回首或側立，兩個人一級級石階走，有時相視而笑，山門昭亭一路穿行，竹林茶園一路旖旎，心情若林間風，絮絮的吹著。兩個人有時牽手，有時又隔得老遠，喜歡前路有人等我的感覺，怎麼走都不累，那個人在那裏。

爬到太白樓長長抒了一口氣，太白樓上面，除了電視塔再沒有景點了，所以到此暫滯留，然後回轉。有陌生的黃衣女子細細笑，遊人一般的對同行的人解說著，她說竹林下的玉真公主像，以及皇姑泉，還有公主相前的石碑，她還說到了弘願寺，於是同行的人相邀她與我們一起遊玩，她本是來鍛煉的，見了我們這類好奇的遊人，便臨時決定一起遊玩了。初始我心裏不大高興，兩個人的靜美，三個人一起，就這樣無端破壞，怎麼能高興起來？不過走了一會，就覺得三人有三人的樂趣，何況這個女孩有婉轉的聲音，還有宣城女子特有的溫柔。

李白的"眾鳥高飛盡，孤雲獨去閑。相看兩不厭，只有敬亭山"我一直認為是情詩，相看不厭，那是怎樣的愛，執誰的手，能這般篤定？

皇姑泉，李白在玉真公主死後常常來悼念感動仙人後出現的泉眼，皇姑是有求必應的，"皇姑泉"三個字前有大井，很深，井裏有水，也是清澈見底，虔誠的人，來了這裏往水裏投幣，許下一個一個心願；而調皮的村童，卻拿了鐵絲長棍以及磁鐵，來這把那些虔誠的人投下的硬幣一一牢上來。

這是同行的黃姓女孩說的，她二十四歲，工作已經五年，但還有孩童式純真的微笑，細細的傳遞自己的柔情。

我們在板栗樹前行走，大片的茶園在眼前漫過，左手邊是大片的栗子樹。鄉間風光總是讓人心情放鬆，下了一陣急雨，只幾分鐘，但天氣瞬間就不熱了，有小風兒吹著，從山上往下吹。通往弘願寺的路很陡很偏僻，不通車，我們走了很久。

弘願寺前有一個湖泊，水輕輕的，是山裏流下來的水。同行的黃衣黃姓女子，說湖底本就有泉眼，那水甜的很，遊人經常專程來這拍婚紗照。

　　塵土飛揚，湖前的路正在修，弘願寺也正在重建。遠遠的望，山間寺廟所需具備的一切特色，都已經有了，鐘聲比前面翠雲庵來的直接，來的隨意，是這山間的暖色，瞬間讓我起了思家意。總是如此，聽見鐘聲就會想到暮鼓，想到祖母在黃昏時的聲聲呼喚，想到雞羊入圈的那種平和，想到情愛，想到很多，都是美好的。只想握同來人的手，若你一生一世與我，好不好，好不好？然而始終沒有說，人世的一切不可強求，說了之後以後想起會受傷，就這樣隨遇而安吧。

　　弘願寺我們沒有進去，只遠遠的拍了幾張照片，黃姓女子伸長手指做勝利狀，憨憨的笑，這照片還在我電腦裏明媚，而我已別了敬亭。

　　敬亭的千種風情留不住前人，也留不住我，只是，此刻的想念來的這樣真切，我想到了"美人如花隔雲端，天長路遠魂飛苦，夢魂不到關山難"，相識相知情爲誰？去過敬亭，我心裏也建了一座敬亭，只是相看不厭，一生一世的心裏話，終沒有說出口。

# 小 說 篇

# 鄉村女教師

我本來是可以成爲她的上帝的，但我沒有這麼做，所以她最後成了魔鬼。

—— 題記

在黃土高坡上，府穀是一塊神秘的地方，那一片片紅柳叢，賦予府谷無限的生機，綿延的長城似蒼龍盤踞在這方圓幾百里。大文學家文彥博曾駐守府穀,家喻戶曉的楊家將故事就發生在府穀一帶。

這裏的每一條溝，每一條河，每一座山，每一個小沙包都是一段故事，都是一首歌，都是一個大世面……

在府穀的一個偏僻的小山村，有一所學校。今天，我將述說這個學校的一個不算大故事的故事，故事的主角是個老師，女的。

她教了我三年，從二年級到四年級。她長得很好看，至少在我的眼裏是這樣的，我母親不這麼認爲，我懷疑三十歲的女人看二十歲的女人是用著挑剔的眼光的，所以我母親的話不能算準確，因爲她當時是三十幾歲，而張老師是二十幾歲。

我忘記了，我覺得有必要告訴你們老師的名字。她叫張飛蛾，是飛蛾撲火的飛和蛾，她的命運就如她的名字一樣。

有兩年她教我們音樂體育，農村的學校小學是由許多非專業的老師混教的，一個老師可以教許多課程，比如她既教音樂體育，還教語文和數學。她的歌聲很好聽，我們通常是幾個年級在一起上音樂課和體育課。她上體育和音樂課常招惹來幾隻蝴蝶。蝴蝶急速地顫動翅膀，飛在她身邊一會，在午後的天空下，遠遠飛開。這當兒，一層神奇的東西在她身邊蕩開來，空氣中有很好聞的花香在彌漫，好像也有一些東西隨著這香氣一點一點沁入心底。學校的院子很大，我們也常到農家的打穀子的場面去，場面也很大，我常趴在地裏看她。一些不知名的東西在耳邊嗡嗡地飛，我一點都不怕它們，因爲她在那裏站著，笑眯眯地看著我們。

　　那時候她是另一個村子的，因為村子裏缺教師，所以她在中專畢業後來到了我們學校。她在我們村子呆了好幾年，直到我小學畢業遠離學校以後不知道她的消息了，直到最後聽說她死了。

　　那時候她們村子離我們村遠，有時候她回去，大部分時候住下來，在學校分給她的房間裏，通常這時候我就得晚上與她一起去“同居”了。

　　我陪她去住一般是天下雨下雪或者很冷的時候，總之我們間接“同居”了三年。母親說她不漂亮，不代表不喜歡她。村子裏別家的小孩是不被允許去陪她的，我的母親不同。當老師同母親說自己不敢晚上一個人住在辦公室時，母親就把我推過去了，好象我沒有思想，就是她自己一樣。

　　我是喜歡老師的，喜歡她辦公室裏面莫名的花香，喜歡她桌前的一些小瓶瓶，喜歡她好看的四方形的有著卡通圖片的鏡子。我通常在晚上吃過飯才去陪她，我家就在學校附近，她很少到我家來，也很少用很大聲的聲音叫我去，她知道到點了我媽會催我去，我自己也會主動跑去的。而且我覺得她也知道我喜歡她，要不不會那麼篤定的從來不大聲叫我去陪她 —— 不過她對別人也沒有大聲過。

　　我通常是一路小跑著去的，進入她的房間還帶著風的氣息。她會哄我吃點餅乾及其他花花綠綠的零食，然後我們一起看書或者進入夢鄉。通常時候說著說著窗戶上的玻璃就看不見了，空氣中有著純淨的味道，視線盡頭是那一片深不可測的黑暗。我總是笑起來，收回目光，偷偷打量她，聽她均勻的呼吸，或者是帶著青春騷動不安的心跳，當然，這些在當時我是不懂得的，或者是隱隱約約懂點。

　　四周靜寂無聲。知了一聲一聲叫著，村子裏的貓也一聲一聲叫著，我在黑暗裏看著她，細碎的月光一閃而逝，她睜開雙眼有時會問我：“你也睡不著嗎？”然後不待我回答伸過手來抱抱我繼續閉上眼。

　　我喜歡她，我母親喜歡她，我懷疑我孤寂的母親只要嗅到一點文化的氣息她誰都會喜歡的；村裏人可不喜歡她。我不太清楚這究竟是怎麼回事，不過至始至終他們都給過我合適的理由，當然是通過我母親的口。

　　村裏有一個叫王之敬的人，他與我們不是同宗，我家姓劉，原是與他家不相干的，不過住的很近，所以顯得親近了點，當然是他家和我家。

　　他當過幾年兵，那幾年退伍在家也不知道務什麼業，反正有事沒事總往學校跑，總喜歡跟張老師在一起說說話。奶奶常唏噓他說是不是看上學校那個年輕老師了，他聽了總是嘿嘿地笑，兩眼放光。老師叫他幹什麼，他從不推辭，放下自己手中的活，樂顛顛地跑來跑去。

說實話，王之敬長的還不錯，是標準的陝北大漢那種，因為當過幾年兵，他的腰肝挺的特直。我喜歡與他在一起玩。他不大識字，是小學三四年級文化，但他腦袋裏卻記得很多有趣的事，他五年的當兵經歷就是最好的談資。村裏許多女孩子也喜歡他，不過有一些女孩見他與老師一起就遠遠躲開，有時沒來得及躲，就把臉努力地扭向另一邊。這是村民不喜歡她的原因吧，母親這麼說的，母親說大姑娘家同一個小夥子整天在一起是不大好的。

她的笑很好看，與王之敬一起她總是笑，她的笑就像花開一樣，是一樹一樹的；就像飄開來的雲，不是一朵一朵的那種，是一整片一整片那種，很有震撼力。我覺得比歷史上的四大美人的笑更有吸引力，有四兩撥千斤的效果。我說的是真話，到現在我還能記得那些開花的樹和那些漂浮的雲，它們是白色的，有著比床前明月還要清澈的光。可惜這是我個人認為而已。

她是我的老師，我喜歡她。我不明白村裏人為何不喜歡她，儘管他們給過我很好的理由，但是這理由說服不了我。

她對我很好，她對每一個學生都很好。這讓我嫉妒，但我得隱忍著，因為我怕她叫別人陪她去睡覺，這樣我就不能在暗夜裏聽她起伏的心跳。她很喜歡笑，看見她對別人笑，我就渾身難受，卻說不清是為了什麼；我的心就像有錘子在擊打著，一下比一下重。所以我努力學習，我要她開給我的笑更多一點，更璀璨一點。

三年級放寒假，我們整整放了兩個月。這期間，她來過學校多次，來了說是找點東西，但每次我都能見到她跟王之敬在一起，他們卿卿我我的在一起。每次來她都先在我家大門口喊一聲叫我陪她，可每次我都只是負責在她辦公室把她的好東西慢慢吃完然後我一個人在學校看半天她給我帶的小人書，當然，我是不去打擾她的。她誇我乖，我就乖下去，一直乖！

三年級的時候，王之敬在正月的一天去給人家開車，結果是再也沒有回來。

　　屍體也沒有回來，因爲沒有結婚沒有孩子的人死在外面屍體是不能進村的，否則有各種各樣的說法，沒有人家敢觸犯整個村子的意志，所以王之敬至多也只能魂兮歸來哀村莊。

　　開學了，她越來越沉默寡言。她的沉默讓我覺得壓抑，儘管我當時不知道壓抑是什麼，儘管壓抑這個詞是我後來學的，但壓抑這種感覺是我提前體會的。

　　她還是常叫我一起陪她睡覺。有時她半夜起來把紅的有點像血的東西換一回，有時是兩三回，我裝作睡著了偷偷看她這樣演習了好幾次。我承認我無恥，可更無恥的還在後面。我經常半夜起來偷看她的身體，我覺得她的身體對我來說是個巨大的秘密，我是個喜歡破解秘密的人，尤其是關於美好事物的秘密。

　　那天晚上，月光好大。我躺在土炕上看著月亮。窗花把月光揉搓得像一片片的散著。我看見她悄悄打開了被子，我又一次仔細檢閱了她的身體。她低低地唱著歌，我聽得清清楚楚，是那首八百年前的女詞人寫的，我媽早就教過我們了，只是我當時不可能寫對字罷了："紅藕香殘玉簟秋。輕解羅裳，獨上蘭舟。雲中誰寄錦書來？雁字回時，月滿西樓。花自飄零水自流。一種相思，兩處閒愁。此情無計可消除，才下眉頭，卻上心頭……"

　　我正聽得入迷，她的歌聲卻總是突然而止，掃我興致，但當此時我還是迷糊著雙眼假寐，而且還發出輕微的呼吸聲。

　　三年級快完了的那年冬天，她開始一個接一個的相親，她的家人可能爲她的婚姻開始著急了。她也不推辭，經常請了假去見朋友，一見就是一個周。回來還是給我帶許多吃的，留在學校住宿的時候會把見到的種種人告訴我，只是她不提起之敬，我也不提。死了的人提起是不吉祥的，在我是這麼認爲的；當然，這也是我們村子的集體認爲。

　　我四年級了，她開始訂婚。那個男人來過學校幾次，帶著個黑眼鏡，兩隻眼睛從眼鏡這邊望去，像是兩個黑貓在裏面閃著幽暗的光。細皮嫩肉的，遠遠聞著有一種夏士蓮的香水味道，一看就是保養的很好的那種。聽說是什麼局長的兒子，很有錢。看上她是因爲她長的好，他剛離婚，對城裏的女子失去了興致，估計是產生了審美疲勞，畢竟，圖了妝的的女人就像被人開發過的荒地，是失去了那種原始氣味的。所以，他到鄉下來開發未開墾的，於是就遇上了她，於是就結了這一段緣。

村裏的人開始巴結她，時常給她提點農村自家釀制的東西去，她也不拒絕，總是留下來吃掉，當然是我陪她一起吃掉。

那年多天她要結婚時候我已經離開了我們學校，到別的學校寄宿了。

後來聽說她沒有結成，長期飯票失了效應，關於此間原委我問過我母親多次，一次次得到的版本都不同，一次比一次離奇，但主要的一點是不變的。我的母親是用這樣的句子來給我做解釋的。

她結婚之前的某一天，女婿來到了她家，她父母到別人家溜達去了，妹妹也去別人家找朋友玩了，他與她相互坐著，不知不覺就靠近了……

然後的一些事情母親能蓋過的儘量蓋過，最後母親給我的結論是那個黑鏡框的男人發現了我們這裏的曠世奇跡 —— 她不是個女人，當然，她也不是個男人！最後我媽把全鎮子人的話給我概括了一下，用我們那裏最標準的專業術語作了總結；「世界上有一種既不是男人也不是女人的人叫石女人，我以前只是聽說過，沒有想到真在身邊有。咱們這裏許多人也是第一次見！」

大家的話很有道理，媽的話就是大家的話。可想到以前許多個夜晚我看見的那些紅色布條或者紅色紙巾，我又覺得不對，我把我所看見的告訴我媽，我媽的臉當即變了臉色，說我說的不對。局長的兒子是沒有錯的，他看得比我看得清楚，我媽順手還把我的後背狠狠抓了一下，叫我以後見了別人不要亂說。

我想到小時候跟著父親去看戲，舞臺上一些人是白臉一些人是花臉一些人是紅臉，父親總是說唱白臉的不是好人，是牆頭草。以後看了史泰龍的電影，記得最深的一句是：「你所看到的未必是真的！」我不知道怎麼了，對於這件事有時無意想起來，我總是把這些聯繫起來。還是言歸正傳吧。

那天那個嫩肉男人發現這個奇跡後嚇得呆在了地上，她推開那個男人跑了出去……她的家人找到她的時候，她在茅草庵裏，正吃著草秸，手裏卻拿著一張王之敬當兵回來時的照片。

大家都忘了王之敬，他的家人也忘記了，我也忘了。這個世界人們很容易做的事就是遺忘，人們很會給自己療傷，很會及時尋樂，生怕這一刻過了下一刻就趕不上了，我也一樣。嘴巴裏說過的話，眼睛裏看見的事，是很容易忘記的。

……

上了大學，我以爲我把這些東西全忘掉了。我也交了男朋友，不過很多，我甚至記不起他們的名字，有時候想不起他們的樣子。我折磨他們，他們也折磨我……我知道日子會繼續過下去，就這樣一直過下去，這個世界誰也不欠誰。

前幾天不知道爲什麼打電話回家，電話中母親有意無意的說到了她，說到了她的死，說到了她死在了王之敬家的茅草房裏。母親像個妖魔鬼怪一樣咬牙切齒的陳述完這個事實，母親的話，一句一個大世面，她精彩地說完後等著我感歎。一會之後，我第一次主動掛了母親的電話。

唉，她可憐，也不知道屍體去了哪里；王之敬可憐，連墳都沒一座，魂都沒個地方。他們可以死後在一起嗎？

……

我覺得我本來可以成爲她的上帝的，我本來是可以成爲她的上帝的，但我沒有這麼做，所以她最後成了魔鬼。當然，我也沒有成爲天使，我還是一樣的我，活在這個世間。

# 羊

　　從邛崍天臺山下山途中，看到一個紮著羊角辮的小女孩子握著一根棍子，緊追著一群羊嬉戲，而走在羊群前面的老爺爺悠然的走著，也不訓斥也不罵。這一幕讓我回到了童年放羊的生涯。

　　我也有過跟祖父放羊的經歷，也曾經跟著羊後面晃蕩，可是，那樣悠閒的歲月，很快就黯然了。

　　祖父去世後，父親和二叔也相繼去世，母親不在家，我過著孤女一樣的生活。堂哥家買了些羊，當時由我來放著。母親後來很快回到家裏，但因為二叔是出車禍去世的，要打官司，而母親是高中生，算是家中認識字的一個，而且是由於親戚，所以也在縣城周旋，祖母也被送進了縣城，姐姐哥哥當時在鄉鎮裏讀初中，而老家，只留著我。

　　開始我還上學，後來就被堂哥他們半逼迫著回去一整天的放羊，學校自然是不去了。堂哥也在為自己父親的喪葬事情周旋，也是不在家的，只留了嬸娘和堂嫂。嬸娘是那種典型的農村悍婦，當然只限在家裏，在司法人員面前，除了哭和罵，別的理是講不了的。所以，雖然作為第一繼承人，但二叔的死，她是不會說什麼的；堂嫂剛生了孩子，沒有讀過書，也留家裏。

　　那時候，我十一歲，每天得自己做飯，還得放十六隻羊，後來減到十二隻，但儘管這樣，還是有壓力。我得自己去深溝裏挑水，來飲它們，也來給自己弄飯，當然，還有別的一些事情，但那些都是可以忽略的。然而這樣，羊還是吃不飽，喝不好，因為深溝裏的水，來回需要一個多小時，而且是大桶，對於我這麼一個小孩，每次只能擔得動小半擔，我每天擔三四次，十多隻羊還是不夠喝的。

　　一次我去擔水了，有長角的大山羊，帶著其他羊從圈（說是圈，其實也只是幾跟樹幹圍成的柵欄）裏跑了出來。它們也許是餓壞了吧，跑了出來後，徑直自己找吃的，居然吞吃了上院本家大伯剛插下的紅薯秧子。大伯罵罵咧咧地找上嬸娘的門來，當時堂嫂在，她抱著娃娃就到挑水的地方找我，一路邊罵邊走。而此時我正挑水在半路上，聽了這事，急忙挑水往回趕。

我到了院子裏，堂嫂還是繼續罵我不長眼，讓羊跑了，嬸娘也在罵，而這個時候，我還沒有吃那天的午飯，早飯自然是一直省略的。我很餓，心裏慌，想到從小即使父親在世的時候，父母也總在外面，而我一直受著他家的壓榨。當時的綠豆價格貴，他家專門多種了十多畝綠豆，幾乎都是我跟姐姐哥哥去摘；堂哥和堂姐當時二十來歲了，居然還呆在田裏吃餅子，一邊吃一邊監視著我們，如果摘慢了，還得挨一頓堂哥的紅柳棍子；每年玉米下種的時候，也是我們跟著去點。但凡有我們可以做的活，都留給我們。甚至扳玉米，也得我們去。我最小，做得最慢，所以挨打最多；後來哥哥姐姐上了初中，只留下我了，所以自然我做得最多，挨打也最多了。我想到一次我爲了給他家扳玉米，收拾牛吃的草芥，好多天沒有洗頭髮，後來癢的不行，哭著求後院的本家嬸娘剪了辮子，成了一個光溜溜小和尚一樣的假小子，不知因這受了多少人的嘲笑……

越想越無法自抑，我站在院子裏拿著扁擔哭了起來，很傷心；而這時候，羊已經被一些本家趕進了圈裏。我無法抑制自己的悲傷，也第一次學會了反抗，開了門鎖後，直接關了門，把自己鎖在了裏面。

就這樣，我從中午一直把自己關到深夜。有好心的本家二喚爹及二喚媽，他們端了飯來敲門，我也是沒有開；嬸娘和嫂子也說了幾句好話，我知道，那純是說給村裏人聽的，所以自然也沒有開門。村裏人好多在門前走，他們幸災樂禍的看著這一切，但我知道，他們也有他們的批判，因爲他們也在說，若是他們家的孩子，怎麼都會捨得每天給別人家放羊，還得自己做飯！

那一夜，很晚了，別人都走了，我在黑暗裏摸著紙和筆，寫了好幾份遺書，給祖母的，給母親的。── 這是我生平第一次寫遺書，一個十一歲女孩子的遺書。然而我沒有死，我寫了之後，哭了很久，就那樣在恐懼和黑暗裏睡著了。

後來母親從縣城回來，我才開了門。而堂哥在我的母親不知道這件事的經過前，輕描淡寫地說了些話，意思是我跟他媽和老婆過不去，希望母親回去凶我一頓。母親是那種喜歡教訓自家孩子的人，可這次，她什麼也說，心疼的摟著我，眼裏含著淚。也許，她想到那些日子，我一個人做飯，一個人還得喂十多隻羊的苦；也許，她是想到我一個人在那座當時被全村人害怕（不到一月死了兩個人）的院子裏，哭泣地睡了一夜的恐懼吧。總之，母親沒有罵我。後來，別人也跟母親說了當時的具體情況，母親更是憐惜，心疼的問了我好幾次。

母親以前不在家，我們被叫去做農活，這些事，祖母和一切人瞞得黑鍋似的，生怕母親知道了跟嬸娘跟堂哥他們過不去，我們自然也是不能說的。不然，除了毒打，還威脅著不讓我上學。後來母親在家了，他們還總是暗裏以不讓上學威脅著我，母親是沒有多少錢的，雖然我們上學不需要堂哥他們家的錢，但小叔畢竟不是父親，堂哥堂姐也是他的侄子，他們的話自然也是聽的，如果真不讓我上學了，我還能有出頭的一天嗎？所以，我又受了好幾年的苦。

經歷這次事件後，母親過了一些時候也回到了家裏，而官司從三月拖到了八月，二叔的喪葬費用之類，還是沒有得到解決。我被帶到了縣城，每天陪著祖母進出公安局，我扶著這個八十歲的老人，來回的走在那座當時看來繁華且無情的縣城。後來，祖母被趕出了堂姐住的房子，因爲他們要生孩子。而當時的官司，卻是爲我的二叔，堂姐的親生父親打的，我的母親和小叔因這寒了心，也相繼放棄管了。而官司，由開始的不小心撞死，變成了二叔要自殺，其實哪是這樣。

以後，我又回到了農村，那些羊，我又持續地放了一年，直到堂哥把他們全部賣掉。

我急不可耐的尋找離開村子的方法，我知道，唯有讀書，跳班，才是捷徑，於是，我上了初中。

那一個單獨度過的夜晚，我寫過遺書，也發過誓，其中有一個，就是以後絕對不吃羊肉。

於是，從那以後，這十二年，我再也沒有吃過羊肉，與羊有關的一切，我也幾乎沒有動過。

我上了初中，接著高中，然後大學，這些年，我不知道經歷了多少苦難，而這中間，堂哥他們家參合了多少，只有我最清楚。我上初中，他們晃動著小叔的想法，差點讓我收拾書本回家；我上高中，他們晃動哥哥的意志，也是差點讓我輟學。

　　我的高中，在自身的顛沛和他們的離間中艱難地一日日進行著。

　　高三，我徹底遠離開那裏，一個人在陌生的縣城過了一年，這一年的一切費用，全是我自己借來的，只除了過年回家家人給的二百壓歲錢，而這一年，我也只過年這一次回過家。

　　在陌生縣城過了一年後，我遠走江南去上一個二流大學。我的心，開始徹底平穩下來，我知道，再也沒有人可以主宰我的命運了，除了我自己。

　　車從天臺山下來後，我又轉車到了邛崍市。在去文君故里的大北街上，我跟朋友轉悠著，發現了一家羊肉店，我忽然有想吃的衝動。

　　後來真地進去了，做的也很好，我們羊雜羊肉各吃了半斤，還加了些菜葉豆腐之類。吃的時候，因為餓，也因為香，渾然忘我。可在回去的路上，卻因為山上遇見的羊，山下所吃的羊肉，我把這麼多年的生長經歷全想了個遍。

　　有些東西，在回憶起來比當時更痛。當時生活在黑暗裏，我不敢想，也不能想。一個十一歲的小女孩，命運都掌控在別人手裏，我都不敢憧憬以後。事後的這十二年，我也不回憶，因為無法回憶，每次都是哭得錐心的痛，又有什麼東西值得回頭。

　　我的讀書生活是那麼的來之不易，自家的困難就不必說，堂哥一家，陰險的阻撓過無數次。高中，還礙於情面，由於祖母的眼淚，我勉強尚能應付，見面還打個招呼。自上了大學，一切在記憶裏復活，在他們面前，我腦裏只晃動著紅柳條鞭打的場面，所以，我根本無法喊出應該呼的稱呼，我無法完整說出一句話。

　　去年我見了堂哥的孩子，男娃已經長得比我當時還大一歲，卻笨笨地在小學呆著。不過孩子是無罪的，我深手想去撫摩他的頭，瞬間起了厭惡。那個孩子，他回到我家裏，糟蹋了過年的一箱子可樂不說，還向我祖母吵嚷。我無法想像，如果孩子是要喝可樂，也好，他不是要喝，而是要一瓶瓶全打開來。炕上一片狼藉，我的母親卻還耐心的哄著……

　　現在我上了大學，快畢業了，堂哥家邀請我去做客。過年，堂姐來，鮮有地拿出一百元給我，我拒絕，哭。當著祖母的面，我知道不能這樣，於是，我出了門，恰巧碰到了小叔，他硬是要我拿堂姐的錢。——後來，那錢掉在地上，我提了包已經坐上了離開的車……

　　真的，我無法寬恕別人，那些真正傷害過我的人，我可以不報復。但是，我絕對不寬恕，我永將淡漠地走過。如果不是他們，我也該有可回憶的童年和少年時代。

　　我一個人走，不怎麼爲善，也永不做惡，我愛我自己。

　　那年我放的羊，其實我一直對它們心存抱歉，在我餵養它們的時候，我沒有讓它們吃好喝好，真的，我一直對它們歉疚，所以我才不吃羊肉。

　　我喜歡羊，喜歡狗，喜歡一切小動物，但是，對傷害我的人，我只能遠離，無感情的撤離。

# 堂嫂的死

堂嫂嫁過來的時候，我媽還沒有娶回來。她是比我們大很多的，她的大女兒也比哥哥大幾歲，可惜生下幾年就夭折了。

堂嫂是從很遠的地方嫁來的，其實遠是相對于孩子來說的，于大人而言，再遠也不算遠。堂嫂的母親小時候死得早，她的嫂嫂也死得早，她嫂嫂留下幾個孩子，所以在她嫁過來的前幾年，她已經做了幾年母親應該做的工作 ── 代她哥哥照看他的兒女。

堂嫂是善良的，嫁給堂哥的時候，她二十歲，正是如花似玉的年齡，嫁給一個有著大戶人家之稱（指人多的人家，而不是指錢多的人家）的人家來做大兒媳，其中艱辛是難以一一述說的。

堂哥家弟兄三人，姐妹三人，他們這一代就六個小孩，還不帶送出去的那個女兒。

堂嫂嫁來的時候，伯伯家舉家常食粥，很是貧困，但嫂子吃的下苦，硬是苦苦撐了幾年，給她的二兄弟即我的二堂哥娶了房媳婦。

當她的孩子生下來的時候，她已經瘦的皮包骨頭，卻還是堅持著操勞這個大家庭，力圖在人們面前立個好口碑。結果是自己的孩子四歲了，由於缺乏營養沒有保住夭折了，自己最後也落了一身病。

此後好幾年堂嫂沒有生小孩。這期間我母親被娶了回來，生下了哥哥，生下了姐姐，甚至等到生下了我，堂嫂還沒有懷孕的跡象。對於一個注重門丁興旺的家族來說，這是不吉的徵兆，於是嬸娘求了東家求西家，讓會跳大神的人看了兩三年，堂嫂終於又懷孕了。

這回是個男孩，堂嫂的地位和面子終於保全了下來。一個健健康康的大胖小子生下之後，堂嫂在第三年接著又生了一個男孩，這回她在我們劉的地位終於確定了，她也可以好好喘一口氣了。

堂嫂出入人前有了面子，但她一點也不張揚。在我的記憶裏，她是溫柔和善的，是會用她細長手指撫摩我頭髮的唯一的一個人。

堂嫂生了二兒子後，他們家逐漸嫁了二女兒（大女兒早幾嫁了），娶了三媳婦。

他們家孀娘跳神的錢沒有白花，真的人丁興旺起來，先是二兒媳生了兒子，又是同一個月三兒媳生了女兒，再是再一年又增添了幾個外甥和女兒，真是子子孫孫無群潰。

但正因為人多嘴也雜起來，堂嫂家的娘家住的遠，人丁也不是很興旺，她鬥不過另兩家，經常被人家罵的狗血噴頭，經常是另兩個人你妨唱吧我登唱，在孀娘家的門檻上指桑罵著槐，說堂嫂沒有大家風範，辦什麼事情都豬腦子似的不懂得想，卻喜歡把東西往自己家里拉。

堂嫂說不過她們，她總是哭，小姑子（三女兒，即我叫姐姐的其中之一）也不向著她，一者另兩家經常給她點女孩子用品，再者另兩家厲害，她是不敢惹的。所以堂嫂只是一個人孤軍奮戰，伯伯孀娘也不喜歡她這副哭桑著臉的德行，在堂哥面前說三道四，堂哥也索性發狠起來，有時候還打堂嫂一頓。陝北大漢的手，對老婆向來是不留情面的，雖然打過之後沒有什麼隔閡，但打起來是拼了命的，像是打不聽話的老牛一樣。堂嫂總是嗚嗚咽咽的哭，一哭就是幾個小時。

就這樣過了好幾年，到我快要上小學時，堂嫂生了個女兒。大概第一個女兒是她的心結吧，她一定要生一個女兒，後來她的死別人說跟這個女兒有關，誰知道呢？

堂嫂生的女兒是超計劃生育的，所以堂嫂抱著女兒躲在外地好幾年，據說是她娘家和她妹妹家吧。

堂嫂回到村子的時候我小學五年級，那一年失去了我的父親，天地一下子暗了，再也沒有人寵著我，終於知道了什麼是世道冷暖。

叔叔家種了好多西瓜，我喜歡吃西瓜，加上母親當時沒有回來，我被壓榨到瓜地裏每天去看瓜，從瓜小小的像個乒乓球開始看到西瓜長到完全成熟。先是照看松鼠之類的小東西出來糟蹋西瓜，後是照看偷瓜的人。

堂嫂家在另一片土地也種了瓜，不是很多，有黃棉甜瓜，有各種各樣的玻璃脆，吃起來脆生生的那種。

堂嫂來地裏不多，來了總跨過大塊地來陪我坐一會，陪我聊一會。堂嫂把到地裏帶的吃的給我點，也會把棉甜瓜摘下來給我兩個。她知道我喜歡吃甜瓜後叫我每天自己去摘，她很放心地叫我順便照看她家的瓜，我聽著她的話心裏也不知道該說什麼，從小木訥的我只感覺眼淚往外跑，要撐破我眼眶似的。

那一年父親離開，雖然還有奶奶健在，但七十八歲的奶奶也得看別人顏色行事，我們更是寄人籬下了。從小沒有母親的堂嫂對我這麼好，也許是物傷其類想到自己傷心的過去了吧。

最後瓜賣的差不多了，瓜蔓也開始敗了，我還得照看瓜，還得每天天不亮到地裏然後從朝霞漫天坐到晚霞滿天，在瓜房裏聽一天蛐蛐的叫，聽一天知了的叫，聽一天蜜蜂的嗡嗡，可惜這些都不是我極喜歡的，我極喜歡的是虎兒草，會開花的鳶尾，可惜它們離這片地很遠，我還喜歡家裏的小貓，祖母養的黑色的狗，可惜也不會來，所以總是很寂寞。方圓幾裏的地裏除了放羊的就是我了，好在天是藍的，雲是白的，所以我的心也是稍稍安的。

有一天大雨滂沱，閃電雷鳴，我一個人在地裏感覺好怕，渠裏的水淹沒不到我這裏來。但要想從瓜房回到家裏，必須經過渠裏，但渠裏的水嘩嘩響，甚至要淹過我的心，我嚇得一個人躲在瓜房震顫。一個電閃一個電閃，閃在我心裏，我怕的不敢睜開自己的眼睛。從那時開始以後我都很怕雷聲。

堂嫂跨過水在瓜房裏找到了我，她說她帶我回去。瓜不用看怎麼辦？我害怕叔叔家兒子那兒神惡煞的眼，所以我還是強撐著不走。堂嫂過來拉我，不就幾個瓜嗎，我回去跟他們說，把小孩一個人放這裏還有人性嗎？

我心裏想他們早在我父親離開就沒有人性了，但沒有說出來，我知道大人有大人間的忌諱。我聽到了你不想聽的話我也會難受，我怎麼會讓對我好一點的堂嫂難受呢？

堂嫂把傘給我，她自己躲在她去地裏才穿的衣服裏，拉過我就走。我潮濕了衣服潮濕了鞋，但我的心是暖的，是吃了熱飯喝了熱湯甚至比這更暖。

堂嫂沒有把我直接帶回我們家，而是帶到了她的家。她讓我把外套脫了然後換了她的外套，還把她的鞋子拿出來讓我穿，鞋子是她十多年前做姑娘時穿的，大小剛合我腳。她說讓我帶走這些，我一個勁要脫下來，我知道我不能接受別人的東西，我母親最討厭我接受別人的施捨，儘管我母親當時不在，但我還是覺得這樣做對不起她的教導。我母親本來就嫌我醜看不起我，這樣做更會看我不起，我掙扎著說我不要，堂嫂就生氣了。

我最後都沒有成功拒絕，因為她不讓我脫下來，所以我就穿了去，把我的濕衣服順便帶回去。

到了家裏我走側門進去，把衣服在空房子裏換了，然後把堂嫂給的衣服藏起來，我把鞋子也換了，換了後我去另一間房找奶奶，我需要向她先證明我是因為怕雷和雨才回來了。

堂嫂那日淋了雨，當時沒有什麼事，後來過了段時間卻生起病來。

當時正是九月（我說的都是陰曆，陝北農村人習慣用陰曆，對於陽曆沒有什麼概念），海紅子紅了季節，堂嫂的兩個兒子去摘海紅子，這棵樹正是二堂嫂家門口的，按說是分給堂嫂的，但因為二堂嫂把家建在了這裏，所以就想把棵樹據為己有了。

當兩個兒子去摘海紅果的時候，二堂嫂出來晃動著棍子把他們趕走了。堂嫂咽不下這口氣，撐著病著的身子過去說理，結果被二堂嫂嗆了大半天，她氣紅了臉，準備晚上回來找大堂哥訴苦。

大堂哥在未進門就被老二家的攔在門口訴說了半天，當時二堂哥在縣裏是個經理，大堂哥正準備通過這個經理弟弟進入廠子，所以自然不敢得罪，二堂嫂說什麼他就認為是什麼。

結果是夜，他不光用大巴掌打了兩個兒子一頓，還把堂嫂狠狠收拾了一次。用二堂嫂說的方式把堂嫂一頓狠打，然後丟在炕下自己去睡了。

過了幾天，堂嫂完全病倒了，全家人都說堂嫂是裝的，不讓堂哥去給抓藥。堂嫂一天不吃飯，他們就說堂嫂趁人不在偷著吃。

堂嫂躺在床上斜歪著，一歪就是一整天，歪了兩個半月，到後來連一個雞蛋也吃不下了，堂哥開始急了。他準備帶她去看病了，不過他還是覺得這病蹊蹺，得試試是真是假，否則真裝的還不是丟他自己的面子嗎？他的面子真值錢，比別人的命值錢，至少比堂嫂的命值錢。他打了半個雞蛋放在鍋裏燉半天讓她吃，她一聞全吐了。於是堂哥準備出發了，出發為他的妻子看病了。

他把他的孩子託付給嬸娘和伯伯，嬸娘歪著嘴吊著眼說："不就被你打了幾拳嗎？嬌滴滴的，你怕老婆就夠了，怎麼把我們老兩口也拖著受罪……"

堂哥還是帶著堂嫂走了，準確地說是背著走了，他們去公路上坐了車去了城裏。

晚上接到村子裏人捎回的話時已經是九點多了，堂哥捎話說叫伯伯給他準備點錢，最好多一點，堂嫂城裏不收，得走大醫院，得去省城。

當時我在伯伯家，奶奶也在他家坐著，一屋子的人，都是人，堂哥的三個孩子在地下跑著玩耍，嬸娘說："就快沒娘的孩子跑什麼跑，你娘還沒有死呢你們現在就送終。"二堂嫂在地下站著，撇著嘴叉著腰說什麼時候我也享受一回，嬌氣一點就是好啊，反正又沒有死，還可以進一次省城。

奶奶說你還是少說點吧，說多了還真應驗了呢？嬸娘說怕什麼，反正我也不怕沒人防老，我還有兩個呢？說著看看二堂嫂和三堂嫂。

半夜裏，小叔從隔壁的家中被叫走了，大院裏燈火通明，吵吵嚷嚷了一個晚上，我迷糊地睡了一個晚上。

天明我摸枕邊，奶奶不在，我睜眼看，屋子裏誰也沒有，我出了堂院，院子裏靜悄悄的。於是我轉過院落去嬸娘家，因爲我聽見那邊好象人聲嘈雜。

院子裏圍滿了人，大院的人幾乎都到齊了，至少是大人都到了。奶奶看見我趕我走，我說我找不到你才來的，奶奶繼續趕。最後，一個叔叔家的姐姐拉走了我："都死人了你還看什麼看！"

過了幾天我才知道，堂嫂終究是死了，死在了臘月裏，死在了十八。

關於堂嫂死的版本，有很多種說法。

一種是做姑娘時候就有病，是不能生孩子的，生孩子就得死。這種說法我很懷疑，不能生孩子她怎麼連死了的帶活著的生了四個呢？而且個個都很健康，現在至少很健康，比其他堂嫂家的孩子還健康，一年都不怎麼生病。

一種說法是不能生女兒，有了女兒她自己就得死，是那個女兒克死的，她的死是受了詛咒的。

一種說法她是被大堂哥給打出病來打死的，是可以上告的。可惜她娘家也沒有什麼人，沒有人上告，屍體最後被燒掉了。

我善良的大堂嫂，這這樣死在了千僖年的臘月十八，當時家家張燈結綵，準備迎接大年。

# 三娘娘

　　陝北人叫祖母不爲奶奶，用娘娘二字。另外還有別的叫法，比如叫叔叔不爲叔叔，排行第幾就叫幾爹，對自己的父親，近些年來叫爸，以前叫做爹爹，或者"大"。劉家大院就是這樣叫的，住在裏面的人，除了新近生出來的外，都按老一代的叫法來稱呼。

　　劉家大院這些年來總是馬不停蹄的死人，以致給住在裏面的人造成了一種恐慌，覺得及時行樂是最有效的生活方式，當然，他們不會用這種文鄒鄒的字眼概括，他們自己這樣說：好死不如賴活著，不如陽坡坡上各拖著（這是陝北方言，就是得過且過之意）。

　　劉家大院就像受了詛咒似的，這十幾年來，總是死人，當然，也有生離，只是死居多。以前劉家大院一百多號人，那時候逢年過節很是興隆，就連平日裏誰家殺了個羊，也能過出節日的氣氛來，因爲只要吃好一點的東西，總是各家各戶的端來端去。這十幾年，死的死，走的走，劉家大院總共也沒有多少人了，連老帶小，加起來也沒有兩個手指多。

　　住在劉家大院的人，自從不到一月的時間裏死了年紀輕輕的老兄弟，然後接著死了個娶回來沒有幾年的女人後，再也不敢繼續住下去了，來了一次大逃亡，那一次，一百多號人逃得留下大幾十號，而這幾年，然而大院裏接著還是死，先是二毛猴不聲不響的死了，接著就是三爺爺悄無聲息的走了，去年快過年了，大門家的大媽帶著疼痛了十多年的腿在一片號哭聲裏興師動眾的離開了，現在，三娘娘無疾而終了。

　　逢著死人，劉家大院的人一般得聚在一起，當然，小輩們可以例外，然而現在老的都幾乎走了，只留下了小的，所以看在死者的份上，小的也該到墳頭去走走，轉轉。

　　這些年來災禍不斷，但一位老人卻始終堅持的活著，她是四門家的四娘娘，她送走了自家的兩個兒子，送走了大門家的媳婦，送走了三門家的兒子，送別了二門家的女兒，送走了……她送走了好多人，在那麼多的眼淚裏，她始終活的好好的，無痛無癢的注視著身邊發生的一切。

　　去年死了大門家的大媽，倒是在情理中，因爲她的病痛折磨了她幾十年，她死了，周圍的人也算是解脫，至少不用看著她哭叫了。然而三娘娘的死，卻帶了許多詭異，讓人想正常的接受，但難按的下心。

　　三娘娘今年七十二了，她是舊社會的姑娘，新社會的媳婦，按理說跟著新社會，可以過上好日子，然而新社會的日子是過好了，她的生活卻過差了。

　　她出生在上個世紀三十年代，成長在四十年代，出走在五十年代，此處出走指離家，原因是生母突然死亡，繼娶的母親待她如狼，一日三餐不飽是自然，關鍵還要經常挨揍，十一二歲的她，瘦瘦的，身上常常泛著青色的瘀痕，於是有了出走的行動。

　　她的出走實踐了魯迅的主張，當然，她也是不知道魯迅的。她出走，意味著回歸，母性的回歸，女性的回歸，那就是嫁人，她如一只躡手躡腳的貓一樣，跑來了三爺爺家，從此脫了小姐的衣，穿上了粗布，做起了農家的媳婦。

　　三娘娘沒有逃跑前，家中很是富有，她的父親很有錢，在舊社會，是個不小的官員，在新社會，搖身一變之後，成了一個縣長，後來調到了內蒙，當起了省長。

　　如果三娘娘那年不逃跑，肯定是可以到內蒙去跟她的父親過好日子的，肯定是別有一層天的，但是，她改寫了自己的命運，在繼母的一次掃帚親吻後，她離開了家，也就離開了那光明的前程，這在她後來的幾十年裏，成了一次次淚水積聚的罐子，直到死亡，才帶走了這一切悔恨。

　　三娘娘的繼母後來收養了一個女兒，也開始做起了母親，對於自己打走繼女，很是懊悔，曾經一次次想接走回口裏接走三娘娘，奈何當時三娘娘已經子女滿堂，丈夫管的緊，很快就開始了文化大革命，所以她就失去了第二次改寫命運的機會，也就永遠失去了獨立自主的機會。

　　三娘娘從自己家逃跑的那個晚上，來到了劉家大院這個村莊。當她踏著秋葉一步步跑過長滿衰草的小徑，心是慌慌的，如一只逃跑獵人追趕的兔子，然而，後面還有真實的餓狼，在山崖那坡淒厲的叫著，像是要吞噬整個黑夜。

　　那一夜，三娘娘以爲自己要死了，十一歲的她，對於死亡有著最清晰的記憶，因爲繼母的掃帚總是提醒著死亡的美好，但是，她還是不想死去，她總覺得死雖然可以給她帶來美好，但卻無法讓她改變命運，因爲潛意識裏，她不相信生即是死這些說法，她認爲既然活著，就不該隨便的死去，雖然死並不可怕。

正是因爲三娘娘無意識的追求生的願望，才在那個豺狼四嚎的夜裏，一個人躺在麥杆鋪成的床上，活了下來。

第二日，三爺爺的母親，既四姥姥到田裏摘豆子的時候，看見了躺在麥杆裏面的小女孩，帶回了她，給自己的兒子撿回了個媳婦。

三娘娘在自己做了奶奶之後，總是一再說起，若不是因爲四姥姥，她早走了，早就離開這個三爺爺的家了，她說的時候，總是哭，總是哭，但眼淚是沒有的，只是喉嚨像是有蚯蚓在動一樣，又像是什麼東西卡在那裏，上上不來，下又下不去，她一次次的嘔著，嘔著，讓看的人也想做嘔吐的動作，然而，嘔吐出來的，如同她一樣，都是水，酸酸的水，散發著腐爛的氣味。如果精神可以死亡的話，三娘娘在這樣的一次次嘔吐裏，不知道死了多少次。

三娘娘在老了之後，對童年的記憶卻越發清晰，總是能很清楚的想起那個麥田裏獨自一人過去的夜晚，總是想起第二日碰見四姥姥的情形，她覺得四姥姥是她生命的菩薩，拯救了她，所以，她不能虧待三爺爺，不能對不起四姥姥的聾兒子。

三娘娘在被四姥姥撿回家的那天中午，就與三爺爺拜堂成親了，所謂的拜堂，就是集齊劉家大院所有大人小孩，吃一頓糕面，然後推出八仙桌，對著天地父母拜幾下。

三娘娘對於婚嫁當天的回憶，主要是頭上的紅繩，她後來一度懷疑，如果沒有頭上的紅神，是不是自己永遠堅定不下做人老婆的決心，但是，想歸想，她從來沒有把這跟人提起來過。

紅繩是從三爺爺的紅桶帶上剪下來的，一條褲帶，剪得七零八落，最後紮在了三娘娘的頭上。四姥姥說做喜事沒有點喜事的樣子，總叫人難受，她看著三爺爺的紅帶子，就叫他抽了出來。三爺爺讀懂了他娘的眼神，就把桶帶解了下來，用手折成兩條，然後又找了個剪子，剪成幾小條。

三娘娘仍然清晰的記得三爺爺磨剪刀的那塊石頭，三爺爺蹲在石頭前，前後一晃一晃的，影子拉的很長，像是動物的尾巴，掃著地上太陽灑下的光。

那個秋日的正午，後來成了三娘娘的黃金節日，總是一遍遍重播，在重播裏，她才覺得有意義，有價值，才覺得自己是真實的活過，也有過想頭，念頭，盼頭。

紅繩是三爺爺紮到三娘娘頭上的，紮的滿頭都是，劉家大院年長的人都來了，看到滿頭花，都笑得合不攏嘴，三娘娘有點不好意思，於是就想解開來，但是，四姥姥說：「喜慶日子，一輩子也就這麼一回，怎麼就不紅紅火火的呢？這是正式場合，不是小孩子過家家，你還是結著吧，趕明兒娘給你買個新的來。」說完，摩挲了一下三娘娘的頭，這樣，三娘娘沒有紅頭繩的委屈，就被這一摸遮過去了。

三娘娘婚後十幾年就死了四姥姥，那時候，三娘娘已經有五個孩子了，二男三女。女為大，次子為小。大女基因突變，居然成了個啞巴，二女也不是很健康，有點聾，同三爺爺一樣，生下這兩個娃後，三娘娘一度驚懼的拒絕過晚上的夜生活，但是，三爺爺聾雖聾，拳頭卻不派得上用場，每次，總能在西廂房的角落裏降伏三娘娘。

每次三娘娘號嚎的在床頭嗚咽，四姥姥總是打一碗蛋湯來哄哄，一碗蛋糕，只一個雞蛋，但每次三娘娘喝了，總能堅持好幾天，淚也就流的少了，甚至有笑意，於是，另一個孩子很快就又懷上了，如是往復，一連生了五六個，後來，送人的送人，留下的留下，自己家就有了五個。

孩子是娘心頭的肉，三娘娘看著大女兒，羊癲瘋式的毛病，總覺得不是很親，總覺得像是上輩子派來要債似的，所以，親熱雖有，低氣卻不是很夠，多年來，一直在心裏眼裏對大女兒有點痛恨。

後來，三娘娘在十五歲就把大女兒許了人，只要了二豆穀子，三兩黃油。這在陝北，在當時，是便宜又便宜的。在陝北這個地方，女兒的彩禮越多，就顯得女兒越貴氣，然而三娘娘的大女兒沒有這福分。

三娘娘的二女兒雖然聾，但不啞，長得也俊氣，後來嫁了個好人家，居然日子過的出奇的好，當然，只是好了那麼幾年罷了。

三娘娘自己沒有沾讀書的光，所以對於書本，總是仇恨的，對於女人，也是仇恨的，甚至對於自己的女兒。三娘娘的三個女兒，一天都沒有讀書，誰都不能完整寫下自己的名字。三娘娘的兩個兒子，卻是一年年讀著，直到自己不想讀了，大兒子讀到初中，自己跑了回來，當了紅小兵，吆喝了那麼幾年，娶妻生子，開始了三爺爺的輪回。二兒子讀到高中，在考上個專科後，三爺爺為了自己不再受放羊之苦，拿著放羊的鏟子找到了學校去，卻被三娘娘的淚給央求了回來。

女人的眼淚，總是那麼奇怪，自己受了委屈，卻希望別人也受同樣的委屈，即使這個別人是自己的女兒，但兒子就不一樣了。三娘娘為了讓兒子上學，什麼樣的苦都吃下，甚至去了內蒙，求了幾乎不交往的繼母，討生活，討兒子的將來，當然，這個時候之前，三娘娘的父親已經死去幾年了，除了她的繼母跟收養的妹妹外，她在娘家已沒有了什麼親人。

三娘娘跪在她繼母前，陳述了這麼一段："我自從被你趕出去，這麼多年，一直沒有求過你什麼，現在我妹妹憑著我父親的位置出了國，你憑著我父親才得以每天能打馬架，而我呢？整天在窮山溝裏過活，我父親的一切，本來是我的，可你奪了去，媽，我現在唯一可以靠的兒子，就是二兒子了……"

後來，在三娘娘繼母的贊助下，三娘娘的二兒子進入了大學的殿堂。

劉家大院瘋狂死人的時候，就死了三娘娘的一個孫女，死了三爺爺。

三爺爺的逝世，給了三娘娘沉重的打擊。還沒有埋出三爺爺的時候，她在三爺爺的靈柩前哭；埋了之後，她在三爺爺的墳塋前哭，一哭，就哭了這麼多年，直到自己現在死去。

四娘娘見證了三娘娘的一生，她甚至能在三娘娘前句說了什麼推出後句，但是，她怎麼也沒有算到，三娘娘居然說死就死了，而且死得那麼離奇，那麼詭異，死在了大年三十的晚上，死在了自見的麥田裏。沒有呼喊，沒有哭泣。

當人們在麥田裏發現三娘娘的時候，七十二歲的他，頭上居然包著塊紅紗巾，嘴畔笑著，表情如少女一樣安然。

這個笑，直到九十歲的四娘娘走到她面前的時候，還沒有合上，好象更見明媚了似的。四娘娘驚訝於她表情的平靜，恬淡，因為劉家大院的人，這些年死了的，無論是老的還是小的，都帶著滿臉的恐懼，甚至驚慌，然而三娘娘卻說不出的安詳。

黃昏的麥田，灑滿了陽光的金黃，劉家大院的小輩，都幾乎從遠方趕來了，他們披麻帶孝，哭泣著扛著靈柩走過，沒有扛靈柩的，端著饗餬死人的大饃，列隊哭泣，放歌一樣，這聲音，驚起了草裏的麻雀，驚瘦了早春的風兒，驚薄了多天裏的積雪。

劉家大院的人，都在心裏暗暗的想著，趕快，時間趕快過去，趕快走，趕快逃離，這塊土地是吸著人血的，它遲早要讓每個生存在這片土地上的人死去，像狗像貓一樣死去，無聲無息的死去。

四娘娘靠著門，看著遠去的人，看著走過的靈柩，她想著，下一個就是她了，就是她了，逃不脫的，於是，她在心裏詛咒著那片紅，然後滑落下身子，單薄的身子。她知道，劉家大院的詛咒，就要解除了，因爲除了她這個老的，再沒有人需要白髮人送黑髮人了，該死的都死了，不該死的，也死了，都將過去了。

# 一坡白羊

　　她是我的一個堂姐，是出了五服的堂姐，所以不算親近，因為住的近，所以她家與我家看起來多了份情誼，其實私下裏是不是這樣。

　　堂姐嫁出去有幾年了，而且還有個兒子，按說是幸福快樂的，怎麼就死了呢？我也奇怪。然而她的死確確實實從老家人口中傳給我的，前幾天我陳穀子爛芝麻地與家鄉人侃了半天，末了，她對我說：你亮姐姐死了你知道嗎？

　　我睜大眼睛問：「你說什麼，死了，你不詛咒人你難受嗎？你！」結果半天之後，我真的感覺這事情是真的了，因為電話那邊了無聲響告訴我這不是我們隨便開的玩笑。雖然我們陝北的人習慣這樣說：「你不跟我聯繫你死了多久了？」

　　堂姐叫亮亮。劉家大院的人在我們這一代都比我大，我是最小的，有時候想想真該埋怨我那過早就離開人世的父親，他比別的叔叔大那麼多，怎麼就不早娶媳婦呢，如果早點娶了我母親我就不必慣著許多人叫哥哥姐姐了；但又想，如果他不是四十歲娶了我母親，後來生下的是不是我還得打個巨大的問好，所以想到此就作罷。

　　亮姐比我大三歲，她是大院裏最勤勞的女孩，懂事的很吶。

　　我小學一年級她已經三年級了，我三年級的時候她還在三年級，原因是我來了個蹦蹦跳，而她原地踏了臺階一次。

　　童年時代真個的美哎，可惜我是在她的藍天下長大的，毫不誇張的說，她鎮壓了我童年時代的美，所以時至今日，提到童年，我還有些須對她的嫉妒。儘管她死了，想起仍然覺得不可原諒。人都是這樣的，就像冰心到林徽音死了還無法咽下心中的妒火，硬硬的活到了一百零幾歲，宣揚了林幾十年的惡。我是無意宣揚我亮姐的惡的，但因為嫉妒的火存在過，想起的當兒就如春風吹草一樣，又一次吹生了一草原，燃燒了一草原。

　　亮姐學習很差勁，笨笨的樣子很可愛，老師讓她背《登鸛雀樓》她能背成登麻雀樓，因爲在她的世界沒有鸛出現過，所以她認爲鸛是我們那裏的麻雀；老師讓她背"白日依山盡，黃河入海流"她能背成"白日衣衫襟，黃河入坡流。"而且她有自己的道理。她沒有見過黃河（我們府轂那個縣城有黃河支流流蘇河流過，但因爲她從來沒有到過縣城，所以就不知道有黃河），她認爲黃河就是黃色的水流成的河，而且水向來是從山上流下來的，所以她認爲該是黃河入坡流……每每這樣，老師苦笑不得，就讓她從此練坐功，再也沒有提問過她。不過她也因爲這些趣事一舉成名，無人不知。

　　亮姐實在是能幹，她可以一個上午砍回羊的草、牛的草、豬的草；她可以擔滿滿的一桶水，而且一擔就是五六回，把甕擔得快溢出來；她可以一隻手吊起豬窩裏的大盆豬食來……她真是寶啊！我自家的叔叔總是用大拇指點著我的頭，邊歎息邊說："你看人家亮亮，你看你，整天不做事還病快快的，三天兩頭吃藥打針，真不知怎麼生的你，小姐脾氣富貴病，你說你以後誰敢娶你啊？"當這樣教訓時我總是耷拉著臉，俏無聲息的走到後院去，或者躲到另一個窯，看貓從瓦屋簷鬼鬼祟祟的探著頭，我恨不能揪它下來，因爲這樣才能泄我心中的不甘。真的，我滿屋子的獎狀是說不了什麼的，至多只是擺設，他們脾氣好的時候看幾眼，不好的時候嘩嘩就給我扯下來，然後邊罵我邊說："五經四書，母豬屁股，你爺爺輩就沒有出過秀才，你爸雖然是個才，但是片才（片才是我們那裏用來燒火的一種）。"我必須儘量避免這些事的發生，儘量避免他們對我的謾罵，所以我總是躲起來。

　　亮姐可是名人啊，周圍三十裏都知道栓大叔（其實該叫栓大爹，因爲陝西人叫父親輩的一律叫爹爹）家有個好女兒，十歲就可以當大人使，十二三了更是挑得了大樑，燒水做飯摟柴打炭樣樣辦得都乾淨俐落，讓人放心。"這樣的女娃不愁嫁！"說這話時，奶奶看向我的眼神總是悲苦的。其實我也不想總是被對比，被擠兌，不是我想這樣，而是與人家對比起來，聽了這樣的話，我確實是愁嫁的。從小吃藥打針，三天兩頭還得給我做點好吃的，否則皮包骨頭，看起來病快快的，出去的話，見多了人還以爲他們虐待我，口碑總得考慮呀。所以奶奶的眼神悲苦雖然悲苦，遺憾雖然遺憾，但沒辦法，逢著了這病貓，她也不能提起來捏死，雖然她多次說小時候該把我淹死，當然是剛出生時。

亮姐每年老師都要求坐班，到六年級她唯讀了半個學期，實在跟不上老師的進度，班主任做家訪，讓她到五年級去，索性堂嬸叫她拾掇了，拾掇就是從此不必念書了。當時我在亮姐家看那個黑白彩電，亮姐媽是這樣說的："女孩子讀書就是爲了認錢認廁所，你給媽已認了六七年了，錢跟廁所都認識了，你就回來吧。叫你爸在城裏給你找個好主戶，你給人家看娃娃去。人家村裏的王瑞，從來沒有讀過書，現在早就賺錢了，一月可以一百呢？看著個娃娃，管吃管住，還可以見縣裏的樓房，你說多好！"她唾了回口水接著說，"你看星星家，她爹媽倒認字多，有什麼用，孩子養在農村，他們不管不顧，自己也賺不下什麼，只知道旅遊啊旅遊，真不知道五臺山之類的地方有什麼好看。咱家門口就那麼多山，出門就可以看了，他們花那個冤枉錢，你看，如果他們家好，就不可能到咱們家來看電視了。"亮亮媽比對著我家繼續說，"過兩年蓋個房子，給你哥哥娶個媳婦，你賺點錢養活咱家，多好，你還可以自己吃穿，還可以見城裏的世面……"

亮亮媽是全村很能說的幾個女人之一，她結成幫派名慣爲十三哥八大美，專門無事的時候瞎侃，所以說服自家女兒的能力自然是很高的。就這樣，亮姐被說動了，開學再沒有背著那個她爺爺留下的黃色軍用包到學校去。

那年我已經到初中去了，我挎著背包離開家門時真有點雄赳赳氣昂昂之勢，因爲終於脫離家人的視線了，儘管每週還得回來，但至少有五天不用受嘲諷的罪。

有次回來，聽奶奶說亮亮終於到城裏去了，去給她一個遠方親戚當保姆去了。照顧一個小孩，一兩歲的小孩，每天只要打掃打掃衛生，喂喂孩子吃牛奶就行。奶奶說亮亮"裏灑的很"，"裏灑"是陝北方言，就是說辦事乾脆俐落。沒有想到她走了我還得受擠兌，當時我正吃著大白菜，我一咬一咬的，真想把菜葉咬成粉末，奶奶問是不是菜煮的太硬了，我想說是你的話太刻薄了，但實在沒有說出來，所以至今想起，還是遺憾，咬著牙想把它們吃掉，像無意吞食個蒼蠅一樣。

亮亮過年回來了，穿了一套新衣服，走過我家來顯擺。不過倒是看起來挺精神的，神氣清爽，頭髮也不是那種劣質的洗衣粉香了，而是潘婷的味道。坐在她身邊，濃濃的香撲鼻，我還以爲是著了什麼好聞的香水呢？

她與我奶奶嘮嗑，從中我得知，她一年賺了一千二百，這是個好數字。一千二啊，可以買許多好東西。她興沖沖的對奶奶說："我賺的錢一分沒有花，全給了我媽。人家給了我二十讓我坐車回來，我買了個表五元，買了雙鞋子，當然，是給我媽買的 —— 十元……"

從此亮姐的好名更是一傳千里，叔叔這些人更是兇狠起來，當然只是言語。他們對我和姐姐說："你們不光不賺錢，而且還花錢，你說誰家養得了你們這樣的忤逆子，生女娃已經是門庭倒楣，怎麼還讓你們上學？真不知道你爸我哥他怎麼想的；你媽也一樣，雖然是個高中生，是個八頁，有什麼用呢？錢賺不了，買下一櫃櫃的書難道要燒火嗎？"

當時我只有一個願望，趕快長大，這樣的家是呆不得的，我必須走，我只恨不能立即逃走呀。

說實話，我沒有悲傷，但是憂傷，聽了這些話我總是沉沉著心，像墜著鉛一樣。

後來母親回來了，再也沒有走，沒有人罵我了，在母親眼裏，書是高貴的，靈魂是高貴的。終於，我比亮姐高貴了幾年。

我上高中，亮姐已經給家裏賺了不知幾個一千二百了。有一年寒假我回去，奶奶打點好東西讓我去看亮姐。我說門挨門的，有什麼好看的，再說，過年總得過去給她家拜年，不也一樣見嗎？奶奶說："亮亮那麼好的娃，受了苦了。今年在飯店做被開水燙了下身，人家賠了些錢，你叔家就息事寧人，後來也沒有給你亮姐看，現在發病了，腿痛吶，許是跟了她爺爺的鬼吧，你三爺爺死了，這女娃疼他，沒有想到他還經常回來找你亮姐……"母親說："媽你胡說什麼呀，哪有什麼鬼，分明就是病，她媽不給看嘛！你這麼說嚇著孩子怎麼辦？"

奶奶再沒有說什麼，當然是當著母親的面，因爲她知道母親是不信神鬼的，雖然曾經那麼熱衷過。

我後來到了亮姐家，拿著兩瓶罐頭兩袋餅乾看了一回這個兒時候的夥伴，看了這個比我大三歲卻比我強許多倍的女孩。站在她面前，雖然被病魔折磨的她很是蒼黃，但還是讓我自慚形穢，因爲兒時的記憶太深了，她實在是比我優秀多了。

　　正月裏，叔叔大早上就被叫去了，被叫去了的，還有大堂嬸家哥哥，以及村子裏的其他七個大男人。他們說是亮姐跟了鬼，必須把鬼送走，亮姐才能活下來。

　　叔叔回來說："你亮姐估計是不行了，跟你那些劉家大院死鬼的魂，已經口吐白沫了，嚇人啊。"我要去，叔攔住我："你看什麼看，我家星星好的很，你還是不要去的好，沾了邪氣怎麼辦？"

　　就這樣，亮姐家請了半年的神，亮姐總是沒有死了去，最後活了下來，雖然體重由原來的一百二十斤變成了八十斤。

　　亮姐家決定把她嫁出去，因為她已經沒有生財的資本，嫁人還可以大撈一筆，如果死在自己家怎麼辦。前幾輩亮姐家莫名死了了人，最後鬼魂一直不走，如果亮姐死在自己家，豈不是倒了大黴。精幹的亮姐家人是不會允許這樣的事情發生的。

　　栓叔每天催著亮姐談對象，竟催得亮姐一次次犯病；嬸雖然是疼著女兒的，雖然她利用亮姐的錢時髦了幾回，到內蒙去走了回親戚，在娘家前顯擺了幾次，但久病床前無孝子也該是無慈母，她也逐漸不耐煩起亮姐來。

　　高三正月裏回去，聽說亮姐嫁了，我還高興了一回，到了見了姐姐，才知道不亞於被賣了，所以就有了一坡羊的故事。

　　那個後來成為亮姐公公的人，因為把一坡羊賒欠給了亮姐爸即我栓叔，後來他把這一坡羊耍堵輸掉了，所以才變換了女兒。

　　羊的主人說："你沒有錢還我，我二兒子雖然已經三十二了，雖然已經結過一樁婚，但你家亮娃子已經成了個半神經，要不我們兩家做個親家如何？"

　　叔怕還那一坡羊，因為羊早就被輸光了，所以就答應了下來。當然，說是回去跟亮姐姐得說一下。

　　"你栓叔說：爹已經給你找了個好人家，你哥哥剛結婚，也不容易，你問他家要兩萬彩禮，如果他家給，你就去；如果不給，你松點，不過少於一萬你就別鬆口。"母親接著說，"連個媒人都沒有請，兩大個羊你亮姐家自己吃了。人家給了嫁妝和彩禮，所以你亮姐就去了。"我問母親亮姐高興不，母親說："你說哪里話來，女大興嫁人，怎麼能不高興，何況那樣的父母。你亮姐賺的錢全給了你堂哥娶媳婦，甚至把自己的私房錢留下的七百也給他們做房租（堂哥在縣城租房子住），但你堂哥卻連一晚都不讓你亮姐住，你說這樣的家她能留下來嗎？」奶奶說：「彩禮倒是不錯，只是那家離過婚，而且還有個八歲的男娃娃，這些是瞞著你姐的，你千萬不要說。你說你亮姐這麼好的娃怎麼就如此命苦呢？」說著奶奶居然掉下了淚，我笑她「杞人憂天」，但沒有說出來就轉到院子裏去了，因為爐火要熄滅了，我需要搞些炭來給爐子吃。母親叫著：「你放著吧，弄髒了衣還得洗，你那樣子，懶洋洋的，洗衣服都怕沾了你的身，讓你的骨頭壞掉。」母親嘮叨著，走出了房間。

高三回去，亮姐終是嫁了，雖然還沒有到法定年齡。奶奶說：「她病的越來越重了，人家肯娶她，已經是她的福氣了。」從小嫌我醜的母親，也變了，與她的婆婆我的奶奶說著：「終是咱星星好，雖然小病不斷，但一直不大癢，你看那眉那眼，順風順風的，還是有福氣之相啊！」這一回，我終於超過亮姐了，卻等了這麼多年呵！

大一回家，正逢嬸在我家，她說亮姐懷的娃被迫胎死腹中了，因為她那個三十幾歲的丈夫回農村看他兒子了，而亮姐一個人到別人的房間去接水，居然一桶水拉下了她的肚子，拉下了六個月的孩子了。嬸罵著她女婿說：「也不知道那個雜娘養的怎麼回事，居然一點也不體諒亮亮，讓她受了這一回罪。」亮姐怯生生的坐在旁邊拉著她媽，讓嬸別說了。

深夜，她娘倆走了，母親批衣坐起，向我細細說來這些家長里短，向來不喜歡講述別人家故事的母親，把這些事件演說的繪聲繪色，如同她親見。

原來是亮姐知道了他丈夫還有一個兒子的事，就吵架了，說是結婚時候他騙了她，亮姐丈夫被說氣了，還嘴說：「你就值一坡白山羊，綿羊都不配，若不是你爸欠了我家一坡羊，我怎麼也不會娶你這個神經病，你以為你很值錢嗎？」說著抽身走人，把亮姐一人擱置在了結婚一年的租來的縣裏的床上。

亮姐打電話給她母親，我嬸哄了她；最後她打電話給她爸，就有了後來自殺的事情。亮姐爸說你就認了吧，嫁出去的女兒潑出去的水，你死是那家的鬼活是那家的人。

後來亮姐自殺，吞了大半的安眠，她女婿半夜回來看見，及時把她送回了醫院，救了一條命，小孩卻沒了。

　　再後來的後來，我大二，聽說亮姐生了個男孩，胖呼呼的，有八九斤重。再後來的後來，就是這幾天，卻聽到了亮姐的死，真實的死。

　　家鄉人打電話說：“你亮姐死的時候什麼都沒有拿，穿了做姑娘時的衣服，攥了一把不知從那裏搞來的白羊毛，坐著坐著就沒有了氣息。”我問在哪裏，“是河灘，流蘇河畔！”

　　亮姐的孩子，死在了去年舉國震動的那場炸彈爆炸。府穀十大新聞進京，就有震驚全國的那四萬噸炸彈。炸彈原本是私下用來炸煤的，神府煤田的煤絕對多，養活了神、府兩縣的政府，也養活了許多私自採礦的煤老闆。可惜的是，某鄉鄉長家地下室炸彈不知什麼原因自動爆炸，炸毀了整個村子，這回炸彈沒有做好事，陪葬了好多人的地下閻王終於安了一陣子心，別人炸他的房子，他終是不安心的，所以這次狠狠報復了一回。而從來不回鄉下住的亮姐，那幾天卻把孩子抱回了鄉下養起來，更為關鍵的是，這個某鄉，就是亮姐公婆家的鄉鎮。

　　亮姐是死了吧，確實是死了，不然電波發射來轉為話語的，不是“你亮姐死了你知道嗎？”

　　我總是這幾天想起亮姐來，想到她砍豬草的樣子，想到她做飯的樣子，想到那年冬，她拉著我的手：“走遠點，能走多遠走多遠，這裏是吃人的。你知道嗎？他家在農村也罷，車子直接到不了，電話沒有信號，大甕上放個黑白電視，其他什麼都沒有啊，什麼都沒有啊？而他下面還有三個弟弟，有一個是殘疾的，別人都不知道我知道那個孩子，可是我知道，我知道，我結婚前就知道。這是命，我值一坡羊，一坡白羊……”

　　這樣似真似幻的話，總是飄到我兒邊來，浮在我夢裏來。總是有一團羊毛，晃啊晃得，羊毛出在羊身上，這是真理，可是沒有人知道！

# 一次一生

　　我很喜歡 1234 四個數位配成的兩個片語：1413，1314，是一世一生，一生一世。但它們也可以作這樣的理解：一次一生，一生一次。這可是我叔叔的愛情了。

　　在我出生的時候，他和她的的關係就存在了，直到現在還藕斷絲連。儘管別人不知道。

　　她是叔叔的侄媳婦，我們叫她嫂子，儘管她跟我叔叔的年齡差不多。她長的很漂亮，皮膚吹彈可破，眼睛大而多汁，會說話似的。她是土長的北方人，卻活脫脫一副南方女人相，小家碧玉的那種，各個零件長得都玲瓏精緻，小巧的鼻子小巧的嘴，淡煙眉點綴在那張標準的瓜子臉上，眼睛一張一合間，如同會眨眼睛的瓷器娃娃，很是可愛。

　　母親也是漂亮的女人，但母親不像人家那麼有風塵氣。我喜歡有狐媚氣息的女人，這種女人從頭到腳風流是流著的，讓人總是想黏著似的，一直不離不棄的跟著她。母親的美是正統的，她不像嫂子那樣有人間煙火的塵土氣息。母親是那種可圈可點的女人，大方、理智、含蓄，但冷漠，一張臉看起來雖像花一樣，但開的很正經，說的好一點叫不可褻瀆，說的不好一點就是美是美，就是看起來冰了點，像山一樣沉穩，沒有誘惑力。嫂子那樣的女人則似水，一泓清可見底的泉水，但是有靈性的，靈動秀氣。

　　我這麼詳詳細細的把這個女人橫比豎比，是因為覺得無論怎麼寫她都無法表達我對她的喜歡。人說女子無才便是德，我對這句話深信不疑，就是因為這句話打小時我就在她身上得到了驗證。母親當時是我們村子的高才生，讀完了整個高中，但她所有的知識都只是用來接人待物的，只有在接人待物上才可以顯示出她擁有知識的高雅，但越是這樣，越讓人感覺涼如水，沒有情，只有一些禮在裏面，遙遠而陌生，客氣的讓人不舒服。君子之交淡如水，這句話說來是好，但真正逢上卻總有一種刻骨的寒冷在裏面。母親就是這樣的人，雖然她嫁給了有"萬花叢中劉神仙"之稱的父親，但那也是因爲他們是一物降一物，沒有自然的那種美感在裏面，空只有一些假道學可以標榜的浪漫，是知識嫁給了知識。嫂子卻不一樣，她雖然大字不識二門沒出，但她卻是真正懂得愛的。從三十裏路外的小村莊，嫁給我那個叫樹林的哥做了妻子，但她卻抛夫棄子地追隨愛情去，隨了愛她的她愛的我的叔叔私奔去。儘管故事的結局顯得凄美了點，但誰能說，曾經的愛是錯的呢？

　　嫂子叫採蓮，是那個"江南可採蓮，蓮葉荷田田"那個採蓮。但不是那個採蓮的女子，她遠比她們狐媚，儘管沒有她們美好，但一樣是天使。只不過天使墮落了而已，當然，這是村裏一些人看法。

　　採蓮與叔叔的愛情，大概起始于嫂子剛娶回來的那一天。當時正在席上敬酒，輪到叔叔這個位置時，嫂子已經喝得差不多了，可新郎官樹林哥一點都不代替她，讓她在酒席上大出醜。到了敬叔叔這個長輩時，叔叔以一杯酒代替了大家，即那些他同輩的人，算是免了這個兒媳幾杯酒。當時，叔叔應該只是看著榆木一樣的新郎官替採蓮惋惜，應該還沒有看上她吧，不過誰知道呢？

　　叔叔是風流倜儻的，一米八的個子特別養眼。當時二十一二歲吧，雖然在小鎮上沒有我父親出名，但遠比我父親長相出色多了，而且在內蒙遊轉了多年，談吐見聞自然清新幽默，是能討女孩子歡的。當時樹林哥真是個毛頭小子，雖然年齡與叔叔一樣，但爲人處世，是小巫見大巫，不可比的；還有他長的一副猥瑣樣，拳頭倒是滿厲害的，從剛娶進門就開始三天兩頭打老婆。哪里有壓迫，哪里就有反抗。打了那麼多年，嫂子一直沒有停過讓他頭上冒綠光，也算是一種變相的報復吧。

　　我總覺得我定位這個女人爲我的嫂子是在俗世的範圍，我寫來倒像是在寫一段亂倫的愛情。其實她出軌的愛情是可以算得上唯美的，沒有骯髒之感，之所以寫出採蓮與叔叔的愛情，只是讓自己的心少一點世俗世界裏自我的譴責。

　　採蓮與叔叔，是從她結婚的那一天在酒席上對過眼開始的。但真正愛情發展，該是從她生下第一個孩子開始。當時她剛生了孩子，樹林哥覺得她懶，總是拿著棍子要打她。公公小叔小姑等人，都是向著自家人，欺負外來的，也沒有人拉架，所以一打就下狠手，讓她三四天下不了地。

叔叔實在看不過，會過去阻止一下，一來二往，他們倆反倒有了情誼。等到採蓮又生了個女兒之後，他們的關係更加親密，背開人來，做起來了鴛鴦。

後來，他們的事情就這樣一直偷偷持續著。有人說偷情有罪，其實愛情是不可說有罪無罪的，美麗的，不管是絕美還是淒美，都是一種藝術上唯美的東西。只是這種存在，不合世俗道德，只能偷偷的。惟其如此，才顯得病態吧。

他們好上之後，樹林再打採蓮，她也只是咬著牙不再像以前滿院子的叫和跑了，所以丈夫打得更凶了。農村有俗語，"會叫的狗不咬人"，估計樹林認為，會叫的女人比較刺激吧，更能增加他做丈夫的威儀。他把一個會叫的女人打成一個不會叫的女人，終究是他的失敗，所以加重了他的拳頭。

一日樹林喝醉了酒，硬是逼著採蓮也喝，還叫了他的兩個朋友來，讓他們看看這個美麗的女人是怎樣在他手下存活的。那兩個人是酒色之徒，說著一些黃段子讓採蓮聽。採蓮雖是過來人，在男人面前終究還是有點害羞的。樹林抓著她的頭髮就灌下了兩瓶。這時候叔叔去了，他推開外間的門，走了幾步往炕沿坐了坐，正欲待勸還未勸，樹林就招呼著讓他也參與一起喝了。樹林酒氣沖天的叫採蓮跪著給各個人倒酒……

叔叔與採蓮的事，就是這次被人看出來的。一個弱女子被人糟蹋，誰都會想去保護的，何況自己心愛的女人。但樹林還是沒有反應，他是木訥的人。

後來採蓮又生了一個兒子。我與她的大兒子同齡，兩家只隔了一條馬路，出了大門幾步就可以進得她家院子，所以有時也去玩玩。

她的大兒子傻傻楞楞的，女兒也不是很伶俐，兩個往一起一站，看過去，就像樹林的翻版，糟楊楊的一對木頭。只除了小兒子，那個小孩很精靈，我很喜歡，叔叔也很喜歡，有時我抱起他時，叔叔甚至過來親一親。

有了三個孩子之後的樹林，非但沒有因了做爸爸的喜悅而少打採蓮。他拳頭的力度和下落的頻率越來越高了，有時甚至一日打兩次。只要他在家，只要採蓮稍微多說一句話，甚至就連孩子多說一句，也是母親的錯，拳腳相加，打的家裏的碗碟如落花流水，四處飛濺。

採蓮總是對叔叔偷偷哭訴，也不知道是她要叔叔帶她走，還是叔叔想救她離苦海，總之，他們私奔的計畫漸漸浮出。

有時採蓮做了煎餅，也悄悄趁著月色放到叔叔住的房子來；有時做了鞋墊，也等不及下次的約會，偷偷放在了窗臺的磚下麵。

因為採蓮，叔叔一直沒有結婚，因此最疼我，有時我悄悄把窗臺的東西拿回來，一大一小兩個人悄悄分享著這個秘密。叔叔一邊吃著煎餅一邊說：她漂亮吧，你看她做的飯，多香；你看她的女工，多好看，細細密密的，這只繡的是對鴛鴦，那只繡的像是對喜鵲……我看過去，真的，讓我羨慕得不得了，繡在鞋墊上的鳥，就像要飛出來似的，活生生的在那裏搖動著翅膀。

後來我也偷偷開始學刺繡，也完整的繡出過鴛鴦啊喜鵲之類的，可惜都是死的，像是被貓咬死的鳥，死死的爬在布上，看了很難受；索性丟開來，過了幾年，又拿起針來繡過，可惜終是沒活過。

有時叔叔悄悄拿了採蓮的照片讓我看。一張一張的仔細看，那個女人就像爬山虎的腳，在我心底深深落根了。她真是長得漂亮，那淡煙眉，那櫻桃唇，還有那雙似笑含悲的眸子，那長長的在相片上還似在抖動的睫毛，都深深的讓我著迷，我甚至恨不能拔了下來，安裝在自己的臉上。

那一日叔叔又開始去密會採蓮，他們已經把陣地由房間轉到野外，因為已有很多閒話跟上他們了，他們得避開來。

我在場面，他們順著場面前的小道一前一後走，我也一路追著，直到消失在那個廢棄的院子裏。

後來我返回了場面，看麻雀在麥場上喞喞咕咕的叫著，看夕陽在遠山外飄落，想著他們是如何為鴛鴦方不負這好時光。不過也有深深的驚悸，我害怕我的叔叔遠離我，害怕他被那個女人帶走。他們是相愛的，但是，如果他們在一起了，是不是叔叔就不會再那般寵我了？想到這裏，我小小的心就深深的悲哀起來，甚至奶奶吃飯叫我的聲音，我都懶的回應，只一個人在場面上繼續著自己的悲哀。及至叔叔回來找我，我已經在那裏睡著了。

沒過多久，叔叔就走了，和採蓮一起。

後來，兩家因此結了仇，甚至打起了官司。不過我走江湖的白面書生父親，輕鬆的擺平了這件事。再後來，我家的煙洞上被放進了針紮著的人，清楚的寫著幾個人的生辰八字。雖然這件事被我父親查了出來，但也只是小事化了，警告了他家一回，畢竟，就算是遠，也是同宗；而且是自家人先做錯了。

再後來，採蓮回來了，她先回到了娘家，帶著個幾月的肚子。她是想念她的三個孩子了，作為母親，即便有自己愛的人，也不忍生生拋了孩子永遠去，所以以她回來了。

樹林連夜去三十裏外找回了她，第二天，領著她去打了肚子，後來，他們搬到外地去了。準確的說，是搬到河套地區去了。

過了幾個月，叔叔也回來了，無喜無悲的樣子，變了個人似的，對我顯得冷漠了許多。

一天夜裏，我睡下許久了。聽見奶奶問：既然走出去了，我們也就當你們死了，怎麼還回來呢？叔叔一聲長歎：媽，肚裏的孩子是我的，我也不想回來啊，是採蓮想孩子了，想那三個孩子了，她怕生了這個回不去，所以我送她回來了。接著就是叔叔的嗚咽。記憶中叔叔從沒有流過淚，那晚卻抑不住悲聲。“我自然是愛她的，所以聽她的，一切不為難她。她說回來，我就放她回來，可惜了孩子呀！現在她還一樣被人打，我也沒有辦法啊！”

幾年後，我上初中時，叔叔到河套地區走了回。有同宗的人去河套，回來這樣說：“那個女人還是老樣子，還是一樣被打，甚至圈在家裏面，不讓見外人。因為她見了人，總是勾引別人，越打的凶，越勾引的厲害，甚至把她的腿打的不能動了，她也總把眼睛往外人的身上瞟。”他們還說，那個最小的孩子見了他媽被打總是護著，眉眼一點也不像是他們家的人。說著，他們會看著奶奶，甚至踱到叔叔的大相片前。我們家的相片，一整串的擺在一起，客人的眼往哪個人身上瞅，是一眼即見的。

我上大學後，這些知道的少了。去年放寒假回去，聽說樹林死了，心肌梗塞。他們家人以為是採蓮與別的男人害死的，甚至叫了員警來，並且屍檢過，結果確是病死的，儘管只是一瞬間的事。

臘月裏最後幾天，叔叔說要出幾天門。我與他這些年還是很親近的，雖然那幾年，因了那個女人，他把我冷落了一些時。但現在好多了，甚至比父女還顯得親近，在一起時，沒大沒小的，讓我母親總是訓他為大不尊，罵我為小不孝。現在，只要我在，他的衣服都是我洗。我一邊洗著衣服一邊問，你要到哪里去？叔叔轉頭："小孩子你問這個幹什麼，我出去幾天嘛！"在他眼裏，我終究還是小孩。

我看向叔叔，五十歲的他，沒有結過婚，卻已經長出了白髮。這些年來，自那個女人家搬走，他沒有近過女色。但他喝起了酒，耍起了賭，放浪形骸起來。我管他不住，大家更是管他不住，所以也就任他。自然，各人有各人的難，我只能下決心，以後讓他好好的，好好的。

叔叔走的第二天，奶奶悄悄問我，他告訴你他去哪沒有？我邊給奶奶梳著頭邊說，沒有啊！九十歲的奶奶嘴一撇：他肯定去看那個女人了，真是兩個不省心。我心一驚，順口說，你怎麼知道呢？奶奶雖然九十了，但一點也不糊塗，坐在炕上能知曉整個村子的事。她說：有人長嘴巴啊，那個女人回到娘家了，他不去看才怪呢？我是他媽，他那點心思不知道才怪呢？我低下頭，把奶奶的腳放進盆裏洗起來，順便彎了一下她的頭髮，說：這麼多年了，也真難爲了叔叔，他居然還記著。

當晚，我翻了老屋的書，找出了那個女人當年的照片，它整整齊齊的壓在叔叔的櫃子裏，儘管這麼多年沒有翻過，但看上去是清晰明媚的。我以爲叔叔忘記了，我也忘記了，我們大家都忘記了，可惜我們不是當事人，那些東西，一直是存在著的。

快過年了，叔叔回來了。這一次，我看不出陰晴，只看見他的根根白髮。五十一歲的叔叔，一根根華髮，訴說著他曾經的愛情，是怎樣在流年中逝去。

寫這篇文字的時候，我問了相關的人，知道那個女人最終淪爲妓女了，操起了皮肉生涯。儘管已經差不多五十歲了，但風韻猶存，只是沒有靈魂似的，應付著南北客。沒有臉面，也就不怕子女害羞，不過她的兒女還在河套地區，眼不見，心也就不煩。

叔叔現在很好，靜著心做事，酒幾乎不喝了，也不怎麼去賭博了。對待家裏的小貓，就像對待他的侄女我一樣，寵的就像個嬰兒。

我的叔叔，一次一生一生一次的愛戀，消解在了他三十年的光陰裏。三十年的光陰，分分秒秒有餘情，大概也只能空有餘情了。晚霞尚滿天是人說的，到了這個年齡，所有的愛情，也許都只能用來想念了，畢竟有些東西，得不到的早已失去，誰能用一生的光陰，送另一個人離開呢？

# 白草紫煙

　　西天角的晚霞璀璨的讓人想落淚，白草與紫煙在江邊有一搭沒一搭的聊著，蝙蝠在夜幕下飛來飛去，像是要衝出這個世界似的，到處無目的的亂撞著，撩亂著人的心思。江對岸"鬼影幢幢"，由於是黃昏，燈光還沒有全部亮起來，遠看過去，寥落的穿行著幾個人，在樹叢中，他們像幽靈一樣，躬著頭貓著腰，白草知道，老大橋那邊的場子一定圍滿了四方的來客。

　　老大橋下，每到黃昏，聚集著各色人群，以孤獨寂寞者居多，人們像幽靈一樣穿行，覓著自己想要找尋找的獵物。在這個小小的旅遊城市，老大橋這個角落窩藏著許多正人君子眼中的罪惡，因為黃城這個地方，幾乎每一筆肉體交易都在這裏進行。但說句實話，許多人還是很感激這個地方存在的，因為這個地方可以滿足他們任何一種性幻想。性是世界最美妙的東西，白草一直這樣認為。所以白草喜歡老大橋，她喜歡在黃昏的時候，一個人踱到老大橋對面的長椅上來，臥看靜觀，想些什麼或者不想什麼。一幕幕的世態人情在霞光的掩隱下上演，雖說沒有舞臺劇那樣驚心動魄，但絕對比那真實，所有的演員，都是生活中最高明的戲子，他們卸下白天的那一套白色面具，換上了最本色的面孔，看起來雖然冷然了些，但絕對親切。真實的東西總讓人感覺親切，這個世界真實太少了，人們都虛假慣了，所以即便一些東西是邪惡的，但因了真實，讓人覺得多了一點可原諒的空間。

　　白草的臉上汗漬漬的，紫煙拿出塊心相印的紙巾，踮起腳，準備給白草擦拭，白草把頭撇一邊去，然後吃吃的笑著："你這樣會把我寵壞的！"紫煙沒有接話，邊踢著路邊的石子邊說："我以為你體能測試不來了，已經找人替你考了，你還來幹什麼，下午才睡一會，這一淌汗感冒了那能受得了嗎？""我已經好久不打點滴了，近來很好，托你的福，你不咒詛我你難受嗎你？"白草笑著說完，攬過紫煙的肩。白草跟紫煙是黃城大學裏面的學生，黃城就一所大學，因此，這所大學的學生總顯得驕縱了些，不過他們其實根本沒有什麼可驕傲的。這所學校，因了一些馬路天使（被包養或者在酒店販賣肉體的女生，尤其指在路邊等待生意的女生。）敗壞了名聲，許多人到黃城來，除了那座巍峨的山峰，願意享受的，還有這一群掛著大學生名義的天使小姐。

“中午普通話測試，也真難為了你，我都不知道該怎麼犒勞你了？”白草坐在路邊的石階上，看著西邊的殘霞說。

“咱們兩人還分什麼你我，不就是代你考個普通話嗎？你每天替我去上課替我請假受了那麼多罪我還沒有感謝過你呢？是不是需要我認真感謝你一回，那樣顯得太見外你願意嗎？”紫煙劈裏啪啦說著。白草攬起江邊的一渦草來，端坐著細看，任草冰冰的貼著自己的手臂。她順手捋起紫煙的一彎頭髮，緩慢的說：“今日陪我看晚霞，也虧了你有這份心。至於其他，還是不說為好，快放假了，你也該去去，老師點名我替你雖遮擋著，但你也該知道那些人，何必跟他們過不去呢？”白草低下頭去，抿著一片小草。江水輕輕的流動著，好象怕驚擾了她們似的，不發出一絲聲響。

紫煙是個曠課大王，五天有一天能完整的上下來已經不錯，所以她外號被白草叫做曠神仙。每門功課只有三次假，而紫煙請過不知道多少次了，每次白草厚著臉皮把代寫的假條交給學習委員時候，她都感覺自己像耗子一樣在接受著貓的審判，可每一次，她都挺了過來，因為紫煙那種厭學的感覺，她是體會過的。

高中時期，白草也是經常不想去上課，那時候教室簡直就是墓園，一群群的人走向白樓，走進白房子，她感覺自己好象置身於一片集體墳墓似的，不過這種感覺隨著進入大學以後的那種不時襲來的茫然瓦解了，她麻木了，每日裏看似認真的上課，認真的備考，其實只有她知道，她的心早不知飄哪里了。想到這裏，她無端的歎了一聲。紫煙看向白草：“白大才女今日思春嗎？是不是怕姹紫嫣紅開遍，都付與斷瓦殘垣？”白草略略的側了下頭，心裏想只怕說與你你也不理解。白草是個習慣掩蓋心事的人，她是個說謊成癖的女孩，其實這根本無關人品，當一些人說謊是為了享受的時候，人品在這場測試裏就只能是個遊戲的砝碼，當不得真的，算不得什麼。白草有時候為了掩蓋自己的煩悶，總是裝出一副快活的表情來，以致時間長了，她自己也感覺自己總是樂悠悠的。

　　西山的太陽一點點往下走，像是個貪玩的孩子，貓著腰藏在群山後不歸家，寒鴉一聲聲從群山處傳來，爲這個即將燈上的夜晚添了些孤寂，讓人感覺更加惆悵了。白草想到了上午請假時學習委員的臉，當她把代紫煙寫的假條遞過去，那張三角臉一下成了霜打的茄子，沉了下來，凶巴巴的說：紫煙的假早滿了，輔導員已經說了不能批她的假，所以你還是拿回去吧。說著，把假條直接推過來，白草有瞬間的茫然，不過還是收住了紙條。學習委員繼續說："不要認爲有點本事就可以曠課，這學校不是爲你們家開的。"

　　白草轉身回到課桌，把假條攤開夾在筆記裏，一遝子假條都從裏面跑了出來，她看著自己簽下的"紫煙"笑了，那些代紫煙寫的假條，派上用場的被學委拿走了，派不上的就留了下來，做了書簽，夾的筆記滿滿的，像孕婦似的。

　　白草回頭對身後的男生說："班長，紫煙請假！"然後以旋風搬的速度把頭轉過來，埋在了《王謝堂前的燕子》這本書裏。上午的日光太過明亮，讓整個教室都沐浴在一種聖潔的光裏，冬日如果每天都是這樣，該多好，多暖和，白草這樣想著，把裏緊的衣扣一個個解開來。

　　紫煙不來上課，一半與身後的男人有關。那個做班長的男子，實在不是個上得堂面的東西，不過長相就像是古裝裏扮演小生的戲子，準確說，像扮演《霸王別姬》裏的男扮女裝的玉姬，像死去的張國榮。不知道爲什麼，白草看他就來氣，這一半跟他的那種女裏女氣的腔調有關，一半跟紫煙的癡情有關。紫煙從大學入學第一眼就看上了這個小白臉，以後一再糾纏，奈何這塊奶油是到處獻殷勤，到處惹花草，紫煙花雖有意，但流水無情，所以兩個人錯了開來。對奶油來說這場遊戲根本不算什麼，只是情場裏的一段小插曲，但卻傷了紫煙的心，自那以後，她能不見就不見，能不去就儘量不去教室，想把這段情了斷，可惜用錯了方式，自己走到歪門去了。這一墮落，不可收拾，從大一的校三好學生到了大二的門門功課掛紅燈。警鐘雖長鳴，對紫煙卻失去了作用，紫煙開始跟社會上不三不四的人交往起來，經常性的跑往老大橋下，日裏夜裏看似紅紅火火的過，但白草知道，紫煙開心不到哪里去。

　　紫煙所看下的男生，除了長得帥氣，像女孩子外，還有兩大特長，一個是知無不言，言無不盡，每天在課堂上臭顯能半天，其實這樣如果有點真才實學也可以諒解，關鍵是他一知半解，向來斷章取義，生生的出一次又一次的醜，但凡知羞一點，也就作罷，不再繼續了，知恥近乎勇嘛！不過奶油沒有這點勇，因為他從來不知恥。外國文學老師上課，問同學們看過的哪本書具有史詩性質，奶油迅速的站起來，同學們都以為他能說出個一二三來，他卻好，張口道："《大頭兒子，小頭爸爸》，這是一部家族的歷史，也是一部民族的歷史！"說完了，大搖大擺的晃動了幾下腦袋，然後嗵一屁股坐在桌子上，等待著表揚。全班聽了他的回答，早就譁然，等到看了他的那副神態，男生皆哈哈大笑，女生掩齒而笑，他卻不知羞，仍一個勁的跟身邊人講大小頭這部動漫的情節。由此而來，白草叫他"顯道神"。

　　顯道神的另一大特長，就是拍馬，雖然拍的一點技巧都沒有，但實在是好話中聽，而且多了也厭不了，有人給自己唱高調，帶高帽，一般人都是不想拒絕的，都是很樂意接受的，所以顯道神的馬屁，拍的很是響亮。輔導員與他是一對古董，特喜歡別人誇獎他們古典，在他們眼裏，世界上沒有什麼有學問的活人。他們恨不能把死了的文化名人拉出來鞭笞一頓，遑論活人？顯道神日日給他們帶高帽，把他們說得比死了許多年的人都有本領，所以這兩位古董一個高興，把顯道神指定為班長。民主選舉這幌子都沒有搞，就直接定下班長這個委員來了，實在是把一班人不放在眼裏心上，所以許多人見了顯道神，很不舒服。白草本來因了紫煙，對顯道神就一肚子惱火，自從顯道神當了班長，更是差點把火點著，只缺了點火的柴而已。

　　顯道神聽了紫煙的話，認真思索半天，然後開始掏出筆來，寫到："白草同學好，這樣的假我准不了，這是原則問題，你最好跟輔導員去說……"後面是一大堆道歉，說明自己做人處世的原則，不是他自己不通融，而是學委把關所以這個面子他給不了。

　　白草看了這些話，氣得癢癢，回頭說：不給請就不給請，不要找理由。

　　於是在任課老師點名的時候，點到紫煙，白草答到，點到白草，白草繼續答到。周圍人都看著白草，心想這次白草要完了，估計下一年的獎學金要因為這個不誠實事件要抹掉名字了，但白草埋著頭，繼續看自己的書，沒有理別人。

　　其實白草也忖度過，認爲自己的獎學金不可以因此錯過，但是她已經爲此一再忍讓，還是被老古董把自己的國家獎學金給找理由卡掉了，潛在的理由很簡單，只因爲白草在他倆主辦的論壇上發了一句話：“一蟹不如一蟹。”白草兩年來爲這句話壓著，按理說已經壓得曲了心性，然而她卻越發高調了。自大三來，白草已經不把那點獎學金之類的錢放在眼裏，雖然錢在她仍然是多多益善。

　　大學兩年下來，白草對學校的一些規章制度了然於心，所以也不再爭什麼三好五好，她知道，許多人拿三好這個榮耀，除了會投機外，幾乎都沒有什麼真才實學，在這所學校，混的好的同學一般都是會拍馬的人，白草不會拍馬，而性格又是個直腸子，恨不能一語批盡人間不平事，所以自然古董那裏討不到好處。白草想著上次的國家獎學金就惱火，她與輔導員的梁子，從大一就結下了。白草仍記得關於帖子事件的一切。

　　某一天晚上，古董男把白草叫到系主任辦公室，關起門來一頓痛罵。白草開始還莫名其妙，等到後來被古董說出緣由，她沒有辯解一句話，任古董罵了半天，然後放她走人，她迅速滾了。那是因爲前一天晚上班上選舉班幹部，一個得了兩票的女生被老師指定繼續做團委，當時白草懵懂，自習後上網，心血來潮，一個頭腦發昏，就在古董的論壇裏發了一句“一蟹不如一蟹”。古董平時自恃清高，而且仿佛是活了幾千年的古人，能穿透人腸似的，把白草這掉把戲看到骨子裏面去了，他當即對號入座，找到白草一頓狠罵：“學生之中，我待你不薄。而你卻如此對我，讓我心寒，那個論壇校領導常去，你讓我情何以堪？”在這個冬日的江畔，白草耳邊又響起這些，她始明白，論壇裏所謂實話實說的條例是騙人的。兩年人來上大學，其實只是爲了看一些明明虛假但說不得虛假的東西，想來讓人心悶，然事實如此，白草也不想怪罪誰。自從她發現了老大橋這個好去處之後，她就一直來這裏，這裏的人雖談不上高大岸然，但絕對真實可親，遠看近觀，動物習性雖然繼承居多，但無論在操作方面，還是在理論方面，這些人都敢於表現自己的真實需求，所以白草對他們，多的是敬重，少的是憐憫。

　　白草躺在草坪上，想：但凡紫煙你瞭解我一點，我也不用如此爲你爲難。紫煙卻想著自己的心事，把她的那一聲歎息在一句隨口的問話中帶過了。

"好姑娘，真漂亮，你的臉盤像太陽……"紫煙的手機響了起來，她做了一個噓的動作，然後按了接聽鍵。白草翻過身去，抱著腿。江裏不知什麼時候飛來只白鵝，抖動著身子在水上旋轉，白草想你也該歸巢了吧，小白，然而她終是沒有說出來。她想到了"桃花流水鱖魚肥"這個句子，於是就想起了那個四十多歲的男子。他曾經在她讀起這首詞的時候說鱖魚真貴，現代人吃不起嘍。迄今白草還記得那個人拖長語調的聲音，可惜聲音早就飄去了，除了在記憶裏重現，是無法再復活的。想到此，她看著白鵝的表情，顯示出一種戚戚然來，讓落日又增添了幾分淒涼。

紫煙一個月三百元電話費不夠，而她生活費卻花不了三百元，有時白草勸紫煙少打幾個電話，少泡點粥，少為中國電信做點貢獻，但紫煙從來沒有聽過，白草後來也講厭了，由著紫煙以打電話的方式來打發日子。其實白草也知道，紫煙的生活除了那點談情說愛的樂趣外，幾乎沒有什麼可以稱得上是享受的東西了。紫煙的寂寞，就如她名字表現的那樣，一縷青煙嫋嫋的升上西天，想要涅槃，卻無法做到消失，空只一縷縷的留餘情。紫煙所尋找的男人，來自老大橋的居多，老大橋那些朦朧夜色裏幽靈一樣寂寞飄忽的身影，是紫煙最佳的解悶器物，紫煙哪一刻煩悶了，就跑去那裏尋找半天，不出幾個小時，就物色一個好人物，解得幾天空乏，雖然過後還是落入空虛，到時再來下一輪的迴圈。在紫煙的意識裏，人生短短，能抓住的不多，所以她迫不及待的想多享受一些，即便是廉價的愛，廉價的性，都是有餘溫的。紫煙從顯道神始，至今在愛情的路上沒有終點，有時白草看不過去，說幾句，紫煙初始還回個頭，側個目，表示認同，後來索性裝做聾子啞巴，白草也就覺不提為妙，因為她自己也好不到哪里去。對愛情沒有信仰的人，最需要愛情，白草就是在這樣的信念裏遊戲著自己的身心，所以她不想太多教訓別人。

紫煙在接著電話調笑著，白草就知道，又是一頭撞進紫煙生活的騾子。白草聽著紫煙接電話所發出的一連串嬌滴聲，又想起昨晚的事情來。

昨晚十一點，白草一直給紫煙打電話，紫煙一直沒有接聽，白草於是撥通了另一個經常與紫煙一起的女孩的號碼，那個女孩告訴白草說紫煙跟別人談生意去了，是個男人，五十多歲。等到十二點，還是打不通紫煙的號碼，白草把先編好的一個短信 "十二點不回來你就滾吧，本宿舍不收留你"改爲"你今晚一定回來，我等著你"，然後發了出去。

發了之後，白草把手機設置爲振動，然後放在了枕頭下，踹踹著心事想入睡卻睡不著，想起那個聯繫了整六個月卻一下斷了的四十多歲男子來，白草想，你若是那高明的戲子，我絕對不是合適的演員，你又何必在我的生活裏這麼匆忙的走一遭呢？

已經是晚上兩點了，白草看了次手機，還是沒有紫煙的消息，她著急著，又開始撥打了。電話那端響起了紫煙那一口標準的普通話："你讓我回來我現在就回來，已經在樓下了。"然後一陣茫音，白草繼續打過去，問那邊是怎麼回事，一個人回來的嗎。紫煙壓低聲音說："別人送我回來的，回去告訴你，我掛了，馬上到。"白草打開床上自己掛上線的臺燈來等著，臺燈發出昏黃的光，像個遲暮的老人在打盹似的。白草無聊的翻著《童年》，這是一本鋪開在床頭的書，每次累了或者倦了，白草都習慣打開它。白草有一個習慣，就是見不得別人比自己幸福，包括在書裏面。白草的童年是不快樂的，所以她喜歡看別人童年的不快樂，所以就有了《童年》這本書。

紫煙回來已經三點了，她躡著手腳站在了凳子上，爬到白草的床頭來。明晃晃的臉，低低的笑著，說："你能想像我盯著個五十幾歲的人可以把他看臉紅嗎？我今天這麼幹了，那個送我回來的老頭被我盯的臉喇的紅了，工作再也沒有談下去，呵呵，好玩吧？他說給我找一份工作，很輕鬆，所以我就答應出去玩一次，你說合理嗎？"她把白草的頭扳過來，繼續準備說下去，白草晃的一下坐了起來，罵道："你他媽的給我快點上床，你以爲掛幾個老男人就是本事嗎？本姑娘不希奇，有本事你多找幾個童子雞來，不要碰撞老男人，別人也不容易。你這種人老少皆宜，女人不該爲難女人，你還是把那些團成團的老肉給放開爲好。老女人也不是好惹的，狗急都跳牆，你還在這顯擺，哪天找上門來我看你怎麼辦？那天我給你介紹的男孩你說人家年紀小，你不吃嫩草，現在你卻被老牛吃掉，你什麼意思啊你，本宿舍住不下你你往別處去，不要把這種德行引進這個門來。"紫煙聽著，不時吐一吐舌頭，最後白草躺下來，紫煙俯在她耳邊說："不就一個老男人嘛，我又沒有碰你的人，你怎麼了？值得這樣嗎？你自己不管好自己，還犯賤著來說別人，我如果是你，有了固定的主，我就不會每天打電話糾纏七老八十的人了。"白草伸過一隻手去，掐在紫煙的脖子上："哪壺不開你提哪壺，你給我滾到床上去！"說著，用勁推她一把，然後埋過頭去，關掉臺燈。

紫煙摸黑上床，就此一夜無話。窗外的月光不偏不倚的射進半室，冰的人心跳。白草在紫煙的話裏，卻陷入了沉思。不知道多少個夜晚了，白草習慣性的拿出手機，習慣性的看有沒有短信，習慣性的給個四十多歲的男子掛過電話去。她自己也不明白，當年看《如果愛》，狠狠的罵了一回那個導演，認為愛就愛，哪來那麼多如果，可自從陷在這個人的世界以來，她早就混淆了如果的界限。有時她也羨慕紫煙，雖然紫煙迄今沒有一個固定的男朋友，但從老大橋領來的，個個也都上得了臺面。愛值幾個錢，老大橋的人也不是單純的買賣，然而即便是單純的買賣，也可以諒解，因為人與人，除了錢，畢竟還有點感情，順手順口的，摸過去，摸出情誼來的也不只一兩對，老大橋這樣的例子不少，雖然很多以悲劇收場，然而沒有悲劇也就無所謂悲壯。

不是所有的人都可以好到地老天荒，許多老年夫婦，也並不總是像夕陽下一起行走的那佝僂的兩個影子讓人感覺浪漫，其實在他們自己，也許正在渴望趕快離開，趕快天塌地陷，把身邊的人一把推遠。這樣想來，老大橋看對眼的人，跟隨著一起去個白色的房間，過那麼消魂的一夜，也是值得的……

紫煙的電話在一句拜拜聲裏結了尾，白草又看到那只白鵝了，在一望無際的江邊，它盡情的遊戲著，哄然忘記了已經日落。紫煙探過一隻手來，想把白草攬過去，白草又想到肥肥的鰼魚了，她想，終究是富貴人家碗裏的，我這樣的人吃不得，這樣想著，竟無語凝噎起來，想說話，只阿一聲，感覺自己有嗚咽的感覺，所以沒有繼續下去，她本來是想說："紫煙啊，你看今日這殘霞，好看得讓我心慌。"然而因了喉嚨發澀的緣故，她終於沒有把這句話說出來。

紫煙說："老男人請我去老街第一樓吃飯，繼續商談昨天的事，你說我該去嗎？我想到現在是在陪你，所以得問問你白大人，你放我去我就去，你若不放，這個老男人我就不釣了。 —— 反正又不是圖他的錢，倒是你，為了你的那個初戀，該出去多釣幾個鴿子。"紫煙見白草不說話，她就拿草拍著她，略帶同情的挑著眼說："你的那個初戀你也該放手了，他家裏不好小毛孩子生病就便是死了也跟你沒有關係，你何苦總是爲難著自己，你的那點錢杯水車薪，縱使是把你的文字全變賣給別人，也緩和不了什麼，註定死的命是活不了的，你何必呢？趁著年輕我們多玩玩，青春不多哎……」說著，紫煙就哼起歌曲來：「水向東流時間怎麼偷，花開就一次成熟我卻錯過，誰在用琵琶彈奏一曲東風破，歲月在牆上剝落看見小時候，猶記得那年我們都還很年幼，而如今琴聲幽幽我的等候你沒聽過……」曲調哀婉，加上紫煙眉宇間的那份清愁，白草看的竟有點恍惚了。

多日了，她早就不再把自己的初戀當作是初戀了，但是，她一直在爲初戀情人的孩子奔忙著，儘管她也知道，自己即便怎樣奔忙，也不可能對那個小小的生命做出什麼大的貢獻，可是，她還是盡力著，她利用各種手段斂財，就差沒有到老大橋下拉客，儘管，某個瞬間，她有過這麼個念頭，但她知道，像她這樣的人，這方面是做不來的，沒有這個天賦，也沒有這個資本。白草眼裏晃過初戀情人兒子的影子，那是個白白胖胖的小男孩，那曾經是個多麼白白胖胖的小男孩子呵。胖胖的小手，胖胖的小腿，甚至連鼻子、眼睛、嘴巴之類的看起來都是滾圓的，胖嘟嘟的好可愛，但是，現在呢？白草不敢想下去，她不敢想像那個小男孩生病之後的樣子，所以她就強迫自己想起別的來，對，想起自己的男朋友來。

白草的男朋友已經畢業，是個很不錯的男孩子，白草愛他，他也愛白草，按理說該是滿足得了，白草也沒有什麼盼頭，除了初戀情人生病的孩子，就是男朋友，生活是那麼簡單，然而，這一切都隨著那個說「鱖魚肥得都讓人吃不起了」的男子擾亂了。

白草知道，自己必須按照定好的軌道走下去，一直走下去，可是，想到那個說起鱖魚肥的男子，想到那些個暗夜裏的電話，想到那個男子輕語著讀「誰家今夜扁舟子，何處相思明月樓」，她就感覺生活是動盪著，牽引著她往某個方向去。

紫煙扳過白草，眼睛瞪著說：「你的魂又遊到哪里去了？我在問你我該去赴約還是該陪你？」

白草緩過神來，江面上平靜如鏡，夜色就將圍起這個雜亂的世界了。她笑著，伸手撫了一下紫煙的臉：「你去吧，注意安全，不要像昨夜那樣，一個小時給我發個短信，提醒一下你還活著。"紫煙雀躍的跳了起來，點著白草的頭，一字一句頓著說"你不要這麼詛咒我，玩幾個老男人很正常，我才不像你，把感情投入進去，而且我也不會像你一樣，喜歡精神游離，我要做就做出點樣子來。"白草摸著她的臉，又想起中午的那段來。

中午放學回來準備找紫煙去吃飯，紫煙當時剛睡起來，蓬鬆著頭髮，惺忪的雙眼看起來很嫵媚，在鏡子前扭動著身子，很吸引人。白草伸手襲擊著她的巨乳，笑著說："以後中國如果允許同性戀結婚，我們就在一起吧。"紫煙扭開了，用塗的花花綠綠的手指做了個俏皮的動作："奴家可不喜歡女人哎！"然後繼續扭動腰肢，做出各種各樣讓人有想法的動作來。白草是個經不得女人半點挑動的人，她轉動著她熊貓一樣的眼睛："小樣，今夜當我的馬路天使吧。"說著，她伸手捏了一下紫煙的下巴："給爺笑一個，爺給你饃吃。"然後抓起桌上的最後一片五味饃片。喂進了紫煙嘴裏。紫煙笑著咽下，說："你若是從小陪我長大的人，我還可以考慮，因為你也知道，我那個缺心缺德的父親，很早就離開了我們，這讓我爽不起來。對於女子，總覺得如我母親一樣，是結著怨氣的，喜歡不起來。"

白草想到這一幕，心中忽然感覺很不快活，她用手蒙起眼睛來，說："你快點走，不要煩我，路上自己小心。去會你的老男人不要忘記帶套子。省得我再次為你打點。要不儘快換個馬路天使，也好讓我們多點談資。"說完，白草惡毒的看了紫煙一眼，不過紫煙早已轉身跑遠了。

紫煙所會的男人，不過是個上了年紀的老頭，所謂的生意，也只是紫煙無聊時候拿出來騙人的幌子。紫煙是個聰明的女孩子，自從顯道神之戀之後，對於人生，看得比誰都淡，然玩得比誰都狂，在她，青春就像秋後的螞蚱，緊跳著都顯來不及了。

這是個缺乏道德感的世界，白草常常這樣想。紫煙常對白草說的話是："你的初戀是有婦之夫，我看你這輩子在情場翻不了身了。老男人是拿來玩的，不是拿來愛的，你總是對老男人動情，是不是因為你爸死的早，你的戀父情結濃了點？"這樣的話旁人也說過，但白草懶於做解釋，因為對於自己的父親，她無所謂愛恨，她不像紫煙一樣，很早就品嘗了被自己的父親拋棄的痛苦，被生命中第一個男人拋棄的痛苦。她的父親是死了，她沒有被拋棄，所以她也就沒有那一層痛楚，在她，是因為對愛信仰不起來，對生活信仰不起來，所以才總是一副清愁樣，其實她也知道，世界若是動盪，失得只留下生命中的最後一座城池，無論那個人是誰，她都是滿意的，痛就痛在選擇，在游離，在許多個夜晚的空虛。如果沒有出現生命中老大橋的一夜，也許她就不會把自己當回事，把橋邊說鱖魚肥的那個男子當回事。在她的世界裏，那個男子，是披著斗笠而來的漁翁，她自己也知道，她不是那個在岸邊的一所白房子裏守侯的漁婆，她只是他釣鉤下的一條曳尾的魚，盼望他釣起的時候，也在盼望著他鬆手。

紫煙走遠了，對岸老大橋的影子多了起來，游離著，像狼一樣，儘管隔得遠，但白草仍感覺到那一雙雙眼裏射出的綠光，那是貓看到耗子時眼裏發出的光，有著巨大的殺傷力，目標準確，咄咄而來，一下子罩住所要捕射的東西，然後撕咬、吞噬。

紫煙在橋下的那塊巨大的寫著"黃城人民歡迎你"的牌子下轉了個身子消失了，白草看見隨之而去的，還有另一個胖大的的身影，扭動著肥大的肉體，胖開了熙熙攘攘的人群。 —— 燈上了，人也就多了，追逐著，追逐著。

白草知道，紫煙這一夜不會回來很早。那個老年男子她沒有見過，但是，以白草對紫煙的瞭解，送上門的貨物，紫煙不會錯過。黃城是個醞釀著巨大欲望的城市，兩年前她們來到這裏，那一點點的江水，一夜夜漫上她們的腳踝，然後是小腿，接著是大腿，最後是胸部，等到現在，已經淹到她們脖子上來了。這是命，掙扎不得的，白草經常這樣想，她知道，到她畢業，那江水，將完全漫過她們的頭頂，一點也不剩下，將她們洗滌，沖刷，然後再推走，像江水推走一粒粒石子一樣，將把她們不留痕跡的推走。

紫煙很早就知道，她終將被推走，所以她毫不遲疑的在一個個夜晚游離在老大橋的邊緣，她嘲笑白草的不自知，嘲笑白草的清高，倔強。當天邊最後一抹晚霞溜出人們的視線，白草明白，一切都將淪陷，不要說身體，不要說精神。

皮囊是父母給的，"福之膚受之于父母"，可是，當父母連他們的皮囊都保護不了，都一次次被世界這場洪流侵蝕的時候，還有必要守侯著身體的這座城堡嗎？當河堤淪陷，還有必要做潛伏在石頭深處的那一粒乾燥的沙子嗎？不，不，當心已經被垂釣著上鉤，當漁翁朝著天，朝著江，朝著落日，朝著晚霞，朝著那水面上的最後一隻白鷺，坦開自己的胸，自己的身體，坦開自己美妙而博大的靈魂，是沒有一隻魚不願意上鉤的，尤其那荷花下掩藏著的鱖魚。

夕陽沒有了，白鵝也不見了，就連江水，也要被夜這個巨大的惡魔吞噬了，白草站起來，拍打著自己的身子。棕櫚葉子刮在了她的衣服上，可能開了個口子吧？白草心裏想，破了就破了，反正生活是百孔千瘡的，沒有哪一份東西能永遠完整。就連鱖魚都拿來垂釣了，還有什麼是不可以垂釣的呢？

白草甩著頭，暮色掩蓋了她最後的影子，黃昏的餘光拖長了一切身體的影子，卻惟獨遺漏了她。

老大橋終於包圍在了黑色的夜幕中，橋上橋下一群群的幽靈來來去去，去去來來，他們相互碰撞著，在黑暗裏，在灰色的黑暗裏，發出星子一樣溫暖的光，讓前來尋找愛的人，一次次的找到他們印象裏的伊甸園，極樂世界的天堂。

松鼠爬在冬天的穴裏，想最後一次探出頭，然而巨大的冷意襲了來。一巨巨的路燈，像一個個矗立著的閃著白光的僵屍，夜是世界上最大的一匹狼，他吞噬了最後一群來往的人群。老大橋沒有了，黃城也沒有了，那些晃動在橋邊的罪惡，終將隨著黎明的到來，一點點消失，散開在城市的每個角落。

黃城大學也將在明日，在陽光下，耀眼成這所城市的唯一的一朵蓮花，計程車司機也將兜著黃城大學的一朵朵蓮花，璀璨在每個老大橋的角落。

這所城市，一切都是美好的，在冬季，白草紅葉黃花紫煙，是它最美好的點綴。再一個傍晚，西天角的雲霞將又一次渲染，如泣血的杜鵑，如帶霜的楓葉，如三秋的桂子。

# 遙遠的童年

　　我的爺爺被穿上綢緞一樣的衣服，我躲在家門口那棵高大的棗樹上看著，心想爺爺怎麼就這樣死了，然後就特難過，特難過，始終不要自己把淚掉下來。

　　那棵棗樹當時就好幾年了，有兩個樹杈，下麵的低低的，我平時跳一跳就坐上去了。娘娘罵我不給我吃飯或者小哥哥打了我，也或者大哥哥凶了我，我都會跳到那棵棗樹上坐著。一次不知道為什麼，我跟娘娘毛上了，她不給我吃飯，還讓哥哥關了房子不讓我進門，我就坐到樹上去罵。娘娘的名字平時是沒有人敢叫的，這麼多年，我也只聽過一兩次，而具體是誰叫的，已經忘卻了，不，記得不太準確。那天我叫著娘娘的名字罵，我從小都是倔強的，人前硬撐著不哭。那該是個夏天，我記得那天中午是吃的苦苦菜炒飯，我喜歡吃苦苦菜，可跟娘娘生氣，我在樹杈上詛咒了她一個中午，她實在忍受不了了，就拿掃帚把來打我，於是我一流躥爬到了樹的頂端，我在樹上端然坐著，挑釁的看著她。小哥哥想爬上樹把我抓下來，但娘娘阻止了這做法，娘娘一邊拿著掃帚往回走，一邊說：「看她就不下來吃飯？」其實我知道她是退讓了，於是我在樹上也訕訕了，想著找臺階下。後來大半個下午過去了，我才從樹上灰溜溜的跑下來，自己盛了飯吃了。那一年娘娘七十五歲。

　　兩年之後爺爺死了，七十九歲，農曆八月十一。給他穿壽衣的時候，我在那棵樹的頂端坐著，想要哭泣卻始終沒有掉下淚來。爺爺終於死了。

　　後來那棵樹被砍了一半，只留下了那個正頭，再後來那棵樹也不見蹤跡了，像斷裂的童年一樣，也不知道什麼時候開始，什麼時候結束的。我看到樹猶如此的句子，總是想到這棵樹，就像一個巨大的遺憾掛在心裏，無論以後見著多麼名貴多麼高大多麼讓人心動的樹，都無法彌補那個裂縫了。

　　爺爺死得很順暢，很多年後娘娘說起，總是說爺爺幸福的死了，我知道，娘娘指的意思是爺爺沒有白髮人送黑髮人，走在了兩個兒子前面。媽媽說起爺爺的死，也是滿驚訝的，說從來沒有見過那種死法，說著話迷蒙欲睡的樣子，就死了，一點痛苦狀都沒有。

其實我這裏爺爺死得並不尊嚴，只是死亡的那一瞬間確實痛快，沒有一點痛苦般，一口痰沒有上來，睡了過去，永久的睡了過去。

爺爺死前左腿就斷了，那是放羊時回來的路上被車碾了；這件事還打了很久的官司，爺爺還住過很長時間的院，大大他們還要繼續打下去，爺爺看那家窮，而且態度好，一定要出院，後來就出院了。那腿一直沒有好，就那麼瘸著，只能爬著走，開始還有拐棍，挂著走，可爺爺寧可爬著，也不要直立行走，那時候他已經七十多歲了，挂著拐棍雖然能換來面子上的點點尊嚴，但確實不如爬著舒服。爺爺爬行動物般，爬了好幾個年頭，直到二爹家的大哥哥訂婚，直到他死去。大哥哥是八月初四訂婚的，爺爺想去參加宴席，結果沒有去成，雖然僅僅一院之隔。爺爺就是在訂婚的那個下午被牛給又頂了一下，腿受了傷，肚子受了傷，結果很快就死去了，八月十一。

爺爺去世的那個晚上，我在被子裏聽父母說話，也不知道他們在絮絮叨叨什麼，我一遍遍在腦海裏輸入“八月十一”的字眼。那是第一次面對至親的死亡，總覺得這個日子暗示了什麼，該被記住。後來父親去世二爹接著出了車禍，他們弟兄倆不到一月相繼死去，那日子一直是模糊的，我只記得是二月，父親去世是我村子廟會剛過，二爹遭遇車禍後被車主故意碾死是另一個村子的廟會最後的一天。不過我記得那兩個夜晚的風，前一個夜晚的風較之後一個夜晚冷冽，我在寒風裏醒來了很多次，聽著外面很遠很遠處叫“媽，媽”的聲音覺得特恐懼，怎麼也沒有想到，那個聲音來自我的父親，怎麼也沒有想到，那個夜晚之後，父親在下一個夜晚停止了呼吸；二爹去世的夜晚，我也是有預感的，娘娘做了紅蘿蔔煮葫蘆，她晾在窯洞裏，說是二爹喜歡吃。那葫蘆湯黃黃的，我端起喝了一口，現在我還記得當時自己端盆子的樣子，我清楚的記得那一刻的感覺，二爹喝不到了。

許是父親去世讓我有很深的恐懼吧，我迅速打下那個念頭，走出了那間窯洞。那個夜晚我心神不寧，第二日正午，得到二爹死亡的確切消息。

　　上面的很多事是宏觀的，我的記憶總是彌漫著很多雲層，我知道我該一點點回憶。我混亂的記憶曾經帶給我多少好處，因為我總是選擇忽略那些讓我難受的，而那些難受的忽略的多了，就成了擱置在心裏的石塊一樣，壓著，壓著，這麼多年的壓著我，不增不減。

　　爺爺在世的時候，家裏還是熱鬧的，雖然爺爺總是說大家浪費了他的糧食，多年之後我才知道，那是怎樣的心痛，爺爺並不是吝嗇鬼，只是他一生勤勞，過得比較豐裕，而晚年眼看著眾人坐吃山空，他心底才難受。

　　爺爺沒有斷腿的時候，特別能跑，四處的跑，閒不住的跑，做很多很多的事。他每天後晌都要趕著他的羊群走很多地方，日落很久了才回來。爺爺給每只羊都取名字，我也是他的一隻羊，我的名字也是很多，爺爺想叫我什麼我就是什麼。爺爺的羊有叫次咪咪，有叫頂角角，有叫領頭羊，有叫長毛的，總之，爺爺喊它們的名字，它們就很乖，爺爺喊我的名字，我總不乖，因為他叫我那些羊的名字。我有時叫二小，小哥哥就叫我二小二小，頭上長草；我有時又叫葫蘆，甚至叫倭瓜；大多時候我叫板嘴，因為嘴巴那時候板板的，總是哭，更板了，所以大家就叫我板嘴女子。這下院的劉成大爹或者別人要叫，我就哭，劉成大爹像座會移動的山一樣，總是高昂著頭說：“你們看板嘴女子又哭了。”於是我就真哭了，長長的鼻涕連著，抽泣加嗚咽，爺爺就會帶我回家，用他的大手幫我摁掉鼻涕，說板嘴就板嘴了，你們想有都沒。他笑著，就這樣溫和的把我領回家去。

　　爺爺勤勞，人大大咧咧，主不了家裏的事。家裏一般都是娘娘說了算，娘娘本來特疼我大大，她生了很多孩子，生一個死一個，一個女孩我如果叫的話，應該叫姑姑，都三歲了，會跑會跳，還死掉了。我大大是她的長子，她求了很多廟燒了很多香拜了很多菩薩才從觀音那裏拴來的，現在我舊家門口的窗臺上還有個石獅子，那是拴來的父親。大大小時候帶過很多鎖子以及許多紅繩子，他還梳過辮子，後腦勺後留很長很長的頭髮，留到成年時代。娘娘對大大那個疼啊，簡直是含在嘴裏怕化了，抱在手上怕掉了。娘娘對大大，有著一種奇異的疼愛心理，有時她又特恨他。大大實在是聰明，十歲寫狀紙，十八歲已經是縣裏名人，無論是字，還是文章，都很好。但大大不爭氣，娘娘要抱孫子，早早給他訂了親，他卻不要人家，到大大抱兒子的時候，人家孫子都比我哥哥大了。大大是個傳奇人物，我對他的描述，遠遠不夠，只是我總是找不到準確的詞語來說他，我對他就如祖母對他的感情一樣，愛不成，恨不能，所以我常常跟別人說：「我對我父親沒有感情。」說了之後好像解脫一般，事實上，我對大大的感情我也說不清，不過他早早死了於他倒是好的。他那種大志向的人，活著太累，身邊人看著也難受。娘娘對大大寄望很深，但他總是傷她的心，傷透了，也就有了恨，所以她後來特疼她的二兒子。

　　二爹長的非常帥，一米八幾的個子，白楊樹一樣，直直的，他於我就是一大棵會走動的白楊樹，永遠都枝繁葉茂的行走在我的天空。二爹膽子特小，娶了二媽之後二媽回娘家還不敢一個人睡，是我三爹陪著他。二爹耍賭，吸煙，耍賭總是輸，但還是耍。然而他孝順，至少表面孝順，他總是可以陪著娘娘說好久好久的話，大半夜大半夜的陪著娘娘說話，娘娘對她這個二兒子特依賴，她簡直覺得沒有了活不下去，所以大大去世的半個月，娘娘沒有顯示出什麼，而二爹去世後開始娘娘還不知道，但只十天沒見著，老年人的那種頹廢滄桑就完全顯露了出來。是啊，二爹就是娘娘情人一樣的兒子，怎麼能缺了失了？二爹的一張薄嘴，真是會說，娘娘是寂寞的，晚年的娘娘更是寂寞的，她對生命有著本能的恐懼，她的母親在她剛做媳婦爬水甕死了，她剛結婚那幾年生了小孩總是死，不斷的死亡，農村人是沒有寂寞的字眼的，但他們有這感受。娘娘一寂寞了，就會淚水漣漣的，捶著自己的胸，說「好悽惶，好悽惶」，別人一點辦法都沒有。娘娘是個地母式的人物，她堅強的很，但不代表她不恐懼，所以在後來大大跟二爹去世之後，她雖然衰老了，但照舊活著，現在仍活著，行進到了九十幾歲，她是我們這個家族最老的老年人，她們那一代，只剩下她了；她也是村子裏最老的老年人，她一點都不糊塗，只是有點老了，瘦瘦的，自己人看了都害怕，更別說別人，她滿頭白髮，但很茂盛，根根都很有神。她每天都炯炯有神的在老屋裏坐著，聽著門外的任何一絲響動；她餵了一群貓，那些貓跟她一樣，大部分時間盤坐在老屋裏，「快要成精的樣子」，這是小姐姐的話，小姐姐總是一句到位，將家人的特徵描述出來。

　　娘娘總覺得爺爺沒本事，不夠男人，只知道吃苦幹活，來往應酬的事，一點都不管，她是很看不上爺爺的，一輩子罵到底，死後還要罵。但實際上，爺爺給了她較爲安定的生活，至少衣食無憂，比平常人家好很多。娘娘覺得爺爺的三個哥哥都比爺爺強，人家場面上來得快，不像爺爺三不管，娘娘總是說起爺爺的三個哥哥。

爺爺的爺爺很早就死了，在爺爺的父親即我的曾祖父六歲時就死了，爺爺的爺爺娶的是縣令的女兒，後來又續娶一個，生了四個兒子，三個女兒，爺爺是老四，最小。

爺爺的大哥對事都不感興趣，除了傳宗接代；爺爺的二哥是個傳奇人物，不愛財不愛官，有江湖義氣和江湖習氣，剛解放的時候，別人陷害他，說是要把劉二殺了，他父親即我的曾祖父叫劉大，他是劉二，當時的罪名是劉二貪污。大家準備殺我二爺爺，在另一個村子謀劃，黑燈瞎火的，別人坐在炕上，二爺爺不知道怎麼知道了，悄悄在地下貓著，等到別人列數完他的罪狀，他站起來陳述，那個欲陷害他的人，藏了二十八發子彈，而且家裏也私蓄了很多東西，罪證確鑿，結果，那個人被殺了，直接拉出去，挖了坑埋掉。這是世仇，死了的那個人叫王虎，他的幾個兒子包括孫子後來都很厲害，總是伺機報復，畢竟是殺父之仇，即便是農村，也講究血債血還，可惜直到現在都沒有還了。那仇恨似乎漸漸淡了。實際上遠不有，只是大家活在某種宿命的悲哀裏，有陰影。那家的孫子後來是支書，而二爺爺的兒子劉保是村長，他們爭鬥了很久，直到支書的大兒子十八九歲了，不知不覺就死了，別人說是他動了龍頭，即我們村子一個看起來像龍頭的山頂；當然，背裏陰陽八卦說他們做了很多缺德事，必須停止，不然會應驗在子孫身上，後來那家人似乎就停止了報復。但仇恨，流在血液裏汩汩的，有哪幾個人忘記得了，某些東西是根深蒂固的，不行動，不代表忘記。爺爺的三哥，跟爺爺關係最好，不過三爺爺讀過五經四書，有知識份子的儒雅氣質，也有那奸邪氣，把別人看得很低。三爺爺總被三娘娘罵：“你讀過五經四書，不如母豬屁股。”這句話典故一般，經常在我們這個家族說起。我們這個家族，對讀書人，有種奇異的鄙視感，又有種奇異的敬意。人人都骨子裏喜歡讀書，但人人嘴巴上都輕視著讀書。相比三個哥哥，爺爺就什麼都沒有讀過。自我記事，爺爺就一直在放羊、種地，當然，有時也去拜拜菩薩。

那年春夏之交，王塔的地好像是種了葵花，爺爺拎我去點的，他刨土，我點葵花，他一刨一個坑，我就把葵花放兩三粒點下去，爺爺叫踩踩，我就用腳埋一下葵花籽，然後跳起來踩踩。那時候我真小，連鋤頭都拿不動，葵花籽剩在碗裏，還是半碗，來回點一圈，然後再加半碗。爺爺好脾氣，說很多很多話，我累了就歇歇，抓著土揚，看天上的雲，大片大片的，我跟爺爺說怎麼咱們家不種棉花，爺爺就說來年種，來年給我種一坡，就像那雲層一樣，到時我已經長大了，可以去摘了，爺爺還說讓我自己把一坡棉花全部摘完。說這話的時候，爺爺流著鼻涕，他摁了摁，那清鼻子就沒有留下來。我抓爺爺的鬍子玩，爺爺坐在地上用樹枝擦鋤頭上的土，擦的鋤頭亮亮的，我用手去摸鋤頭，爺爺不讓，把我的手打了回來。

　　回去的路上下了雨，很大很大，於是我們就到王塔那個斜坡上來的廟裏去避雨。廟裏有好幾個菩薩，泥菩薩，那廟裏常年沒有人住，廟門大開，香火早就是沒有了的，平時沒有人敬香火；只逢年過節，或者村裏人許願還願，才會有香火。一進門有個圓形蒲扇在地下放著，比較高，我記得清晰，黃邊，似乎很舊了，上面是墨綠的，草一般顏色，同我後來進寺廟見的蒲扇唯一的不同，就是跪上去沒有以後所見的舒服。

　　爺爺一進廟門就跪下了，嘴裏還念叨著：「菩薩保佑，奴僕因為下雨，來這避避，仁慈的菩薩啊，你別責怪我爺孫。」說著，他把雙手合攏，高高舉起，俯身拜了三下，接著又跪在蒲扇上，拜了三下。爺爺的衣服濕了，我拉他的手，那衣襟上的水落下來，一滴滴掉我手上，涼涼的。爺爺以為我看見菩薩怕，就俯身叫我也拜拜，跪跪，他說菩薩是不會責怪小孩的，他還說菩薩會保佑我以後做官，找個好婆家。於是我也就跪下來，端端正正磕了三個頭。磕完了，還沒有站起身，就急急拉著爺爺的褲子，然後衣襟，爺爺彎下腰抱我起來，用鬍子紮我的臉，一邊看向正中的那個面相似乎是觀音的菩薩，說：「娃娃已經拜過你了，你不要責怪娃娃，娃娃不懂事，有頂撞菩薩的地方，菩薩要裝了。」當時我問爺爺，菩薩是不是裝很多人的不對啊，爺爺笑，他是那種很少笑出聲音的人。爺爺說是的，菩薩裝著很多，所以菩薩才在天上，才被人供奉著。我問爺爺見過菩薩嗎，爺爺說做好事就能見著了，爺爺沒有回答他見過菩薩沒有，他只說以後要我做好事，多做好事菩薩就會保佑的。

　　那天出來時雨已經停了，甚至還出了太陽，爺爺在廟前廟後的看了下，還摸了幾株古樹，踢了踢廟後的石頭。爺爺甚至還講了故事，說是兩個朋友去做生意，一個賠了一個賺了，於是商量著回家，兩個人傍晚走在一所廟裏，賠錢的看見賺錢的上香敬菩薩，就起了壞心，半夜裏想把賺錢的殺了，結果菩薩顯靈救了他。過程我已經忘卻了，就像很多時候我忘記我的來路，忘記我正在講述什麼故事一樣。只記得那個有錢的後來在廟門後發現了一寶藏，下面有很多珠寶瑪瑙，他賺得盆滿鍋滿，但都拿來建了那座寺廟。爺爺說這個故事的時候，我們還在廟後，於是我感覺那廟後的土地下有寶藏，就要拿鋤頭刨，爺爺不讓，說不能冒犯菩薩，於是我就用腳踢。塵土飛揚，又有雨腥味，可爺爺卻說要回家了，回家了。

後來，那座廟宇的下方，埋下了我的爺爺，叫做前品的地方，爺爺從此在那裏安居，好多個年頭了的感覺。寫上面的話時，我確切感覺爺爺就在我身邊，我依稀是那個拿不動鋤頭的小女孩，歪斜斜的站著，手拉著爺爺的衣襟。

十多年了，就是現在，經常，夢到爺爺。他在夢裏時常跟一群白羊一起出現，唱著山曲，拿著羊鏟子，向我走來。黃河船工號子是黃河船工在航運、擺渡中為了統一勞動節奏而唱的勞動號子，流傳於府穀、佳縣、吳堡等黃河流域地區，歌詞多即興或唱些歷史故事，曲調簡潔，豪放有力，曲目有《船夫調》、《大家費力一齊來》、《一齊彎腰一齊來》等。爺爺特喜歡唱黃河船工號子，他一般唱《一齊彎腰一齊來》，我不大喜歡聽這種，但他遠遠的在日暮下唱著歸來，總讓我覺得開心。

爺爺也唱一些葷段子，他唱的很有勁，娘娘最不喜歡他這樣扯嗓子唱了，他們總是看起來很不和諧，娘娘習慣罵爺爺，總是罵，罵了一輩子，爺爺死了仍在罵。爺爺一般都是不哨聲的，至多只是笑笑。他死後她繼續罵他，罵得盪氣迴腸，她罵他會享受，死的早，其實我們都知道，她是想說他早死了，不用白髮人送黑髮人。

爺爺唱山曲的時候興致很好，特開心，他一扯開嗓子：“陽山上糜子背山上谷，想哥哥想的就想哭。山羊在前綿羊後，死死活活一搭走。雞蛋殼殼點燈半炕炕明，燒酒盅盅量米不嫌哥哥窮。前梁上好柴後坡上艾，今生今世把你愛。好馬不喝溝渠水，好婆姨不交倒灶鬼。親口口，拉手手，咱們倆個一搭搭走。羊肚子手巾三道道蘭，見面容易拉話話難。

提上那個燈籠打上那個傘，慢慢地尋他個漂亮漢。砍上那個榆圪墶記起柳，尋不下個好男人我交朋友。百靈子雀雀百靈子蛋，誰不知妹妹沒個好漢。上河裏的鴨子下河裏的鵝，一對對毛眼眼望哥哥。煮了那個錢錢下了那個米，大路上那個摟柴想看一看你……」就可以唱很長時間。

爺爺有兩大嗜好，並行不悖，一是放羊，二是唱山曲。他總是一邊放羊一邊唱山曲。每天羊總是被趕到長木溝河水，那裏有一個大壩，存儲著很多水，這樣，到長木溝飲羊久而久之就成了一種儀式。我要是跟著爺爺，總是等不及，問怎麼還不到長木溝飲羊，一個勁的問，爺爺煩了，就把羊早早趕到了長木溝。長木溝有很多怪異的大石頭，也有一棵結著甜果子俗名馬茹茹的樹，當然還有很多杏子樹，這些都是分季節的，夏天的時候才可以吃到，所以我夏天特喜歡跟著爺爺去放羊，可有時怕太陽曬著，也要入溝。溝裏真是樂趣多，那石頭下面有蛇，那時候是不怕蛇的，因為聽慣了傳說，就想找到蛇蛋，這樣就可以找到幸福之類，農村人認為蛇是龍種。

現在想來那時候在大石頭下尋找蛇蛋，似乎是被一種朦朧的不確切的但美好的希望支撐著，至於到底是什麼，自己也不清楚。只要跟爺爺到長木溝，我都會鑽到各類的大石頭下找蛇蛋，對這項活動我樂此不彼，雖然一直沒有找著蛇蛋，但總被渺渺的希望牽著，那時候居然不怕蛇，爺爺居然也鼓勵小小的我翻到石頭下面去藏著。有時他叫，我一個勁的往石頭裏面躲，他生氣，就呼呼的說要趕羊走，把我丟給黃毛老韃子，怕小孩總是用黃毛老韃子這個詞，我雖然知道是胡謅，但還是會被嚇到，就乖乖的出來了，彈彈身上的土。不過出來之後，爺爺就會給我講蛇的故事，講蛇蛋，我就問他蛇蛋的大小，故事我大概還記得，而爺爺關於蛇蛋的描繪，我已忘卻大半，印象裏蛇膽很小，比雞蛋小很多很多，應該是乒乓球那麼大，當然，這是我的臆測，直到現在我也不知道。

爺爺的袖口裏曾經裝過一條蛇。放羊出去總是要午睡的，爺爺就睡在石頭上，任太陽曬著，任風吹著。一次爺爺睡著了，把袖筒卷起來，那蛇就爬進了袖筒。爺爺醒後還沒有發現。那時候天熱，他把衣服包了，提著，扛了羊鏟趕羊回家，快回來時感覺衣服重重的，似乎有東西，一抖，一條長蛇從袖子裏溜出來，掉在了地下。多年後我猜測爺爺當時也是害怕的，非常之害怕，若天不是太熱，那天他很可能醒來就穿上了衣服，那會是何種結果？那條蛇在土地下躺了一會，就溜走了，爺爺向著它蜿蜒而去的方向下跪磕了三個頭。有時爺爺是特迷信的人，他從來不打蛇，他認爲蛇是神，他認爲很多東西是神，是不能惹的，他敬畏它們。後來爺爺拿了貢品，掛麵沾了黃油，以及其他一些黃裱，白紙燈，端著一個特別乾淨的我家專門用來燒香磕頭的木頭盤子，去蛇落地的地方許了願，禱祝了半天。

爺爺對別人說起他袖口裏裝蛇的故事，總是興奮的，摸一摸鬍子，微笑著說：「那狗日的居然不鳥（咬的意思）我，留我這條老命，真是天長眼。」許多人聽稀奇，我也一樣，百聽不厭，同時也暗暗慶倖，爺爺沒有被咬到，自然從此對爺爺講的蛇是靈性動物不懷疑，現在也不懷疑，總覺得蛇身上有很多奇妙美好處。

爺爺還說了村子的一家姓張的住戶，他說那家因爲打死了一條蛇，那條蛇可能是蛇王，所以才會引來蛇報復。一段時間內那家人家院子屋裏滿滿的都是蛇，每天燒香拜佛都攆不走，迄今還經常在他家院子裏出現蛇。爺爺說的故事大抵是真的，因爲娘娘也講過，村裏很多老年人都一直在講。那家張姓人家院子出現蛇我也見過，那家住戶的女兒比我大一歲，所以我常到她家玩，她家有牽牛花，紫色白色的開一大堆，農村的花總是稀缺的，專門養的不多，除了仙人掌，我村子那麼多住戶，卻只有她家養著花，而且是牽牛花。到她家玩，出現了好幾次蛇，她家人解釋是因爲窯洞上面有紅柳叢，那裏面藏蛇，現在想想這真是一理由，但當時是不信的，總覺得是她家打死了蛇王，所以才出現了蛇的詛咒，亦或報復。

那時候我很調皮，除了一些蛇故事，對於蛇沒有一點概念，很喜歡掏鳥窩，爬到樹上去掏，按在窩裏。真有一次按了一窩，大鳥飛走了，留下五個小蛋，這是我的秘密，惴惴著不敢告訴爺爺和娘娘，若是被他們知道，一準會挨罵，甚至會恐懼神靈的詛咒。我以爲不說，就沒有神靈了。多天之後去看那鳥蛋，居然還在，可是大鳥一直沒有回來過，對於這件事我抱歉了這麼多年。還有一次眼看著一隻麻雀從山間的一個拳頭大的小洞裏飛出，於是爬上了山坡，毫不猶豫探進了手，以爲可以抓一窩出來，至少一隻，結果立時涼涼的，手著魔一樣的縮了回來，呆呆的，站了半天。一條蛇，在下午的日光裏，悠悠的從我視線裏爬出來，我不懂得躲避、後退，和尖叫，那幾分鐘，我定格了一般。那蛇很快隱在旁邊的草叢了。過了幾分，好幾分，我還是無法躲動腳步。——這件事之後，我再也沒有掏過鳥窩。

六年級時候碰到過蛇，兩條，正在交配吧。我一個人在陌生的地方求學，每天走七八裏的路。一般我只顧走路，很少注意觀察腳下的土地。那天午後就那麼逢著了，猛然出現兩條蛇，一條蘆花，一條白，交纏著，我差點踩了上去。同以前一樣，我半天沒有反應，後來嗷嗷的叫著跑了開去，生怕它們追上來，跑了很久才停下，手放在心上，大口大口的喘氣，忽然想到了爺爺。當時爺爺已經死了，我再走一段路，翻過一座山，就可以隱隱看見埋爺爺的那塊地了。

爺爺活著時日子是漫長而不疼痛的，晃悠悠著，擔在桶裏的水一樣，不過那桶是露底的，不然爺爺怎麼會死掉呢？

爺爺活著生活總是有趣的，儘管娘娘總是咒罵，下院的二媽總是咒罵，家裏總是烏煙瘴氣，雞飛蛋打，但內裏始終是溫和的。

爺爺出去放羊，總是有新鮮事出現。有一次爺爺居然抱著只野兔子回來，小小的，也不知道他從哪捉的。家兔的眼睛總是紅紅的，哭泣了許久的感覺，但野兔不一樣，野兔眼睛灰，娘娘說那是跑山路的原因，我不知道。爺爺捉了兔子回來，我就拴跟繩子餵著，家裏的貓也是不吃它的，狗也不吃，當然開始不讓它們見，後來也就習慣了。那兔子餵了很久，可是不怎麼吃蘿蔔，書上的知識很不管用，真的。當時是秋天，還有蘿蔔的，紅蘿蔔白蘿蔔，以及蘿蔔纓子，它都吃的很少，我就去手拔一些苦子蔓田梗梗等。從一隻小兔子餵到大兔子，餵到開春，都已經有很深感情了。一個秋天一個冬天，再加半個桃花沒有開盡的春天，這只兔子就這樣陪著我，其間它受過家裏貓狗的驚嚇，受過三爹爹大哥哥們的威脅，但始終沒有被吃掉。所有的人都放鬆了警惕，不，我放鬆了警惕。娘娘總是主張動物自由，她不懂自由，但知道：「牲口就留下個自己跑，跟人一樣，你見哪個人是拴著的？」於是我就放開了我的小兔子，我已經長大了的小兔子。

於是趁人不備，它就跑了，一點不回頭不留戀，就這樣跑出了我的童年。拴它的繩子我一直是留著的，後來也衰朽了，連同很多記憶，都散失在了滿是潮味現在已經坍塌了六七年的舊家窯洞的角落。

　　娘娘後來安慰我，說起時臉上似乎也有悲戚，但又有時光悄然踱步的溫和，她一直是地母式的人。她笑著對三娘娘說：“牲口總是牲口，養不服的，那年星星養著個兔子，養了那麼久都跑掉。”我叫劉欣，陝北人前後鼻音不分，家人叫我，總是星星，娘娘更是說：“你就是天上的星星吖，惹人厭惹人眼。”娘娘說起那只兔子，從來不看我，她知道我是怪她的，若不是她，我就不會下掉繩子，但娘娘不知道，其實爺爺去世後，這事早就淡了，對於兔子的悲傷，就如家裏小貓小狗死掉的悲傷一樣，哭一頓就忘了，那麼和善的爺爺，不也一樣消失了嗎？何況兔子只是走掉了，我不該難過。

　　爺爺帶我放羊，總是會找一些吃的給我，他總是能找得到。野果子，或者燒山藥，或者烤紅薯，他總能給我弄到吃的。娘娘吸煙，耍賭，她的三個兒子也都學了她，吸煙，耍賭，有時也吸毒，他們總能找到洋煙（罌粟）之類的東西，而且也總想著與他們母親分享。很多個夜晚，他們竊竊私語，但他們相互之間是仇恨的，這三弟兄，他們對外一般都一致抗敵，對內就彼此仇恨，彼此恨到不能置對方于死地。後來，死亡也並沒有消除他們之間的仇恨，他們直達某種絕望的境地，一個對一個絕望，三兄弟彼此看不起，彼此折磨，彼此嫉妒，真是一窩子壞種。他們的母親，我的娘娘，是他們間的平衡木，他們看不起他們的父親，甚至唾棄他，他們對他們母親的愛，像信仰一樣，奇異而神聖，當然，也仇恨，也嫉妒，他們嫉妒他們母親對哪個人好一點，簡直嫉妒的要發瘋，很多次大打出手。就是這樣，簡單極了，這一家子就這麼瘋狂，彼此吞噬。他們喝酒吸毒耍賭抽煙，都是從他們母親那裏學來的，他們母親我的娘娘對這些行爲給予很確定的肯定，喝酒更是，人人都非常高，三個兒子被娘娘獨教的幾毒俱全；但爺爺不，爺爺除了稍微喝點酒，一點煙不吸，毒更不碰，賭也不要，所以爺爺身上從來沒有洋火。

　　陝北農村人，那時還是老一輩的鄉俗，叫火柴不爲火柴，爲洋火；叫臉盆不爲臉盆，爲洋盆；西方的布匹，也叫洋布，總之，凡西方傳來的東西，都帶個“洋”字。爺爺身上沒有洋火，但燒山藥紅薯從來不成問題，他能從山裏的石頭間取火，很神奇。他用毛毛甘草從石間取火，兩石碰撞，電光石火，總在瞬間讓我覺得新奇，我學了多次，從來沒有成功過。

　　爺爺在秋天和冬天總燒紅薯山藥，冬天了，地裏土豆收盡了，表面幾乎沒有了，但爺爺就是可以找出來燒著吃，而且被凍過的山藥燒著更好吃，我們爺倆有時搶著吃，當然，爺爺是故意的。

　　爺爺吃東西總是等不及，還沒有熟就吃，包括土豆、肉。娘娘罵爺爺，家裏人也說爺爺，村子裏的人更不例外，他們叫爺爺不叫爺爺的名字，叫劉狼，意思是爺爺總是生吃很多東西，其實不是生吃，只是不大熟。娘娘罵爺爺，總帶著詛咒，說：「把你個不死鬼，看你那下賤吃相，一看就是發不了財的。」爺爺吃東西，吧嗒吧嗒著嘴巴，三兩口一顆山藥不見了。很多時候，我還沒有看他動口，一碗飯就消失了。他吃什麼都很香的樣子，嘴唇翕動，發出某種清脆有力的聲音，像是多年沒有吃好東西。我後來也是這樣，東西等不及開封，或者等不及熟，就想吃，拿了筷子到鍋裏夾，媽就說我跟了爺爺，三爹也說不學好，只學壞；後來到了異地，我還是這樣，吃東西，總如爺爺，弄出某種很清脆的聲音，以至很多次，總被人眼睜睜看著，甚至有人還說出來：「你怎麼吃的那麼香，像多年沒有吃好東東？」經別人提醒，我開始有小尷尬，不過漸漸就一點感覺都沒有了。我想我終歸繼承了爺爺的某些習性。不管是好的壞的，我都開心。

　　爺爺燒山藥，總是先攏一攏火，然後把山藥埋下面，不過是埋在土裏。他等不及熟，我也等不及，我總是趁她不注意就刨土，很多次，他說你等等，你等等，我已經剝著皮吃黑頭了，到後來祖孫倆一起吃，吃到中間那土豆還是生的，硬的很，就扔了，有時爺爺覺得可惜，大多時候不這樣。不就幾顆山藥，娃娃高興怎麼吃就這麼吃。這是爺爺的話，爺爺總是慈祥的，他寵愛著他的每一個孫子，可是除了我，沒有人與他親，他是家裏的多餘人物，如我一樣。

　　我是多餘的，父母在我生我之前就有了哥哥姐姐。「一男一女，齊楚的很。」這是村裏三娘娘的話，意思是我的出生，本就彰顯著多餘。媽是不想要我的，五個多月了，她還跑步，盪秋千，跳樓梯，她就是想把我處理掉，我那麼頑強，始終活在她的肚子裏，直到出生。

　　還沒有養出來，他們就準備把我送人了，說定四處人家，沒有敲定的估計還有，真想不明白，一個孩子，居然不想要到找多個丟棄處的地步。他們對我的到來簡直是仇恨的，本來娘娘還期盼我是個男的，她盼星星盼月亮的叫生下來再說，甚至在生下的頭一天，她還夢見自己摘了個黃色的大葫蘆，帶把子的，扔炕上去，她那時候始終堅持我是個男的啊。以至第二天興沖沖的到街上來了，那個晚上，母親生了我，不光不帶把子，而且還瘦瘦弱弱的，哭不出聲音，貓一樣長，現在娘娘說起，還比著指頭，意思我當時很小很小。

娘娘包的我，她是村裏的赤腳醫生，村裏的好多人家，兒子是她包的，兒子的兒子是她包的，她在村裏很有威望，像是巫婆，懂得很多，現在還是一樣。她是村裏最大年紀的人，常常有很多人來看她，帶很多吃的，感激她多年前的恩德，她儘管現在臥床不起，對他們還是滿看不起，她評這個，那個，向來刻薄而不留餘地。但她又實在好，善良，堅強，能顧全大局，能想很多事，她就像個兩面人，我對她的感情，如她的兒子們對她的感情一樣，畏懼，疼，深深的愛，加不解，當然，有時也仇恨。不過我根本不能想像她的死，一想就覺得自己也會跟著死掉，我的身上流淌的全是她的血液，我簡直不能想啊。每次想到我就流淚，一點都遏制不住，我如她的兒子們一樣，在用命愛著她，我相信，我愛她比任何一個人愛她都深。對她我一點辦法都沒有，我直覺她若死掉，我自己也就死掉了，世間所有也就停止了，所以我無論在那裏，都期盼她活著，像巫婆妖怪神仙一樣可以長命千年，不，至少在我在的歲月，她活著。看，我就是這麼幼稚。

娘娘包了我，但並不代表承認我的存在，她雖然困惑於她的夢。一定程度上，她是個宿命論者，她認為那個帶把子的葫蘆生命很旺盛，以後會出人頭地，但並沒有立即承認我。她默許了把我送人。在她的暗示下，大大積極張羅，要把我立即送出去。

他們又是極好面子的人，其中一家要收我，但有四個兒子，怕我做了童養媳，以後還來找他們麻煩，所以放棄了這家；一家很有錢，而且只一個兒子，但門戶不好，他們對於門戶的偏見，簡直到了極點。那家人家有狐臭，但也不是很濃，這在陝北卻極忌諱，母親說她能聞著，以至人家來抱我了，她連房間門都沒有讓進（其實這家我是滿意的，至少比在我們家每天看雞飛蛋打好，可惜我不能選擇）；還有一家各種條件都很好，人家來抱時遲了兩天，而且手裏什麼東西都沒有帶，娘娘是堅持要別人紅布包著我出門的，那家人赤手就來了，娘娘不樂意，一家人就都不能吭聲了，自然，也沒有把我抱走；還有一家母親算命說不能給。我父母都是兩個算命高手，他們能從易經說到麻衣相，說三天三夜都不口乾都不累。母親出門占一卦，進門占一卦，甚至刮一陣風，她都要占一卦，她對卦癡迷到極點，她一直就是這樣，不管信哪種宗教，都能一夜之間到達瘋癲的地步。父親在世的時候，她信陰陽八卦；父親去世還不到一年，她就轉信基督了，逢人必講耶穌，必提上帝，說完一句話必然說："阿門，願主保佑你。"或者"阿門，上帝與我們同在。"她就是這樣。年輕的時候，她是個美貌的少婦，而且有點學識，氣質也不錯，個子很高挑，豐滿，吸引著很多男人；父親去世後，十年之間，她就蒼老爲一個老人，所以，三十五歲，她就把自己的人生過盡了。三十五歲是她的風水嶺，一年之間，她老去幾十歲，那之後，她更老了。

就這樣三扯兩扯，我被拖延了，被擱淺了，被迫成了家裏的多餘人了。其間也似乎送出去過幾次，但都由於各種原因，都被家人後來抱了回來，就這樣被滯留了。

我的爺爺在家裏也是多餘的，他們那一輩，他是老四，在同族裏，也屬於小的。不過他是三不管的人，所以也倒能頗討三個姐姐三個哥哥的喜歡。不過自他娶妻生子後，這似乎改變了。

爺爺在家裏，永遠是不發表意見的，他除了對羊說話，幾乎拒絕對人說話，他很少跟人溝通，但又說得很多，不停的說，一個人自言自語，這家人就有這毛病，我也是。很多年後，我一個人在出租屋裏自言自語，對著牆壁說了半天，我才發現我有這遺傳，驚恐無助，但又改變不了。爺爺像個預言家，他說要下雨了，那雷聲就轟轟著來了；他說卷毛的細密密羊要下崽了，結果真下了。他是不要他的羊受罪的，那些肚子大的准羊媽，總會得到他額外的照顧，有時是多給它們吃些黑豆，有時是一些玉米，甚至有時是把這些東西搗成麵粉，給他們蒸著或者煮湯吃。小羊羔家人也是歡喜的，我家從來就沒有死過一隻小羊羔，那些小羊羔出生之後，就被抱到窯洞裏的後地來呆著，一呆好幾天，除了吃奶的時候抱出去。

小羊的樣子總是聖潔的，無論是黑羊還是白羊，當然，也包括棕色的羊，無論哪種顏色，看起來都很聖潔。它們出生的時候無法站立，過幾個小時就可以站立了，開始時撲騰著小腿站立，撲騰幾下就完全可以站立了。一般母羊是躺著的，頭向上揚著，小羊被圈在懷前，吃奶。娘娘會給母羊吃一些稠米湯之類的東西，當然，也給一些人吃剩的東西。有時一隻母羊可以生兩個，這樣它就享受更多特殊的照顧，比如下午可以完全呆在圈裏，當然，也有很多吃的；有些母羊一胎可以生三個，最多生過四個，不過這很少很少。生三個倒是有幾次，就像生孩子一樣，每次羊生了，家裏就會很喜氣，雖然吃不到羊肉，但總是喜氣的，爺爺就會唱曲子，大半夜還在夢裏唱，他的夢話可真多，一睡著就可以說夢話，說的隔壁的房間都聽見，有時聲音特別高，隔院的三娘娘第二日就會過來跟娘娘說：「四哥夜來（陝北人說昨天，一般用夜來這個方言）又說夢話了吧，扯著嗓子吼，半夜裏把我驚醒了，想叫馬栓起來，推了半天都沒有反應。」馬栓是我三爺爺，聾子，很小就聾了。他們這一家人總有點缺心眼，面和心不和，不過三娘娘倒是善良的。三爺爺現在死了，三娘娘也死了，他們比祖母祖父小十多歲，近乎二十歲吧。

　　三爺爺是個聾子，肉垮垮的，三娘娘總是說：「你看那肉，你看那肉，四嫂你是想不來呀，想不來呀！」說這話時她已五六十歲了，她總是有很多遺憾的，關於肉體方面。她叫的四嫂，就是我的娘娘，她說這話的時候，三爺爺也不在場。她是個總是發感歎的人，人生的不如意，似乎都讓她逢著了，但其實並不是這樣，她只是童年的磨難多些。三娘娘很早就死了母親，在農村人看來，他父親做很大的官，內蒙某個市的市長，但是他父親又娶了後母，不大喜歡她，虐待她，所以她很小就偷跑來我村當媳婦。

　　爺爺的羊下了羔子，是一家人最開心的，總是說了又說，說了又說。我抱著小羊羔在院子裏走來又走去，開心極了，有時也唱歌：「我家住在黃土高坡，大風從西北刮過，不管是西北風，還是東南風，唱著我的歌，我的歌……」大哥哥（二爹的兒子）就會笑我「沒牙叭兒（叭兒一般是對狗的稱呼，我們陝北人，叫狗就叫叭兒叭兒）」，大哥哥說這話讓我很不高興，憤憤的，心裏詛咒著他，自然臉上就會流露出來。他心情好了不會揍我，心情不好就會打我，或者讓小哥哥打我。他總是兇狠的，你根本不知道他是不是心情好，有時正常還笑著，面對我的時候，就暴跳如雷了，魔鬼一樣，讓小哥哥倒提起來打我。小哥哥其實對我是愛護的，怎麼說都是一母所生，但有時他不打我，大哥哥就會很生氣，自然，他就得吃拳頭了。大哥哥這一家人，除了我二爹爹，都是不正常的，愚昧，病態，對外人簡直懦弱的不比一條狗，但對內就不一樣，現在大哥哥的兒子也是一樣，稍微不滿足，就會躺在地下打著滾兒哭，吊嗓子，但對外人就不敢了。

村子裏的燈常常無緣無故就停了，跟電工偷電有關係，管電局的人只要騎著他那輛雜訊很大的摩托進村，村裏人就知道沒有好事了。劉成大爹家總是亮著電石燈，我家沒有電石，就用羊油來點，空氣中總有股羊腥味。火苗一跳跳的樣子很好看，我總是要玩那燈盞，我喜歡看藍色的火焰跳，像花兒似的，娘娘總說每個亮著的煤油燈裏住著個燈神，是個漂亮的姑娘，她總是讓我不要玩，不要動燈，大多時候我就不動了，一個勁的看，那燈裏是不是有燈神，有時走過一個人來，火苗就四處竄一下，我就想是不是燈繩不高興了？

爺爺就是在燈神不高興的時候去世的。

秋天了，陽曆八月十一，那年的棗子熟的很早，落了一地。我家沒有大門，院子正中兩棵大棗樹就是大門，那兩棵棗樹比我出生早，它們結的棗子又大又甜。整個院子都是被棗樹圍出來的，就連出了門往下走一點，還是棗樹，全是我家的。

那年的雨水多，一般過了中秋吃了月餅我們家才打棗子。大大活著我們家的棗子還每年都打下來。收十幾袋子，醉（酒洗過放罐子裏）得醉了，捂得捂了（捂成軟的，然後曬乾），大大和二爹死後，那年開始，我們家的棗子就自生自落了，沒有人照顧，路過的人也是摘不完的，因為實在太多了，而我們家很少有人吃。那些樹也在慢慢的死去，一棵棵的，先是靠近場面（打穀場）那棵突然死掉了，根都幹掉了，接著是總是貼"出門見喜"對子的標誌著出了大門的那棵死掉了，再接著是靠近豬圈的那三四棵依次乾枯了……本來棗樹的壽命是很長的，而且棗樹也很堅強，不用怎麼打理，更無須澆水，它們是喜乾旱植物，一般是死不掉的，但就是這樣，它們確實是死掉了。不過正對著房間的那兩棵還沒有死掉，可惜不森然了，我對這兩棵的感情最深，夏日裏我總是爬上去坐著，吹風，笑，高聲與樹下的爺爺娘娘說話，簡直快樂的要死。它們活著，也算安慰，但舊家除了娘娘，已經沒有人住了，這個村子就快消失了，準確說，已經消失了，只有幾個人在這個村子裏。

　　爺爺死在八月，八月是陝北雨水充足的月份，有一年整整下了二十七天，下的我們家的窯洞塌了一半，後來才把它補起來。陝北雨少，每年夏天快過盡時雨才多了起來，都是對流雨，響一陣驚天泣地的雷後，就開始急不可耐的下雨，很嚇人的。不過爺爺死的那個早上並沒有下雨，一點都沒有，倒是埋爺爺的時候下了雨，是棺材已經被土覆蓋了時下的雨。方言裏有句俗話："人要窮，雨灑陵；人要富，雨灑墓"，雨落在爺爺的墓上，許多人都說是好事，但爺爺終歸是不在了。

　　爺爺死的那個早晨，空氣裏很安靜，所有的人都屏著氣一般。總是爭吵總是相互看不慣的三兄弟，我的大大，以及他的兩個小弟弟，也是安靜的，他們前所未有的沒有例行公事的爭吵。

　　爺爺蓋著被子，我剛推門走入窯洞，就被娘娘推了出來，她擔心我害怕，我還是個孩子，很小很小，而且在農村，未滿十二歲，說是魂不全，還能看見鬼。一般人死的時候，總是有小鬼來牽，她怕我也被牽走，就是不被牽走，也可能生病，身體難過，所以她不要我看。

　　娘娘推我出來，一邊還與大大商量著："趁著身體溫熱，面喚，你們趕快給你大穿衣服。"也就是那時，我才知道人死時最好趁著還有體溫趕快穿衣服，不然僵硬了，就穿不進去了。

　　爺爺是一口痰沒有上來死掉的，後來的幾年，大大一直這樣說，直說到他死了，幾乎再也就沒有人說了。

　　陝北的民間文化，老年人死去，不說死，客氣的說，就叫"老了"，也就是老死的意思，不是不正常死亡。

　　很多人站在我家的窯裏，說著"四爹老了，是順心老的"的話，他們用這些過場話來安慰我家的人，安慰他們的三個弟兄。我不知道我大大及他的兩個弟弟傷心不傷心，真的，也許傷心一點，因為畢竟是他們的父親，不過也說不定早就盼著他死了，確實，他早已完成了他的任務，再活著也是多餘了。

　　八月十一的那個上午，我在每年貼"出門見喜"的那棵棗樹的頂端的枝幹上坐著，看藍色嗶嘰布料做的有著各種大花的寬大的壽衣穿進爺爺的身體，心裏特難過，但始終沒有掉下淚來。

　　爺爺死了。

# 地下室手記

## 一

神說，要有光，於是這個世界就有了光。——《聖經.創世紀》

近來我經常到聽松湖坐著，當然是黃昏的時候，我喜歡黃昏，所以總是在黃昏時候出現。

聽松湖是一個人造的湖，供來往的人觀看，除了一座小水泥橋之外是沒有什麼美感的。正是這個沒有美感的世界，些許的美需要我發現，我的世界缺乏這個元素，所以我總是欣賞不來。

聽松湖週邊長樹的一邊有許多霓虹燈，亮起來的時候，總讓我感覺眩暈，我在遠遠注視它們的當兒，落入湖心的燈影提醒了我它們的孤單，我就想起我在神木地下室的那一年來，流光溢彩的背景很適合追憶往事。

二零零五年八月到二零零六年八月我住在神木的一家地下室，室內很不明亮，我住了整整一年。住在地下室一年，我逐漸習慣了在黑暗裏幹一些事，而不是在燈光下；有時對著燈光，我反倒有些害怕。在我個人來說，黑暗更能給我安全感，它能讓我放逐自己，讓我天馬行空想一些在明亮的光線中不能想的東西，所以我喜歡黑暗。我喜歡黑暗的可能還有別的原因，無非跟曖昧有關，而我在地下室的日子，與愛情一點都扯不上關係，所以不談這個。

那間地下室光線太暗，縱是太陽已經正中，它裏面也只是彌漫著一點塵埃，給人想睡的感覺。我住了整整一年，開燈的日子幾乎極少，每晚我回去在黑漆漆中摸著洗漱，然後就是打開收音機聽新聞。我並不是關心什麼國家大事，我知道就是我關心也不會起針點作用，我只是用耳朵來消遣黑暗的時光。

冬天來臨，爐火永遠是溫熱的，早在我回來時房東就給我已經把爐子燒好了。我感激她，縱使我為此付過帳了，但我還是感激她給了我家一樣的溫暖。爐火的星子一點點的，提醒我生命的頑強。我抱著凳子坐在火爐前，把一些自己叫不出名字的茶泡起來。

茶是我問一個雲南人買的，她好象是彝族人，我是在一個黃昏放學的路上受了她的鼓吹，也可能是因她寒冷中瘦削的雙肩讓我感到了辛酸，總之，我把她各樣的茶都買了二兩，掏空了我的錢包。

茶真是個好東西，抱著爐火，喝著，聽歌或者打盹，或者兩者一起進行，都是種享受。我貪戀著這種享受，每晚每晚！

我從租住的房間爬上來，是正中的院子，有一棵棗樹。棗子開花我沒有見過，不過不見也可；我家門口有許多棗子，小時候我早就看得膩煩了。棗子大紅的時候我住進來的，當時正是南方桂花飄香的八月。我來到南方後，只要聞到掛花香，就會想起那棵掛滿棗子的棗樹，它像螢光燈一樣，不，更像螢火蟲，星星點點的閃耀在我的世界。我是在棗子快紅的七月搬走的，二零零六年的七月，一地流火，那天神木下了場出奇大的雷雨，我背著簡單的行李離開了我住了一年的地下室。其他的東西幾乎全留下了，被子，餐具，部分衣服，我把該扔的都扔了，因為我知道我不想用它們來懷舊。不過我帶走了書，把我一年來買的書全帶走了，只除了課本。

地下室印著那一年的足跡，那裏的一切都是鮮明的，我不需要回去找尋，只需要按著心靈的地圖，一點點索驥就足夠還原我的那一年。

我在事隔兩年之後來寫我的地下室手記，雖然遲到了兩年，但已經提起了筆，我會認真的交代一次的，為了那沒有光的一年。

神說，要有光，其實這個世界，沒有光也許更能藏得安全些。

## 二

他在曠野四十天受撒但的試探。並與野獸同在一處。且有天使來候他。

——《聖經．新約馬可福音》

二零零五年八月我坐著汽車離開我們那個縣城，抵達的是神木這個小鎮。我們那個小鎮叫府谷，黃河的支流穿縣而過，一半是山西的寶德，一半是我們府穀。也許對外人而言，府谷絕對不能談得上是一個好地方，到處是風沙，到處是煤粉，到處是灰撲撲的人，不過於我，卻是別有情意的，因爲生於斯長於斯的緣故吧。

"一江春水向東流"，但流經府谷的黃河支流卻是向西流的。在黃昏的河灘，面對著河，有風吹過，看著那滾滾而西去的水，總讓我感覺到人類的渺小。我喜歡把這條流經府穀的河叫流蘇河，我美美的自以爲這樣的話這條河就是我的，不過也可以這樣說，因爲我賦予了它這個名字。

我在府穀的日子是寂寞單調的，雖然以後的日子也一樣乏味，但比較起來，比那時強多了。在府穀，給我安慰最多的就是這條被我叫做流蘇的河，我所有幸福快樂的記憶，都流淌在它裏面。

二零零五年八月，我離開了府穀，也就離開了流蘇河。離別是令人痛苦的，那個晚上，我到河灘走了又走，碰見了游文華。游文華實在不算是我的一個知心朋友，但我們對人生的感慨在一定程度上不謀而合，加上我們的境遇有點相同，所以我們惺惺相惜。

文華是比我高一屆的學生，後來與我一屆了，不過後來的後來他最終還是比我高了一屆。

文華那個夜晚是痛苦的，他遇見了我，我也是痛苦的，所以我們共同分享了一下彼此的痛，找到了天下並不是只我一人在地獄的證據，所以我們後來反倒快樂了，甚至高興的哼著信天遊一起去河灘的零食攤吃西瓜。

文華告訴我了一年前的這個夜晚他想幹什麼，我聽的驚心動魄，卻沒有表示出半點害怕，也許，慣於裝老成的我，對於這些，早就見怪不怪了。文華在二零零四年八月的那個夜晚懷裏揣了一把刀，差點闖進我們高中的一個老師家殺了那個老師，這是他所說的全部。其實這些事情一點都不奇怪，我們那所學校幾乎每年都發生一件兇殺案，有撲硫酸的，有跳樓的，還有莫名其妙死在宿舍的，這一點也不奇怪。用那所中學老校長的話說：幾千人的校園，死個人是正常，不死才反常。所以我們學校總是正常的每年死著學生。我之所以這麼詳盡的敍說，實在因爲一般死的都是學生，而不是老師，所以他如果殺個老師的話，估計轟動整個府穀，說不定還寫盡《可愛的府穀》這麼本。當然這事他描繪起來時繪聲繪色的，但我實在是個拙於言辭的人，一旦一些事件經我之口，即便是鮮活璀璨的，也必成了死沉沉的木魚眼。

我之所以這麼認真的寫府谷流蘇河的最後一夜，是因爲如果沒有它就沒有了第二天我的匆匆告別，就沒有了地下室手記的這些素材。也許有心的人已經看出，但我不想點破，不過可以說的是，那個夜晚，有兩個生命被不小心的留了下來，所以才有了今天的文字。

二零零五年的八月，文華沒有殺掉那個讓他又受了一年苦的老師，是因爲走在流蘇河邊，穿揚而起的沙子迷了他的眼，讓他在淚落的時候想到了他年邁的父親，想到了那個因了他上學差點在煤窯丟失性命的父親。

神府煤田是陝北乃至全過知名的煤礦基地，一方水土養一方人，沾著這塊肥土，陝北人當是感激才對，不過對於那一帶的我的鄉親們來說，他們是愛煤的，因爲煤養育了他們；但他們對煤的憎惡也一樣深刻，甚至遠甚於愛的程度。幾年後的現在我聽到愛憎不相離，並且相爭的句子，想到的第一個景象就是陝北人對煤的感情，也同時想到了文華的父親。

那一夜二十歲的文華想到了他未老先衰的父親，想到了因爲他上學而輟學的弟弟，想到了羸弱的母親，終究是沒有狠下心。在學校也算得上是一個大痞子的文華，終是沒有走殺人的這條路線。他想通了，中國的高考制度是暫時不可能更改的，而他做了抄襲這個動作，就該承受抄襲這個懲罰，這就是遊戲規則。遊戲是人定的，法律也是人定的，只有有錢人才一定程度上可以玩轉法律，而文華一家，是地地道道的農民，而且還是沒有奔小康走在貧困線上的一家，該他們承受的他們就得承受，這是鐵的真理，誰也扭曲不了。

一年後，我們在流蘇河畔碰到的一年後，文華又一次落榜了。我見著他時，他手裏提著啤酒瓶，正在往嘴裏灌著那些泛著白色泡末的液體，像要撐破他的胃，他始終在不停的灌，直到把那一瓶全倒了進去。

流蘇河解脫過許多人，府谷中學的幾十代學生有許多在流蘇河裏的到了終極解放，府穀有許多人在這裏得到了超脫，所以我對流蘇河是敬畏的，看著滾滾河水，總有一種跳進去的衝動。

那一夜的我，游文華，甚至岸邊的許多人，大概都發瘋了，但那一夜雖然刮著豆大的風沙，流蘇河終是安靜的，沒有起喧嘩，沒有起波濤。

第二天早上，我坐車離開了府穀。

三

光照在黑暗裏，黑暗卻不接受光。 ——《聖經．約翰福音》

流蘇河畔的那一夜，我在文華的訴說裏找到了一些東西，當然，不是情愛。我發現對於我所經歷過的這麼多事件，愛情一直不算什麼，雖然它一直左右著我。我與文華，迄離開府谷到再見時，時隔兩年（最後的一次見是二零零七年吧），但我們始終沒有什麼過分的情誼，一直停留在朋友的階段，不，實質性來說，我們只是比別人好象多了份默契。

二零零七年我寒假回到府穀，在回老家的車站碰到了文華，他當時在帶個補習班。他告訴我他上學的錢幾乎是自己賺的，雖然有些錢來得如抄襲一樣齷齪，但總覺得對得起自己的良心。他讓我給他帶幾天學生，我沒有說什麼，只留了他的號碼。我甚至沒有告訴他我這一年在幹什麼，當然，他也好象忘記問了，只說我不可能安靜下來。

轉身上車的當兒，我就把游文華給我的號碼從手機裏刪除了。車開了，文華的沒有開，他在窗外向我招手，我也熱情的揮著衣袖。我刪除了他給我的號碼，也刪除了他寫在紙上的班裏的號碼。

是的，我不會聯繫這些人的，走過對於我這樣的人來說，就是忘記。府穀的人，能忘記的我一個都不會去刻意記憶，忘不掉的我也躲的遠遠的懷念。別人見證過我的快樂，也看到過我的落魄，我無意做夢想實現歸來的醜小鴨，我更不是穿了水晶鞋的白雪公主。沒有王子，我是灰姑娘，所以童話不在我身上驗證它的魔力。

在去神木的路上，我給我媽打了個電話，我說了半天，說的最明白的一句是："從此以後你不用操心我了，我出外面打工去。"當然，我騙了她，我的謊話從小就順口就來，但這一次卻是經過了大腦。

母親沒有說什麼，我與母親的關係向來都是淡漠的，父親去世了母親才回到農村的家裏來，對於一直生活在奶奶臂彎下的我，對於這個漂亮的女人從來都是客氣疏遠的，潛意識裏排斥著她。她對我也一樣，欲是想走進，欲是適得其反，最後只能作罷，不再努力。

　　我之所以打電話給母親並不是因爲需要與她商量什麼，而是做出決定後的一個象徵性交代，她回答同意也可，回答不同意也是可，我不需要她的回答。那個時候，已經沒有誰可以管得了我了。

　　從小缺爹的人最大的好處是自由，雖然這是以喪失許多美好爲代價的，但誰也不能掌管生死薄，所以失去父親的人該慶倖，一定程度上他獲得了很大的自由。

　　去神木後我把自己在銀行從小存到大的錢（我是從初中開始學會存錢的）取出來，共三千多一點。我心裏雖然因現實一直悲哀著，但看到錢的時候竊喜，想多年來它終於派上用場了。怪不得人說女人有私房錢，連我這樣的人都可以存下三千多，何況每天掌握著柴米油鹽的主婦。

　　我預計了一下，知道這點錢只夠半年，那下半年呢？家裏我已經不指望，因著我的倔強，我的落魄，所有人恨不得讓我立即消失在他們的記憶。

　　我想到了我的兩個很好的朋友，一女一男，女的家裏是賣煤的，錢是勞動人民給她家用血汗生命換來的，雖然我鄙視她錢的來源，但她實在待我不錯，所以我還是決定求助於她。；另一個男性朋友他家沒有什麼錢，但與我是從小學到高中的好友，沒有見死不救的，他自然撐著幫我。

　　我是忘恩負義的人，我在利用了他們一年後，努力還著這筆人情及錢的債，再也不見他們。我拒絕見他們，是因爲他們充當了我的救世主，看到他們，我很容易想起我的屈辱，我的潦倒，雖然這一切是我自己造成的。可是他們看見了我在此過程中的醜陋傷疤，他們有取笑我的資本。不管他們取笑不取笑，但他們有這個實力，所以我拒絕再與這些人在一起。

　　我是最卑劣的，我是那個認爲男人有生殖器就可以是強姦犯的人，因爲他們有這個能力，當然，所有的男人都不能去當太監，所以我得遠離。我的世界，就是這個道理，我一直堅守。

## 四

　　他就明說，並不隱瞞。明說，我不是基督。

　　　　　　　　　　　　——《聖經. 約翰福音》

　　來到神木，做的第一件事情就是租房子。我跑遍了神中附近的巷子，想找一間安靜的房子把自己擱淺，結果才發現幾乎所有的都被同我一樣落榜的人搶走了，最後的最後，我堅持就近原則，找了一家地下室去居住。

房東是個三十幾歲的女人，長的呲牙咧嘴，人談不上善良，但絕對市儈，沒有什麼大的野心，是那種居家過日子的小女人。我之所以選擇住在她家的地下室，跟經濟有關，也跟他家的那只叫小花的狗有關。

我是個喜歡動物甚於人的人，打小動物給我的溫情遠甚於人。我四十天剛足就被送回農村老家，是爺爺餵養的那幾隻母羊做了我的奶媽我才活下來的。農村的老家餵養了許多動物，貓狗很多，它們蹭著我的耳朵跟臉時我總是感覺快樂的想窒息。我喜歡動物，當我進入房東家看見她家的狗時我就決定如果有房子一定在這家住下來。聽到我說租房子，後來成為我房東的女人翻著白眼打著呵欠說：樓上的都已經租出去了，只地下室，是不準備出租的，不過你想住的話，我們可以考慮。

我當即敲定價格，一月一百二，水電自己負責。

是夜我出去購置了棉被之類的東西，然後就住了下來。

那只叫做小花的狗，不到一天下來，進進出出的跟著我，暖著我在異鄉的心。入眠時分，我放它出我房間，它居然俯伏在地上，我姑息退讓，一夜與狗同眠。

八月六號開學，我去報了名，不是很順利，因為需要准考證，需要押金（對外縣的考生的要求）。後來一個不知名的老師幫我解決了這一切，他過來指著我說我是他同學的妹妹，分數是真實的，押金免除了吧。最後，在這個陌生人的幫助下，我"順利"進駐神木中學二十四班。

也許好人還是有的，否則一個陌生人沒有必要對我伸援助之手，也不必為一個陌生人說謊。這樣想著，出門時，我叫出了幫我說情的老師，感謝之餘，問他要了他的號碼。

……

在神木剛開始的日子，我是一點夢想都不敢有的，因為怕了失望。我每天拎著自己的身體，幹一切入學的雜事，生怕疏忽了，自己就連最後的停靠站都找不到了。

人到了絕望的深谷，是一點希望的力量都沒有，只求能保持著不往更壞的方向下落就行了，當時的我就是這樣。不敢想，不願意想，一切都已經發生了，我得承擔後果，高考是道坎，我邁不過去，所以我得承受。

　　我當時對自己常說的一句話是：一切都會過去的，一切都將過去，像青煙飄過的紅蘋果樹。每個晚上我都對自己這樣說，我抱著枕頭，抱著自己的心，靜靜的一字字對自己說：一切都會過去。我甚至看見了青煙，看見了白雲，看見了蒼狗。

　　人活著得有夢想，有夢想支撐的人生才是完整的人生，可是，那一年我卑微到連自己的夢想都被莫名的命運剝奪，我是赤裸裸的，什麼都沒有。

　　我以前培養起來的脾氣一點點磨滅了，在神木，誰也不知道我曾經叱吒風雲過，誰也不知道我曾經墮落的沒有自我過。對於每一個人，我安靜的微笑，柔柔的說話，低調低調再低調，沒有人知道我可以寫出優美的文字，也沒有知道我曾經是很出名的小太妹，如青苔一般，我過著自己發酵的日子。

　　我在神木自生自滅，魔鬼般的痛苦，但是誰也看不出來，沒有人關心，即便有人關心，也是關心不了的。

　　地下室的光線很暗很暗，星期天時我一整天躺著，除了那只叫做小花的狗陪我，幾乎沒有人知道我真切的存在著，甚至連我自己也忽略了我自己。

# 五

　　因為凡有血氣的，盡都如草，他的美榮，都像草上的花。草必枯乾，花必凋謝。　　　　　　　　　　　　　——《聖經彼得前書》

　　我們的班主任是帶我們政治的老師，一個很胖很寬大的人，來自定邊。

　　不知道是我與世無爭的眼神給他留了好感，還是我的頹廢惹起了他的憐惜，他對我很好，在外來的學生裏面，算的上是最好的。他總是溫溫和和的與我講話，請假時別人的不批，總是把我的先批掉，路上碰見了，也總是湊過來跟我說幾句。儘管因了他給了點溫暖，但根本不算什麼，我的心藏在了十二月寒冬的冰層下，一頂點的陽光是融化不了的。

在神木的生活，如果可以用一個詞形容，那靜悄悄三個字最合適，我活在神木的一年是靜悄悄的。

房東家樓上住著我們班三個人，還住著個大二的學生，同我一樣，也是府穀的，另外住著六七個理科班的男生。房間是隔開來的，但走廊共用，他們一回來，樓上樓下就起了戲似的。有一個男孩很喜歡談吉他，大概他把自己當成了憂鬱的吉他王子，每晚每晚彈奏著不成調的悲哀曲子，越聽越讓人感覺人生的不如意，而他總是自顧自。有時候我發火了，將我的收音機放到最大，很起作用，不過過一會我的門就像要被轟炸開一樣，因為別人可以忍受吉他王子的憂鬱聲，但忍受不了收音機裏那些男女播音員內分泌失調的聲音，最後我的抗議也只能作罷。

大二的女生叫劉圓，是方圓千里的圓，不是團員的員。這是她自己的原話。劉圓這樣的女生，屬於那種家庭條件很好的女生，養就了一股嬌氣。她父親是煤老闆，而且跟政府有點關係；她母親本來是個老師，但因了她姐弟倆上學需要照顧，所以辭了職，在家做起了全職太太。

吉他王子每天在樓上劉圓的門口彈奏他的憂鬱，終於打動了小姑娘的芳心，兩個人偷偷摸摸起來。

高三的日子是發悶的，如果愛情可以帶來快樂，每一個人都會迫不及待尋求。可惜愛情只能給別人帶來快樂，我躲在我的地下室唱著自己孤單的曲子。

每天放學回來，我都是到那家叫做“陝北大燴菜”的館子裏去吃飯。學校的飯菜很不可口，我就讀一年，從來沒有去過一次，說來真是對不起開食堂的老闆。我每天的飲食從來不超過八元錢，但因為我喜歡吃的好一點，所以我每天的次數都控制在一次，這真是生生折騰了我的胃。時至今日，我的胃還是只能承載一天一頓飯的體積。也許沒有那些艱苦的日子，對於饑餓，我不會有今日這般強烈的體驗。及至後來看到蕭紅的作品，充分的感受了回饑餓的壓迫感，對於饑餓，多了份感激，因為它可以證明，我還是活的。

除了茶之外，我喜歡喝咖啡。當時由於省錢，我每天吃一次飯，但咖啡是需要喝的，還有奶茶，我對這些東西的喜愛不壓于對書本的喜歡。我是靠咖啡來提神的，因為我總是失眠，為了在第二天的課堂上不被老師發現睡著了，我每天得喝兩袋雀巢，就這樣，居然上癮了。

　　神木比起府穀，地勢比較平整，但兩面都是山，中間是寬寬的街道，走起來的感覺，還是狹窄的很。黃土高原的千溝萬壑，在這兩個城市都準確無誤的展示著。榆林市靠近毛烏蘇沙漠，而神木，就在這個沙漠旁。神木的一個鄉鎮，在幾十年前被風沙吞噬了，地理老師說起來的時候，總是不厭其煩的提起那個叫藍城的村子。這讓我無數次的放飛思緒，也許當初它叫綠村就不會被風沙給吞噬了，可誰能預料到呢？

　　神木除了地下室可以給我帶來點安全感外，在就是那個叫做西山的地方。東山也叫二郎山，香火太重，離我住的地方也遠，所以我不是常去，倒是西山，山不高，而且平整，我沒事就爬上去坐著，吹吹風，吹吹心情。

# 六

　　不要懼怕！我是首先的，我是末後的。 ──《聖經》

　　那個被我叫做西山的地方，實在是個好去處。高三時我經常去那個地方消遣時光，逐漸從那裏讀出許多獨處的好來。

　　西山不似東山，香火絕對沒有那麼旺，而且遊客也少。一些信奉神仙信奉菩薩的人往往一步一叩首的登上東山去敬拜，這樣，東山的香火就一年一年的不斷著；而西山，每年也就廟會的那幾天。

　　西山上除了那幾個顯見其面的尼姑外，再就是一座十幾層的大塔很引人注意。寶塔是九十年代才修建的，聽說是為了埋葬一個遠方來的得道高僧。

　　愛因斯坦最大的貢獻是發明的電燈，但有時候，燈這東西最讓人感覺厭煩。光明的反面是陰暗，那光明下的罪惡呢？更是陰暗吧，是人心的陰暗。西山最初惹我注意的就是那長蛇狀蜿蜒的燈，像柵欄一樣，把半個山圈了住了，遠遠看去，像是陰陽兩界，互不搭邊。

　　某一日我問房東家十三歲的女兒，靠西那邊那是什麼啊，為什麼每天我晚自習回來看見燈火輝煌，而且有鐘聲傳來，是不是那邊山上住了和尚。“那邊有廟啊，你沒有看見那大塔嗎？上面有人住著，也有和尚在裏面讀經……哪日你有空，我帶你去看看，上面有一處龍泉，喝了不光養人，而且還長壽。"這是我始知西山這個地方，但真正見識，還是在這個小姑娘說了之後的那個週末。

那個週末，我早早的被叫了起來，說是要上山采水去，房東還特意叮囑，讓我拿個盛水的傢俱，好儲存的多一點慢慢喝。

房東拿了兩個大瓶，而我空空的，房東的女兒拿了個小瓶，外家三四個礦泉水桶。她們的那副樣子，讓我對西山的水沒來由的多了份敬重。

走了大約四十多分鐘才爬上了西山，而山上是平平的，比東山即二郎山好多了。這個山我會好好敍述的，畢竟神木給我留下最深印象的不是學校，不是以後我要講述的杏花灘：畢竟我人生最大的不完美是從這山開始，這山差點埋葬了我！

終於到了龍泉旁了，有兩個泉眼，一個碗粗，一個細的，我只是做井上觀，等她們娘倆接好水，一路施施然的跟了回來。

我在心裏暗暗想，沒有流蘇河，西山也是不錯，以後來這塊土地上散心吧。

待回到地下室，已經早晨過完了，上午向來是曖昧的，在我的想像裏，向來是拖泥帶水的，光明總是醞釀著黑暗。所以回到房間，我就把自己關起來，即便那只叫阿花的狗在門口刨著門，我也是沒有開，睡了一天。

後來，只要我有時間，務必到西山去走走，坐坐。在那裏，我遇到了李之安，也遇到了給我最最深陰暗的魔鬼，不過今日想起，對於西山，我還是愛多於恨的。有些地方，我實在恨不起來，就如有些人一樣。而我愛的，我懷念的，也只是當時年少的情懷，估計不是具體的一人一物。

西山這個地方，就如穿舊的棉襖一樣，即便沒有扔掉，也已經是不在上身的東西了，只擱淺在記憶裏。想起時，那厚厚的棉花，仍感覺像壓在身上，一陣寒一陣暖的，讓人忍不住手想去摩挲，然後才知道，過去了的，不可回來了。不由多了份歎惋，在某個暗夜裏，襲擊著身心，年少騷動的情懷，在夢裏又一次回來追尋。

西山，留給我的太多，是地下室著筆最多的部分，都在水泥白牆上，一筆一畫的流淌著。

# 七

　　我是阿拉法，我是俄梅戛（注："阿拉法"、"俄梅戛"乃希臘字母首末二字），是昔在、今在、以後永在的全能者。《聖經》

　　神中附近的每一個巷子我都是熟悉到可以背出名字來的，那裏，隱藏著我的傷心，只是，不會有人看得到。

　　神中的大門是唯一的，只一個正門，這是我從小換學校得來的感受，我從小學到高中換過許多學校，每一個學校都有許多門，正門後門偏門等，我初中還有一個叫做西廂門的，也不知道這名字是哪來的。我在一定程度上喜歡神中，雖然很多次，它直接或者間接的藐視著我這個外鄉人，排斥著我加入他們這個群體。我喜歡神中，喜歡這所只有一個正門的學校，只有這一個門，我不必怕走失，也不必怕別人的白眼，一群人從一個門裏走出來，不管高矮胖瘦，不管貧富貴賤，都可以高昂著頭顱，穿行在校門口的巷子裏，既而走失在人群裏。

　　神中旁出來左側一條街第一家是奶茶店，裏面總是放一些《何日君在來》一樣的曲子，不過我當年在的時候，放的幾乎全是周董的歌曲，比如《東風破》之類的，對於方文山的詞，我一半欣賞，一半鄙視，我是從喜歡《東風破》這首歌曲開始破除對周傑倫的偏見的，我原來對這個好做作的男子很不感冒，在府谷讀高中時他紅起來，當時我是罵過 N 次的，可惜後來卻開始有點喜歡，這實在違背了我原意。那家奶茶店的名字叫"天使奶茶"店，許多喜歡酸文假醋俗情調的人，都跑到裏面附庸風雅去，當然，幾乎都是像我一樣的學生。他們在裏面看似悠然的品著奶茶，實則是憂心忡忡的，因爲沒有人確定得了一兩年或者三年之後自己到哪里去，這種不確定總是讓人心慌慌，杯子裏的白色粘狀物，當此時看過去，也像是寫著憂傷一樣，讓人覺得仿佛吞噬了只螞蟻，在喉嚨裏留下了白點一樣的東西。

　　緊挨天使奶茶的開始是一家書店，說是書店，只是擺了幾本雜誌，再就是放了個可以照大頭貼的大器物。這家的老闆是個二十七八歲的年輕人，他在櫃檯前擺了台電腦，在屋中間擺了個火爐。當時已經是冬天了，他每天不熄滅爐火，進去總是暖暖的。我開始注意到這家店是因爲裏面的曲子，一直都是固定不變的，就是那首很著名的《LONELY》，每每走過，總是 "I'm lonely lonely , please tell me tell me"。時至今日，聽到這首歌曲，我都有種心恍惚的感覺，不知自己置身何方。

　　那時只要從這家叫席書書屋的店走過，這首歌曲就會隨我走很遠，有時即使我躺在床上，這首歌曲也憂憂鬱鬱的不知從哪里爬出來，攪著我的夢境。

I am lonely lonely lonely

I am lonely lonely in my life

I am lonely lonely lonely

God help me help me to survive!

Remember first time we met day one

Kids in the garden' playin'games heaven' fun

Excitin' and amazin' havin'

a real friend of mine

Feel my heartbeat and for

real friend of mine

Face to face and eye to eye

Usin' our hands to buy and supply

Chillin' is cool from january to june

And we still stiked together

like the glue

And know the rules

Forever you and I and believe

It was clear

If I ever should fall

I could count on you with no fear

Runnin' out of time I see who's fake

Alone without protection

from all them snakes

All for one one for all I was told

Black white yellow no matter

If your young or old

Nana's in the house to let you know

What i see is how I fell and damn

I'm alone

　　在神木，我雖然是不惹是非的人，也無意與什麼人交往，但這首歌曲，還是把我牽引著走向了那個憂鬱的男人。

　　那實在不是一個長相好的男子，不過手指是纖細的，很符合我的審美標準。他個子很高，我走進去的那晚，他穿了高領的乳白色毛衣，正對著電腦在複製著什麼，小店很是蕭條，幾乎沒有顧客，我翻了半天的雜誌，他也只是抬起頭來看了我一下，旋即很快的沉下頭去。這真是個讓人琢磨不透的男子啊！我斜著眼偷偷打量他，看他憂鬱的臉，駝色圍巾打著的圈，忽然間心裏覺得暖暖的。爐火一滅一亮，屋裏光線不是很好，在兩個人的世界，窗玻璃雪飄著的姿勢，讓我想到長長久久一類的詞，可惜，至始至終，他都沒有抬起頭來。

　　第二天我去了，第三天我又去了，曲子還是《LONELY》，他還是老樣子。間或有一兩個人推門進來，看看沒有最新的月考參考書，沒有《李洋瘋狂英語》，也只是翻幾頁雜誌就匆忙的跑了，當然，也有一些跑來照大頭貼的，他都是自己躲到一邊去，任別人擺姿勢亂照，最後扔了錢走人。

　　我不知道是這個安靜的男子吸引了我，還是這家店吸引了我，每個晚自習後，我都來這裏坐坐，有時到隔壁買一杯奶茶來，就著爐火看著雜誌慢慢喝。

　　就這樣，我們慢慢熟悉起來。忘記了第一次是說了什麼樣的話，總之，我們是說開話了，在我去的第四日之後。

# 八

　　又是那存活的；我曾死過，現在又活了，直活到永永遠遠，並且拿著死亡和陰間的鑰匙。

──　《新約聖經》

叫席書書屋的小店，儲存了很多溫馨在裏面，我每天掏一點點，溫暖我落魄的心。那個鬚眉男子，逐漸成爲我心裏的一道每天必看的風景。

通過交談，我知道他曾經喜歡過一個穿紅衣的女孩，喜歡她清清淺淺的微笑，喜歡她淡然篤定的眼神，爲了她，他才從遙遠的西安跑到神木來，爲只爲與這個女孩長久的在一起。可惜，這個女孩最後在父母的做主下，嫁給了本地的一個煤老闆的兒子，而他，卻流浪在了這裏，開了一爿糊口的店。

一個如此堅持愛情的人，卻被愛情拋棄了，我呢？在當時，我多希望有人來愛我，來關心我，不管是什麼人，只要他愛我，我都願意天涯海角的隨了他去，天變地變我的情永不改變，只要他永遠不離不棄的守著我；在當時，對於愛情的幻想，一日日才支撐著我完成我人生的夢想，而我當時的夢想太過渺小，渺小的只是上一個一般的本科學校，在受過很深的打擊之後，連這樣的夢想我都不敢擁有，只希望離開，趕快離開這個風沙滾滾的黃土高原。

一日，我在書店靜靜看著書，隔壁傳來哭泣聲，驚天動地的那種，我們都跑了出去，只除了老闆。隔壁的天使奶茶店一個女孩被個男生給捅了，血流如柱。我呆呆的站著，血暈的我，是面對不了這樣的場面的，甚至有人從我身邊經過，我都不知道讓開。他把我拉了回去，用潔白的指巾遮了我眼，然後給我泡了杯茶。我就那麼呆著，半個多小時吧，才從驚恐中走了出來。

後來才知道那個桶人的男生是一個三中的同學，女孩是他的女朋友，可又跟一個男生好上了，是典型的三角戀的形式。

這讓我總是想起府穀發生的硫酸事件，那是在二零零四年六月份，大我一屆的一個邊姓同學，用一瓶硫酸毀了兩個女生的臉，最後，在一個女生的父親，——一個銀行行長的堅持下，一粒子彈超度了他。本來是可以不殺的，但是女方的父親太堅持，他原來的女朋友他太堅持，所以身爲農村子弟的他，只有死亡可以是終極了。那個邊姓同學，是寫文字的料，在二零零四年五月份，收到了陝西作協的信函，要求他加入作協，在省城給他安排一份工作，可惜他說他想通過高考再去，結果是女朋友背叛了他，他毀了別人的天使臉蛋。

我向來是善於聯想的人，不知道那天怎麼就把這些聯繫了起來，可能是邊姓同學的面孔忽然在血暈的瞬間被我想起來了吧。

　　書店的老闆靜靜的聽我講述了兩天關於邊同學的硫酸事件，後來在一個微雪的黃昏，他定格在我臉上：「你喜歡那個姓邊的人吧？」我當時正拿手在火爐邊烤，聽了沒有做聲，卻是一震，這個問題，我從來沒有想過。

　　以後看到硫酸兩個字，我就會想到那個大我一屆赴了黃泉路的男生，也許在某個轉身的瞬間，我確實喜歡過他吧，不過這卻是由一個不相干的人指出來的，多少讓我有點不甘。

　　這家書店兼大頭貼的相館終於在來年開學時撤走了，換成了買工藝品的精品店。那個像巫師一樣的預言我喜歡過一個罪犯的男人，最後從我的視線裏撤走了，甚至沒有跟我正式告過別。

# 九

　　已過的世代，無人紀念；將來的世代，後來的人也不紀念。

　　　　　　　　　　　　　　──《聖經.傳道書》

　　我在神木的上半年，是自我囚禁和放逐的，沒有朋友，沒有親人，只一個人在一個陌生的地方，悄悄的生存著，卑微的活著。無數次，我感覺自己像草一樣沉默，像草一樣低賤，像草一樣引不起軒然大波。人活到這種程度，就開始自棄，可我早過了這個階段。

　　就這樣過了半年，與世相安無事的過了半年。到了臘月，不得不回家了。

　　二零零五年的雪不壓於二零零八年，當然，這是針對陝北來說的。（陝北再雪大，然地處北方，是引不起人們關注的；南方零八年的那點雪，就引起了雪災，可見地理多麼的影響人的判斷。）

　　那年臘月二十八，我回到了家裏。其實二十四已經放假了。母親打電話叫我回去，我當時故意推脫雪大，沒有車。事實是車是有的，價錢上漲了二十倍，需要二百才能返家，這麼做太貴了。這是一個很好的藉口，借著雪大，我沒有早點回去；正月借著需要補課，我初二就走了，在家僅呆了四天。

　　從那年開始，在家，我再也呆不下去了，我生活了差不多二十年的家，給不了我想要的溫暖，所以我開始逃避。從那時開始，每年在家住的時間不超過一個月，甚至半個月不到。

臘月二十八，劉圓的母親及弟弟來看劉圓，順便帶她回去，所以我們一道回了府穀。劉圓的弟弟實在是可愛，一個十四五歲的大男孩，親切的叫我姐姐，我幫著他們拎了個袋，他一再的感激我，讓我很不好意思。風雪中，我們一大早就登上了回府的汽車，可到了上午十一點才走的，因爲路實在是太滑了，漫天的雪，漫天的沙，漫天的黑色煤面，一切都是彌漫著的，阻擋著車子的前進。

他們一家三口，在車裏有說有笑，混雜著別的回府的幾個人。我坐在角落裏，呆呆地看著別人的快樂，看著劉圓的母親把雞蛋拔開，滿懷愛憐的喂著姐弟倆，我悄悄撇過頭。即使在小時侯，我的母親，也從來沒有這麼對我多，更別說我已經成長爲大人。我以爲所有的家庭都是淡漠的，都是疏遠的，可是，我所見到的，卻是這麼親切，暖意濃濃，這是正常還是不正常呢？

什麼叫正常，什麼叫溫情，什麼叫愛，什麼叫暖？我不知道，我所看見的，風雪的途中看見的這一切，是摧毀我人生的一截木頭，還是引領我人生的一個指南呢？但是，這一切我早就見怪不怪，我早就把我排擠在了正常人的圈子外，別人享有的一切，我沒有羨慕的資格，也不做妒忌的表情。

府谷一般在臘月過半就鞭炮連連，張燈結綵了，到了二十八，幾乎所有的店鋪都關了，只除了煙酒及其他禮品店。

2005年年關近了，雖然鋪了厚厚的雪，可街上仍是熱鬧的，別人的臉上都掛著幸福安然的笑，我走在人群裏，遮蓋著自己的一臉落寞。

在府谷我與劉圓一家作別後，磨蹭了半天。在街上走了半天，天黑時分，終是坐上了回家的車。

家終是要回的，就像儀式一樣。我回家與其說是想家，不如說是義務。我害怕家人面對沒有我的年，不是因爲我的重要，而是因爲我的存在可以證明家至少是比較完整的。

關於家，我寫到這裏，不想多贅述了。家人是愛我的，只是我自己可能做錯了，我自己想錯了。

那年臘月二十八，在家門口享受了半天的雪意。院子裏燈亮亮的，走在燈下，走進院心，兀立在窯門口一會，隨即推門進去。

貓俯在炕沿，奶奶一個人在舊窯坐著，頭髮花白，我感覺半年不見，她似老了許多。她看我進來，抬起了頭，瞅了半天，終是蒼蒼的叫了聲："欣欣。"

這是關於那場景可追憶的全部了。

傳道者說："虛空的虛空，虛空的虛空，凡事都是虛空。"
——《聖經·傳道書》

其實，真正決定不要家了，是我離開府穀去神木的時候，儘管以後還是回去過，現在也回去，但是做過的決定擺在那裏，想到了就覺得自己是沒有家的，對於家人，有的是義務和責任，還有愧疚。那年臘月回去，我還是又一次下了永遠離家的決心，這也間接導致我選擇了南方的學校吧。

我是二零零六年正月初二離家的，雖然有些須的悲哀，覺得一個人在外，不是很舒坦；然一個人在外，別人給我怎樣的氣受，我都覺得是應該的，都能承受得了。

初三我去了神木，學校那邊根本不可能有人，十八才開學。

我每天像個幽靈一樣在神木游來游去，遊在影相店，遊在小吃攤，遊在人煙稀少的西山。正月初八我在天使奶茶店不小心碰上了李霞緋，此後的六個月後開始了我的噩運，由她而來的噩運。不知道為什麼，迄今我對李這個姓氏都心懷恐懼，因為從小到現在只要碰上這一姓的人我總是不出半年，非倒大黴，這是某種不可測的命運，怪不得誰。

李霞緋是個高高瘦瘦的女孩，有著同齡人不相稱的成熟，她是個神秘的人，對我來說，有一種魔力似的。李霞緋實在不是個好女孩，儘管在我的筆下，我一再想把她寫得完美些，可是真實的故事騙不了我的筆，我只有如實的講述，才不負我今日悼念地下室的真意。

她跟我一個補習班，我們上了半年課也只限於認識，但假期遇到才幾天，我們變得很熟悉，我們後來的熟烙現在想來仍讓我覺得害怕。她攻城掠地，席捲而來，讓我的世界只有她的美好。

我是在天使奶茶店遇到她的，當時我是想到席書書屋去看書，可看見那裏正在重建，原來的老闆已經不見了，所以我拐進了奶茶店，沒有想到在那裏碰見了她。

她當時也是一個人，沒有跟她那個每天與她在一起凱子在一起。說到她的凱子，實在不是我想說她的不是，而是事實是這樣。她糾纏著人家，死死的纏著人家不放手，不管是用身體，還是用精神，她都不打算放過那個叫林良的男孩。這是別人鄙視她的原因，這也是我讚賞她的原因。我個人認為，一個人再怎麼噁心齷齪的活著，只要有愛，對愛的人好，不管是用那一種方式，都是應該的。── 我錯了，後來我才明白我錯了，在我被別人給親身實踐後，我終於明白我錯的多麼離譜。

正月裏，在陝西，還是冷的，很冷的。我推門走進天使茶店，問有沒有卡布其諾，結果是那幾天沒有了，我就退而取其次，要了平時我比較愛喝的青蘋果。我躲在角落裏，門口的對子胡亂翻飛，嘩嘩做響，像是戲水的魚。店裏放著的是王菲唱的《明月幾時有》，她的聲音清淺得當，稍不小心，就鑽進耳膜，如掏耳孔的勺子，一下下撥弄著人心；落地玻璃下的黑色小貓，是店主人女兒的寵愛，它大搖大擺的哼著自己獨特的小曲，在窗玻璃下面的臺階上刨著線圈，以主人的眼神打量著我這穿門而入的人。黑貓伸著舌頭，一寸寸舔著自己的尾巴，我感覺就像雞毛撣子一樣，它一下下落在我身上，竟至讓我煩躁了。我毛躁的心情由於無處發洩，只能大口喝東西來壓抑著自己。

我瘋狂灌了半杯青蘋果，那綠綠的液體下肚，就像長毛的苔鮮，在我的心裏發起冷來，讓我一陣寒又一陣寒，當此時，我感覺到有人拍我的肩膀。我回頭看，是李霞緋，她明眸皓齒的向我笑，竟讓我感到森森的寒。── 這寒，後來真的得到了見證，我被這明眸皓齒給出賣了，靈魂到身體的出賣。

神說：你要愛你的寂寞。── 《聖經》

在神木的一年，我愛上了寂寞，但沒有排斥過人群，我是人群中的孤獨者。遇見李霞緋，她幾乎解放了我全部的思想，讓我對人世，多了一層罪惡的看法。

在李霞緋的世界，是沒有處女兩個字的，但是，當她把咱們這個年齡沒有處女這句話說給我聽的時候，我還是震驚了，因為在當時，我是個不折不扣的處女。然而，這樣的話不能擺在桌面上來，因為如果你一再強調你是處女的話，有可能被別人看不起，由於一定程度上這樣說說明沒有人愛你，沒有人喜歡你，而一個女生如果沒有人愛和喜歡的話，那這個女生就沒有存在的價值。在李霞緋跟我探討處女問題的時候，我沒有做過多關於自己的解釋，只點著頭表示默認她的話。如果點頭表示默認的話，我想我確實是肯定她的想法，但實際不是，我點頭是因為我不想在這個問題上做過多糾纏。

我房間的有一個杯子上刻著：「淡泊以明知，寧靜而致遠。」一次李霞緋來，她端著杯子湊了半天，我還以為是杯子不太乾淨，惹了這個肯屈首到我地下室的人，沒有想到的是杯子上的字引起了她的不滿。她說：「有高品質的生活，誰甘心淡泊誰甘心寧靜呢？縱使沒有精神上的需求，也該有身體上的需要，連動物都是不滿足的，何況是人，所以這樣的話，只是寫給那些正人君子來約束自己的，是針對自認為有道德的人的。」我說也不見得，你不認為許多歸隱田園的人喜歡這種高品質的生活嗎？李撇眼看我，說你如果真認為躲在田園是真的，那唐代就沒有孟的「欲濟無舟楫，端居恥聖明」，現代社會就沒有你平凹兄的黃色書籍聊以自慰的事件了。我辯論說唐我不確定，但賈平凹作為一個文人，是需要有材料來寫的。李霞緋不屑的一笑，然後遞上個招牌式的溫和表情，說：所以浪子的嫖說是嫖，文人的嫖說是風流，其實性質是一樣的。

李霞緋的有些話真的是句句經典，她顛覆我的思想，顛覆了我後來的行為，以至我認為我現在的及時行樂的想法，也是從她那裏來的。她實在是個聰慧的人，可惜的是，這聰慧得不到老師的承認，也得不到大家的承認。

# 十二

因為多有智慧，就多有愁煩；加增知識的，就加增憂傷。
　　　　　　　　　　　　　　——《聖經.傳道書》

府穀埋人是把人放在棺材裏面埋進土裏，叫土葬；如果實在年輕，就把死人先燒掉，然後把骨灰灑入黃河。而神木城離黃河遠，埋人是另一個法子，真是十裏不同天。神木有許許多多做紙火生意的小店，剛到這個城市，我每次路過那些店鋪，看見一些蓬頭垢面的女人一手拿剪刀，一手拿紙剪著紙火；一些男子趿拉著鞋子，拿小錘子把釘子盯在那些竿子上，然後把剪下的紙用糨糊粘起來，我總是心驚，覺得不吉利，後來習慣了，也就慢慢不以為然起來，但心裏還是恐懼的。

神木有許多小棺材，總是在某個清晨或者黃昏看到牛車拉著七八個小棺材在路面上走，大搖大擺的走，旁若無人的走。還有一些人直接就在某個巷子的門口用煙盒折著給死人燒的紙錢，明明的盒子紙，總像是晃晃的鬼的眼。這些讓人看了很是害怕，覺得冥界離人實在是不遠。我從小經歷了許多死亡，按理說對這些該是見怪不怪，可每次逢著，總覺得想逃但又無處逃。

一次神木埋人，陣勢很是浩大，聽說是同時死的兩個人，是母子關係。死人就放在神中一出門的巷子裏，正是四月，雖說不熱，但放時間長了，還是有味道的。從小奶奶就說我是狗鼻子，靈的很，提前幾個小時就可以預測颳風下雨，因為總是很早就聞到泥土的腥味。

那幾天整個神中都彌漫著一股屍體味，讓人噁心的屍體味，想吐吐不出的感覺是最難受的，我打心裏詛咒這死了的母子倆，死是可以原諒的，但你如果給別人造成麻煩，還是活著好。

有天我噁心，爬在桌子上做嘔，班裏的人都最後走了，而我還是抱著肚子不敢離開，生怕出了校門，那股惡臭把我淹沒。後來李霞緋給我找了個厚厚的格子狀的可以護住鼻子的東西，我終於回到了地下室。

第二天中午放學，神中巷子徹底被堵住了，我們回不去，死人停放在自家大門口。喇叭嗩吶在震天的吹著，從教學樓上望去，下面黑壓壓跪著的都是人，好象給我們行跪拜禮似的，其實是給死人。

　　一張大幡上寫著什麼：人傑地靈，鐘靈毓秀，母多操勞，一生艱辛……我包著前天李霞緋不知道哪搞的鼻套，一句句看著，辭藻很是華美，但就像我的鼻套一樣，是套出來的。那些大人小孩的哭，也像是瓷器娃娃發出的假聲，高一聲低一聲的叫著，什麼：「娘呀，你慢慢上西天啊，娃娃留著灶後頭啊……」什麼：「爹呀，你慢走啊，黃泉路上怎就不分老小哇……」聽著這悲聲，我辨別那些是真那些是假，從人群裏不敢邁步，因爲穿場而過的幾乎都是穿白孝的人，我雖穿的是白衣，但不是孝服，堂而皇之的走，可能引起眾怒。

　　我很奇怪那些放學了的學生是怎樣從這一群人裏穿場而過的，看著他們輕巧的邁出孝衣對，我眨巴眼等著這些人走散，可他們繼續跪著，繼續哭著，好象我也是其中一員似的，抬頭低頭間瞅瞅我，讓我無端感覺悲涼起來，就連枝頭的雀鳥，也顯得有了情意，大概吃得了這家幾粒糧食，也來借人家的靈堂，哭自己的祖宗。

　　我抱著書包在學校裏轉悠，實在沒有辦法，掏出手機，給李霞緋撥了過去。

　　三十分鐘不到，她從城東頭跑來營救我，把我從一群白衣人裏面剝了出去，像拔蘿蔔一樣。我用我上衣的帽子遮蓋住臉，李霞緋迅速給我拉了下來，我驚恐地看著她，不無悲壯的看著她，希望她給我一個合理的解釋，否則我繼續把我遮蓋起來。

　　她發言了，人家是死了老子娘，你帶什麼孝啊，衣服穿的這麼白，怪不得大白天不敢移動呢？怕是跟了白日鬼吧？我看向她，想給自己找點解釋，才發現一切是徒勞，在感激她的同時，又無端生出許多恐懼來。

　　那天之後，那件帶帽子的白色衣服我再也沒有穿，以後我雖然還是穿許多白色的衣服，但再也沒有買過帶帽子的。看到別人的白色帽子，那天的景象就會浮現，像趕不走的蒼蠅一樣。然而在心裏，卻永遠記住了李霞緋的好，就是她以後完整的把我出賣，我也始終怨恨不起她來。

## 十三

　　好像飛鳥，網羅設在眼前仍不躲避。　——《聖經.箴言》

六月一號，李霞緋來找我借手機，她說她的是小靈通，而她需要利用高考前放假的幾天出去散散心，我沒有答應。

六月二號，她在清晨來了，需要借錢，是她那個同居男友被人打了，因了她晚上跟人喝酒。我開門看見她灰黃的臉，想要拒之門外，但最後還是放了進來，因爲無論怎樣說，在前兩個月的靈堂下，她算是救過我一次。

她進來了，帶著藥水味進來我的地下室。房東家的小花在門口吆喝著，但她開始不管不顧的沖到了我床上。

夏天了，過道裏的風還是有的，帶著醫藥的氣息，讓我感覺好難受。我心裏罵著自己，快考試了還爲自己攬事情，是不是還閑倒楣的不夠啊？這次，她提出借錢，我把剛煮的麵條撈在碗裏，對她說：你男朋友是怎麼回事，怎麼可能被人打，你說清楚點，快考試了怎麼能出這事？她不著表情的說：“爲一些感情問題吧，跟你是說不清的。我們在一起已經同居一年半，上個高三開始，到這個高三結束，可是，幾乎所有的錢都是我花。我還有一個初中朋友對我很好，知道這事情就開始找他的麻煩，所以……”

她沒有哭，說話慢條斯理，可是笨笨的我，卻看不出這是個精心設計的謊言。後來她說晚上來找我，讓我陪她去醫院一回，借錢不借錢無所謂。她把無所謂三個字咬的很重，我還真以爲無所謂呢？誰也沒有料到，晚上等待我的，居然是狼窩虎穴。

晚上八點她來找我，我已經備好了二百元準備給她。樓上的老鄉劉圓看到她來，把我拉上了她房間，低語對我說：“這個女孩神經兮兮的，以前在四中就很出名，是被開除的，因爲他們在大紅旗下做愛，晚上被查房的老師逮在了校園，所以後來開除了。她今天來找你，好象神色不對，你晚上就不要出去了。這裏不是府穀，亂得很，我來了一年我比你知道的多。”

她接著神神秘秘地說：“三中通往小廣場那道巷子，晚上很暗，最近他們傳神木七星在那裏出沒。你也知道神木七星，他們向來是以搶劫和強姦聞名的，沒有人敢告他們，因爲他們就是這裏煤礦主的兒子，都是出了名的混混，去年準備炸三道溝鐵路的就有他們，後來被人給買出來了……”

我對圓說：我來這差不多一年了，除了上次在小廣場與你碰見那幾個醉酒的人外，實在沒有見到什麼，再說她來有事，我該陪她去的。說著邊推門而出。

李霞緋已經從我的房間上來，站在了劉圓的門口，劉圓一臉緋紅，但還是拉著我說：你說好今晚給我煮餃子吃的，怎麼現在要走了，我明天可不像你們高三的，還有課，所以你給我煮的吃了再出去玩吧。

最後我沒有聽劉圓，跟著李霞緋走了。

經銀河廣場，李霞緋拉我坐坐，我說不是去醫院看你男朋友嗎？怎麼坐這裏。但迎面而來的是她男朋友。那個男生陰蟄著一張臉，對她說：“李霞緋，我錯看你了，你居然找人打我，你找老大也太狠了吧？”聽了這些，我還是一頭霧水。

廣場的另一邊，出來了一行人，向著我們走邊走來。

我坐的兩邊都被人坐滿了，廣場前面是個影院，裏面的人叫囂著，不知道是發自影視螢幕上還是人群裏，總之，聲音滿滿的壓著廣場，讓人有一種喘不過來的感覺。

李霞緋指著一個光頭男生，對我說：這個是我今晚準備介紹給你的男朋友，你們談談吧，具體他會告訴你，希望你能幫我個忙。然後她就走了，與她的男朋友，兩個人一前一後的走了。

那晚，我被那個秃頭男帶到了西山，矮東瓜對著塔下的羅漢說了好多話，但我沒有聽見。在返回的路上，矮冬瓜看見一個攤位賣會發光的蝴蝶，他給我買了一個，我不要，他硬放在我手裏。

那天正逢著西山的廟會，鑼鼓聲不絕如縷，塔裏傳來鐘聲，讓人想起寒山寺夜半鐘聲到客船那首詩歌，我的預感真的靈驗，那夜，我聽了一夜鐘聲，在不叫寒山的寺廟裏。

# 十四

我見日光之下所做的一切事，都是虛空，都是捕風。

——《聖經．傳道書》

晚上快十點了，我感覺到了不安全，我對著那個秃頂的矮冬瓜說我該回去了，晚上還得給我媽打個電話。當然這是謊話，只是我臨時想來的謊話。

　　矮冬瓜對我說："難道李霞緋沒有與你說今天來幹什麼麼？那麼我來告訴你！"矮冬瓜昂然自得的說，"她男朋友又跟一個女人好上了，而且要趕他出門，而這一年多來他們同居的錢都是李霞緋花的，她不甘心，所以要我打了她男朋友。至於你嗎？是這場事件的交易，因為早在你剛來這學校我就注意上你了。"說著，他過來拉我的手："讓我動心的女人不多，不過你就是其中之一，你那高傲的架勢，最讓我感覺需要征服。"我要掙脫他的手，卻發現根本沒有這個可能。我說我不知情，我辯解說我跟李霞緋的情誼一般，可是，這個惡魔沒有說什麼，只笑，很高聲很高聲的笑，在這個僧人不敢高聲語的寺廟裏，他硬扯住了我的手。

　　那夜，我沒有回去。

　　以後的兩夜，我也沒有回去。

　　我沒有受傷，不，我沒有受到別人預想的傷。

　　我被劫持在矮冬瓜的房間，四圍三色都像個狼窩的房間，亂亂的，房間裏除了森森的一些西藏刀之外，就是一些用來打人的鉤和環，不過，這些都沒有用在我的身上。只除了那把瑞士軍刀，當然是仿製。

　　在房間裏，我被關閉了兩夜三天，憑著那把瑞士刀，我堅守了一切該堅守的東西。

　　那三天，是人生最黑暗的三天。禿頂男最不該的是把刀晾出來嚇唬我，真的，這是他犯的錯誤，以後無數次的我這樣想。我用著那把刀防護著自己，任憑棍子落在我身上，任憑別人的冷言冷語。

　　第三天下午，我走出了房間，昏昏迷迷的走出了房間。禿頂男對我說：你可以報警，我哥哥就是公安局的，你儘管報警，沒有關係！他甚至當著我的面要撥通 110 的號碼，但是，我沒有，至始至終沒有。

　　在房間的第三天，我告訴矮冬瓜："我是有男朋友的，李霞緋也許沒有告訴你，但我永遠不能接受除了我男朋友之外對我的……"矮冬瓜考慮了半天，然後把手機遞給我。

　　用矮冬瓜遞過來的手機（我的前一晚就被矮冬瓜奪去了），我手顫抖著撥下十一個數位，電話那邊是君的聲音，兩年了，我們沒有聯繫兩年了。我以爲我忘記了，我以爲我再也不會找這個兩年前爲我跑遍整個府谷街的男孩了，可是，我居然撥通的是他的號碼。

我聲淚俱下，告訴他我愛他，我愛他。君以爲我生病了，在那邊安慰著，我也假裝我是生病了，通了一個小時，我掛了電話。在這期間，我向這個兩年前我主動離開的男孩解釋了一切，用我的話解釋了一切。其實根本不需要解釋，我當初對他說的是：我不知道我愛誰，你只感覺是愛你就得了。我離開他兩年，他居然沒有交女朋友，如果那天他接過電話告訴我他有女朋友的話，估計我會順了矮冬瓜。說真話，我實在不是個注重貞操的人，只是不想把自己的第一次被逼迫著獻出去。

……

矮冬瓜大概人性未滅，他扔過紙巾來，然後背轉身走出了房間。

這兩晚，矮東瓜告訴了我許多，但我記得最清楚的就是："你們女生爲了愛情什麼都可以出賣，李霞緋爲了她男朋友來我這做雞，一個二十歲的女孩居然幹這事，而她得到什麼呢？那個男生要拋棄她，所以她報復。女人報復也很嚇人，她不惜出賣她的同學你，好在你遇到的是我，否則你能完整才怪。我不爲難你，就三天，你好好想想，三天之後我放你回去考試。"

三天后，我出了那間屋子，出了西山下的那間屋子，踏回了我的地下室。

那天回去，我把秋天才穿的外罩衣服拿出來穿在身上，然後很平靜的出去買了速食麵雞蛋之類的，最後煮著面等水開。劉圓在門口叫我，問我幹什麼去了，居然兩晚沒有回來。我高聲應著：回家了，回了趟家。我的聲音裏絕對我們疲憊的感覺，也絕對沒有傷心的感覺，有的只是愉悅，當然，是裝出來的。我從小這樣慣了，越是逢了壞事，越能表現的雷打不動。

# 十五

所以必吃自結的果子，充滿自設的計謀。

—— 《聖經.箴言》

　　六月六號晚，我給君發著短信，我騙他說一年來我在打工，我騙他說一年來我工作好辛苦，幾乎所有的人都欺負我。他在電話那頭哄著，爲我流著淚，我接聽著他打來的電話，聽他哽咽的說著，心裏也哭了，一串串的淚水，像是要膨脹出體外，最後無處去，它們找著各個心空的縫隙鑽去，撞得我好疼，讓我感覺心都要跳出來了。半夜君哄著我睡，哄著我。

　　第二天，早上該去考場了，別人在我的門口提醒著，我翻身找手機。

　　在被子下面找著了，一折兩半，如一年前的六月六晚的那個手機一樣，它們夭折了。我看著兩個分開的屍體，哭了，終於哭了。爲君的眼淚我沒有哭，爲了一個破手機我居然哭了，哭得那麼決絕，那麼義無反顧，那麼沒有理智。

　　狗刨著門，我迅速整理好一切，出發。

　　我做了最壞的打算，所以就不怕考試的結果了，所以也就忽略著考試的過程，我該答什麼答什麼。

　　考完十七號填志願，我選擇的都是南方的學校，最後，我被劃到了南方來。

　　當時我是這樣想的，如果沒有錄取，我就到西藏去，一年來該經歷的我幾乎都經歷了，我不需要再繼續辛苦我自己了。西藏並不是有什麼值得我留戀的地方，而是流浪的人都選擇西藏，這是個可以昇華的地方，我去這裏，主要是爲了看天葬。

　　每次從螢幕上看到天葬，我都感覺那些烏鴉吃的是我自己的肉，如果被他們吃到，也是不錯的，我不止一次的想。因此我把我的最後福址定在西藏。沒有想到手機的斷裂只是巧合，不是徵兆，我拿到了南方的錄取通知書。

　　命運同我開了個大大的玩笑，真的，我的朋友出賣我，但卻送來了個愛人，愛我自己的人。

　　七月二十三號君回來，他帶我搬離了地下室。

　　八月，**轟轟**的列車聲裏，我從地下室徹底的逃離了。

　　車經西山下，我扔了手機裏的卡，也扔了那個一折兩半粘在了一起的機子，與這所城市這個市的交往，就此打住。那個刻畫著我禱告的地下室，現在該是蛛網滿頂，當然也可能不是，精明的房東，一般是不會空下它來吧。可是，除了我，誰能享受得了其間的黑暗呢？那個總是喜歡刨我門的叫做小花的狗，又流落到了哪里呢？我離開時，因爲她生過好幾次崽子，所以房主女人覺得她老了，說是要在那年冬天買掉它。我離開兩年了，不知道買掉了沒有，想來肯定是買掉了，可是還活著嗎？這是個讓人恐慌的問題，我幾乎不問自己。

那個被我叫君的人，真的成了我說"我愛你"三個字中的你，他笨笨的，真的太笨了，除了在我傷心的時候陪著傷心外，從來不知道，像我這樣不安分的女孩，爲什麼選擇他這樣笨笨的人。

上帝說，你要愛你的寂寞，我愛我的寂寞，真的！我愛沒有光的地下室，上帝說要有光，可是，地下室沒有多少光，我愛，因爲沒有光的地下室，是寂寞的，我愛寂寞，我就得愛收藏了我一年的地下室。

# 十六

水是寂寞的根源，聽松湖落雨了，一滴滴的珠子從湖裏濺起來，讓人有水打湖心萬點萍的感覺。燈光是沒有的，今天黃山市停電了，所以沒有光，我靜靜的矗立在小橋上。

手機在包裏發出清脆悅耳的聲音：我多想回到家鄉，再回到她的身旁……

兩年前離開神木新買的手機，被人偷了，我感覺預示著什麼似的，裏面的號碼，我全沒有記下來，只除了家裏。

現在的手機是去年寒假買的，與君在西安買的。當時君選好的是個翻蓋的，我揀了個直板的。

關於過去的一些事情，就這麼過去了，像清煙飄過的紅蘋果樹。我的愛，一直寫在水上。地下室的記憶，也許來自某個夜晚心靈的悸動。

生活就是小說，一切都是真實的，一切都是幻覺的產物，一切都是虛空，一切都是捕風。大風吹來，一切散盡。

# 桃之夭夭

## 一

　　桃桃 1 月 22 日到達西安。在西安火車站內，之安找到桃桃。他們穿越層層人群，走向火車站北側的賓館。途中，借著昏暗的燈光，桃桃摸索著兜裏的手機，開口對之安說：「不好，我手機不見了！」之安看向桃桃的眼神是那麼急慮，當他確定桃桃其實並沒有丟東西，罵桃桃小壞蛋，將桃桃擁得更緊了。此時，他們處在世界的甜蜜中，一路的奔波和勞累，都已經不算什麼了。

　　第二天晚上，離那個魚龍混雜的火車站只有二百多米，桃桃故伎重演，可惜就像那個狼來了故事裏的小孩。之安對桃桃說：是騙我的，我才不信呢。然而，當桃桃掏遍口袋找不到手機時，狼真的來過了。桃桃昨天的預言成了事實，桃桃成了自己的巫師。

　　桃桃此來西安，雖說是故地重遊，卻頗多感歎。上次那個沒有成形的孩子，仍然時不時的在她的記憶裏閃現。這次與之安來西安，是因為需要檢查一下肚子裏刮過後，是不是會有什麼問題殘留。只要想到上次留下這個似有未有的後遺症，桃桃就一整個晚上睡不著覺，抱著之安的小手也逐漸冰涼。所以，之安決定帶著桃桃來省城復查一次，順便遊玩幾天，把桃桃從重眉深鎖的庭院裏解放出來。

　　桃桃是愛之安的，不然也不可能懷了之安的孩子。之安也該是愛桃桃的，不然也不可能讓他懷了自己的孩子。事實按俗套的推理應該是這樣。但是，誰能說得清楚什麼是愛呢？

　　桃桃一直清楚的記得當他告訴之安她可能懷孕了時候之安的表情，之安先是鎮定，像是什麼都沒有聽見似的，半晌之後，居然是抱著她問：真的嗎？不可能，我們一直都那麼小心！最後的表情換成是一副僵死相，把桃桃從懷裏緩慢推遠一下，然後又有意識的深拉回，但始終沒有拉進懷抱裏，只是靠近了膝蓋前，呈一種欲抱還推之勢，就像一幅很有名的畫。那個母親本來是把孩子從懷裏推開，孩子臉上呈現出無限的恐懼和絕望，可給人的感覺卻像是孩子正在向母親懷裏撲來，母親的雙手正張成一百二十度的擁抱姿勢。事隔多天，桃桃只要想起這個鏡頭，還是有深深的恐懼和不安。由此她也開始思索：一個擁抱的拒絕意味著什麼？

　　那天晚上，他們很早就上床了，各自看各自的書。臨了，之安過來環抱桃桃，看似無意的說了句："也許是假的，你不記得以前一次也是這樣嗎？隔了幾天紅姑娘就重來了，明天我們去檢查一下，也許真是假的，── 反正我感覺是假的。"桃桃撇過臉去，看著泛白的牆壁，沒有說什麼。她在心裏暗語：如果是真的呢？是真的你該是與我結婚還是讓我獨自打掉呢？如果是的話，這畢竟是我的第一個孩子啊！之安說著話，順手把床頭那盞玫瑰紅的燈關了。屋子裏一點點暗下去，桃桃感覺自己落入了一個黑暗的世界。也許是因為秋天吧，她有了一絲絲涼意，扯過被子，鑽到裏面去。

　　這一夜，星月沉沉，周遭寂寂，一切好似死了一般，給人一種恐懼感，就連窗玻璃邊那只總是叫嚷的胖乎乎的黑貓，也沒有照例爬上窗，只有對面樓傳來小孩的哭聲，一陣高一陣低的，像是將死之人的嗚咽，宣揚著這個夜晚的寂寞。半夜裏，客廳裏射進光來，在地下一層層攀爬到床這邊，桃桃知道，又是前面那一層樓裏的老人起來了。那是一幢專門住退休工人的樓，個個都七老八十的，有花白的頭髮，土灰色眼睛。他們總是習慣於打量別人，看似不經心的打量，然而感覺來卻是居心叵測一樣。

　　桃桃曾經說過無數次，要搬離這座房子，但之安從來沒有同意過。因為住在這裏，是不需要花錢的，客廳對面的那座老年公寓根本是不妨害事的，你就當他們不存在。之安向來都是這樣對桃桃解釋的。在這個寂靜的夜晚，昏黃的光從臥室的門口一點點竄進來，對面老人的咳嗽隱約傳來，而臥室窗口對面的小孩哭聲卻停止了，一點聲息都沒有了，以至桃桃都感覺她剛才聽到的哭聲是幻覺，是自己肚裏可能有的小孩子的哭聲。這加重了她的憂鬱。她把枕頭抱起來，壓在自己的臉上，想就此沉沉睡去，可是，枕頭是壓不住心頭跑上來的那四處逃竄的心思的，她最後還是被自己所聽到的小孩哭聲嚇倒了，索性把頭全部貓進了被子裏，不再出來，緊緊地閉起了眼睛。

之安的鼾聲深深淺淺地傳進耳膜，若在平日，桃桃會在他的額頭留下一個印記再睡去的，可今日，她失去了那份熱情，只感到自己在一片汪洋的海上浮著，沒有半份氣力。

天明起來，是星期六，之安單位可加班也可不加。桃桃穿起頭年生日之安買給她的那件駝絨翠綠的衫子，裏面加了件高領子的秋衣，下身著了件淡紫色裙子，然後坐在床頭。之安知道，這一趟醫院看來是去定了，可他還是有著些須的僥倖。之安慢慢起來穿好衣服後，又像平常一樣，坐在床前安靜的定著眼睛看窗戶。這習慣不知道是怎麼養成的，自桃桃與他在一起後，他就有睡覺醒來怔怔看某些東西半天的習慣。開始，桃桃很不能接受，認為這是對她這個大活物存在的藐視，及至過了一些時，她才默允了這種習慣的存在，因為不管怎樣，其他方面，之安對她表現的盡情盡意，一笑一眸都是滿含溫熱的因數在裏面的。可今日，桃桃又對之安的這種習慣不滿起來，因為窗玻璃處實在沒有可看的景致，而且暗綠色窗簾還沒有拉開，太陽投進來的光也不顯得十分熱情，懶懶散散的。桃桃洩恨似的走到窗前去，恨恨的拉開窗簾，空氣裏的塵埃開始舞動起來，提醒著人它存在的寂寞，一切都顯得寂謬而沒有情致，房間的一切都失去了情致，就連平時桃桃極喜愛的那個陪著他們度過炎熱夏天的大頭風扇，她也開始惱怒起來，走過它身邊時候踢了一腳，然後嘟嚷著要把它扔到客廳去。

之安開始面無表情的看著桃桃，過了半晌，才說：要不今天我們先買個試紙檢測一下，明天再去醫院，你說怎樣？

桃桃從床底下把那雙去年穿的白色長靴子拉出來，邊彈上面的灰塵邊說：由你吧，你說怎麼辦就怎麼辦！其實她想說的是如果有了我們留下這個孩子吧，我們留下我們的第一個孩子吧。可是她終於沒有說出來。因為連她自己也不知道，他們該如何撫養這個孩子。他們享受了這個過程，可是，他們從來沒有考慮過承擔可能出現的結果，因為那個結果無論怎麼想都是罪惡的，還是不提為好。

桃桃去廚房煮面了，平日裏她習慣用煤氣，因為這樣炒菜快一點，煮湯雖說沒有電熱煲煲得好喝，但又不是天天熬雞湯。不過今天她使用起了電熱煲，她一秒秒等著熱起來。等到煲裏的水冒星星，開始抽出抽屜下的掛麵。她忘記了打兩個雞蛋。

當她把一鍋清湯掛麵端進臥室的時候，之安說："你能不能考慮我每天上班，要麼你就不要做飯了，我們在外面買著吃，怎麼總是早上吃這種倒人胃口的東西？"桃桃哦了半天，才好像緩過神來，解釋說：雞蛋沒有了，其他青菜之類的昨天沒有買，所以現在只能吃這個！之安知道桃桃又是在隨口扯謊，他從認識這個女孩的第一天起就知道她有這個習慣，可是，隨著相處日久，也就默認了，因為無法改變，所以他也就不試圖去改變了。

那日他們去買了兩張試紙，然後之安送桃桃回家後，他就去上班了。之安有加班的習慣，就像桃桃有嗜睡的習慣一樣，之安有空就加班，好像恨不能睡在公司似的；桃桃有時間就睡覺，好像所有的光陰不被睡掉就被浪費掉了似的。

桃桃回家來，臥在床上看了半天書，期間撫過肚子無數次，她甚至要把自己的手穿進肚子。她醞釀了半天，可是睡不著，所以她就開始醞釀去衛生間的想法，然後她就開始瘋狂的喝水，水與她本來就是最親密的朋友，她在感到鬱悶的時候總是喝下打量的水，今天也一樣。半個小時後，她感覺肚子撐破了。當然，只是感覺。

她從廚房最下端的櫥櫃裏掏出個乾淨的紙杯，然後匆匆忙忙跑進了衛生間。

不到三分鐘，她出來了，迅速撕扯開剛才從外面買來的試紙，她小心翼翼的把自己的尿液倒進那個很小的杯子裏，然後把試紙探下去。做這一切的時候，她是屏心靜氣的，不敢發出一絲聲響。

她拿起手機看著，好像有一根根細小的針在她心裏刺著，她有點疼，一點一點漫上胸口的疼，最後，她甚至感覺到一種脹裂的痛，這跟做愛的感覺是不一樣的；那是另一種形式的脹，如果那種脹是一落千丈的脹，有隨風而飄的快感，那這種脹則是千斤壓身的脹。一種是如鵝毛般輕盈，一種則如力壓千鈞的沉重。

三分鐘，不，是二分多點，由十點五十二過一會到剛蹦到十點五十五，那條試紙的上端就出現了紅線，開始是櫻桃紅，到最後成了辣椒紅，沒有一拇指指甲長的紅線，直逼人心，仿似一個會變魔術的點，讓人驚心動魄，魂跑千里，別自己而去。

　　儘管知道紅線出現是中獎的徵兆，可桃桃還是覺得不死心，拿起試紙的說明單看了又看，最後，終於沒有話安慰自己了。她確定，這次，她逃不過。她逃不過去！

　　她拿起手機，想給之安發短信，她一個字一個字的按著：我自己測試了，是紅線，還有那張試紙明早上測試一下，那個時間段的尿液最準確……可是，當她準備按發送的時候，她動搖了，她害怕了。平時之安說過 N 次：我剛參加工作才一年多，公司有許多大大小小的事務，雖說不忙，但要想混到領導的地位，還是小心謹慎的好；公司三個經理，天天都在監視著我們，所以你一般不要給我發短信，有事情回家來再說！

　　她知道，之安在公司也不容易，能以一個普通大學畢業生的身份，混到那麼好的單位去，不能不說是他有本事。還是不添麻煩的好，想了想，她搖了一下頭。

　　那一夜，他們沒有例行公事，纏綿親熱，如前一晚一樣，很早就睡了，甚至都沒有洗澡！

　　第二日早晨的實驗又是第一日的重複，只是多了個見證人而已，因為有了第一次的心跳。桃桃這次心不是很脹，甚至當出現紅色線條時候，她有一種如釋重負感，長長的噓了一口氣。

　　之安在看見那條紅色線條後，重重的擊了一下牆壁，這是每次桃桃惹他生氣後的習慣。桃桃看向他，心想，我又沒有惹你，你打牆壁幹什麼，但她還是沒有說，不知道為什麼，這幾天來，她習慣把心裏的想法藏起來了，以前那個幾乎什麼都向之安說的桃桃不見了。當桃桃意識到自己居然有想法隱瞞在內心的時候，心裏頓時不安起來，她覺得這是對之安感情的褻瀆，但是，她懺悔了一會後，還是沒有問之安你為什麼打牆壁。

　　接著他們去了醫院，醫生問了桃桃的生理週期，又象徵性的測試了下，然後以沒有溫度的口吻對他們說：做手術的話，最好是四十天到五十天之間，一般都是四十五天，都是上次生理週期到這次生理週期後十天到半個月，當然，若想生下來，也是可以的。

　　這句話，之安聽懂了前半句，所以他加緊問，那你的意思是下個周做手術嗎？桃桃聽懂了後半句，她接著問，那你的意思是可以生下來嗎？

之安瞪了她一眼。那個穿白大褂一臉橫肉的女醫生笑著，對年輕的一個女護士說：你向他們解釋，我走了。說著，她就脫下白色衣服，向另一個房間去……

他們終於回到家裏了，之安說：下個周去做手術吧，剛才我問過醫生了，很簡單的，一點也不疼，只需要幾分鐘就可以了，這幾天你還是好好注意休息下，畢竟，動手術如小死，你這樣單薄的身子吃不消。他說著，把他的西裝上衣脫下來，遞到桃桃手上來，桃桃煩躁的把西裝直扔到床上。之安過來抱了她一下，然後自己起身去把衣服折疊好掛到衣櫥去。

又是一夜難眠，當星期一早上七點的手機鬧鐘響時，之安睜看眼看到的是桃桃一跳一跳的睫毛。他把她攬到自己的懷裏：寶貝晚上失眠了嗎？桃桃搖搖頭，然後鑽到之安的懷中去，埋起了頭，把自己藏在他身子下。

又是好一陣子纏綿，等到之安說很晚了，我必須上班去了，桃桃才把自己的頭從被子裏放出來，她纏繞著他，用手用腳，甚至用身子纏著他，可是，他最後還是走了。——把束縛自己的東西扳開，然後起身穿衣，最後離開。

走時，他關了房間的燈，然後俯下身吻了回桃桃，他以為桃桃又會像每個早上一樣的纏上身，可是，桃桃沒有，她像睡著了似的。之安輕掩了房門，出去了。

臥室的門輕輕響了下，然後客廳的門重重響了回，這個早上就又一次陷入了沉寂。桃桃把自己的臉埋進被子裏，她問自己：是得這樣過下去嗎？她小心的摸著肚子，想：不知道是個男孩子還是女孩子，也不知道漂亮不漂亮，是有我一樣的小巧輕薄的眉毛和鼻子嗎？是不是也同電視劇裏的孩子一樣頑皮可愛？……可是，越是這樣想，她越是控制著自己，她一次次的在想像的世界縱容自己，一次次又把自己拉回現實來。

最後，她起床，把衣櫥那件只有冬天才穿的棉質寬袍睡衣拿了出來。她摩挲著，舊有的味道還在上面，本來今年是準備重買一件的，看來還是不買的好，她把隨身著的紅色單薄的裙子脫掉，然後換上了那件白袍子。她是個習慣穿白色衣服的人，正因為這樣，之安才愛上她，可是，也正因為這樣，她與之安吵了無數次架。

　　每次出去買衣服，本來說的好好的，買紫羅蘭色的，買蘋果紅色的，買橘子黃色的……可是，每次桃桃選中的都是一色的白。最後，之安絕望了。之安對桃桃說，以後如果要我給你選擇衣服，你還是不要白色的好，否則我是不會買給你的，你也在我面前少穿。桃桃眨巴著無辜的眼睛說：「那你以前不是很喜歡嗎？」之安挑起了眉毛，輕吐字眼：「男人各個階段對女人的要求不同，以前我追求你時候需要的是你的個性，因為一個有個性的女子對男人才是最有吸引力的；而現在我需要的是你看起來漂亮，因為你如果繼續個性，那麼對我們的感情不是很好，一來你對別的男人有很大的吸引力，二來你讓我出現審美疲勞。你現在是我的女朋友，就該穿得漂漂亮亮取悅我，而女人漂亮幾乎都是靠衣服的顏色裝出來的，你不漂亮，但你有氣質，所以你還是裝漂亮一點討人喜歡！」自從那次這些話灌輸給桃桃後，桃桃就失去了自主選衣服的權利，當然，以前的衣服也幾乎被鎖了起來，因為之安說出現疲勞了，他受不了慘澹的白，那是禁錮人想像的顏色，他不能再看到這樣的顏色穿在桃桃的身上，穿在他喜歡的女人身上。

　　桃桃穿上這件白色袍子，在鏡子前走了幾圈，感覺自己輕盈多了，以前那種無欲無求的感覺又回來了，她不自覺的沉下臉來。桃桃覺得又回到十八歲了，又回到了自己的高中歲月，那些年，她總是穿著白色的衣服，有米白，純白，雪白，泡沫白，她不是喜歡白色，但是，她習慣白色，只有穿上這種顏色的東西，她才感覺安然，感覺舒適，感覺輕飄；別的顏色都讓她感覺沉重，比如紫色，那簡直太厚重；藍色，那簡直太憂鬱……

　　桃桃抿著嘴對著鏡子做鬼臉，看著裏面顧盼生姿的自己，不自禁的哼起了那首著名的英文曲子《很久很久以前》，她哼的那麼小心，生怕驚了鏡中人。

　　日子平靜的過了一周，到星期六，他們去了縣城最好的醫院。本來是準備去流掉肚子裏的那一小塊東西的，但是，他們失算了。

　　當帶著老花鏡的醫生拿著拍的片子面無表情的出來，之安的心震了下，好像有人拍了他一巴掌似的。老醫生把他叫到醫院外間來：「你媳婦不是正常懷孕，不能流掉，必須做手術，因為不是正常的胎位，而是宮外孕。這種現象出現的概率很少，但是，出現在了她身上」……醫生建議到省城去做，這樣保險一點，而且對以後的影響也小一點。

　　那天桃桃是被之安哄著回去的，桃桃拒絕做手術，拒絕跟之安說話，甚至拒絕吃飯，就這樣，兩個人又撐了一周。

　　只一周，桃桃就瘦了，迅速的瘦了下來。桃桃的身體本來就不好，上學時候，經常被同學們說成是病貓，因為她總是懨懨的，只要有時間就在床上躺著，到了教室也總是一副無精打采相，甚至從來沒有上過夜網，一日強被同學們拉去陪著別人上網，第二日就打起了點滴。這樣的身子，本來跟之安剛在一起時候還將養著，到後來年輕不擇食，越發被破壞了，而這次懷孕事件，連驚帶嚇，桃桃看起來根本不像正常人了。

　　2005 年 10 月，之安帶著桃桃到了西安。

　　做手術是不費功夫的，但養病費時間。桃桃肚子裏的麻煩，只五六分鐘就解決了。之安是在門外站著的，他沒有親歷。桃桃看著醫生在肚子裏夾出一塊血色的東西，然後一下子扔到自己身邊的盤子裏。桃桃絲毫沒有感覺疼，可是她想哭，她想說這是我的孩子，你們不能隨便的就扔到垃圾裏，但是，她終於沒有說。

　　她半個身子是麻醉了的，然而，她感覺她整個的神經都被麻醉了，她感覺她的思想活著，可是，不能說，不能動，甚至連瞪眼這個動作都不能做。桃桃心裏感覺難過的時候，最喜歡瞪著眼睛一個勁的轉，可是，今天她知道她不能，她不能惹下醫生，不能惹下護士。

　　早在入院時有個提前走了的女孩子悄悄告訴她：千萬不能惹醫生，因為女人有兩根輸卵管，你惹了她，她給你封閉一根以後你另一根估計也不能用了，那樣你就生不成小孩了，而這是醫院不負責的，所以不能惹，而且最好送點小費。

　　說完這些話時，那個女人就走了，桃桃還清楚的記得，她穿了一身雪白的外套，而圍著的圍巾也是白的，同醫院的整體顏色一樣，給人種詭異的感覺。她記得那個女孩臨走，還朝她擠了一下眼，好像說：受著吧，誰叫你是女人呢！

　　桃桃是在手術床上想這些的，當她要被推進手術室時候，她緊緊拉著之安的手，但是，在門口，之安放開了她，這讓她又想起了前些天那個被拒絕的擁抱。

　　桃桃手術後，必須住院兩個周，可是，之安的假只七天，連帶星期天帶上也至多九天，桃桃是不希望之安別她去的，可是，之安在做完手術的三天后踏上了歸去的路。

桃桃按理來說是該哭泣的，那樣弱弱的女孩，一個人被拋在偌大的西安，怎麼可能不害怕呢？但是桃桃沒有哭。她靜靜的看著之安爲她買來的一切，靜靜的看著之安從西安火車站的那家賓館拿來他們一起來時候的背包。

之安放下了該放的錢，然後走了，他沒有回首。 —— 他不是習慣回首的男人。

桃桃是在之安走後的第二天離開醫院的，她對醫生說她在醫院呆不下去，要求退床，醫院開始不同意，但經不住她再三哭泣。

當桃桃帶著她蒼白的臉蒼白的手出現在之安面前時候，已經是第二個周的星期四。之安擁抱她於懷中："壞蛋，你傷口還沒有好，怎麼就跑回來了呢，也不等我去接你！"桃桃笑著，任之安把她瘦削的身子抱到床上去。

醫生說做完手術的一個月是不該做愛的，但是，他們都是饞不擇食的孩子，那一夜，他們沒有控制自己。最後是以傷口的破裂而告終的，床單上流下一片又一片的血，像塗了紅顏色的白雲似的，一朵朵開在潔白的單子上，讓人忍不住想俯下嘴吸吮。那裏面該是有很甜的蜜的，否則開不出這麼美麗的紅雲來。第二天之安去上班後，桃桃看著被染了的床單這樣想，她把被子夾在自己身體間，繼續沉沉睡去。

桃桃的日月是沒有白天跟晚上的，若說有，那麼她的晚上就是白天，白天就是晚上，因爲只有在晚上，之安才回來，也只有在晚上，她才需要好好整理容顏，唱上那麼一首，跳上那麼一曲。早在一年前，她就開始了這種生活。那時之安找了現在的工作，而她剛畢業，之安對她說：要麼你暫時不用工作了，我的錢夠我們用，以後的日子以後再說，買房買車的話家裏幫點忙！反正你賺錢我也不準備指望，而且就你那身子，不鬧出個毛病來已經很不錯了。當時桃桃聽了這話，是有十二分的感動的，所以她畢了業，就搬到之安所在的地方來，過起了同居生活。

四年大學，三年高中，七年來的愛情生涯也許夠兩個人走一輩子吧。桃桃對這點從來沒有懷疑過，之安也沒有，他們始終認爲他們是會在一起的，直到地老天荒。

　　然而，當肚子裏孕育了一個不該孕育的東西時，桃桃第一次感到走不下去了，至於爲什麼走不下去，她自己也不清楚，她只是感覺兩個人之間千山萬水，有許多需要跨越的東西，而許多東西她自己跨越不了了。

　　桃桃躺在木頭做的床上，任窗外鄰居家的貓舔著臉，她一動不動的躺著。窗外那棵高大的樟樹史無前例的開始晃動自己的腦袋，一片片的葉子從高樹上掉下來，桃桃想，樹木的死亡也許就是如此，但是，真的是死去嗎？

　　她是個不喜歡死這個字眼的女孩，有需要的時候，每次給之安發短信，都以四來代替，可是，這一刻，她卻無比的羨慕起樹木的死亡來，因爲死了，就不會再有什麼想像，也不會有什麼嚮往，不會有希望，就不會再感到痛苦。

　　黑貓繼續添著她的臉，桃桃感覺自己死了，她僵硬的在床上躺著，她第一次感覺到，黑貓就像是之安一樣，一次次的溫柔而又霸道的吸吮著她，吸吮著她的身體，她的精神，壓榨著她。一次次，她感覺黑貓在撕裂她的臉，她的乳房，她的四肢，她感覺身體上的部位都成了一串串的贅肉，在她準備飛翔的時候，牽扯在她，撕纏著她，讓她無法起身。

　　她用了最後的勁，死命的喊出來，在這當兒，她才發現剛才是在一個夢境中。她看看四周，房間是黑糊糊的，又一個夜晚要到來了，窗外掠過一道黑影，她知道，是那只二十四小時變換著眼神顏色的黑貓。她第一次感到黑貓在威脅著她，就像以前之安藏在書櫃低層那張照片一樣威脅著她，那是一個穿著黑色風衣的女子，手執一束曼佗羅，在嫵媚的笑著，周圍黑漆漆的。當她發現這張照片時，之安正走過她身邊，於是，她假裝沒有看見照片一樣，繼續翻閱那本書。可是，那天晚上，當她再次去尋找那張照片時，沒有了，不見了。在以後無數個夜晚，她跟之安說起這個穿著黑色風衣的女子，但是，之安說從來沒有這麼張照片，意思是從來沒有這麼個人，甚至之安還生了氣，說是桃桃編個故事來騙他的。後來，連桃桃自己都感覺是自己編的，可是在這樣幽暗的房間，她卻想起了那張照片，那個穿著黑色風衣面容嬌好、表情嫵媚、帶點詭異的女子。

　　床單是白的，窗簾也是白的，這是之安的一次妥協，因爲那個孩子，那個不能稱之爲孩子的孩子。之安認爲她是這次事故的受害者，需要大力保護，因此在她回來之前，把房間佈置成了她喜歡的格調。在這樣死寂的黑暗裏，桃桃看著那粲然的白，感到了觸目驚心的害怕，她瘋狂的揪起床單，瘋狂的跳到地下把窗簾死命的揪下來，然後，她跳上了床，拔掉了被套，鑽進了被子裏。被子是紅色的，好像有溫度的爐子一樣，接納了她這根柴。

桃桃是個欲望強烈的女孩，她總是不夠不夠，總是表現一種吃不飽的神情，就像一隻吃了一窩麻雀的貓，但仍舔著鬍子注視著跑過的老鼠一樣。

自從做了手術回來，她某方面的欲望又開始急速膨脹了，起初，之安還以為她是在洩憤，畢竟，一個未婚女子失掉自己的第一個孩子是悲哀的。可是，隨著時間的推移，他逐漸感覺力不從心了，因為他再也給不起。他感覺那是個無底的洞，看似纖弱的桃桃，每次都好像要把他吸乾似的。他承受不了這樣的損失，開始拒絕起來，當然，是以桃桃的傷口為理由的。

於是，就有了這又一次的西安之行，簡言之，就是為了來檢查身體。如果沒有問題，桃桃就會無止境的要下去。想到這點，之安就感覺害怕。

這次，是在桃桃的要求下來檢查的，之安也感覺桃桃的日子太悶了，出來走走也許對她的精神有好處，於是就又一次光臨西安，於是就有了以下的故事。

之安曾經無數次的想，如果可以回到那個做手術的秋冬，回到那些甜蜜的夜晚，即便桃桃要無數次，要的甚至失去自己的性命，他都願意。他無數次的把鏡頭切換到那些個兩個人一起相處的夜晚，然後，他就把自己的記憶固定在某個點上，某個高潮的鏡頭上，最後，一次次重播，再重播。

2005 年 1 月 22 日當他們到達西安，桃桃跟之安在人群中走失了。之安在火車站內一遍遍打桃桃的電話，但桃桃一直沒有接。之安感覺失去了桃桃，他在瞬間感覺到了害怕，孤獨，感覺到了巨大的恐懼從天而下，鎮壓著他，拍打著他。以至當桃桃跑向他的時候，他驚慌的抱緊了桃桃，一再埋怨她不跟緊自己。其實他也知道，桃桃單薄瘦削的身體，是經不得擁擠的，但是，他怕啊，他真的怕，那是他的桃桃，失去了她，誰可以讓他的生活灼灼其華呢？

當桃桃惡作劇地喊自己丟了手機時，之安沒有像往常一樣訓斥她幾句，而是攬緊了她。之安後來無數次重放他們一起在西安的鏡頭，他想找出一點桃桃離開時自己給予的溫情，可是，除了此處的一攬外，他找不到。西安是座傷城，第一次來，是爲了陪桃桃拿掉孩子；第二次來，是失去了桃桃，以後無數次來，是爲了找到桃桃，可是，之安所找尋到的，最後是什麼呢？

當臘月十四即 1 月 23 號那天傍晚，桃桃在一座人行橋下丟失了手機。當桃桃向之安訴說這個悲慘的事實時，之安還以爲是玩笑。他確定這是真實的事件後，自己也感覺恐懼起來，不是因爲一個手機，而是因爲手機丟失隨之而來的預感，那種即將出現兇險事件的預感是那麼強烈，那麼真實，逼迫著之安喘著粗糙的氣息，以致他強拉著桃桃從發現丟手機的地方離開。

當時是在一座交通的橋下麵，迎面而來是三四個衣衫襤褸的乞丐，之安看著好多個乞丐從角落裏出來，腳步有急緩的，有沉穩的，但都向著他們這個方向來，之安拉著桃桃走，他甚至顧不得向桃桃解釋什麼。當桃桃向著乞丐描述丟手機的感覺時，他拉走了桃桃。

那晚，他們是在天橋對面吃的飯，是幾個炒菜吧，加一個湯，桃桃喜歡喝湯，所以每次吃飯，之安都特定要一個湯。那天隨意說的話，之安幾乎都不記得了，不過他記得自己說的最多的話的意思是：“現在你又丟了手機，一點也不省心，你看咱們今年已經花了多少，從以前到現在，我幾乎都沒有臨花錢。上學時，把錢給你買了衣服，現在，把錢給你買了藥。你看我對你多好，而你卻總是不知足，誇這個人的男朋友好，那個人的老公帥，我看你娃娃啊，是得不到的總是好的，得到的沒有失去就是壞的……”以後之安無數次想起自己說過的這些話，他感覺其實是說給自己的。因爲他終於失去了桃桃，終於知道失去的好了。

那天，桃桃在聽了這些話後，想：“這個人看來終於得離開了，得離開了，再也不能在一起了，再也不能了。”她咀嚼著食物，在心裏向自己許著願：離開吧，離開吧。一個連自己孩子都不願意留下的人，還會願意留下孩子的母親嗎？現在可能，以後不會！絕對不會，那就離開吧。

吃過晚飯，之安說去上衛生間，桃桃自己也堅持要去，於是，兩個人就又走到了橋對面的乞丐旁邊一百多米的衛生間去，是飯店的店員告訴他們公共衛生間在那個方向的。

之安後來一直後悔，如果那天再堅持一會，不去衛生間，也許，桃桃就不會在十幾分鐘內不見了，如果自己早點從衛生間出來，也許桃桃也不會不見了，但是，誰知道會不會呢？

二

之安一直以為，桃桃的離開是跟自己開一個說小不小的玩笑。他轉遍了那個人行橋的周圍，已經是晚上十點多了，他才開始有非常不祥的預感──桃桃出事了。他固執甚至帶點倔強的一遍遍打著桃桃丟失的手機號碼，帶著點慶倖，但更多是想僥倖從這個號碼獲知什麼，然而，號碼在開始時候是通的，在晚上十二點後，這個號碼再也沒有打通過。以後也一直沒有打通過。

那天夜裏，之安回到他們前一天晚上租住的賓館，已經是晚上一點多了，當那個帶著許多風塵味的女老闆娘問他女朋友到哪里去了時，之安瞬間有落淚的衝動，然而他還是沒有直接說出來。也許是桃桃不想去醫院檢查所以提前回去了吧，這也說不定。想到有這個可能，之安就開始想對桃桃發起火來：這麼大的人了，做事一點也不讓人放心，至少悄悄跑之前也該說一聲。不過這個聲音在心底出現，另一個聲音馬上就否認了，因為桃桃從來沒有這樣任性過，雖然經常性玩些失蹤的遊戲，但不一會就找到了，從來沒有真正離開過。之安記起了他畢業時他們一起去北京的那次旅行了。

桃桃一直夢想去北京的王府井玩一次，然後去一次陶然亭，他就利用畢業的假期帶著她去了一次，因為當時他認為，工作了就沒有那麼多閒情逸致，以後可能不能常帶桃桃出來玩了。所以在那個畢業的暑假，他們去了北京。

那一次，之安忘記是為了什麼兩個人吵了架，桃桃躲了起來，在一個胡同的拐角處，她藏了起來，後來一直跟在之安的背後。當之安轉身看到她時候，她已經哭成了淚人，瘦削的身子抖動著，像是要爆發似的，成了風中胡楊葉子飄飛的姿勢，無助而又倔強地張揚在街角。當之安抱她時，她狠狠地推開了他，然後抱著自己的膝蓋哭了起來，哭得那麼撕心裂肺。以後來很長一段時間，他們都不敢提起那次的旅行。而這次，只不過是丟了個手機，自己也沒有怎麼說她，估計不會一個人躲在角落裏哭吧？

之安迅速的把門轉過來，可是，既而發現是徒勞。以前每次之安下班回來，桃桃都習慣性的藏在門背後，當之安開門進來時，她就跳出來嚇他，每次之安都裝做被嚇倒的樣子。他們兩人玩這樣的遊戲從來都是樂此不疲的，但是，這是旅館，而不是家裏，她不可能提前跑回到旅館來，根本不可能。之安搖了搖頭，懷念起同居的日子來。有一次他回來，沒有發現桃桃在門後，也沒有發現在廚房，他嚇了一跳，抱著手機狂打，可是，他發現鈴聲來自室內，當他絕望得坐在床上等待桃桃回來時，卻感覺到了床在移動。他飛速地揭開床板，發現桃桃正四平八穩地躺在下面悄悄笑呢？當時的表情，像個做錯事但仍笑嘻嘻的娃娃，讓人怪罪不起來。但那一次，之安狠狠的打了桃桃兩拳，然後抱著桃桃哭了。自那以後，桃桃再也沒有玩過這樣的遊戲。想到這裏，之安揭了一下旅館的床，他發現跟他們自己房間的床根本不一樣，這是可以彈跳的席夢思，根本裏面藏不下一個人，他狠狠用拳頭搗了一下床，然後倒在了床上。

直到第二天的早上，還是沒有桃桃的消息，她人沒有出現，電話也沒有打來，這讓之安感到了更為徹底的驚慌，他有了心被掏空的痛楚，可是，他還是在期待著，在等待著，桃桃會打來電話，桃桃會突然出現在門口，桃桃會藏在某個角落嚇唬他。直到一個早上過去，又一個早上來臨，桃桃還是沒有影子。之安翻看了桃桃的棕色皮包，翻看了桃桃的所有衣服，甚至沒有放過一個個裝飾性的拉鏈。

之安仔細的想著，他記得那天桃桃是穿了紫色的連衣裙，那是春秋季節才可以穿的裙子，可是桃桃在來西安前固執的把裙子放進了包子裏，她說可以配著紫色風衣穿，而且這樣不多不夏的才可以穿出韻味來，而事實上，配上那雙白色的長靴，加上一條緊身的褲子，穿了連衣裙，外面覆蓋個長及裙子的風衣，要多麼有美就多麼美。桃桃這麼一打扮，多了十幾分韻味，讓自己整日面對她都有了種驚豔之感。桃桃是到了西安的第二天即是丟失東西的那天這樣穿的，整個上午和下午，走在康復路，走在大雁塔，勾引了許多來往路人的眼光，自己也著實過了一把癮。

是不是這樣的衣服，才使桃桃引起別人的注意，跟著別人跑了呢？之安想著，捶打著自己的頭。可是，當他發現棕色皮毛裏沒有了家中的鑰匙，他才感覺桃桃該是回家了。桃桃不想去檢查，不想被別人再碰到私處所以回家了吧。有了這個想法後，他固執的一次次在腦海加大這種可能的程度。桃桃以前不習慣帶鑰匙，自從一個傍晚自己把鑰匙丟了，而他們回不了家之後，桃桃在每次出門時候都確認一下他帶了鑰匙沒有，甚至在來西安那天，都檢查了自己帶了鑰匙沒有，然後一邊笑著一邊把她的鑰匙也放進了衣服口袋，說是如果你的丟了我還有一份呢，省得再一次打了鎖子門之類的浪費，暴殄天物。想到這裏，之安確定桃桃是回家了，他翻開桃桃放錢的那個小包，發現裏面除了幾個硬幣之外，沒有多餘的錢，這更為他的猜想找到了依據。

於是，之安那天迫不及待的坐上了回去的車子，當然不是火車，而是大巴，因為大巴不繞路，速度快，回到所在的城市，只需要六個小時就夠了。

在車上，之安的心一路急奔，開始他想見到桃桃一定要大罵一頓，不教訓看來是不行了，以後結婚了還總是玩這樣的小孩子脾氣誰受得了，他想到這樣教訓桃桃桃桃又一定會眨巴著小眼睛瞪他，就覺得想笑，既而認為，只要桃桃認個錯就得了。跑這麼遠，那麼瘦削的身體，不經過人照顧就回了來，也不容易，還是不要懲罰的好，否則躲在被子裏偷偷哭壞了身子，還得花錢治病，也不是好事。於是他決定不懲罰桃桃了，不過嚇一嚇還是有必要的，那麼就嚇一嚇，說不給她買那套她準備過年穿的衣服了，這樣最好，這樣桃桃就會乖一段時間了吧。他很奇怪，桃桃對衣服的熱愛甚至遠甚遠對於他的熱愛，可是，他喜歡給桃桃買衣服。為心愛的女人買新愛的衣服，是人生最快樂的事，之安一直是這麼認為的。桃桃看下了那家名牌店的白色靴子，嚷嚷了好長時間要買回來，已經有了兩雙白靴子了，可她還要，現在看來還是嚇一嚇好，這樣桃桃雖然傷心，但到過年偷偷買回來也是一樣的。想到這裏，之安笑了，甚至彎起了眉毛。

不過之安又覺得不安，那種與生俱來總是在某個時刻襲來的不安包圍著他，讓他感到害怕，感到恐懼，他感到一件巨大的不幸就要降臨他，可是，他說不清楚那種感覺，他自己道不明那種被許多蟲子咬嚙的痛苦感，可是，他是感覺得到的，就像人能感覺到隔個窗紙別人掃射而來的目光一樣，就像許多入睡的人可以感覺到身邊刀子的寒氣一樣。

當之安忐忑的下了車，忐忑的打的回到住處，一盞昏黃的燈正在客廳亮著，仿似等待著他的歸來，他的心跳得厲害，慢慢的旋轉下臥室的門。裏面靜悄悄的，靜悄悄的，甚至聽得到窗外樹葉刮落的聲音，之安等待著，等待著門口跳出那穿著紅色或者白色睡裙的單薄影子，等待著那一聲"嗨！"的叫，他等待著，閉上眼睛等待著，可是沒有，一直沒有，於是他終於睜開了眼睛。爲什麼客廳的燈是亮著的呢，難道桃桃忘記關嗎？還是自己走時候忘記關了？他疑惑著，抱著最後的希望開始揭床板，床下面空空的，除了那件以前桃桃喜歡在做愛前穿的粉色透明胸罩，裏面什麼也沒有，之安拿起了胸罩，放在自己的鼻前，深深的聞著，吮吸著，像是缺氧的人一樣，不，像夏天喘不過氣來的狗，一個勁的深長自己的紅舌頭。無端地，滑過一個畫面，一個有著細長白脖子的畫面，那是桃桃的脖子，是那麼細膩，那麼光滑。潔白的項背，惹起自己多少心魔啊！可是，你在哪呢？你到底在哪呢？之安輕語著，放下了那件透明的胸罩，仔細的觀察起房間來。

房間裏絕對沒有人回來過，桃桃絕對沒有回來過，一切都是僵死的氣息，無聲無息的，如果桃桃回來，桃桃在，這裏會有她的氣味的，可是沒有，沒有！當之安確定桃桃沒有回來過時，他絕望了，他埋在被子上，第一次那麼絕望的哭了起來，那麼悲傷。無聲息的，窗外跑過條黑貓，它瞪著惺忪的眼睛向裏面張望，眼睛由深灰色幻化成了蔥綠色，然後成了桃紅色，渦著兩湖血水一樣的紅。

當確定桃桃沒有回來過，之安晚上趕上了去西安的列車，他神思恍惚的又一次去了西安。

這次，還是一無收穫，只不過是跟公安局打了趟交道，多了份找到桃桃的機會而已，然而，桃桃還是沒有出現，沒有！

——直到三年後，三年後出現的那個人，才有了桃桃的消息，而且，這是之安自己找到的，而不是公安人員。

西安是座賊城，對於大多數人來說；然而對於之安來說，西安是座傷城，是座傷人心的城市，毀人愛的城市。

三年，之安一直在尋找桃桃，一個驛站一個驛站的奔走，而桃桃卻

是人間天上似的難以相見。一個失望一個失望像冰雹般滾向之安，他承
受著，他一次次的承受著，甚至在他感覺自己已經承受不了的時候他也
承受著，因爲，那是他的桃桃，是他的心啊！

　　之安去了北京，在從西安回來時候，他請了半個月的假，去了北京。
當他按著桃桃日記上記著的那個地址找到桃桃的父親，他又一次失望了。

　　他按圖索驥，順利的在過去的八大胡同找到了桃桃親生父親的家
門。鈴響的那刻，桃桃的話響在耳邊：“我沒有父親，沒有，如果有，
天地下男人都是我的父親，都是我爸爸。六歲那年，他帶著我回家，回
另一個女人的家，卻把我扔在了車站，如果不是小姨趕了來，也許早就
沒有了我，我沒有父親，以後你不要提起父親這個字眼。”這是在他提
議見一下雙方家長時候桃桃給他的答復，而那時候他已經知道，桃桃的
母親在桃桃高二時候出車禍去世了，那時候他已經隱約感覺到，桃桃成
了孤兒，可是，他從來沒有因爲她是孤兒而憐憫過她，想到這點，之安
又一次想謀殺自己了，他想把自己撞死在桃桃父親的家門口。

　　見到桃桃父親，也見到了桃桃同父異母的妹妹，那是個可人的姑娘，
十五六歲的樣子，一副天真相，然而，卻有著市井流民的狡猾相，在給
之安端茶點的時候，叫出了她住在頂樓的母親。之安喝著茶，打量著這
個桃桃六歲時把她丟在月臺的男子，可是，他怎麼看都不覺得這個高大
的男人可以狠心的做到這一點，就在他惶惑著心，顛三倒四的說明自己
此來的意思，桃桃的父親說話了：“終於還是來了！”他對著之安說話，
甚至還順著給之安遞上了一支煙，他說：“你來，你跟我來！”上了樓，
左轉，第三個房間，那個高大的男人推門而入，一層層的陽光照過來，
給人一種世紀末的浮沉感，不過是快樂的那種，帶著某種慵懶，就連空
氣，也是透著清新的味道的。那個男人開口了：“這是她母親去世後，
我爲她準備的房間，這裏面的東西，除了嶄新的，都是她以前用過的舊
物。”“你看，這個是她六歲那年的蠟筆，這張是她在小班時得的獎狀，
這個是五歲時候我與她母親給她照的個人相片……那時候，她是那麼嬌
小可愛的孩子，每天都爸爸抱，爸爸抱，你再怎麼抱她都覺得不夠……”
這些話，一句句灌進之安的心裏，鋪天蓋地的在心裏彌漫開來，讓他覺
得膨脹，想起許多往事來。

　　桃桃是那麼喜歡擁抱啊，可每次自己都是敷衍著，有時甚至故意借

著做事把她推開，只爲看她嘬著嘴的表情。每次惹惱了桃桃，她都會叫著"老男人，老男人"的叫上半天。可是，想到每次做愛，之安就覺得想笑，每次情到深處，桃桃都叫著"爸爸，我要"這四個字。那時候，爸爸這幾個字是多麼珍貴的字眼啊，當桃桃大汗淋漓的時候，才會這樣叫，歡快或者低吟，帶著如釋重負之感。每次，只要這幾個字出現，之安都覺得自己渾身有使不完的勁，仿佛自己置身於另一個世界。那時候，他從來沒有想過這個活生生存在的男人，他甚至從來沒有想到桃桃有父親，在他，桃桃好像從來都是他一個人的，從來都是。—— 可是，她卻不見了，這麼久的不見。

　　從之安來到離開桃桃父親家，桃桃的後母幾乎沒有說過一句話，她只是坐在客廳的沙發上聽著，像個尊貴的婦人一樣高昂著頭顱俯視著地下的那只名貴的狗，而桃桃那個同父異母的妹妹一直在頂層的樓道走來又走去，走去又走來，絲毫沒有停下來的打算。之安在臨走時央求桃桃的父親："你可以把她五歲的影集給我嗎？我甚至沒有一張她小時候的照片，那個時候她是那麼可愛，我看著照片感覺是跟她一起度過童年的，你可以把她的照片給我嗎？不，只給一張，一張就夠了，足夠了，我拿去洗，以後會把這些都重新給你還回來的，我只要一張，只想要一張……"之安帶走了桃桃的照片，但是以把桃桃所有的照片洗一張來做代價的，當桃桃父親提出這樣的想法來後，之安答應了。他一直認爲是桃桃被她父親拋棄了，可現在，他感覺，是桃桃阻止了他父親在她生活中出現。當那個鬚髮男子，把桃桃的銀行帳號一個個數字念出來時，他知道，如果不是很深刻的愛，根本就不會記這麼瑣碎的事，而那間房子儲存的一切，是一個父愛的寶庫，有這個寶庫，六歲月臺的一幕，是可以無數次的勾銷的。他想都沒有想就答應了桃桃父親的要求，在這一刻，他沒有自私的想把桃桃一個人佔有，而是徹底的想還回去，把桃桃父親擁有的那個六歲之前可愛的桃桃換回來，這樣，他就可以擁有一個完整的桃桃，而不是一個沒有父親的桃桃，不是一個沒有童年的桃桃。

　　是桃桃父親把之安送出來的，送了好遠好遠，甚至準備送到火車站，但是，之安拒絕了，他想一個人走，他想一個人靜靜的走過那個月臺，感受一下桃桃被遺棄在月臺的恐懼，雖然事隔十多年，然而，他還是想走走那個不存在了的月臺，想走走北京的水泥路。所以，他把桃桃的父親勸了回去。最後，那個高大的男人伸出了瘦長的手指握了他的手，他感覺到了那雙手的有力，同時，他也感受到了那雙手的無力。那個男人最後說的一句話，他一直記在心的，一直記著的："你如果找到桃桃，帶她來見我，見我一面就行，如果她不來，你把她的相片經常給我寄了來，我想念她，一直都想念她，我曾經偷偷去過她所在的地方許多次，可是，我從來沒有得到過她的原諒。我怎麼也想不到，六歲那年無意的把她丟在月臺一次，居然造成她這麼多年的仇恨……"

之安一個人去了長途汽車站，坐在汽車上，空中飄起了雪，他豎著領子想桃桃，想一個六歲女孩站在月臺四顧茫然的那種無助心態，他一次次揣測著，低低的喊著："桃桃回來，跟我回家，我們一起回家，回家。"他感覺月臺上都是回家的聲音，他感覺桃桃就在四周，恍惚中，他甚至感覺到了桃桃的氣息飄蕩在周圍。他又一次深陷在對桃桃的回憶中，每次半夜醒來，都是桃桃淘氣地把他弄醒的，她舔著他的後頸，固執的舔著，直到他醒來，直到他轉過身來抱著她才肯甘休。那時候，他是那麼討厭桃桃這個壞習慣，甚至想把桃桃的舌頭揪出來，可是，現在，他是那麼的想念她，那麼的渴望她來舔著他的脖子，他把領子放下來，甚至解開了前排的口子，因為外面的風鑽進來，癢癢的，如桃桃的舌頭。只有這樣，才能與你靠近；只有這樣，才可與你靠近。

四月份，春天了，之安又一次請了一個星期假，踏上了開往桃桃和他高中時期所在地方的車子。在這期間，他去了西安無數次，一次次失望的歸來，一次次又帶著買彩票的心理帶著僥倖的心情去，每一次，他都是希望而去，失望而歸，但是，他從來沒有放棄過希望。桃桃是他的，他始終堅信，正因為堅信，所以尋找，這是多麼簡單的常識，他堅持著，他固執的認為，只有堅持，才會有結果，但是他忘記了，堅持是有結果的，但是結果分好壞兩種。

之安坐到了回老家的車上，一路都是關於與桃桃初相見的回憶。那是在高一下學期的放學路上，一個白衣女孩一直跟著他，跟他走過街角，走過岔路口，甚至跟到他家門口。他轉身問："你跟著我有事情嗎？"然後，他聽到了世界上最好笑的笑話。"我找不到我租房子的地方了，我找不到家了！"他想了又想，才知道這是租住在他家樓下的女孩子，才搬來幾天，轉學到自己所在的城市。於是，那一天，他把桃桃領回了家。—— 從此，也領進了自己心裏面。

　　那以後，他開始每天與這個白衣女子上下學，即便星期天，他們也是呆在一起的。他父母喜歡這個安靜的女孩，一直把她當做自己的孩子一樣，而桃桃，也總是按時交納房租，從來不越雷池半步。他此次回來，是想找一個與她一起轉來學校的女孩子，在桃桃淡藍色的筆記上，想念最多的，不是他，而是那個叫做煙霞的女孩。他認識她，雖然不熟悉，但是，他還是指望從她這裏得到一些關於桃桃的消息，因爲在筆記本的最後一頁寫著：「02 年 2 月 14 日晚，與煙霞，別！」之安想知道，2002年 2 月 14 日晚，到底發生了什麼事情，能讓桃桃幾大頁的紙上，都只記載著這麼一句話。

　　之安是先回到自己家的，父母早就決定不再出租桃桃住過的小室，因爲他們在大學二年級就已經認爲，這個安靜的女孩，終將成爲他們的兒媳。那一年，桃桃的母親出了車禍，桃桃始終一個人面對著，父母終日裏陪著她，他們就是從那時候起，認桃桃做幹女兒的，而現在，他們的幹女兒失去了消息，他們暗地認定的兒媳婦不見了，是不是要責怪他們唯一的兒子呢？之安想著，還是不敢把桃桃丟失的消息告訴父母，他只告訴他們桃桃這次不想一起回來。而他回來，也只是想參加一次同學的聚會，所以第二天，他就辭別了父母。

　　第一天，在桃桃租住過的小房間，他靜靜的呆了一整天，母親在房門外走來走去，而他，始終沒有出去過，不是不想出去，而是怕自己紅腫的雙眼，暴露自己心中的擔憂。

　　第二天，他踏上了煙霞現在所在的單位，那是一所中學，而地址，是由以前的一個要好的同學那裏得來的。

　　他敲開了煙霞在單位的房子，說明來意，然後等著煙霞對 2 月 14日的解釋。他多麼期待，在煙霞所住的個人公寓，可以從某個角落，看到跳出來的桃桃，那麼，所有的擔憂，所有的恐懼，都該會一笑而空，可是，煙霞的房間那麼小，小的可以一覽無餘，哪里能藏得下那麼大的一個活物？他歎著氣，訴說著小半年來自己的艱難行程。

　　煙霞給他倒的不是茶，而是愛爾蘭咖啡，她看著煙霞熟練的運用器具，煮咖啡，端咖啡，一點點，桃桃的記憶又漫上來，桃桃是個多麼愛喝咖啡的女孩子，別人喝了咖啡安靜不下來，桃桃喝了咖啡，卻總是越發顯得安靜，小巧的臉埋在書本裏，一埋就是大半天，那麼專注的表情，多麼惹人心動，多麼惹人愛憐。那時候，煙霞還是個高二的女孩，她從哪里來的那種煮咖啡的情調，他一直猜測著，卻從來沒有得到真正的答案。

煙霞端來咖啡，氤氳的霧氣中，開始絮叨關於 2 月 14 日的往事。"那是 02 年，我十八歲，煙霞也十八歲，我們從幼稚園一直一起做朋友到那一年。"煙霞細喘著聲音，繼續說："2 月 14 日，那天我陪她去醫院了。我的機子裏一直記著一個號碼，那是那天給她看病的醫生的號碼，現在好像也沒有換過機子，是這裏的名醫。你去找他，也許他可以告訴你一些什麼。"

煙霞欲說未說的口氣，讓之安覺得很難受。最後，他請求煙霞，把 2 月 14 晚的事情說出來，因爲之安清楚的記得，那個 2 月 14 晚，桃桃一直沒有回來，後來她對自己解釋說，她去了外婆家，而事隔多年之後，他才知道，桃桃早就沒有了外婆，除了母親，桃桃什麼也沒有，可在高二那年，她連母親也失去了，但是之安一直沒有問起那個桃桃一直沒有回來的晚上，一直沒有。

煙霞最後還是欲遮未遮地說了："桃桃一直有同性戀傾向，從幼稚園就有。2 月 14 日那天，我與她在一起住的。那一夜，她如以前媽媽不在時與我在一起一樣，我們很早就睡覺了。她吻我，抱我，甚至舔我，我們糾纏了一夜，我當時對她說我們以後不要來往了，我要開學轉到別的學校去了。後來，我就轉走了。在往後，我們幾乎沒有通過任何一封信，直到她母親去世。她母親，是我的遠方姑姑，你知道嗎？那是個安靜的女子，同桃桃一樣……"

那天之安離開後，帶著煙霞所給的地址和電話號碼，找下一個人去，找下一個可能知道桃桃去了什麼地方的人去。

在診所，快下班了，他走進去，說明來意。那個帶金邊眼睛的男子出門把"正在營業"的牌子翻過來，然後關了門。

"大概在 02 年，我們醫院總是來一個個子高挑穿米白色衣服的小女孩。每次來，她都要買安定片，但因爲安定片的售賣是有限制的，我們每次都只能給她十片。她來多了，我們就熟悉了。"金邊先生給之安倒上一杯熱水，繼續講："我問她總是失眠爲什麼不看看醫生，她說看不了。而且那天她當著我的面喝下大量的水，你知道嗎？我想不來，一個瘦弱的女孩，居然在我轉身的瞬間，把小茶壺裏的水全部灌進了肚子，然後又去準備喝大茶壺裏的水，在我準備制止住她時，她向我露出懇求的眼神，我就縱容了她。你知道嗎？做一個醫生，這樣做是根本不人道的。可是，你沒有看到她那天的眼神。── 如果是你，也會這樣的……"

"後來我建議與她同來的女孩子陪他到精神科走走，可是，她們拒絕了我。自那天開始，這個女孩子再也沒有出現在這個醫院，我問過許多人，也沒有見過她，不過我可以確定，她當時的神經已經不正常。一個正常的人，是不可能喝下那麼多水的，而且不可能經常靠著安定片入睡。不過很奇怪，那真是個安靜的女孩，坐在角落裏陪著我說話，有時候我明顯感覺不到她的存在，可事隔幾年的現在，我居然感覺到她一直就坐在你那裏似的，一直安靜的坐著似的……"

這次老家之行，如同上次去北京一樣，之安什麼都沒有得到，反倒多了些負擔，具體是什麼，他自己也說不清。以前給他輕鬆和愉快的桃桃，居然在別人眼裏是這麼一個女孩子，這麼一個病態的女孩子。其實他該知道，每次買飲用水，那麼大一桶，不到三天，就見底了，而桃桃給他的解釋是：我不想熱開水，就把它拿來洗頭髮了，礦泉水洗頭可以阻止頭皮屑的生成。都怪自己，之安想，都怪自己沒有照料好桃桃，與他相處這麼久，卻從來沒有發現她的不正常。甚至每次坐火車，桃桃帶那麼多的水，自己也從來沒有想過是不是全喝掉了，喝掉那麼多的水對人體有沒有害處。

之安又一次回到了所工作的地方，開始了一段時間的安定生活。

每天，他都是早早的從公司歸來，以前桃桃在的時候，他喜歡賺錢，他覺得給桃桃買好多好多好看的衣服是他的目標，現在才知道，那是多麼的空。當他一個人回到房間，孤零零的躺在床上，他才感覺到日子的緩慢，就像爬著的蝸牛。他經常不由得產生一種幻覺，在半夜，在夢醒，桃桃在叫著他，她叫著他，叫他"老男人"，叫他"毛毛蟲"，叫他"爸爸，我要"……每次，四顧茫然，蒼蒼一片，卻從來沒有出現，桃桃卻從來沒有真實的出現。後來，他騙自己，她在身邊，閉上眼睛就在身邊，所以，不做事的時候，他總是閉上眼，總是習慣從某個角落搜索像桃桃一樣的聲音。

他再也沒有想往上爬的心了，公司裏，只要能一天天過下去就行，只要三百六十五天有那麼幾天可以拿到工資就行。逐漸，之安公司的人知道他丟了女朋友，後來，他父母知道他丟失了桃桃。開始所有的目光是憐憫，是同情，後來，人們都習慣了看見他的時候發一聲"噓"，短促而有直穿人心的噓聲，常常讓他感覺悲哀，讓他有種生不如死之感。

10月份，他去了桃桃學生時代的大學，只爲了找到現在讀研究生的桃桃的室友，說實話，他已經不知道自己尋找這些人是爲了什麼，也許只是想在這些人嘴裏重新的與桃桃在一起一回，想跟他們集體回憶一回桃桃。

是在一戶很破爛的房子裏見到桃桃的室友的，那個女生，正跟男朋友過著人間小神仙的同居生活。之安進了他們的屋子，溫暖撲面，讓他更想念與桃桃相處的日子了。他的桃桃，怎麼忍心丟下他一個人走了呢？！

桃桃的室友除了說一大堆自己所知道的事情外，透露了一件讓之安想吃醋而又不能吃的事件。

高個子的桃桃室友說：桃桃有一次，被一個同市的網友戀上了，他經常來找桃桃。一次，桃桃終於答應了與他見面，是在老街吧，桃桃對人家說："第一眼看見你很帥，第二眼看見你一般。"拐了一個角，桃桃溜了，那個男生一直打電話給桃桃，桃桃接起臭罵一頓："第三眼看著你我心寒，所以跑了，以後也不想見你！"這該是桃桃大學唯一的趣事吧？以後，桃桃幾乎沒有出現過什麼誹聞，她一直都是安靜的，像精緻的瓷器娃娃，靜靜的坐在某個角落，讓人都捨不得傷害她。

在桃桃室友的訴說裏，之安又一次"復活"了桃桃，又一次他感覺桃桃只是離開他一會到某處去而已，他相信，他的桃桃會回來的，即使他已經差不多尋找了一年，但是，他仍然沒有放棄！

就這樣，之安一直在尋找著。在失望中尋找希望，這樣才有活下去的理由，是的，這絕對是個真理。

一晃三年！

在2007年年底，之安收到一封信件，是桃桃妹妹寄來的，信封裏只一句話，只一張白紙上寫了一句話：桃桃父，病逝。之安想，也許，他的地址是從桃桃父親的筆記裏被人給抖出來才象徵性寄這麼一封信件吧，可憐的老人，卻在臨死都不知道女兒的消息，想到此，之安總是感覺歉疚。

2008 年 11 月，在西安。

之安又一次出現在人行橋下面，可是，這次等待他的不是比希望更讓人討厭的失望，而是，比失望更讓人討厭的絕望。他找到了桃桃，不，他找到了事情的結果，但不是他想要的，所以，這只是結果，只是一個不好的結果罷了，沒有什麼。桃桃死了，如果桃桃真是死了，我們就此埋葬她，也是應該的，可是，她沒有死，她活著，生不如死一樣的活著，所以，在之安的記憶裏，她是死了的。

如果生活可以給人安穩的話，我也是願意給人安穩的，生活不給人安穩，我是生活的忠實記錄者，所以，我不可以給不安穩的人生加個安穩的尾巴。

西安火車站向前走二百多米有一座人行橋，在那座橋下麵，桃桃丟失了手機，在那座橋下面，之安丟失了桃桃，也是在那座橋下面的一個廢氣的舊車站，之安找到了桃桃。

生活不是巧合，但是，總有許多山窮水複時候，柳暗未必花明，這誰都知道。

三

2008 年 11 月，當之安走在人行橋下，他感覺有一股東西牽引著他，一些乞丐仍舊在那橋的上上下下處走著，可是，不知道為什麼，之安選擇跟著一個乞丐走，跟著一個聲音走，這個聲音傳來的方向跟他所跟的乞丐的方向是一樣的。那是一陣像人聲又非人聲的聲音，一聲長一聲短的，像是做愛的喘息，又像是動物被殺的痛苦呻吟。

他跟著那個乞丐，也就是跟著那個聲音，越走，聲音越清晰，於是他就跟著走了百余米。拐彎，然後下去，裏面扔了許多垃圾，像是個堆垃圾的地方，仔細看，才發現是個廢棄的車場，因為有牌子還在那裏樹著，像是豎著的靈位一樣，讓人看了有種不祥感。

那個乞丐推開一個破舊的門，然後走了進去，之安感覺聲音就是從那裏來的，所以他也就跟著進去。

　　屋子裏黑漆漆的，像是死了人的房間，給人種陰森感，一種惡臭撲面而來，之安看到了地下一個東西爬著，地下一個像是人的東西在爬著，呻吟就是從那裏發出的。

　　之安想到了桃桃，他下意識的想到了桃桃，他俯身，再俯身！

　　那種絕望是不可以描述的，那種場面也是不可以復述的，之安抱起了這個呻吟的女人。借著下午的餘光，他得到了確認，這是桃桃的面容，是桃桃的面容，有蟲子從桃桃的身體上掉下來，一串串的，之安想吐，他感覺他要發瘋了，他幾乎要發瘋了。

　　他說著話，叫著桃桃的名字，可桃桃沒有回音，嗚咽的喉嚨裏發著呻吟聲，這時候之安才發現，這個女人沒有了舌頭，不，只有半個舌頭，在嘴裏面吊著。

　　之安哭了，周圍的乞丐四處逃竄，他們見之安撥打電話的時候開始卷起鋪蓋四處逃竄。之安抱著桃桃，這個面似桃桃的女子，手腳的脈絡都被挑斷了，就連爬行，都是不可以得了。

　　事情重播到2005年的臘月十三，那一天，桃桃在衛生間外被乞丐劫持，後來被乞丐侮辱，再後來被乞丐挑斷經脈，不能再逃跑，再後來的後來，因爲害怕她叫喊，索性連她的舌頭給割掉半個……也許，這些次序可以換過來，但內容是換不了的。總之，當之安找到桃桃時，桃桃已經不是一個正常人，她也無法再正常的生活下去。

　　2008年11月，之安把桃桃送進了醫院，當所有診斷結果出來時，之安絕望了。他的女人，活不過三個月，他的女人，再也無法正常走路，正常思考，正常說話，就連正常吃東西，也不可能了。

　　當之安後來回想起他在那個廢氣骯髒的地下室看見桃桃時，他一次次嘔吐，一次次哭著想招死自己，他看見桃桃的嘴裏被塞滿了垃圾，而她還在吃，吃，一直做著吞咽的動作。

　　在2008年的某個夜晚，之安把桃桃從醫院抱了出來，坐上了回家的車，不，他包了一輛車，直接回住處。

　　那一晚，他回到與桃桃同居的房子。開始是靜靜的給桃桃畫眉毛，畫紅唇，後來，他實在畫不下去了，於是，他穿了桃桃白色的睡衣大袍子，給桃桃換了紅色的睡衣裙子，然後拉開了床板，把桃桃放了進去。做這一切的時候，他很鎮定，可是，做完這一切，他卻完全發瘋了，哭嚎著跑了出去。

　　……

　　過了很多天，人們在在長順街花園巷十三號的雙人床上，發現了一具女屍，驗屍人員說：這個女人缺半個舌頭。

　　許多天后，經過西安火車站的人行橋下，總是有一個男瘋子，拉著人問："桃桃，你見過桃桃嗎？你見過桃桃嗎？"

# 地上一年

## 上

### 一

我叫天田，來到這裏，不是我的選擇，但我必須來這裏，因爲除此之外，我沒有別的辦法。

我搬著所有的行李來到了過中，租了一間房子住了下來。我是想靜心度完這一年的，給自己的前途一個交代，給自己一個交代。我知道我所有的家人都反對我這麼做，反對我對原來學校的逃避，反對我繼續進行無謂的學業。他們認爲我純粹在浪費我的青春，他們認爲我根本就是破罐子破摔……這些認爲於我沒有什麼。我拿起背包離家的那刻說了一句讓他們一輩子都無可原諒的話：“你們不需要給我錢，這一年我去過中是定了，我不要呆在這個城市，我的事你們管不著！”我背起背包，沒有一步三回頭。我不是鐵石的人，我怕我掉淚，奶奶的千呼萬喚，母親紅腫的雙眼，弟弟怨毒的表情，都無法阻擋我離開的步伐。這一刻，我只爲我自己活著，儘管是艱難的，但我已經下了決心。

我清點了我所有的個人積蓄，發現只有四千多一點，我必須省吃省穿才能真正夠我一年的生活，但說過的話是收不回的，即使對於家人。所以我一點點盤算著怎樣度完自己的這個春秋，其間的路子是艱難的，但我必須堅持下來，沒有退路可走，我必須堅持！人大多時候是活給別人看的，儘管打著要實現自己價值的幌子，我也是這樣，我活著就是爲了證明存在。

來到過中，我是發了誓不談戀愛的，因爲就是戀愛毀了我，我不需要別人再來毀滅一次我自己。

# 二

遇上張翔是我這一年的春花秋月，儘管最後變的連霜後的茄子也不如，但這怪不得他；遇上美豔也一樣，她跟張翔一樣垃圾，但我也是垃圾，所以我們沒有必要相互貶低。總之，遇上他們，沒有使我的生活起了色，反倒落到更深更灰的角落裏去了。

我想我沒有愛過張翔，儘管我給他製造了這個錯誤的幻覺，儘管我們曾經還誤以爲相愛過。

我喜歡在紙上慢慢排列出自己的不幸，然後開始細數。我的憂傷難以啓口，我只是真實編造著自己的故事，但故事裏的人永遠按著生活的軌跡都背叛著我，我終究是沒有勇氣完全敞開自己的不幸，所以，我把別人的不幸一起敞開，來混淆人們的視野。

張翔與我的相識不算錯誤，只是我們自己錯誤的產生過交集而已。現在想起他，除了覺得有蛆在喉，其他什麼感覺都沒有。

開學兩個周後張翔來到二五班，這時班裏已經有一百四十二個學生了。班主任李定邊拎著一米八二帥帥的張同學走進教室，全班八十幾個女生皆譁然。同坐的女孩雨芳說你看你看帥哥來咱們班了。我瞥過頭，沒有說什麼，不過那個男孩有點空靈略帶憂鬱的表情還是讓我回味了一分鐘。

夜晚關於張同學的各種版本就全搬到我這裏來了。雨芳側坐在我的床上，一句一句把聽來的八卦娓娓道來。她從張翔在過中讀高一開始講到張翔在神中讀第二個高三，然後再講到張翔爲什麼又來到了我們學校，我看著雨芳誇張的表情，莫名地懷疑他們是不是有什麼關係。聽著聽著，忽然對這個男孩同情起來，莫名的情愫也產生了吧？大概是物傷其類，畢竟，我們都是補學的人。雨芳看見我底下頭，也適時的住了嘴，訕訕的說了一會，然後走向她自己的房間去睡了。

我洗了一下，也爬上床，但張翔的影子晃來晃去，我無奈地長長的抒了口氣，忽然覺得這不符合我多日來靜了的心，才知道自己居然在爲他歎息。門口的對聯被風吹著嘩嘩響，天花板上映著對面樓層晚睡的人家投來的光，被窗菱劃的橫七豎八。我爬起來，把養的幾株花抱到陽臺上，關了燈，又開始睡下。

這就是我與張翔相識的最初，沒有驚喜可言的。于他於我，都是在最灰暗的歲月知道彼此，何況他根本不知道我，所以談不上美感。

美豔也接著隨張翔的到來而來了，當然，他們是沒有什麼關係的。當張同學來到我班的第二天，美豔也來了。對於這所學校，她可以說是輕車熟路，因為她本來就是這所學校的，而且還是我們李班的學生（班主任姓李）。

美豔進我們班真是轟動了全校，她從二樓一路逶迤地走過，邁著細碎的步伐走進我們班，後面樓道的笑仍在飄蕩著，沒有地方停留似的；我們班的笑就飄起來，包括男生，女生唧唧喳喳的說著，男生嚕嚕的叫著。我看著這個瘦高個女生從我身邊走過去，想著又不是長得很好，怎麼就這麼受重視？雨芳把我的耳朵揪過去，我裂著嘴準備發火問她為什麼這樣對我，她已經在我耳邊低語了。那些話汙人耳目，但我還是聽了個完全。這就是佛洛德的偷窺欲吧，人人都有，所以這是本性，怪不得我。

我每天從張翔身邊走過，然後經後門，去樓道站著，看飄浮的雲，看應屆生不流淚的表情。張翔後來逐漸注意我了，因為走到他身邊我總會多停留一會。他的同桌是我的老鄉，一個看起來發育不良缺鐵缺鈣的白臉傢伙，叫蘇向，一眼看過去，還以為是個瘦弱的大象呢！我討厭蘇向，我們班的許多人討厭他，我說的許多人是指雨芳與我。我的世界人很少，少到四捨五入後幾乎沒有。蘇向每天眨巴著小獸一樣的眼睛端詳著每一個人，好象要把每個人從骨子裏看扁似的。他什麼也不用學，他父親的鈔票足夠給他買一個相當於北大的好大學。在我們那個有著神華集團的小鎮中，有錢的人比牛毛多，可惜我家不是牛毛而已。蘇向家就是牛毛人家，他爸是公安局局長，他家有太多來歷不明的錢可以用來揮霍，能進這所學校，他那二百多一點的分數沒有起一點作用，全是他爸那輛豪華的車上裝的東西起了作用。

張翔注意到我，完全是因為蘇向的眼神吧？蘇向看我就像他看每一個女生一樣，往往不是從頭開始打量，而是他把人切成幾截，一路從胸看下去。他看女生一般先從胸開始，用一種猥瑣的姿態，一點點在自己的視線裏分割著別人的身體，然後在女生的臀部停留，最後一路下滑到大腿，接著就沒有了。在他的眼裏，好象別人的小腿、腳和頭之類的是不存在的。我最討厭見他這樣的眼神，雨芳也討厭他，她說他的眼神像是要吃掉人，我說你沒有被他吃過你怎麼知道。雨芳裝傻似的問我："怎麼回事，我跟你說此一事你怎麼就想到了彼一事，難道你心裏有什麼見不得的事藏著？"我不語，任她一個人獨自叨著。"男人都是無法忍受的,除非你特別愛他！"我想著杜拉斯的這句話，覺得真說到人心裏去了。因爲我喜歡的是張翔，所以我得忍受蘇向讓人做嘔的眼神，因果就這麼簡單。我其實不是個愛屋及烏的人，我愛屋懼烏，但我還是會鼓足勁大膽走向自己喜歡的屋子，給牆上那個烏鴉不屑的一顧。

我從張翔那裏走，停停留留還是滿有情誼的，任誰日久了也看得出來，何況精靈古怪的雨芳。有兩個周張翔沒有來了，我一日日數著，在牆上劃著線。我把他的名字塗在我的手心，擦了寫寫了擦，直到心痛。這是我喜歡一個人慣有的做法，以前是這樣，遇見張翔還是這樣。我喜歡一個人，除了換名字，方式是從來不換的，因爲我總是不斷的喜歡上人，到後來我習慣於用不變的方式對每一個從我身邊走過的人自做多情了，於別人無大礙。我只是傷害著自己，所以沒有人會說什麼，縱使有人想說什麼，他們也一點不知道我心裏真實的想法。我是個喜歡自編自演的女孩，故事的主角只有我一個。

一天我又在手心寫張翔的名字時，雨芳把我的手掰了過去，然後一邊笑一邊大聲說："我就知道你喜歡這個男生了。我也第一眼看見喜歡，但我知道他的人品就不喜歡了。你怎麼還這麼癡心呢？我不是告訴過你了嗎？"周圍的人看著我斜著臉笑，那個我後面的醜女孩更是誇張，居然扯著我的手要給我畫愛情佛。我拽過自己的手，發現自己的秘密根本不是秘密，周圍的人都知道。我紅著臉，白了大家一眼，低下頭顧說："我是有點喜歡他，這我不想遮掩，你們管得著嗎？"雨芳罵我不識好歹，然後繼續寫自己的作業，別人看熱鬧的眼神也收回了，只有後大排坐著的蘇向側側笑著，整個教室開始陰森森，我抓過自己的書包就大踏步走出了教室。

在門口我與李班的胖身體不期而撞，他習慣於每個晚自習埋伏在視窗或閘上，我早知道他每天會這樣突擊，但那天我居然冒這個危險跑出去了。場面是很尷尬的，李班被我差點撞倒，平時假裝的風度盡失，爲了維持一點姿態，他拉下一張驢臉問我：還在上自習你亂跑什麼，這樣的無視紀律你還來這裏補習幹什麼？我的應變能力向來是一流的，我抱著自己的肚子說我難受，很難受，可能身體有什麼狀況吧。老李瞥我一眼，說那你現在回去吧，明天補個假條！

晚上雨芳十點多敲我的門。前面忘記說了，我們都是租房子住的，過中一般不給學生安排住宿。雨芳與我住一個公寓，她與我隔個幾步遠的走廊而居。我起身應門，走到門口卻不想給她開門了。我忽然有點討厭這個八卦女人，如果不是她，我是不會知道班上那麼多的事情的，張翔也是不可能動了我的心的，可……

我在門口站著，雨芳繼續敲，她向我道著歉，我終是軟下了心，把門給開了。要知道，我心裏清楚她是為我好，客觀也好主觀也罷，她這樣做對我終究是好的。

雨芳從我門裏進來，直接就過床上坐下，我的狗阿醜（撿來的流浪狗）看見她趕忙跑到床下去。我問她吃過沒有，然後把八點多煮的餃子拿了出來端在桌子上，她很不客氣的接過筷子。然後一邊吃一邊說："你知道張翔這幾天到哪去了嗎？他在監獄，他強姦了他的女朋友！那天你沒有看見李老師跟著公安局的人走嗎？就是為了調查張翔的事，我不明白，這些事咱們班人都知道，你怎麼就不知道，你是真不知道還是你一廂情願喜歡這種惡魔？"我兀立著不說什麼，心裏卻泛起悲哀，我苦苦思念的張翔，原來是在強姦犯，正被警方給看管著。

過了一段時間，張翔又走進了高三二五班，只是時值近寒冬了。

從我背後的胖女孩那裏，我差不多瞭解了全過程。張翔強姦他女朋友是真的，坐牢也是真的。他的女朋友跟他是訂過婚的，是他的未婚妻。那個女孩到西安去讀專科，在假期，他們同居著，結果懷孕了。但可悲戚的是，那女孩宮外孕，這種是必須做手術的，所以張翔陪了去。結果開學遲來了兩個星期。那女孩到校不到三個月，就又跟一個男生在一起了。當她回來看張翔的時候，張知道了這件事，對女孩一陣狂打，最後，就著夜色拔了女孩的衣服，給那個男孩打過電話去，半個小時內，張強姦了他的未婚妻。這是故事的全部，簡潔到了極點，但還是無法滿足我的"求知欲"，然而別的具體細節，我卻無從知道了。

# 三

班上的女生看見張翔都躲著，但他帥帥的外貌還是吸引著一些人，比如賈貞，她看翔的眼神永遠都像存儲著一渦水似的。當然，這些只有我能看出來。賈貞是那種喜歡與男生瘋玩的女生，我不喜歡她，但這種人很有用，她的嘴巴可以殺死人，所以我看見她，總是一臉奉承相。

賈貞有男朋友，在太原一個不入流的學校讀著書。她男朋友家很有錢，聽說要把他買到西北大去讀本科，那段時間正熱議著，這也是她的一筆談資。

快放假了，一日晚上，賈貞攜了她男朋友來看我。我房間是很少讓男生入內的，但那天破了例，我不想讓這個快嘴婆說我什麼不好。賈貞與她男友在我房間眉目親熱半天後說讓我陪她去睡，今晚那個男的要走，而賈貞習慣幾天來他陪著她了，所以要我陪著去適應幾晚。我溫婉地拒絕了。我說我不喜歡到別人那裏去睡，我說我適應不了別人房間的那種氣氛，我甚至說我有腳氣，害怕傳給她……我把能找的不能找的理由統統找出來，結果最後一個個都敗下去，賈貞的提議我最終拒絕不了，所以我就跟了去。

那晚出來後她男朋友就回自己家了，然後我們一起去了她住的房子。

房子不是很華貴，而且是南房，我想著自己好好的房子不住我來這幹什麼，頭皮硬著走向她的床。房間的擺設讓我想到了秦可卿的臥室佈置，我是個總是沒來由隨便聯想的人。"見短袖子，立刻想到白臂膊，立刻想到全裸體，立刻想到生殖器，立刻想到性交。"我想著這句話，嘴角就不由得泛著笑。賈貞正捅著爐裏的灰，我的眼睛落在她有著藍色花邊的乳罩上，她看見我看著乳罩，說："是古今牌子的，這種的適合亞洲人的體態，聚攏性比較好，品質也比較好。你的呢？"我貪婪地看著她胸前的 D 罩杯，順口說我多天是不穿那玩意的，我覺得束縛著我難受，夏天也幾乎不怎麼穿，除了實在暴露的不行了，我可能隨便買一個。我看著賈貞看我如同看外星人的表情，感覺自己在她面前真丟人，好象自己不是個女生似的。

賈貞給我在爐子裏搞了點肉粒稀飯喝，很香的，可能與我沒有吃晚飯的原因有關。我喝了滿滿一碗，她還要繼續給我加，我說你也知道我一天只吃一次今天已經夠破例了，你做的很好，我才吃了這麼多。賈貞看似無意的說了一句："張翔也很喜歡喝這個！"我翻著她書桌上的數學卷子說我累了，咱們早點睡，明天還有課呢！

我看見賈貞幾分鐘裏風捲殘雲，把那鍋稀飯吃個精光，然後跳上床來。她一件一件在我面前把衣服褪掉，一點美感也沒有，土黃的肩膀，土黃的腿，還有那土黃的乳房……她人個子高高的，一米六八吧，穿起衣服來是很不錯的，至少可看，再加上臉上打上厚厚的粉，給人的感覺還行，可褪去衣衫呢？她轉過沒有穿衣服的身體關了燈，我在暗夜裏摸到她的手，說睡吧，這回有我你該不寂寞了吧？

那之後我與賈貞表面上看起來更好了，好到她總是提醒我要提防美豔。

# 四

美豔上面我已經說過，是個倍受爭議的女孩。雨芳曾提醒我不要借錢給她，我後面坐著的醜女孩曾提醒我不要跟她親密交往；別人以為我點頭是聽從了他們的話，其實我根本只是為了讓他們在我面前閉嘴。我是個來者不拒的人，對於美豔，我也是這樣；這個世界，只要有人對我好一點，我都恨不能把心掏給人家，傾我所有報答人家的那一點情誼。

美豔一天找我說要問我借點錢，這是她跟我說的第一句話。我說好啊，你需要多少，你該知道，我也是不多的！我過幾天還準備去看牙齒呢！她說一百！我把自己的生活費取了一百，遞給她。雨芳在我身邊一個勁使眼色，我權當沒有看見。

美豔走了，雨芳惡狠狠的對我說："對你好真不值！她以前是過中的學生，跟她男朋友現在仍在同居，而且還有另外一個女的。她借錢純粹是為了她那個不愛她的男朋友亂花，你為什麼要借給她。我的話你從來都當耳邊風，你真不識好歹！"旁邊的人也看著我，我不知道該解釋什麼，因為雨芳說的是對的，我知道她說的絕對真實，但真實不代表真理。我忽然想到那句話："世界上難以自拔的，除了牙齒，還有愛情！"我抱著自己痛痛的牙齒，把頭埋在課桌上，像受傷的小鳥，耷拉下頭和爪子。雨芳咕噥幾句，也不說什麼了。

　　過了一個多月美豔把錢還給了我，沒幾天又來借了，當然，有時候也借宿，我幾乎沒有拒絕過。我是個不懂得怎樣拒絕別人的人，當我準備拒絕別人的時候，我覺得我比被拒絕的人更難受；包括別人說愛我，對於許多人，我是不愛的，但這是個很容易說愛的年代，那些說的人不臉紅，我反倒聽著難受。拒絕跟談愛一個概念，只要不是切身之痛，我一般很少對人說不字，

　　美豔與我借錢借出了感情，所以她的一些事我還是知道的，但她既然有些遮蓋起來，我也就不多問。每個人都有隱私，我也一樣。

　　美豔稱她與她弟弟住在一起，我也就把那個我見了幾面的男孩當作她弟弟。她說她弟弟家很有錢，但是她弟弟喜歡與她住在一起，所以家裏就不給她弟弟錢了，所以她很缺錢。我點著頭如搗蒜一樣表示理解。就這樣，美豔把我引以為知己。

　　快放假的時候，我的農行卡上沒有錢了，建行的那張卻出奇的失磁了，我的手機也欠費了。那天我把建行的卡刷了 N 次，結果一次次證明它已經失效，我必須回到我老家神府縣補辦，但這是需要花一兩天的，我沒有必要因為幾百元回到那座小城，所以我只能借錢。我問雨芳借，她說她的錢剛買了新手機，自己也不夠，所以我只能轉向賈貞，但賈貞一樣找了個理由說愛莫能助，不過還是給我解了杯水車薪的危，借了五十。過了兩天我知道這點錢根本不夠我撐到放假，我跑去了美豔那裏，她對我說她是計帳的，我可以與她一起吃幾天，直到放假。就這樣我把五十交了三十充話費，與美豔一起吃了幾天。

　　後來我在家鄉的朋友通過短信知道了這件事，給我匯了五百來，我終是在放假前把所有的結了，包括房租。

　　這半年就這樣過去了。

# 五

　　過年了，我只回家住了一個周，補辦了一張建行卡，過了個所謂的年，然後正月初五就離家走了。家裏給我二百壓歲錢，如果是以前，是一定比這多許多的，但這一年不一樣，他們希望通過錢把我困起來，結

果發現沒有用，我寧願一天吃一次也不肯妥協。所以後來雖然原諒了我，卻還是不肯接受我的做法，希望我道個歉之類的。我是個說不了對不起的人，只能越發使他們難受。我知道，是我開始對他們不起，是我不對，但不代表我必須道歉。假使現在讓我回到過去，我絕對不會重蹈覆轍，但這不代表我已經痛改前非。我知道我望向無底深淵的時候，它也在回望著我，但這一樣無法阻止我走向它，就像我在來過中以前走向墮落一樣。

回到故鄉，我拒絕見以前的朋友，拒絕別人同情或者關切的眼神，我知道，我只是在我的世界躲藏著。我不善於說不，但不是說明我不會說不。那些過去的人，他們打探著我的消息，可惜的是，我換了號換了住處換了城市，連我的家人都不知道我的號，所以沒有幾個人可以找到我的。

我回到過中，仍在我以前租住的房子裏住。我通過手機找到美豔，才知道她早就來了，只在家呆了一個年夜。我們都是堅強的，縱是看向彼此的眼寫滿了淚，一樣不會掉下來，何況我們都掩飾的很好，讓人看不出痛苦。

八日晚美豔通過短信讓我去今宵酒醒吃飯，走進去已經坐了六七個人，只留我一個空位。我坐下來拿起筷子就吃，一點禮數也沒有的那種。美豔在一邊介紹著，這是王某某，那是李某某。我應答著，臉上綻放著廉價的笑。因為我知道我不需要記得誰，我只是負責來吃東西的，拎個嘴巴來就行，耳朵放在住處。

那晚美豔喝多了，她與她原來的那幫弟兄估計關係很好，要不不會喝那麼多的。她甚至出口罵了那個帶女朋友的小白臉樣的男生，她指著他：「你拽什麼呀？當初不是那麼喜歡我嗎？現在上了大學帶個女生來見我。我是跟我弟弟沒有你們那麼幸福，但也用不著你來顯擺啊，想刺激我嗎？……」我看美豔氣色不對，準備把她帶離酒席，但被她拒絕了，也被她的那幫狼朋拒絕了。

我負責添飽自己的胃準備走，美豔說我可能晚上到你那睡，你給我留著門。我點著頭拉開了門，正月裏的風從外面貫進來，涼嗖嗖的！我踏著步子往外走了，門順手被我合上。裏面的一群男女，還在繼續著。

那天後美豔開學時才又來找我，還是一樣的理由，借錢，到晚上沒有回去，加了個借宿。我的床是雙人的，足夠承載我和她，但我還是不習慣與她緊貼著身體。從小到大，除了我的姐姐可以近距離的與我身體接觸外，我排斥每一個人，當然，不包括我以前的一個女性朋友，我很喜歡她，只是她背叛了我，這裏不提她的。我唯一可以說的是，我曾經很喜歡過一個人，是個女生，我以愛情的名義喜歡過她，儘管我也是女生。我與她同一個宿舍同一個床一年，這是關於她我能說的全部了。

　　美艷經常來我這裏借宿，我是個容易失眠的人，她來的夜晚，我更是徹夜的難眠，所以我們總是徹夜的聊著，第二天打電話請假。雨芳只要看見美艷來，是從來不進我房間的，甚至我的阿醜路過她門口，她也要一腳踢的狗直叫。美艷走後，她對我的狗稍微會好點了，對我卻越發凶幾天，拉著一張臉，總是打著我的門像敲鼓似的，進來躺在我的床上就開始調侃，用她能想起所有的刺味十足的詞語。我知道她對美艷有偏見，但這個社會，一個人爲了愛情殺人也是可以容忍的，何況美艷只是爲了一個自己喜歡的人三人同居，爲了一個自己喜歡的人借點錢。

　　四月了，草木盛開，在夢回唐朝美艷請我吃飯，她過生日。當她發短信把這個事告訴我的時候，雨芳正躺在我的床上打著電話與追她的一個男生調著情，我正做著麵條。她看見我手機泛著光，就拿起來把短信看了，接著讀了出來。我知道她會勸我不要去的，所以我把先下的面撈在她碗裏，看見面她住了嘴。

　　第二日晚美艷來找我，到了夢回唐朝，我才發現只有我和她弟弟兩人，她弟弟手裏拿著一雙兒童鞋一個虎頭帽說：“姐，這是給咱兒子穿的。您要收好哦！”我看著差點笑岔了氣，這麼可愛的浪漫的一個男孩，真是會令許多人愛上的。怪不得雨芳說：“如果是我，我希望我的男朋友也像美艷的男朋友一樣，只是不要像他那麼多情就好了！”那晚的飯吃得好可口，我雖然是個電燈泡，但自己的心裏也明晃晃的，高興的心直發涼。

　　後來五月份我去了美艷租住的房子一次，她請我去的，她說我該去看看她的家居生活。是時我才真正知道他們是同居著的，儘管我沒有看到那個女生。他們的房間是很大的，老式的那種，是窰洞，在舊城那邊，門前還放著個水甕，走進去如果不知道的人還以爲是進了農家呢！

　　窗上有兩個毛制的小動物並排躺著，一個抱著另一個，看起來像貓，美豔卻說是老虎，我說貓也好老虎也好總之是貓科的，他們是一家。說完覺得不對，看到美豔的表情卻是歡喜的，我就也沒有做太多的解釋。懂你的人解釋是多餘的，不懂你的人再多的解釋也是惘然。

牆上有很多壁畫，我看見一張很大的宣紙，因為是手繪的，所以我走進近處去看。畫中是一對戀人在依偎著，周圍風沙爛漫，給人折戟沉沙之感，如同身處一片沙漠中。看見旁邊有細小的字，我就抱了個椅子站到櫃子上面看牆上。寫著："一杯水，一把乾糧，只要愛人在身旁，沙漠也會變天堂！"我看了後，沒來由的眼睛濕潤了，儘管這幾句話以前我也在不同的場合見過。

他們的房間給人一種別樣的溫馨，我曾進過許多同居的人的房間去做客，但沒有哪一個給過我這樣大的震撼力，沒有哪一個讓我如此羨慕。儘管說起來，他們的愛寫滿了委屈，一點也不值得別人豔羨。

美豔佈置的房子既不美，也不豔，但自有一種風韻在那裏，讓人忍不住想嗅出點什麼味道來，哪怕這味道是刺鼻的惡臭。我終於明白我為什麼對這個女孩這麼好了，感動了我的不只是她對愛情的執著，更可能是她器宇眉間流露的那種氣質。但是，到現在我才覺得我被騙了，我上當了。昆得拉的那句"沒有隱私，愛情和友誼將不可能"，確實說到了我們的骨子裏。這些是後事，我下面再說。

# 六

快放假了，六月七號就要高考了。我們每一個人開始繃起一根筋，把全身所有的神經都捆綁起來。

我幾乎不再到學校去，更不可能從張翔身邊走過了。我請了長假，我問那個胖胖的班主任請假，他問我你自己對自己可以負責嗎？我說這麼多年我不認識你難道是你負責的嗎？就這樣我們辯解了半天，最後我成功的請了假。

班上有個叫楊揚的男孩，我與他的關係僅限於認識，知道個名字而已。我壓根不知道他每天晚自習跟蹤我回來，跟蹤我走上我租住的小樓，然後轉回去。那些天我請假了，幾乎沒有人可以找到我了。

楊揚在我出去買東西吃的一個夜晚又跟蹤了我，他曠課跟著我。我同樓的高二女孩劉圓是不上晚自習的，她與我當時在一起。我們從國貿大廈買東西回來，然後在河濱體育場坐了一會。劉圓拉我說咱們快點回去吧，已經九點了，我一再拖延著，希望回到那個沒有氣息的屋子遲一點。過了一會，她爬到我耳邊來說：“天田，好象有人跟蹤咱們。以前我上晚自習也看過他跟著你！就是咱們身後的那個穿著藍色體恤胸前映著周傑倫頭像的。”我說不可能，然後順著她說的方向看去，借著燈光，我發現了楊揚，他正在向我這邊張望。

我拉起劉圓說我們走，你看錯了，那是我們班的人。我們從河濱走完時，楊揚也跟了來，我對圓圓說的確信了，心裏有點惱火。我對圓圓說你先走，我到天使屋喝杯奶茶去，順便看看席書書屋有沒有新書上市。圓圓先走了，我轉過拐角，藏在路邊的一個電線杆後。

我看見楊揚從我這邊走來，轉過拐角，他沒有向圓圓的方向走，而是在路邊停了下來。我從電線杆的陰影裏走出來，手拍在他的肩上，他確實被我嚇了一跳，甚至眼鏡掉在半空，他一邊接眼鏡一邊含糊的不知道要說什麼。我忍著自己的耐心說：“楊同學，你是在跟蹤我吧？”這是個羞澀的男孩，有跟蹤我的勇氣，卻沒有承認的膽量。我看著他，真想揍一頓，我恨這個男生給我造成的不安全感，高考已經夠讓我瘋狂了，他卻還要在我生活中撒點碎石，我該不討厭嗎？

我說你跟我沒有什麼惡意的話，你還是請以後不要再這樣了，本姑娘受不起你這種禮待！說完我準備轉身走，卻被楊揚給揪進了懷裏，我這次真火了，但這個男生的力氣大的嚇人。他說你聽我解釋好不好，你聽我解釋，不要總是對人一副冷如冰霜樣好不好，你是有個性，但也總不能拿傷人的眼神和話語來對待每一個人吧。我掙扎著，嘴裏毫不鬆軟，我說我就是這種人，犯著你什麼了，本人就這德行，你受不了可以遠離啊，誰讓你跟著我了。我掙不脫他的懷抱，我就開始罵他，我說他媽的你以爲你是誰，一年前我還是混混呢！他控制了我的手，臉俯向我：“我對你沒有惡意，你該知道，我只是喜歡你。你最好不要動！你來這裏偽裝的很好，像個小乖乖，但我知道你叫小太妹，你是神府縣自名穿花鞾的老三，我還知道你以前的很多故事，我甚至知道你爲什麼要來這裏……”在他一連串的話裏，我靜了下來，然後趁機推開他，我站在他對面，一字一句說：“你說的我不知道，你最好以後不要跟蹤我，我不是什麼東西，我也不會看上什麼東西！"然後我跑走了！

　　楊揚跟了來，他踢著我的門，我沒有理。他在門外面企求我原諒，他說他喜歡我，喜歡我難以馴服的表情，喜歡我目空一切的眼神……我是個最聽不得好話的人，從小被人罵慣了，別人說我好我都認為是虛假，是有圖謀的，是不可信的。我把我的門反鎖了，任他在外面嚎叫。

　　後來楊揚走了，已經是十點多了。劉圓過來敲我的門，雨芳也回來了，她打開她的房間把書包放進去，然後跨腳就進了我的臥室。誇張地大叫著，今天楊揚在教室問了許多人你的電話，當然也問我了。我說你說了沒有，你如果說了你以後不要進我房間，我沒有你這個朋友。劉圓打勸著，讓我說話注意點分寸。雨芳說你犯哪門子瘋啊，什麼時候又把楊揚給沾惹上了。我說我他媽的自己也不知道，是人家今天找上門來了。劉圓跟她解釋著晚上的事情，我把我新買的文綜卷子翻的嚕嚕響。

　　楊揚事件就如此過了，但不代表終結。六月的鐘聲時時刻刻敲著，擊打著人的心。

# 七

　　有個班上的男生許翩對我很好，一年來我有什麼事都可以找他，還算是不錯的朋友吧，不過除了利用之外我不是很喜歡他。雨芳總覺得這男孩不錯，她認他為哥哥。每天回來替他這個幹哥哥在我面前說很多好話。她每天一邊高舉著許翩的紅旗，一邊高舉著張翔的白旗；她說我不該以貌取人，我應該選擇許翩做男朋友，他忠厚老實，正是氓之嗤嗤裏的好男子。我說那你就自己收了吧，等著背叛，我可不喜歡別人把我半路趕出家門，被休不是一種福分。雨芳一直向著這個男孩，我一直不為所動。

　　雨芳的男朋友換了一個又一個，都上不了檔次的那種。有時雨芳笑話我，說不知道我這朵話將插在什麼地方，平時裝出一副高不可攀的樣子。有時她也會說我知道你不是真喜歡張翔，要不你不會這麼久了不採取行動。也許他只是某些部分符合了你對愛情的想像，所以你才一直這樣若即若離的表示著你對他的好感。也許你這樣的人愛的只是你自己，你根本不可能愛上什麼人……

　　雨芳說對了大半，但她不知道，我曾經有過多麼刻骨銘心的一段戀，我也曾經有過多麼不可言說的挫敗，這些我都是決絕的不提起的，過去屬於死神，我不需要誰再來打擾現在的我，沒有那些人，我一樣可以活得怡然。

　　五月末，我病了，吊了三天點滴了。許翩拎著一包水果到醫院來看我，我撐著自己的頭儘量陪他說著些溫婉的話。我是個刺蝟樣式的女孩，可是我也是脆弱的，尤其在生病的時候。我每次生病都覺得自己快要死了。懶懶的斜臥在診室裏，看一滴滴液體滑進我身體，就像一滴滴憂傷流淌在我身體一樣，當此時我總是絕望的，絕望讓我想抓住每一個給我溫情的人。許翩來的正是時候，我給了他我平時給不了別人的溫順，他該是滿意的了，竟至以為從我的世界獲得了什麼特權。

　　六月一號，我好得差不多了，所以沒有去醫院。陽光淺淺的灑進我的房間，我餵飽我的阿醜，準備給我的那幾盆快要死了的花澆水時我的房間門響了，我走過去用快樂的語調說："你怎麼又曠課回來了？"結果我開門發現不是雨芳，而是許翩，我莫名的懊惱起來。我轉過臉說你來幹什麼，我病好了已經完全好了你是不是還期待我生病啊所以來看我活不活著，我擋著門不想讓許翩進來，是時我的狗跑了出去，所以給他進屋提供了機會。

　　他進屋後以我的男朋友似的身份打量著我，用一種很親切很肉麻的語調跟我說想我了，所以來看我，我偏過臉把頭湊在阿醜頭上說：謝謝！我現在很好了！你把東西拿回去吧，我自己可以照顧自己的，你以後不要過來，快考試了！許翩呻呻的臉開始泛白，他估計還適應不了我這麼快的轉變，其實我的陰晴本就不定，我生病是可能軟下些心來，對別人客氣些，可未必這樣我就得給別人什麼好處啊，別人來看我是他的事，我又沒有求他來，我為什麼要感激他；我死了說不定人家馬上就轉移目標了呢，這社會誰也不欠誰，別人給我付感情是他自己的事，跟我沒有關係。

　　許翩走了，禮物留了下來。我把能給狗吃的全給狗吃了。我就是這麼一個女孩，我不需要別人對我額外的感情。

　　第二天，許翩又來了，這一回他很聰明，把禮物放在我門口的環上。我從體育場溜回來，發現這麼多吃的，知道又是他。房主跟了來，說這個男孩對你這麼好你怎麼就不珍惜，以前也經常來，看你不在時給狗餵了食就走人，你怎麼就不能對人家好一點呢？你連最基本的接人待物的禮節都不知道，真不知道你以後怎樣活下去！我給她亮了一個我的招牌笑，什麼也沒有說開了門進了房間，只晾她在客廳裏。

# 八

我沒想到楊揚來，真的沒有想到他還會來。我在房間聽理查的鋼琴曲，來這裏的時候我把以前買的牒盤都帶了來，再就是幾本喜歡的書，其他幾乎沒有拿。

我不高興的時候就把那些趙忠詳李默然等朗誦的牒子放進去聽，我的 MP3 那幾天剛好壞了，所以我聽這個。MP3 沒有壞的時候，我只聽兩首歌曲，一首是《LONELY》，另一首是經過翻版的邁克學搖滾唱的《吻別》。我是寂寞的，不知道 TAKE 我自己 TO 誰的心裏去，所以我總是哭，聽的時候總是哭，到後來 MP3 壞了，我也就不哭了，聽起了牒子。

楊揚是在我開著房間的時候走進來的，抱著我的阿醜。我警惕地抬起頭問：“你來幹什麼？”“聽說你病了，我來看你死了沒有？”這是我聽到最好的回答，我抿著嘴想終於有人跟我一個德行了。

許翩站在門口，我很奇怪他們怎麼一前一後，我還沒有招呼許翩他們倆的眼神已經盯在一起了。我起身把楊揚推出門外，我說你們有什麼事情你們自己去解決。然後我抱著我的阿醜下了樓，我才不想知道他們兩人誰死誰活，不過我還是說了一句：“要打架離這遠點，我還要在這住呢！”

那天我確實不知道發生了什麼事，只是好象把楊揚得罪了，他揚言要打我，說只要見到我絕對要打我，可能我的冰冷也在一定程度上傷害了他吧，所以他才會這樣。

我找到美豔，我把這個問題說了，我說快考試了，你幫我擺平這件事吧，我自己在這沒有什麼勢力！美豔滿口的答應，眼裏卻閃過狡黠的目光，可惜我把這一切忽略了。

楊揚再也沒有找過我，我不知道美豔找的是什麼人。但是，這卻有一個巨大的陰謀，美豔設計好了等著我去鑽。

是的，昆得拉說得對：「沒有隱私，愛情和友誼將不可能！」我就是這樣自己賣了自己。

美豔六月七日考完來找我，她讓我陪她去見一個人。雨芳見她神色不對，把我拉到她房間勸我不要走，我因為美豔幫我解決了楊揚的事，所以覺得道義上不去說不過去，天知道道義這東西在我心裏是什麼。

雨芳的預測是正確的，真的沒有什麼好事。

我們從杏花灘走過，迎面碰到美豔的男朋友即她的弟弟，那個男孩手裏挽著是他的另一個女朋友，他們環抱著從我和美豔身邊走過。那個男的沒有看見我們，女的看見了，但也沒有打招呼。

美豔拉著我跑，一個勁的跑，最後在家家樂旁邊停了下來，然後我看見一個滿臉橫肉的男生站在我們前面，美豔笑著和他打招呼，對我說這是過中老大，我應付的附了一個笑臉。那個男生打量著我，說你我早就見過了，印象很深，我你估計不知道吧。我看見他一張一歙的鼻子和嘴，像三駕馬車一樣在齊頭並進，噁心的想吐。

美豔說就是這個男生我老鄉幫你解決了楊揚問題，你該感激他吧，他很久以前就喜歡你了，你們談談吧，說完美豔把我推向那男生，自己走了。我要跟著走卻被那男生老鷹爪抓了回來。他說我又不吃人，你怕什麼，我含笑說我沒有害怕什麼，只是不習慣與陌生人單獨相處。

那個男生說我答應美豔打她的男朋友替她報復，你是這個交易的籌碼。我早就知道你了。當你從我們班經過，我總是很小心的看你一步步躍著步伐，我喜歡你，做我的女朋友吧，我會對你很好的，以前我沒有交過女朋友，喜歡過的也沒有，你是第一個。我本來是不想打亂你的生活的，但是緣由天定，美豔找上我，說明這是緣分。

那個男孩把我扯到小樹林那邊去，我掙扎著，可是沒有用。我威脅他說你如果敢對我怎麼樣我男朋友不會放過你。他哈哈大笑，你沒有男朋友的，這是美豔說的，你的所謂男朋友是你自己編的。我真想打他一巴掌，但我知道這樣不行，我會更處於下風和被動，我必須穩住他然後開始逃走。

前面的車燈亮起來，他把我拉到黑暗處，我想像被別人當小丑耍的情形，就覺得憤怒。我對他說我聽說過你了，雨芳的同學說的。你曾經說二五班的才女是你的女人，你叫那些人不要動我，我當時聽了好感動，所以當時就對你有好感，期望你真正追我，但是你沒有。你現在這樣對我，是喜歡我的方式嗎？你這是強暴，我討厭你這樣，我希望我們像是在真正的戀愛。如果你繼續這樣你會遭報應的。……既然你說你喜歡我，我們就戀愛吧。

緩兵之計我會，我討厭這個自以為是的醜東西，但為了安全我必須這樣說。我本就不是什麼好東西，本來就是這條道上混過來的，當然知道該給別人帶什麼樣的高帽。

果然，這個所謂的老大上當了，他鬆開了我，說送我回去，明天還考試，考完再約會。然後路上走著時說一起報什麼什麼學校，我附和著，一步一點頭。其實心裏面狠不能拿大刀把他砍了，自己跑掉。

後來考完試填了志願我應付了幾天老大就走了，坐著車回到了神府。過了一段時間，考試成績出來了，我得去取成績單了。

在杏花灘，我見到的老大，迄今我不知道他的名字。但這個惡魔給我打電話我還是很慶倖我當時無計可施時的計謀。他的父親在假期死了，很突然的，出的車禍。他打電話給我，居然哭了。他請求我原諒，他說這是他的報應，他以後不要再幹什麼壞事了。我在電話這邊幸災樂禍，但還是陪著我所謂的"男友"哽咽了幾句。掛了電話我想，如果你現在死了我會放鞭炮的。真是報應！

我知道去過中沒有什麼障礙了，第二天我就收拾了東西出發。

# 九

許多東西，在你已經不期待的時候，卻一下子跳到你的生活來；就像張翔，我在對他不抱任何希望的時候，我們卻出奇的親近了。

我來到過中，許多同學的錄取通知書已經領走了，可卻沒有我的。補填志願是二十七號，在市政府樓下那裏，可我找不到那個地方。我打電話給雨芳，她給了我一個號碼，與我的手機號碼是一個數字之差，我覺得滿有緣的，很開心的打了過去。

沒有想到卻是張翔，他問我你在哪，我騎車帶你去，我的也得補填呢！我告訴張翔我在綠色空間下面，他很快就來了。

　　坐在張翔的單車後面，我是欣喜的。一年了，我喜歡這個男孩一年了。儘管我自己也不知道我是懷著怎樣的心理喜歡他的，但這好感是真實的，我欺騙不了我自己。如果這一年的每一種纖細的思念可以變成現實的甜蜜，那麼有這麼一次單車後的依偎就已經足夠。

　　張翔騎著單車，白色襯衫在風裏被吹起。我害怕自己掉下來，他說你抓緊啊，我的騎車技術是一流的哦。他說著把車騎的飛快，我把自己的臉很輕的貼在他背上。

　　如果所有的愛和喜歡都不沾上塵世的氣息，都該是山中的雪蓮，獨自高潔的開著，應該是很漂亮的吧！可惜人們都在無意的打碎或者摧殘這種美好，我對張翔的這種感情，本該就此喊停的。只是我期待太多了，對於美好我就好象蜜蜂追求花兒一樣，希望可以採擷到更多，可惜結果卻令我失望了。

　　我們填了志願的那晚，張翔請我吃飯，是陝北很有名的大燴菜，我們吃的很快樂。只是快樂是短暫的，我不打碎時間也會來揉碎。

　　那夜張翔帶我去他房間，我進去他還是一本正經的，坐在他的椅子上他眼神卻不對了。我看見他書桌上面女生用品，便假裝很隨意的說我渴了，你給我搞點喝的好嗎？張翔轉身去客廳找水給我，我把散著的衛生巾拿開，我很迅速的把那花花綠綠的東西拿起來。

　　我看見花綠東西下面的一盒丸藥，我看見名字是益母草，因為衛生巾有一種是益母草牌子的，所以我留心看那些說明，結果才發現是為流產之後的人服用的。我不假思索的又把那些花花綠綠的東西拿起來，才發現那些是避孕套，在此之前我沒有見過這個玩意，我父親去世的早，我弟弟太小，我們家是男性缺失的家庭，是不可能有這些東西出現的。如果不是有文字說明，我估計根本不會想到是這個，根本不會認為這就是避孕套，我看過很多文學方面的書，可真正見過這東西這裏還是第一次。

　　張翔端著水杯走進來，我轉過身裝做看牆上，我說沒想到你也喜歡王菲，他說別人說我的歌唱起來跟王菲像，所以我買她的相片來，你覺得不好看嗎？我說我的明星偶像是王菲我怎麼可能不喜歡呢？他順手拿一本書把那些東西蓋住，可藥丸的盒子卻顯現了出來，我又準備拿起來看時，他奪了過去，說這是男生有時身體不舒服用的，你就不要看了。

我給你唱歌你聽好不好？

　　他自顧自的唱起來，我不知道那首歌曲是誰的，但歌詞我現在還記著：“命運是不能改變，又何必再留戀，你慢慢用心去領會，會找到最深的體驗……如果你有點疲倦，請把雙手輕輕擱在我的胸前。那份愛，一閃電，深深穿過你指尖，去溫暖你的心田……人生的那另一邊，綻放著一道美麗的光線，一顆心代替一雙眼，世界變得真一點。只要相信自己，有愛就有明天，雖然幸福這麼遠，但那麼甜……”

　　他的音質很好，加上他本有的憂鬱，這一切足夠使我傷感起來，我轉過身，莫名的想流淚。地下室的光本就甚微，又是太陽落山時，那一層餘暉斜切進房間，很是憂傷和曖昧，空氣也顯得不清白起來。

　　張翔走過來抱我，我略微推了一下，他還是靠前了。溫熱的吻映了下來，我終是不甘心的，我必須看清這個人，才能使我的吻顯得有內涵，有深度，有氣韻。我推開他，繼而緊抱：“知道不可能是你第一個喜歡的人了，我還是想知道，我會是第幾個呢？”“如果上床的話，你算是第五十幾個吧？”聽了我心都感覺碎了，我要的愛情向來是沒有被塗抹的，可現在已經不是了，怎麼辦呢？

　　我說你剛才書下面的藥是給誰吃的，他拿起來說是國貿大廈的一個女孩，她很喜歡我，我身體寂寞她就來，才打了胎二十多天，是我的。我說你不心疼嗎？他撇了撇嘴，繼續進行對我的索求。

　　荷花已殘荷葉還是有清香的，我想到了那個女孩，沒有嫉妒，有的只是同情。我說你怎麼能那麼對一個女孩呢？他說你不知道吧，我還跟一個少婦在一起，這些雨芳她們沒有告訴你嗎？我想到賈貞看似無意實則有心的那句：“張翔也喜歡喝這個！”我就問他你跟咱們班的女生也上過床嗎？“是啊，好幾個，其中一個不妨告訴你——賈貞。我知道，她針對過你。有一次她讓你陪她去睡覺其實是晚上想讓我到你們睡的房間去的，但我沒有。我當時還不想傷害你，一方面跟你不漂亮有關係，另一方面跟你的高傲有關係，我不想被你看不起！”張翔的手環著我，一邊說一邊把我往他身邊鎖，我覺得他身體裏像是有許多鴿子在飛，我還覺得我的每一個細胞都要從我身體进出來……

　　我很認真的問了張翔一些問題，強力把自己身體裏不安分的因數鎮壓著，我覺得我快要控制不了自己；平時不是這樣的，我以前雖也與男生在一起過，但從來沒有這樣。我看著我手裏的水，心裏的疑惑瞬間清晰。"你在水裏放什麼了？"他笑，是屬於陰暗的那種。"你該明白，我不是什麼好人。剛才你的水裏下了藥，許多女生十幾分鐘就控制不住自己了，我用這藥跟蘇向搞過許多萬人坑的女孩，那些東北女人條子很好！……沒有想到這種藥在你身上不起作用。"我體內的各種因數逐漸安靜下來，但還是有一種蠢蠢欲動。我知道我自己該幹什麼，對於這個男孩我已經充滿失望，我不能這樣把自己給踐踏掉。我問他你爲什麼這樣對我，我平時對你很好，你怎麼能這樣對我。

他背著我，把我手裏的水拿過去自己喝了起來，我驚恐的呼了聲，他說："你放心，這種藥對女生有反映，對男人沒有！"他接著說："我現在是監外執行。你也知道，我強姦了我女朋友 —— 那個該死的女人。因爲我是學生，而且因爲我們訂過婚，所以處理我刑法不重，除了花了些錢就是監外執行。"我看著他扭曲的臉，接著誠惶誠恐的繼續聽著，"我要報復每一個女人，當然，包括你，別以爲你很純潔。如果不是你一年來對我還算關心，沒有看我不起，我早就下手了。……"

那張帥帥的臉被完全扭曲了，但我還是存著最後一絲的好感，神像是我自己建立的，我怎麼就這麼輕易打碎呢？對著這張臉，我一年來是那麼喜歡，那麼想保護他，想守侯他，我的心早已沉淪，然而，這只是場迷夢般的情殤。這之後，我可以收回我的心嗎？我悲哀地想著。

我約他第二天夜走杏花灘，第三天爬西山，他答應了，然後我就走了出來。

第二天晚上我打電話給他，他停機了。我從我的錢包裏拿了五十去移動交了，順便給我自己也交了點，然後我又打電話給他，通的。房間裏有女人的聲音，我覺得悲哀，可沒有辦法，誰讓我自己喜歡呢，喜歡就得容忍。我愛屋不及烏，但也必須得容忍烏。那個女人把電話遞給他……

他終是出來了，穿了一身白，白半袖白短褲，與我的很相配，我又禁不住想流淚了。看著他走近，我想到這個男孩終究一點可能爲我所有的機會都沒有了，就不由的落入另一種悲戚裏。

一步一步走完杏花灘，手牽著手；半夜我們去爬了西山，影環著影，像雙蝶翩躚。

　　後來一晚美豔打電話來，讓我去她的新房間，我去了。張翔赤裸裸的在床上睡著，美豔說他來找我我就安排在床上了，我對愛情雖堅持，但對身體的快樂也很堅持。我哽咽著說：“你已經打亂了我的生活，你老鄉那個外號老大的人已經侮辱過我一次，我對你這麼好，你為什麼還不放過？”美豔昂著臉：“我得不到真愛，我要誰也得不到！”我細細看著張翔，知道一切終是無望了，我不可以原諒他在跟我相戀時還去找別人，我是註定要離開的。明知這一回的生離，可以看作死別，絕無任何回環的餘地，卻還是苦苦的費了心留戀著這一刻。

　　雖然結果不能夠令我滿意，然我最終做到了有始有終，所以，也算是給自己一年來的感情一個交代了。

　　“我們寧可失去英倫三島也不願失去莎士比亞”，對於我，爛葡萄一筐還不如沒有呢，我是個寧缺毋濫的人，所以我錯過了可能來的愛情。

　　七月二十三號我永遠離開過中這個地方，火車途經毛烏蘇沙漠的時候，我把我的手機卡扔掉了。大風吹起，一切散去。

　　張翔對於我，這一秒的興趣，或許一眨眼就厭倦，我不是不知道。他最後對我的想要愛或者曖昧，不是沒給我驚喜，而是驚喜不到我了。我不講太多，不代表我無知，只是覺得沒必要講。那些後來經過毛烏素沙漠他打給我的電話，不是沒有給我美好，而是這些已經讓我覺得噁心了，所以我扔掉，連著卡連著他連著記憶都扔掉。

　　我義無反顧的堅持著的愛情，也不過是俗不可耐的紅色幽默，輕浮，張狂，諷刺著以後的我。我的這場愛情裏，沒有那種血淋淋的恐怖，只是一種淒慘的氛圍。

十一

　　我叫張翔，認識天田的時候，我在補習第三個高三，我不是很笨，只是被許多事情耽擱了而已。不過這個班認識我的不多，我也不必多做解釋；但不幸的是，我認識了天田。她是個喜歡追根問底的女孩，當然，這主要的原因是 —— 她喜歡我。不過也沒有什麼，喜歡我的女生有好多，喜歡我的女人也好多，儘管我還只是一個高三的學生。

過中是我的母校，我六年前進入過中讀高一，兩年前離開過中到神中讀第三個高三，現在又回到這裏準備讀第四個高三。這裏的草木我很熟悉，學校的掌故我也很熟悉，只有那些比我年輕的面孔看起來是陌生的罷了。

我讀了這麼多年高三，已經不會感到羞赧。過中以前有一個男生，在今年六月份考完跳最高的教學樓死了。那個人我認識，他已經讀了十幾個高三了，他從香港回歸那年開始高考，考到他最後一次死亡。他比我強，他立志要考的是北大，這麼多年，他沒有一次考的不是重點大學，但不是北大；他甚至收到了復旦的大學通知書，但就是沒北大的，所以他死了。他死的那天我剛好回來過中看我的一個女朋友，也就是我高一時的政治老師。當時我跟我的老師正在最高樓談著甜言蜜愛，那個男人飛了下來，在空中畫了一個美麗的弧，最後墜落在地，完成了生命最後的跳躍。

對於死亡我是不怕的，但這次跳樓事件嚇壞了我的老師。從那以後，我們甚至連師生關係都做不成了，更別說是男女關係。因爲我溫柔的老師害怕我以後也自殺，畢竟我也是補了幾年的人，我也當時沒有考上，如果我自殺了，她也會沾上晦氣的，所以還是早點遠離好，所以我們分手了。分手的那天，她一如繼往約我去她的辦公室，走廊裏誰也沒有，我們拉上窗簾做了最後一次身體的告別。最後她流淚了，哭著說她是愛我的，但害怕被她新婚的丈夫知道，所以還是分了吧，不過她會記住我的。她甚至想好了給以後孩子起的名字，不管男女，都叫思翔，或者叫憶鄉，反正是同音的，都表達沒有忘記我的意思。我抱過她的頭繼續進行我們的交流，但我知道，她離開我真正是爲了什麼。

可惜真是個傻女人，我這個人是根本不會自殺的，一點也沒有這個可能。不過分了也好，我們本來就沒有什麼感情，她只是貪戀我年輕的身體而已，我還有許多可供身體消費的物件，所以沒有必要惋惜。不過三四年的時光想來還是讓我感歎，畢竟是這個女人開發了我，這個女人教會了我成長，這個女人讓我知道人該怎樣飛翔……

最後還是分了，那最後的一次纏綿，爲所有的未了情做了解釋。

我沒有痛惜，也不曾揮過衣袖，因爲我知道我又將回到這裏讀我的第三個高三，我還得以虛假的面貌面對她。我已經說過，我不如那個跳樓的仁兄，因爲他的目標比我高遠，他是鴻鵠，我是燕雀；也可以說他是大鵬，我是蜩鳩；因爲我只要考個二本就滿足了，可惜我連個二本考了這麼幾年都沒有考上。

我沒有考上一半的原因是因爲我那個名義上的未婚妻，在我的世界，女人是禍水，但我拒絕不了。那個叫林歌的女孩，是我的最愛。我追了她三年，我高二的時候她高一，我高三第一年沒有考上，所以她高三的時候我們同一級了。我高四時追到了她，在七月七號的前幾天（我第二次高考還是七月份，還沒有改革）。在西山腳下我吻了她，在西山上光明頂她誘惑了我……

最後，高考的時候，我把我的數學答案全傳給她，做一個給她傳一個。最後快考完時，我被監考捉住了，其結果是，我被取消三年考試資格。當時考場上我全攬了下來，我說是我一個人幹的，我是想給她答案，但她沒有看，結果懲罰的只有我一個。我當時多偉大，現在想來我還是很佩服我自己的，可惜他媽的這樣不值。當然，當時認爲是值得的，爲了一個自己愛的女人，犧牲生命也是可以的，但這只是當時的價值觀；現在就是讓我爲一個女人拔我身上的一根毛髮，我也會考慮上半天。

# 十二

林歌是個長的非常不錯的女孩，雖談不上傾國傾城色，但卻傾倒了許多人，包括我，包括我的班主任，甚至包括一個我不知道名字的西安男子。

我追了她三年，這我已經說過，我送她回家送了一年。儘管那次考試我給了她答案，但笨笨的她還沒有我考的高，只是我被取消了資格。我們一起讀了我的高五（她的高四），那年我每天晚自習送她回家，我自己雖然覺得讀高五不是什麼光榮事情，但因爲有林歌，我沒有感到大的不快樂。

　　林歌在我面前是純純的，小巧的臉小巧的嘴，還有那小巧的鼻子，一吸一吸的總讓我想去吻。但是，生活充滿了謊言，如果你不追究的話，你還可以勉強的幸福下去，但我不行，我是個喜歡追根究底的人，所以我必然痛苦。

　　林歌在我高中第五年即我的高五後走了一所專科，很普通的，那一年我還是不能考，因為三年取消資格，我才是第二年。不過假期我們同居在一起，很幸福的，真的很幸福，為了這個女人我可以成妖成魔，儘管我還是經常定期光顧我的老師那裏安慰她寂寞的身體。

　　在假期我爸爸花了很多錢，畢竟我是他的大兒子，他得為我的將來考慮。所以我爸決定換檔案，後來買通當時管檔案的相關人士，我的檔案被沉低，我有了新的名字即現在的名字張翔，我可以重新參加高考。

　　認識天田的那一年，就是我換了名字換了檔案的那一年，不過在她之前的那些齷齪事，那些可以把我擊跨的事，我還是說出來比較好，給大家一個具體的交代。

　　認識天田的前兩個月，我與我就要上大學的女朋友林歌同居了，結果是害她懷了孩子。我跑到她的學校去看她，然後我們去醫院做手術。冰冷的手術臺上，林歌指望我說把孩子留下來，可我決絕的要求拿掉，最後林歌哭了。不過還是要拿掉孩子的，我負擔不起一個孩子，我承擔不了這個責任。

　　我媽從陝北坐了十幾個小時的火車來到西安，她代表我爸的意見要求我把他們的孫子留下來，可是我是做過決定的，我不要以後的生活有什麼牽拌。我媽給我跪下了，在醫院的門口。所以我終是答應把孩子留下來了，不過最後通過檢查的時候，出了差錯，順了我的心。只怪那個孩子不爭氣，或者說只怪她的母親不爭氣，因為是宮外孕，所以必須打掉，這個孩子的死刑是判定了；在它沒有成形的時候，它就得走，這該是可悲的，但有什麼值得可悲呢？每個人都會死的，這沒有什麼！

　　打那個孩子還得做手術，我們家已經拿了四千了，需要六千，我媽在來西安的時候已經認定林歌這個媳婦了，給她拿了三千。可是，病床上的她提也不提，我拿的錢也花完了，因為下午就需要交錢，可當時由於銀行有點問題，我父親不能把錢打給我。我無力交這六千，我準備與林歌商量，我說我需要這錢給你做手術，林歌把頭偏一邊去。我母親是向著媳婦的，她打小就認定我做什麼都是我不對，即使對於別人，只有她兒子是錯的。

我轉遍了西安，問我可能借到錢的同學借錢，終於給我借到了，但也傷了我做為男人的心——連一個女人都掌控不了，我算什麼？

醫生把我叫到外面去，白大褂說：「她的情況特殊，如果繼續交一千的話，就可以把輸卵管的另一條給打開。現在做這個手術，如果想拿掉孩子，必須把兩條輸卵管全部閉合，這樣以後就不能生孩子了……」對於這些我是不懂得的，但提到錢我是絕望了，我心一狠說就做這樣的吧。那醫生沉下了眼，我沒有繼續看他，直接回了病房。

孩子打了，她以後將不再生育了。我在醫院伺候了幾天，把她送回了她的學校，然後帶著我母親就回到過中來繼續補習。

# 十三

開學已經兩個月了，林歌對我越來越冷淡。我給她發短信，她不回；我給她打電話，她也只是應付，有時甚至掛掉。關於她跟我在過中班主任的事，我從我政治老師處聽說了。我與我的老師藕斷絲連，一次我說起我與林歌的事情，我用憐憫的語調說到我對林歌的傷害，我的老師在乎了，我沒有想到她也會吃醋，他直衝衝的就說你以為你的林歌是純潔的嗎？早在你以前送她回家她就與你們班主任在一起了。我聽了天塌地陷，我揪過政治老師的頭，我叫她說清楚點，她有點畏懼了，但還是憤怒的說了出來。

「早在你之前，她就與你們班主任有一腿。你後來與她一起，其實她是知道你們考試在一個教室而且是前後桌所以想讓你給她照抄數學而已。她根本不愛你，她那麼漂亮根本不可能愛你，儘管你也帥，但你看看，你多麼不像個男人，你只是別人需要時的工具……」

我揪過她的頭，直接撞在牆上，然後我出來。我早就懷疑，早就感覺不對，我想起林歌與我接吻的熟稔，想起她與我歡愛時的老練，想起她沉穩的眼神……關於她跟我班主任，我不是沒有聽過，我也問過，她不是高明的演員，可惜我只是順口問了沒有等回答就把她抱在懷裏了，我是根本沒有認真想的。

　　我去找我的班主任，我假裝無意的走進他的房間，假裝是來說我補學的苦悶的，我假裝的真的很好。我多期望沒有這回事，我三十多歲的班主任已經發福，而且有個可愛的小女兒，師母在一個小學打零工，雖不算漂亮，但也不錯。我的班主任沒有必要跟他的學生亂搞，他們沒有必要做這種傷風敗俗的事，但誰能保證呢？我不也是我政治老師的性奴嗎？

　　我到我班主任的房間，以一個熟人的身份，他給我倒茶，給我削水果，甚至讓我坐到桌前玩他的電腦。他是無心的，我卻是有意而來。他去午休了，我在客廳裏一頁頁翻著他的相冊。最後一張是背著的，藏在相冊最裏面，不留心根本看不出來是一張照片，一般人肯定會以為是夾了的底版，但我翻了出來 —— 林歌。照片上的林歌嫵媚的笑著，我的班主任從她身後鑽了出來，兩個人那麼親密，甚至是曖昧……

　　班主任從臥室走了出來，我拿著那張照片，我說照的很不錯，你怎麼把這張藏起來呢？他笑得很不自然：「是放假的時候照的，幾個女生來學校找我，我就與她們拍了幾張，很隨便的；後來看著不好，所以夾到裏面去」背面的照片上有字，是林歌的筆跡，寫著：「心念君兮」。而且是榆林天使攝影影樓拍的，我可以看出這個標誌。明明是有意照的，而且還有寫著毛烏蘇沙漠的石頭在後面樹立著，怎麼可能是在過中這個小鎮隨便拍的呢？這明明是一張去榆林市遊玩拍的照片，怎麼可能是很隨便的呢？

　　十一假期，林歌從西安回來。我去車站接她，很好的對她，吻她抱她都顯得滿含情誼，其實我在心底一次次想抓著她的肩膀問清楚，想知道事件的整個原委，想知道她愛沒有愛過我，想知道是不是因為愧疚我抄答案受罰才後來勉強與我在一起……我想知道的很多，但我知道我不能問，我根本問不出口，如果可以掩埋，就把這一切埋掉。至少，這個擁抱是真實的，我的懷裏有她。

　　傍晚我說我去上自習，叫她在我的屋裏呆著，等我兩個小時回來陪她，她好乖，像貓一樣的答應了。我沒有去教室，而是直接在走廊裏藏起來。我想知道這個女人是怎麼騙我的，我不想放過每一個看清她的機會。

　　我一出門她就打開了她的手機，那鈴聲刺激著我的耳膜。她先是給我的班主任打了個電話，訴說了半天衷情，好象是約好第二天見；而她告訴我的是第二天準備早上回家，哼，這個女人！接著，她又開始打電話，是給西安的，很甜很膩，比跟我戀愛時的嬌柔更顯嬌柔，聲音在這邊顫抖著，我沖進了房間。我要看她的手機，她不讓，我奪過來，電話那邊一個勁問怎麼了，怎麼了？我沒有掛電話，向著那邊說了一句：哥們，你聽好了！

# 十四

是的，那天我強姦了林歌，強姦了這個我曾經佔有過身體的女人。我知道，如果我不打她單是侵犯她身體的話，我就不可能算犯罪。可是我打了，我把她打得暈過去之後強姦了她，直到她醒過來我還在繼續著，我很瘋狂的折磨著她，幾年來學業上的不滿，生活上的不滿，我全暴露了出來，發洩了出來。

我不光那個電話沒有掛，我還撥通了以前我的班主任的電話號碼，我要他們兩個男人聽，聽這個女人是如何被我處置和折磨，我要他們知道綠帽子不是隨便就可以帶的，我要他們知道我也不是被生活壓榨的爬不起來的人……

不知道是誰報的警，當我的同桌蘇向站在我面前的時候，我已經被隔離在監牢房子的另一頭。

那次我被關了十四天，那個女孩是準備告我的，她是鐵了心準備告我是強姦犯的，但是後來轉變了。我不知道是我爸的錢發揮了作用，還是我母親的眼淚發揮了作用，也或許是因為害怕我在法庭上說出她的醜事吧？總之，我被關了十四天花了些錢被放了回來，當然，還有一個處罰，叫監外執行。

我覺得我進監獄走了一個圈大有收穫，雖然剛進去那幾天總是被人打，被其他犯人逼著倒垃圾及盂盆，雖然我說了許多違心的話，雖然我一再保證我後悔強姦後悔打人後悔不該這麼對待我的未婚妻，但天知道，如果再給我一次機會，只要不被法律找上門，殺了她我也不後悔。

半個月後，我回到了學校，還是以前的一副面孔。但沒有人知道，對於這個世界，對於女人，我開始充滿仇恨。

就這時，那天來公安局看我的同桌蘇向開始與我很好起來，甚至超過了正常的同性之間的交往。

我知道蘇向家很有錢，我還知道他其實很渴望女人，他其實很羨慕我。利用這一點，我們相互走近。我需要有人在我身邊體現我的價值，他需要崇拜個可以隨意搞女人的男人，所以我們走在了一起。

過中附近有個歌舞廳叫萬人坑，那裏有個桃花閣，聚集了很多少婦和女孩。只要想過一夜情的人，都一般去那裏找人。我是被人給帶去的，是我們政治老師說的這個地方，雖然我已經與她分手，但這點情誼還是有的，我可以隨意找她來填補我身體的空虛，也可以讓她給我介紹女人。

後來我與蘇向就去這裏了。蘇向是那種拿不出手的男子，他長的個子很矮，像孔乙己似的穿著長大褂，身體像筆管一樣裹在衣服裏面。

只要我走進桃花閣，總是有很多女人圍上來，我一米八幾的個子足以傾倒那些幼稚的女人，所以，來這裏我永遠是得寵的；也因此，蘇向也可以嘗到甜頭。

這些女人是不需要錢的，她們出來找樂子也只是因為身體發悶，而像我這樣的高中生，是她們最好的獵物；當然，她們也是我的獵物，是我擺脫虛無的獵物。經過林歌事件，我已經是個對女人不抱信仰的人，我需要用她們的身體來報復她們，所以我不介意誰來用我用的女人，所以，只要我得到的女人她們也一樣為蘇向所有。

有些事情，其實是很簡單的，包括罪惡，只不過是沒有人想明確說出來。我是個罪惡的人，我不介意把我的罪惡說出來，我現在這樣表達不是尋求解脫，也壓根不想改過，我只是想把我在過中的一年表達出來，給自己的那一年一個交代。

畸形變態、或殘缺不全的生活現狀，還有那存在於我情感、心裏和思想深處的、可以吞噬一切的欲望和邪念，讓我自己無法收手，墮落是一種癮，我無法控制自己走向它。

渾渾噩噩的生活就這樣過著，直到我迷失了我自己，在女人的下半體裏，我藏起了自己的靈魂。這時候，我們班的女駭開始送貨上門。

# 十五

我知道我長得很好，從小我就一直在利用這個優勢，這是父母給我最大的禮物，所以，我該感激他們在二十多年前的那個夜晚沒有白忙活，但是，除此之外，我對他們不抱有太多感情。我從小就很聽話，這是父母說的，當然，我是很聽我自己的話。

來到二五班，對於高考我已經不抱希望了，但我知道我必須這一年在這裏混下去。我還想參加一次高考，許多時候，人都在盲目的堅持著，我就是這樣；我覺得我是在緣木求魚，但緣了幾年了，所以我習慣了，我習慣補習就像我習慣吃飯一樣，我不知道打亂這種習慣我自己到哪去，所以一次次補習是最好的選擇。

我缺乏自信，我定位不了我自己。因為生活就是病態的，藝術也是病態的，我身邊的一切都是病態的，都一步步落入黑暗。林歌是我生活的一個重大轉捩點，她拯救了我自卑的靈魂，也毀滅了我自信的根基。我已經不想為誰改變，稍微的堅持和一點點奮進後，我就不由自主想滑回墮落的圈裏。生活就是輪回，墮落就是天堂，失去寫滿美好，那些曾有的激情，都隨著幾次的高考消磨殆盡了。我只剩下了好看的軀殼來揮霍，這是我唯一可以證明自己還存在著的方式。

賈貞是我在二五班找的第一個女生，確切說是她自己找上我的。我是在想瞭解天田的時候走近她的，沒有想到我們居然穿越了彼此身體的國度。說起這些事來我很混亂，所以請允許我雜亂的講來。

天田是個表情安靜眼神不安分的女孩，對她的外貌我現在想來還是沒有什麼大的印象，除了那張棱角分明的臉。她不像我認識的女生那樣是單線條人物，她是個有著多重性格的女孩。無論開始還是最後，我想我都是愛她的，只是自己也不知道，不過在我確定我愛上她並且願意為她失去一切的時候，她走了，義無反顧！

我仍記得最後一次的通話，電話那邊的她正在上火車的途中，我告訴她我愛她，我為她唱了最後一曲王菲的《旋轉木馬》，唱完後我哭了。這是我第二次為她掉淚，也是這二十幾年來為數不多的幾次落淚。然而她還是掛了，我聽見有人喊她的名字，我聽見那個人很警惕的問是誰，然後天田就掛了，後來那張卡就再也沒有打通過。我們的卡號碼只有一字之差，就最後一個數字，我是二她是一，這張卡我還保留著，可她的那個號已經換了主人，被停機後來被消號現在用著的是陌生人了，然而我還是存著。

也許正如天田所說，我愛的並不是她，而是她表現出來的頹廢和智慧，所以她才離開我。我是不可能找個不漂亮的女孩為女朋友的，這天田開始就知道，就是現在想來，我也還是堅持這種觀點，但是為了天田，我確實想到過放棄我的這種審美標準。

對天田的最初印象，是她對人的那種冷漠。我剛開始認識她時，她是自負的，對我表示十足的好感，但這好感是居高臨下的，她用一種有生居來的霸道和高貴俯視著我，天生好象她有一種優越感。我極討厭這樣的人，儘管她一開始就表現出喜歡我的矜持。

然而我慢慢發現我與天田有許多相似之處。我是個喜歡舞文弄墨的人，喜歡談鋼琴喜歡唱歌，喜歡一切惟美的有著頹廢氣息的東西。天田也是，我們的審美很多方面相似。

我永遠忘不了我經過她窗前的那一次，她屋裏放著理查《秋日的私語》，桌前擺著《紅樓夢》，我經過時，她正喝著咖啡，看見我，驚魂一瞥，然後躲到了屋後。我有種半含驚悸半含酸的感覺，這個女孩，她欲走還停的那一瞬，是集萬千詩意於一身的，儘管她根本談不上漂亮。

我開始注意天田，是在我從局裏出來後。

她從來對我是若即若離的，把美好的一面展示給我的同時，又暴露更多的醜惡出來，可笑又可惡。她會給我寫美好的詩句，用一種永遠飄揚向上的筆調，也會用一些半文不通的話來罵我，總之，她是沒有惡意的，但絕對不會放過每一次惡作劇的機會。

# 十六

我住的房子與天田一個方向，我每天習慣跟她一段然後返回去，我當時並不是喜歡她，我只是想確認這個每天在我面前展示才智的女孩是不是真的很聰明，是不是可以使我擺脫墮落，是不是可以在精神世界拯救我一回。我不是個喜歡墮落的人，那樣沒有白晝與黑夜的時光我過著難受，但我自己是拯救不了自己的。

　　我每天跟著天田走校門，每天她都習慣性的到那家天使奶茶去喝奶茶，她總是喝一個牌子的，就是草莓優酪乳味的。當此時，我總是坐在另一家的音像店等她。她每天都一個人，我也一個人，我跟了她那麼久她居然不知道。當然，在後來我發現我同樣被人跟著，是我們班的男孩，後來才知道他叫楊揚，我找萬事通蘇向打探底細，他告訴我楊揚喜歡天田，經常晚自習跟著她去。我問蘇向怎麼知道的，他低下頭一個勁向我笑，我被他笑的不知所措，覺得這樣問太沒有面子，因為我還沒有這麼認真的向誰打問過一個女生呢。後來蘇向說我每天都到天田住的那個地方去打牌我不知道嗎？

　　原來我們班在那裏住的不只雨芳和天田，還有個梁立。那是個胖胖的男孩，非常喜歡打牌，他跟天田住一層樓，就在天田後面。蘇向每天去那裏打牌，都能跟楊揚打個照面。

　　蘇向問我：“你是不是對天田認真了，她是聰明一點，但太冷漠了，不適合你！”我把頭轉向蘇向：你覺得哪種女孩適合我，我他媽的墮落慣了，自己都覺得自己不是東西。你覺得我跟萬人坑裏桃花閣的女人才般配嗎？

　　蘇向沒有說什麼，我卻對自己厭惡起來，包括身體，我覺得我自己就是渾水猛獸，誰見了我也該避開。我不知道天田為什麼喜歡墮落的我，如果她知道我跟別的女人這麼多的身體接觸，她還會對我有好感嗎？她還會說我是她見過有著憂鬱表情唯美眼神的男孩嗎？

　　外表是我“快樂”的資本，有這資本，我才能周旋于多個女人之間。在我這二十多年的人生歷程中，連我自己也記不住染指過多少女人，其中多數是是她們自願的，也有少數是被我哄騙上床戲耍後便拋棄的傻女人，是的，一些自以為是的女人，我只有這樣踐踏才可以找回我的自尊，對於天田，也許我就是懷著這種心態。我最喜歡這種放縱的感覺的，儘管是朝著墮落邪惡的方向去。

　　我知道賈貞喜歡我，她每天會看著我從教室離開後迅速從教室出來與我一起走，這是個很男生化的女孩，她每天說著說著就可以倒在男生的懷裏，一看就知道是個耐不住寂寞的人。我是寂寞的，她靠近，我當然不會拒絕，我是公共汽車，我不知道在哪個站口停下。

　　快放寒假的那段時間，我與蘇向他們經常到賈貞房間去打牌。有一個星期六，是不上晚自習的，我們中午吃過飯就到賈貞房裏去了。玩了一下午，我的鑰匙不知被蘇向給藏到哪里去了，估計是蘇向專門藏起來，所以他騙我說鑰匙丟了。那天晚上蘇向到梁立那去睡了，在賈貞的房間，我從黃昏呆到深夜，她是個數學很笨的人，我用自己幾年積攢下的那點東西，應付她的問題還是綽綽有餘的，儘管，這其間我們的心都基本不在題目上，但做樣子還是可以做的。

　　冬天的陝北夜來的特早，在傍晚七點，夜已經蓋上一層薄薄的黑紗。那天晚上我留了下來，到晚上十一點半了，我說我的鑰匙丟了，你也知道，下午蘇向已經說了，你這就留我一夜吧？賈貞沒有說什麼，只笑著看我，我感覺她沒有反對的想法，索性跳上床把被子拉了下來。她又在桌前看了一會書，給爐子加了點炭，然後就關燈了。爐火照著房間有中朦朧的美，我的心開始騷動不安。

　　賈貞在床前沒有絲毫的扭捏，一件一件褪下衣衫，燈光下，她的皮膚也沒有看起來顯得白一點，與火光一起結合，像是漫天的黃土在飛揚。她鑽進了被子，我順勢把她攬過來，身體一起接觸的時候，我開始燃燒，感覺就像想睡覺碰上了枕頭。院子裏小狗的叫聲也漸趨安靜，小聲的嗚咽，給人以很多想像。

　　這一夜，該是暴風驟雨，不，北方冬天是不會下雨的，該是下了一晚的雪。我與她的身體浮沉起伏，一次又一次。

　　晨六點，她定的鬧鐘響了，我被嚇了一跳。我穿上衣服要走，畢竟，天明了被我們班同學看見不是很好，而且這個院子裏還住著她男朋友的同學，我是不該讓她受這負累的。

　　賈貞把我拉過去，我的衣服就這樣又一次自然滑落，我又一次落入糾纏的邊緣……最後，賈貞用力的抱了我一下，像是嘉獎，像是在鼓勵下一次的到來，然而我是知道的，就在那天下午，她的男朋友將從太原歸來。

　　我是好人，所以我不想被別人看見我與她一起；我不是好人，我用的只是她的身體，我壓根就不想對她的情感負責。

　　我推開門，鋪了一地的雪，像要掩蓋我昨晚的失態，或者是醜惡。我的心靈無所歸依，我的思想漂浮於身外，我的理想成為一葉孤舟。拋去這些，我不知道自己還能墮落多久，自棄多久？我一步步踩著新雪，漫無目的的走向不可知的它方。

# 十七

那天我走後，下午去個小門診買了片毓婷。那個穿白衣的中年女人估計看出了我是學生，硬是要價十八元，我扔過去二十元說這種藥我買的不想買了，只是沒有在你這裏買過，你坑誰呀這麼貴？然後我拿了藥甩開門就走。

說實話，賈貞給了我身體，但我絲毫沒有快樂起來，我甚至覺得有一絲絕望。這個世界幾乎誰的身體我都可以得到，但精神呢？誰來充實我的精神？

就在我走出門向左拐，我看見了天田，她一個人，手裏拿著兩本書。我迅速轉進拐角，我不知道爲什麼想避起來。她順著我的方向，沒有看我藏身的地方，直接就進了門診，我在外面站了好一會，她都沒有出來，估計是生病了吧？我沒有跟著進去，卻有點心疼她，所以故意從窗口經過，想要看她究竟在幹什麼。結果是發現她一隻手掛著液體，另一隻手捂著臉，好象在哽咽。

我很想進去安慰她，但終歸是沒有，我知道，她的脆弱不輕易展示，我如果進去看她，會顯得很冒犯，就是她喜歡我，估計以後也不會有什麼好臉色給我了。她與我是一類的人，我覺得我瞭解她，我以我的性格推測了她，然後就離開了。

那天我把藥送到了賈貞那裏，才知道早上我走之後她冒著雪將我的腳印一掃帚一掃帚掃了。當她告訴我的時候，我是欣喜的，覺得這個女人對我還好，可聽完了，我卻覺得我遇上了一個既想當婊子又想開牌坊的人，想到此好感頓失。我把藥給了她，很不客氣的說："你該也不是第一次吃這個吧，我走了，你男朋友一會該到了吧！"

賈貞沒有留我，我大踏步走了，沒有回頭，也壓根不想回頭。我知道我還會找她，在我身體寂寞的時候。我覺得我很邪惡，其實都是她們這些女人造成的，不是我自己要這樣。我的身體的寂寞是她們點燃的，所以她們一個個得對我負責。

　　過了兩個周吧，已經是臘月二十幾了，我們也快放假了。賈貞下晚自習後忽然找我，我跟著她走了一百多米，她才對我說她男朋友今晚走，我笑說跟我沒有關係，是不是想讓我今夜繼續去陪你，然後用我明亮加點邪惡的眼睛看著她。她忽然挽住我的手，你不是喜歡天田嘛，我可以幫你得到她，你今晚十點多來我房間就行。我說你幹什麼，難不成讓我再強姦人吧，我可不想做這事了。她說你又不是沒有做過，還裝什麼啊，我可以讓這件事當沒有發生多，你今晚來了就知道。

　　她說完後，我一如既往的走向了通往天田租住的房子那裏，我覺得我並不是喜歡她，我只是想見到她，每天跟著她走一段就像吃飯睡覺一樣，是個必不可少的程式。

　　我到了梁立那裏，蘇向已經到了，他笑著和我招呼，說又來看你的醜天使了嗎？天田養的流浪狗叫阿醜，那是條純白的狗，大概狗通人性，很清高，整個樓道的人都不喜歡它那副德行，真不知道天田收留它是爲了什麼。

　　我經過，天田的門還開著，這個季節很冷，但這個樓層很熱，房東不是大方的人，但他們夫婦很喜歡把房子燒到炎熱的地步。天田的房子我沒有進去過，她一般除了雨芳和樓下房東家的女兒是很少放人進去的，當然，狗可以。她自己餵養的阿醜，房東家的三四隻大小狗，她都當寶貝。有時我們都覺得她像個怪物，讓人匪夷所思的怪物，然而，她是我行我素慣了的。別人說她不把人當人卻把狗當人，她裝做沒有聽見一樣，照常與她的那些狗朋友分享著音樂，別人說的過分了，她把門一閉，房間的音樂放到最大，所有的話都可以壓下去。所以，他們樓層的人總是說她強姦了別人的耳朵，當然，強姦兩個字在我面前是很少提起的，這是蘇向跟我講的，他不喜歡天田，甚至很討厭她，講起時總是一臉的不耐煩，我有時說她是你的老鄉你怎麼能這麼說，蘇向就回答說我沒有她這麼長得絕情決意的老鄉，說完自嘲著說人家看我不起鼻子長在頭頂我爲什麼要巴結她呀！

# 十八

　　那天我沒有去，與蘇向十點多就從梁立那裏走了，回到我自己的房間睡了，儘管晚上賈貞打了無數次電話發了無數個短信，甚至發到我沒有電自動關機，我終是沒有去。

我不知道爲什麼，也許是因爲天田不夠漂亮，也許是因爲她於我只是精神世界的一個夢境，我不想打碎，也許什麼也不因爲……

第二天晚上我去找賈貞，拿了所有男女成年人晚上一起時給用的東西。賈貞開門見是我直把我往外推，我把她的手捉了跨入了房間，然後我順手把門也關了。

我對她說對不起，我一個勁的說，她開始還反抗，後來很配合的抱我說：“你如果在乎我就該昨天來，你還是在乎天田多一點，所以希望她是完好的，可惜她有男朋友，我昨天問過她了……”我向她說你說哪里話來，天田不漂亮，跟我上床我還不想呢，她一米六一二的個子不符合我的標準，而且一點也沒有美感，越看越覺得審美疲勞。賈貞被我說的不知道雲裏霧裏，身體也開始靠近我，沒有縫隙的靠近我。

那天後，我經常到賈貞那裏留宿，一起看書或者聽歌，她唱的曲很好聽，能配合我，不過都是流行歌曲，我在心裏鄙視她。我欣賞天田的高品位，儘管我知道我對那些也欣賞不來，除了薩克斯，天田唱歌很不好，但是欣賞倒是滿高的，有次我們順路我笑話她歌唱的不好，她很不客氣的說了一句：不是廚師就不能說飯做的好壞了嗎？

我想天田是喜歡我的，就像喜歡她讀的書和音樂一樣，不過她喜歡的書和音樂太多，她不可能爲了一本書或者一首歌曲放棄整個藝術的享受，所以我們不可能在一起。

我繼續過我的墮落日子，一如既往高歌春宵，任愛留戀著不走。我甚至跟蘇向一起跟一個少婦過著日子。那個少婦的兒子八歲了，丈夫在西安開了個公司，她自己留在這裏守著兒子過日子，精神是寂寞的，身體也一樣，所以來桃花閣找人，所以我們就碰上了。

蘇向很喜歡她，說是成熟女人有韻味，三十歲的年齡正是人生好時節，開也開得奢靡，可以絢爛到極至，讓他如癡如醉，所以她與他很狼狽的曖昧著。但我不一樣，我個子一米八二，有足夠的優勢征服這個春暮的少婦。

有時在第二天的課堂我沉沉睡著，看見天田射向我的光，我也是裝做無意的回個靦腆的笑臉，心裏想著這個女孩真傻真純情，但也只是一閃而過，這個世界的人都善於偽裝，誰知道誰是什麼樣子呢？

　　我的事賈貞知道一些，她不問，我樂得不答，儘管我還是經常會到她那裏留宿，過我的夜夜笙歌。蘇向有時也提醒我不要對班上女生太過分，但我收不了手，比如對於雨芳，我們很早就認識了，這估計天田不知道，別人也不知道，甚至我也以爲我們是陌生的，但事實不是這樣。

　　雨芳是我曾經曾經的女友，在懵懂的年紀，我們曾經幼稚的以爲相愛，儘管當時我比她大了幾歲，儘管她只是住在我們家隔壁的小妹……

　　有些事我不能說，我知道說了于她於我都是傷害，所以我現在還是不要提起爲妙。

# 十九

　　也許以上所有的話都是鋪墊，只爲寫最後這凄慘的分別，但我是不怨恨自己的。我想過，如果再給我一次機會，我依然會選擇離開，一個人離開。

　　在過中的最後一個月，就如夢裏，現在想來，還是懷疑是否存在過。

　　高考完我一直是沒有回去的，蘇向回了神府，我們經常打個電話。這期間，我一直與一個女銷售員同居著，是個國貿商場的女孩，很漂亮的，只是單純的像個白癡，讓我除了荷爾蒙的刺激外沒有別的反應。不過，她是爲我打過胎的，而且在一起從來沒有什麼壓力，所以我要在這裏的每一天與她呆在一起，也是爲了解悶吧，可惜的是，天田又來過中了，我們的好夢被她破壞。

　　當我收到雨芳電話的時候，我是有著些須的欣喜的，我知道我可以見到天田了，就像魚多日不見水一樣，有一種溺死的感覺。然而就在我有這種感覺的時候，天田出現了，給了我莫大的驚喜。我該感謝雨芳，她雖然沒有爲我所有，但還是知道我的心的，不過她想讓我就此傷害天田也說不定，畢竟，我的壞是別人有目共睹的。

　　天田給我打電話的時候，我正從床上爬起來，剛準備打發走國貿女孩。我騙他說我在也在去補填報志願的路上。

　　是幸運還是一種難以逃避的命運，這次我到底躲不躲得過這個溫柔的陷阱？我以爲是我在耍天田，其結果是一樣被人耍，還是繼續說下去。

回溯之蝶，乘著風的羽翼，揮著火的劍裳，閃爍著迷離的緣分之光。杏花灘泛舟小水湖的景像，二郎山大巨塔燈下的願望，這一切，在今日看來，真是大夢一場。

那日天田給我打電話後我騎著車就去找她了，急匆匆的，像是趕赴什麼約會，好象享受什麼齊人之福。

天天在天使奶茶店等我，我習慣在那裏找她了，像習慣看那裏老闆對我不屑的臉。

我載天田去填志願，我甚至想讓她跟我填同一個地方，天田笑說如果我們都沒有被錄取那我們快湊合著結婚吧。我抬頭看她明媚的笑，和因高考而略帶憂傷的臉，竟至於當真……

那天回來很晚了，我帶天田到我房間去了。我騎著車直接就把她帶到了我住的院子。我對她說你來參觀一下我的陋室吧，雖然沒有你們住的華美，但另有一番頹廢在裏面。

天田舉步頷首，直接跟我進了我住的地下室。她說她一般是不進男生臥室的，進入人家的領域好象進了人家的心一樣，是忐忑的，綴綴的好象要把心掉下來。我說"那你怎麼下來"，天田對我側目甜甜的笑，空氣中散發著曖昧的因數。

她隨手翻起桌面上的書，可能是為了掩飾她的尷尬，她對我說她渴。我轉身到客廳去找茶，恍惚想到房間還有別的女人的蛛絲馬跡，這讓天田看見是不好的，便迅速走回房間。

天田已經翻著那些東西了，那盒藥丸很醒目的在那裏提醒著我，還有那些夜晚高歌用的武器。天田的臉開始泛紅，我覺得對我是個侮辱，我討厭女生一副單純的樣子，好象我欺負了她們似的。

我開始擋在那些東西前面抱天田，我對她說我喜歡她，我對她說我早就愛上她了……我的甜言蜜語是順口而來的，我自己也不知道真假，那樣的氛圍很合適，所以我抱著她就說了出來。

天田推開了，她大睜著眼睛推開了，不壓於給了我兩個巴掌。我又靠過去，欲望就是愛，我的欲望就是愛，我需要佔有她，這回天田沒有躲，很配合的擁我抱我。

天色漸暗，像雙唇的翕動，開始在白與黑的過度中上演。

就要分開的時候，天田約我第二日到杏花灘，我提議如果第三天她陪我到西山的話我就陪她去，她咬著嘴唇答應了。

# 二十

　　我與天田約的第二天正是中國的情人節，可惜我早就不相信沒有過這個節的心情了，就是有了天田，也是一樣，我的生活早就死水不瀾，我對天田只是一種征服，這是我當時的心態。

　　那天天田給我打電話的時候正是下午，我與國貿女孩剛過了一場雲雨。我躺下正思索人生得意須盡歡的時候，天田的電話響來了，國貿接的，然後一臉狐疑的把手機遞給我，我回了個吻，抓過手機來說："我手機欠費了，你給我交點錢再來我房間找我。"

　　後來天田交了費，但她沒有來我房間，而是打電話讓我出去，語氣中夾雜著命令，我雖聽不慣，還是穿了兩件衣服走出了沒有陽光的地下室。

　　天田請我吃了飯，說是要把我請她的換回來。

　　然後我們就去杏花灘。天田提議走著去，說是這樣有情調，我是個很懶的人，一定堅持要打的，我甚至對她說錢我來出，我們打的！但是沒有效果，天田堅持走著走。三十裏路，不是短距離，我不想走這麼一回，但因為天田的堅持，我一邊咬牙切齒，一邊還是跟著這個魔怪上路了。

　　這裏的景致很不錯的，一路上賣西瓜的好多。我們在好幾個攤點蹲下來吃，她甚至用西瓜汁把我的臉搞成花貓樣，我笑著捉她來報復，她跑著躲藏，始覺真是個可愛的小丫頭，竟有保護她一生一世的念頭閃現。笑容是有的，在這一刻，與快樂等同。

　　杏花灘有許多小湖泊，租了兩雙旱冰鞋，我們一個個溜過去。她的滑技比我好，但她瘦瘦的樣子不禁得推，我一推她就倒向我的懷裏，有幾次我甚至惡作劇的把她推倒，她倒也不惱，與我言笑盈盈。

　　後來我們下湖去玩，租了一隻腳踏船。她是怕水的，但可能是為了釋放高考的壓抑，她在湖裏尖叫著戲著水，用手把水一次次拍向我。當此時，我們是快樂的，是快樂的吧？

　　黃昏了，兩個人並著腳坐在石制的板上，一邊用腳戲弄著水一邊給夕陽拍照，給杏花灘拍照，給彼此拍照……

　　天田忽然幽幽的說：你今日拍了照片，是隔日就會把我刪了的，我知道你會這樣；而你卻將留在我的手機裏，這不公平，怎麼可以這樣呢？我一邊保證不會刪一邊繼續拍著，她定定的看向我，像是看個密度不足的人，我被她看的快遁形了，我說我發誓不刪總可以了吧？她收回清幽的目光，說：「不刪也已經不好了，是被著了色的，你的世界是被著了色的。」

　　那天走回來已經是晚上九點了，吃了飯我們繼續去爬二郎山，我累的很不好受，但天田堅持，我總覺得不可以違扭她的意思，所以一邊嘆著一邊跟了去。

　　西山的月色很好，夜很溫柔，夏日的晚上，有風吹起，是別有一番情趣的。我們走在山間小道上，聽蟬鳴，聽鳥叫，聽遠處寶塔裏的鐘聲，還真有點置身於姑蘇城外寒山寺的感覺。我們間或停下來擁抱，甚至接吻，感覺都是好的，是最美妙的，舌頭裏藏著芬芳，我是第一次知道。

　　西山後面，我拿出帶的笛子，吹了好久。夜風吹來，我給她唱那首《幸福那麼遠，這麼甜》，我對她說：「我們在一起吧，我是真心的，我希望你拯救我，昨晚你已經知道了我的生活，也許只有你能改變我。」她睫毛下閃過一絲詭異，被快樂衝昏頭腦的我忽視了這個值得研究的動作，這真是不該。她含笑抱我，那溫軟的吻，再一次向我潮漲潮落。

　　黑髮在風裏飛揚，她說你十日後現在這個時間能在這裏等我，我再考慮答應。是巫婆下了盅，我居然不知道，這是多麼高明的一個拒絕！那夜歸來，涼風習習，我開始動用了所有的真心。

　　我去找美豔，這個誰都不知道我們一直是情人關係的女孩，我求她放過天田，求她不要讓她的老鄉再傷害天田。她飄忽的笑著，答應了我，但要求我陪她最後一晚。半夜裏，我看見她眼神的閃動，繼續沉睡，好象夢裏有天田來過，天明忘記了大半，可能是太想念她了。

# 二十一

　　天田是否知道，兩年前的一個夏夜，有個白衣男子在西山那座大塔下麵，等了她一夜。而她，卻沒有來。他，從此對愛失去了最原始的嚮往，連最後那點好感也沒有了呢？

真的，時至今日，我不知道她曾經在愛我的洶湧波濤下，隱藏了多少說不清道不明的秘密。那幾天她曾經拋卻一切自由地愛繾綣在我的視線裏，當時的她，混合著藍色的夜空，迷離的星光，還有夏天野草的香，顯得那麼嫵媚，讓我甚至想放棄以前的生活隨了她去。然而我終究渺小得像是指間沙漏，細碎無聲的從她手間滑過。

對於世間萬物，與她相守的那最後幾天，我是喜歡的，或許轉個身就討厭，但是因爲她我畢竟喜歡了。我似乎從來沒有認真的整理過自己的故事，耽擱了時光，驀然回首，發現她的故事早已成行。

那個她上火車時的聲音，我心懷不軌的想到如果抓住，是不是我們的感情就可以昇華，我知道我喜歡的東西別人也喜歡了，喜歡的比我認真，比我堅定，所以，我只有沉默的退出，也許，我只是被人給辭掉了。

太愛了才會患得患失，才會傷痕累累，在所謂的愛情裏迷失自己。現在想來，我這麼傷心，是不是因爲我愛她，太愛她了，連自己也不知道的愛她呢？否則，我不會因爲她的一句話，到西山等她一整個夜晚，不會把自己的心交到她的手上？

仔細想想，我的沉睡之城開始蘇醒，生命的密碼卻愈發模糊不清，我想發怒，我覺得自己是那麼單純、幼稚，甚至可惡……

被陽光籠罩的輪廓被彩虹點綴的水珠還有黑髮在空中飛揚滑過的痕跡奇異地一切像幅色彩斑斕的圖畫幻化成心頭朱砂，我怎麼也忘記不了。以心靈爲生的女人是孤寂的，孤寂的靈魂臨水而立，是臨水照花，遺世而獨立，令人可望而不可即的，我怎麼想著去污染呢？

那夜的月光穿透而過，大團的影子就落在地上我們坐的那裏。現在細想，我明知，情可及，卻不能深達，然而還是說了想永久的話。

對於生活，我現在仍是一邊疼痛，一邊繼續。曾經那顆陽光般的心，溺死在流離失所的旁邊，慢慢忘記了幸福的姿勢。與天田的一段，很短暫的一段情，也只能葬在記憶的口，別人放棄了我，我最後也只能自我放棄。

半抹明月換新秋，一闋殘笛吹斷腸。那夜我坐在西山後，吹了一夜的笛子，伴著呼嘯而過的風。這是我所能說的全部。

# 詩歌篇

# 沙漠邊的孩子

有意落筆
但不忍寫下你的名字
沒有駱駝
我哭泣的毛烏蘇

莽莽蒼蒼
風沙四處起
我長在你旁邊
像紅柳叢一樣

終是離了你
水杏江南　一場又一場趕著的煙雨
埋葬著心中的你
我苦難的毛烏蘇

風沙遮了塵面
掩不了藏在心底的想念
西北角的那塊版圖上
有我的影集

回頭
回眸
再回首
你終是我，心中不老的紅顏

流經我身體國度的血液
也必蜿蜒你的路徑
風沙起時鄉心起
風沙落時鄉心無處棲

# 今夜，讓我們偷偷回大漠

我將從今夜潛回沙漠
在沙子裏把羊群放養
同時還放養五千隻
古文明的漢字

噓，不要讓立體動物聽見
帶上木棍、木棒、以及鐮刀
斧頭
我們將在荒原上建荒原

用泥巴圍一個爐子、造一座房子
柵欄邊養一個精靈
住一個嘮叨婆婆，一個抽旱煙的爺爺
挖一碗螢火蟲，在石洞裏

太過憔悴，我的來路
今夜我們潛回荒漠
你知道，這不是我的錯
晚霞出賣了我的鄉思

紅柳叢沒了來時路
兔子在裏面奔跑
還剩一片白雲
你能否與我偷偷回大漠

噓，不要說
票都寄給你了
上面有我的模樣
那是歸時印跡

# 一定有什麼東西在體內生長

一定有什麼東西在我體內生長
潛滋暗長
孕育、成型
一定有什麼東西

大雨在暗夜滂沱
梧桐樹綠了整個江南
有什麼東西
隔著長長的沙漠
在窯洞後的影子裏
與我青梅竹馬，牽手成長

一定有什麼東西
陝北的棗樹、海紅果
隔壁族人孩子玩泥巴的手
田野裏開著白花的土豆
在我體內生長

打馬江南一年又一年
臭水溝邊養育前世
廿四橋頭撫愛今生
誓守千年只是兌了水的假酒

一點有什麼在我體內生長
祖母老樹一樣的年輪

沒有肉欲氣息的村莊
爺爺揚起鐵鏟後的一群白羊
還有肥狗、大了肚子的貓、養在屋簷三月的燕子

這個正午
開始有什麼東西在我體內生長
漫天風沙漫過黃土高坡
一定有什麼東西，醉裏搖醒我

# 清　明

## ── 寫給父親

走幾個小時的路
去看你
摘些路邊的柳葉
撿些三月凋落的野桃花
在你的墳塋
坐一個下午

在夢裏
走了很久很久
卻沒有到你的墳塋邊
我只記得
野草叢生的年日
曾經在肥沃的土地上
埋下過你

十多個年頭了
只哥哥到你的墳塋邊
跪你拜你
從少年到青年

我仍記得十二年前的旗幟
哥哥挑著要升在你墳頭的旗幟
我仍記得那美好

凄涼的美好

走幾個小時的路
去看你
在夢裏
你卻聽著山風聽著清明雨
緘默

# 說好夢裏去看星星

說過了
整理完會展
做完煙火中人
你就來看星星

你戴了帽子
把自己包成一個紫色的粽子
我想像你的樣子
沉浸在思念河裏的樣子

說過了下第一場雪
你就來看星星
跨千山跨萬水
帶一窩蜜蜂

雪後我們種豆子
睡覺和耕織
冬天裏吃夏天的雞蛋炒飯
夜裏我們挖一碗星星回來

你說好不好
下了第一場雪一定要來
我等你在十月
把思念與渴望掛在了十一月的牆角

# 遙寄黃土坡

在文字上攀爬，打轉
紅酸棗
火紅
血紅
腥紅
猩猩紅
打醒了紅棗的歎息
一切都是有聲響的
一切都是有味道的
由聲響味道產生的記憶
是真切而灼熱的
我曾在哪片夢裏
遺失了玫瑰的芬芳
又是在那片沙土上
丟失了屬於我的哨子的渴望
無法吹響號角
我抱著夜的頭深深哭
月拋在腦後
星落在面前
滿眼
滿心
滿靈魂
都是無法說出口的
不能磨滅的
暖色

# 你不必再爲我燃燈

我已經喜歡上了栽種黑暗
埋葬
肉體上隱藏肉體
軀幹上橫衝直撞

隱匿的快感
無處可躲的承諾
手心上蔓延著
你寫了那不說的字

要掩蓋就掩蓋吧
天亮了就是萬紫千紅
夾竹桃兩岸花開
我這裏暗夜如春

你不必再爲我燃燈
親愛，不必再高舉著那火星
我這裏只建設夜的棺蓋
森森墳塋

# 瓦　片

我決定等你長大
這個決定那麼漫長
漫長了七年
我自己不知道的
我用一個夜晚結束了

等你長大
我也就行過去了
歲月不在那裏等我
兩岸麥子和麥子徹夜撤退
你已經不認識我了

這個夏天太長了
你知道
你用了一年
其實夏天只三個月
時光就在那裏背叛了

隨便遊戲吧
去跟那些人走過去的時光
去玩，去徹底的撒謊
去把自己弄得浮腫
陌生人借了你會還，但我不要了

說好的

都不要回頭看一眼
石頭露出水面，黝黑陰險長滿苔蘚的臉
七年時光是七座房子
一夜燒成灰燼

把刀插在墳頭上吧
種滿鮮花我們默哀
各自在墓園
忽然間轉面失聲
撿回一個瓦片，又一個瓦片

# 一根魚刺

一句話惹起一根魚刺的罪惡
一個表情
蜘蛛織網
一條繩索

我們彼此越拴越緊
一條蛇攀住兩個人
就是這樣
心跳的越來越急

這樣直接的欲望是不需要修飾的
就如一朵花被一隻蝶吸吮
一片葉子被一滴雨露糾纏
一毫米魚刺被一絲愛意放縱

這宗罪要沉就沉到底吧
我跨越沙漠
所有的駝鈴、所有的船隻
山上海上
這一夜與你拴緊

# 從此開始湄公河畔的思念

## ── 寫給笨笨

異域的電話
揭開分別的序幕
藍天白雲
已不是你在時的樣子
我對著樹洞
一語一語悄悄說
從此開始
以此開始
湄公河畔的思念
十一月的黃山
是冰的季節
是雨的紅娘
卻失落了雪的良人
風雨來時
我在沙裏等你
煙霧來時
我在灰裏等你
我只要你記著
山谷裏有那麼一句
我等著你

# 等　我

## ── 給一個與我一起成長過的女孩

等我攢夠了錢
等天氣涼了
等西天的太陽冬天落下去了
等我身體好了
我就去看你

正午太陽烈烈的
後羿射日怎麼不全部射掉呢
我還是喜歡與你一起的冬天
兩個人抱著
蓋一床被子
半夜裏看你的臉
想著要吻你一下
這個念頭一直同床三年
都沒有抵達你的胸前

我們同用一個飯盒
同吃一碗稀飯
或者一份午餐
你砸吧著嘴眨巴著眼睛總說飽了飽了

我就要去看你了
我們喝一碗綠豆湯

或者吃一個桃子
我們睡一個一個夏天
睡完雪花飛舞的夜晚

今晚的夜風好大
一場雷陣雨吹下了我的眼淚
想到你我就涼快了
一滴一滴淚就掉下來
今晚河上的風真好
回來的時候路燈滅了
我和所有奔跑的東西停下來
和所有的房子停下來
和所有的過去停下來
我想起你了

等我存夠了銀子
等天氣涼了
等我身體好了
你等著我好不好啊

# 籤籤睡了

籤籤一定是睡了
今天晚上她沒有哭
也不要我去樹上摘掉紅果子
更沒有拉著我去偷別人的夢境

籤籤推門進來是沒有聲響的
今天卻笑了笑
我感覺空氣裏有睫毛在顫抖
可是沒有影子

籤籤是六個手指頭的孩子
是一個鬼
對，籤籤這個鬼伴了我好長時間
有時她也帶自己的夥伴來

人們是看不見它們的
我可以看到
它們互相啃手指頭和腳趾頭
它們從來不跟我交談

我點籤籤的鼻子籤籤的眼
我說籤籤你陪我一會吧陪我一會吧
籤籤就出現在我面前了
她像一面牆壁的出現在我面前

簌簌是只可愛的鬼
我也是只鬼
人群裏我沒有影子
簌簌與我同行

簌簌今晚睡了
我摘了簌簌的睫毛後也要睡去了

# 仔仔細細看流沙

水流過去了
你知道的
我這裏
水一直在
房子一直在
你也一直在

只是
這一刻你去了哪里呢

那景象一直在
形象一直在
房子塌陷了
整個地表都落下去了
你的影像
仍在我心頭供奉著

你知道的
再也不可忘，不能忘，不會忘

還有那般真實的夢境嗎
你在那裏
握著前世與今生
仔仔細細看流沙

# 你是夜的眼睛

仍記得那夜
一柄生銹的劍
滑過
小河淙淙流淌
帶著羽毛撕裂的疼痛
以及某種歡愉
仍舊懷念
以疼痛的名義懷念
那冰冷
夜穿了黑色的衣服
我記得一片片木頭淪陷
一個個城市在眼底升起
你長成手腕的一部分
在我手腕上生長
不眠不休
你是夜的眼睛
注視著我

# 冬天來了

假如冬天來了
太陽掛在深淵裏
你跟著雪來了
我也就轉著圈走回原地

在古老而單純的夜晚
九十九個埋葬月光的夜晚
我的那一句話一直找不到棲身之所
它反復的來反復的去

而今月華霜重
我說出那三個字
全身冰冷，顫抖著，充滿深深的恐懼
你如同憂鬱這個詞

我還是說出了
那句俯在你心房裏的話
孤獨的福祉
雪花輕輕在深山飄落
如你真的輕輕地來了

# 我就要起程

我就起程
跟著雲，跟著山，跟著雨
我就要動身
現在就動身

每當我在人群擁擠的車上
灰色的水泥路面上
我都能聽到星球撞擊的巨響
聽見內心的聲音

日裏夜裏總聽見
那條江上的風拍打著岸
蝙蝠一半獸一半鳥
飛在黃昏

我現在就起程
餵養了這顆星星
收割完秋天的豆子
丟棄這張長著悲傷面孔的快樂的臉

聽說遙遠的地方
有那麼一座房子
用一顆心和一萬個思念砌的房子
將我等了又等

# 今夜我從麥田走出

我從麥田走出
就這樣走向你
我以為這就是一切了

寒霜還沒有落下
我的馬貢多正在建造
通往湖灘的路你已經指出

你是我眼前的一幅油畫
所有的未來都背對著你
我以為退向未來就退向了你

今夜我從麥田走出
深深的城市的光
我的那盞只為你點亮

# 就這樣已經足夠

把你從心裏叫出來
說說話好嗎
你看這雨天又發怒了
雷聲傾蓋
是你呼喚我的聲音

我總想像你走很遠的路來看我
看我舊傷痕上新傷痕
展覽我頸子下的粉紅花朵
也或者
我們靜靜的坐在黃昏的臂彎裏
一個又一個

我總想像你會突然與我照面
雲層下麵
你俯視著我
就這樣　已經很美好了
想著你是開心的
小徑蜿蜒成兩個島嶼

就這樣已經足夠
我見過你手繪的
兩塊大陸

# 你若記得

你若記得。
那條走過的路。
已經黯淡了來時月。
即使時光倒流。也不要再回眸。
好不容易撐著眼眶模糊著背影走到最後。

你若記得。
我一直在那裏。
做原地打轉的狗尾巴草。
儘管一直是這樣。哭泣流淚。半夜濕枕頭。
也不是等歲月回來等月歸來等河水流過來等命運重新安排。

-有一條狹窄的路。
我一個人走到盡頭。
盡頭之外還是原來的盡頭。
我忘卻了來時樣子，舊時消息。
你若記得也請定格我沒有過去沒有未來也沒有現在。

萬般揮手化塵埃。
一切都將過去一切已經過去一切才來一切已凋敗。
變了青山變了綠水變了舊時天氣變了舊時衣變了不變的一切。
小徑深處。
一隻駱駝悠悠的走過一隻鴕鳥蜷縮了身子一個黃昏黑了大漠。

# 我是你的良夜

床上的月光可以再朦朧一些
對，我們躺在月光裏
我是你的良夜
是你的
紫色窗幔，藤蘿棉花下的良夜

高樓上摘星辰
我在那夜空
陪著你走，陪著你眠
陪著你數淩晨的露珠

對，我就是良夜
僅是你的
鏡子裏有那影子
你坐下來吧

深深淺淺的俯在憂鬱的苔蘚的石階上
你也可以看到
水裏有我，也是你的

屬於我們的
就是我自己
就是這良夜了
還有那江上的風
在另一個季節裏仍在不停的吹

# 那座城

讀你的名字
就是那座城
那條河
以及河上的人
唇齒相依，打著寒顫在冬夜

紅燭下讀你的名字
一座山的名字
你住在那裏
我說
那兩個字裏有小徑，有紅楓葉，有榆林巷，有新安江
那兩個字裏生長著很多

一筆一劃
在陌生人問答的口裏寫出
先橫再橫再雙豎
那聲音在我心底輾轉

千里萬里
紫色的窗幔
秋蟲織著依戀
夜殤，你提著天上的星星大步走過
你不說
那裏面有我

倒影裏有那樣子
林子裏也有
江邊水面上都有
人家店鋪的笑容裏
都藏著我的樣子
那座城在那裏
那座城是你的名字

# 遊 記 篇

# 鎮北台

　　鎮北台位於我的家鄉榆林市榆陽區城北，是一處很有名的人文景觀，是明代長城線上的要塞之一，被譽爲"萬里長城第一台"，與嘉峪關、山海關齊名。到榆林的第二日，我便去了鎮北台。

　　回北方已經兩天了，前日在飛機上高空萬里俯視這裏，全是沙漠，乾涸的感覺，整片土地給我的都是悲壯蒼涼感。今日近距離的看，居然覺得親近，許是生於斯長於斯的緣故，自然多一份偏愛的理由，當然又附會許多說法，好像只有這樣，才感覺到不隔。

　　鎮北台是沒有買門票的，這很鮮見，我除了在皖南的某個小鎮利用作協證免過一次票外，別處沒有享受過這待遇，至少得半票。這裏不用門票，是機緣于朋友的面子，他報了自己的單位，順便把我以及同行的兩個小丫頭歸入他們領導孩子的行列，於是就借著別人的風水進去了。——看來許多地方還是有後路可走的，關鍵看你如何走。

　　鎮北台前有塊大石頭，上面寫著"天下第一台"五個紅色大字，我五年前就聽說過，以爲天下第一台是指歷史最悠久的一個烽火臺，但經朋友解釋才知道，鎮北台是明朝才建立的，因爲台大，比之前所有的都大，所以冠以第一台的美名。"第一"兩個字是吸引著人心的，但同時讓我懷疑，真是第一台嗎？歷史這樣說，也許是真的，即便假的，我也信它一回，因爲這可以無形中讓自己增值，畢竟，可以驕傲的對人說，我曾經去過天下第一台。

　　到了鎮北台，我強烈的發現作爲一個陝北人，對於陝北的這些歷史古跡，我缺乏欣賞的能力，這讓我羞愧。

　　台頂上有一個老年人，他不停的向遊人兜售他的望遠鏡。他介紹說用望遠鏡可以看整個榆林，包括黃土高坡，紅石峽，也包括新建幾年的基督教堂和新開發區，甚至還有凌霄塔……望遠鏡只一台，每人看幾眼就收五元，我自然不是這類生意的顧主，但聽著他事無巨細的講榆林，還是滿心歡喜的，對於這片土地的感情，四年的別離，已足夠釀成一壇老酒了。

這個老年人看我聽得仔細，在將望遠鏡的生意兜售給幾個大學生模樣的年輕人後，開始與我攀談，他向我介紹楡靖高速上的夏商長城，還向我介紹眼底的明長城；他甚至追憶起三十年前，那時候他還是個孩子，出門玩的時候，腳下居然踩出了古代的磚瓦。我是錢迷，想那磚瓦是可以賣錢的，就替他覺得慶倖，於是也就說了出來，不是外國人還希望偷一些兵馬俑裏的秦磚漢瓦回去嗎？這話被旁邊的某位看似知識份子的人聽了去，馬上說了句：“這哪能跟那比！”是的，我楡林長城的磚瓦是比不得那些磚瓦的，但我還是感覺這裏的親。

被朋友催著走，於是，在離開前我請這個老年人允許我拍張關於他的個人照，他微笑，靦腆的立正站姿。我唏噓說他是民間藝術家，這樣的人在陝北已難找。他解釋說是爲了討生活，接著他問了我年齡，然後就說比我大二十一歲，是時我爲這個我稱爲老年人的中年男子震撼了，我陝北人由於風沙的緣故，看起來個個都比實際年齡老幾分，但沒有這個男子這麼明顯，他四十三歲的年齡，居然有六十三歲的面孔，這不能不令我驚異！然而他是樂觀的，臨分別看著我走，呼叫著常來，朗朗的笑，在鎮北台的頂上穿風而過。

折回“天下第一台”這塊大石頭前，居然出現了只老鼠一樣顏色的貓，它溫順如聊齋裏的女子，我不需要哄它，只走近，它就黏著我了，在土裏來回翻轉著身體，似是擺姿勢，我拍一張，它擺一個。這是今天最感動我的精靈，它讓我想到很多很多，全是美好。我摸它的鬍子與耳朵，她蹭著我，身上還是髒兮兮的，但眼睛卻清澈如溪水。我想我若第二次來鎮北台，其中最主要的原因，該是爲著尋覓它，真的，我感動於它對我的那份信任。這是我二零一零年遇到的最震憾我心的靈物。小貓咪，你知道你給了我多大的驚喜嗎？只一個眼神，就讓我粗糙的心在瞬間變得溫潤了。

鎮北台的歷史作用，自然是不容我多贅述的，在行文的盡頭，我忽然想到了烽火戲諸侯的典故，驪山我也去過，戲諸侯的土地我也踏過，但遠沒有鎮北台給我的沉重。我知道歷史不會重演，但楡林這座城市，上演著多少暗裏戲“諸侯”的故事，有誰知道呢？歷史是沉重的，因爲它提醒著現在，然而我還是感謝鎮北台，感謝它讓我登高眺遠，看到了紅石峽水庫，看到了那璀璨的白練。千里萬里，莽莽的感覺，也只在這片結冰的水庫裏，才能安放此時突起的感傷吧。

　　我別去時，轉身，那耗子一樣顏色的貓也轉身，似乎是含著留戀，一路目送。動物是有靈性的，人類未必比它們高級，我邊走邊想，就這樣離開了鎮北台，沒有留戀，除了對那只貓。

# 紅石峽遊記

紅石峽位於駝城榆林北約 3 公里的紅山，因遍地紅石而得名，兩邊山崖對峙，所以又被稱為“雄石峽”。

陝北近年來由於發了“煤”運，物價飛漲，紅石峽的門票卻只二十，對於我這種無薪階級來說，是特等好事。

買票之後就從正門直入了。開始是下坡，但路比較寬闊，然而沒有走五十步的樣子就逐漸陡峭了，後來斷斷續續，時寬時陡。

峽分南北，走在崖間，水聲四起，蔚為壯觀。岩壁兩邊有許多石窟，靠賣門票的這邊的石窟窟窟相連，讓我想到這該是神仙鬼怪居住的地方；陝北多鬼怪的故事，把小時聽祖母講的故事一一附會，倒也真能對得上號。如小黑龍的故事。我想這紅石峽肯定曾有一女子在水邊走，由於種種姻緣懷上了小黑龍，所以才有了小黑龍的傳說。然而沒有人給我解釋，我的想像或者疑惑僅只存於自己心間。

紅石峽的崖間有許多摩崖石刻，跟崖壁一樣的黃色，部分字跡在今天仍顯得遒勁有力，我記得住的也只有幾個辭彙，如“還我河山”之類。看來陝北人的愛國之心，在這裏可以找到明證。

由於是多日，遊人很少，一個手掌都顯得多了，因為除我之外，就是帶我來的友人了，而他比我走得快，不到半個小時就跑了沒有了蹤影。

開始時我對石窟特感興趣，一個一個的鑽，但有些是不相連的，臺階又特別陡峭。我一個臺階一個臺階的攀爬而上，心中起了膜拜的感覺。我總希望我會在某個洞內逢著奇跡，抱著這種心情看，自然不會有美感；然而奇跡倒是逢著了，洞裏供奉著許多雕像，有天上的有人間的，天上的種種，已經在民間神話裏講得多了，沒有什麼可轉述的；民間的比較讓人感興趣，如供奉著一個女士，那雕像像陝北人，濃眉大鼻子，臉寬，顯得很粗糙，但眼神卻是祥和的，我猜測著她被供奉的原因，是由於她賢慧，還是由於她家富裕？翌日在餐廳聽來個故事，說駝城曾經出過個戴妃，我懷疑供奉的就是她了。因爲駝城人對於女性，好像崇拜的比較少，更別說供奉了。

門票這邊的一排看完了，我穿橋而過，到另一邊去。崖上有人呼問如何下去，那聲音在空寂的山裏回蕩，驚起了鴿子，好多隻一起飛，讓人感覺像是南去的燕子歸來了，然而看那尾巴，那顏色，又分明是鴿子。是時夕陽正在沉下去，紅石峽的石頭反照著那光，讓我頓起“日暮鄉關何處是”的感歎。

榆林理論上是我的家鄉，似又不是，我這樣的人，心靈註定的漂泊。此心安處是我鄉，我走過許多地方，能安心的，幾乎沒有，就如這紅石峽，明明美的讓人心動，卻也不能寄放靈魂。人生種種，在這紅石晚照的瞬間，真不知道如何思量了。

賣門票這排對面的石崖下的許多洞，好象是未開發的，又像是已破壞，有許多洞窟裏面什麼都沒有。踮起腳把頭伸進洞裏看，忽然閃現《地道戰》的鏡頭。這邊的崖上也有許多石刻，不過凌凌亂亂，我一個都沒有記得。這一排，除了一些給人猜想裏面可能發生的種種的石窟外，就是一些被砍得光禿禿的樹了，那些樹自身已經不會悲哀，因爲頭都沒有了；它們的屍體（枝幹）被整整齊齊的堆放著，真難爲了砍它們的人。

以前看電影《東邪西毒》，直覺鏡頭裏許多東西那麼熟悉，來了這個地方，才知道在這裏拍攝了很多鏡頭，是陝北的景色啊。

我喜歡水，可能是因爲缺乏，紅石峽流水潺潺，榆林的母親河榆溪河也穿越這裏，不用想，單只看，就覺得這裏是小江南了。雖然四圍山色是莽莽蒼蒼的土黃，但這一片丹青，就是上天爲陝北潑墨的一幅寫意畫，能不讓人欣慰嗎？

離開紅石峽時，我特意回頭看了幾眼那晚照，在霞光中，絳紅的顏色愈發顯得豔麗；這種豔麗如陝北的秧歌，民間味道十足，我陝北的人民，就是在這種看似俗氣但很煙火的生活中，傳承自身文化的吧。從來沒有一個地方，讓我感覺夕陽的照射能如此迷人。

這麼美，這麼讓人懷念的地方，我想我還會來的。

# 岩寺一日

　　準備去皖南古村落遊玩已經很久了，只是由於各種原因一直沒有成行，這次逢著十一國慶，心中竊喜，假期第一天就輕裝上陣出發去"前線"了。

　　坐的是去歙縣的車子，途徑的地方很平整，現在是秋季，田野裏還是一片大綠，只樹旁掉下的一片葉子，彰顯著秋的到來，想給這裏增添一份蕭瑟的韻味似的。給我留下最深印象的卻是竄入眼簾的綿羊。他們數量不多，四五隻，悠然地吃著草，偶爾抬起頭看看飛馳而過的車子，給我留下"驚魂一瞥"的感覺。可惜少了牧羊女，因此帶來了些許的遺憾。

　　古希臘神話裏的羊是溫馴善良的，它走到宙斯前說："虎有虎爪，狼有狼牙，他們都有利器，所以我才會被吃，請您賦予我如他們一樣的利器來自我防衛！"當宙斯告訴它如果它有了利器也一樣會攻擊別人時候時它流淚了，收回了自己的請求。小綿羊是寧肯自己受傷都不願傷害別的動物的善良動物，我們人類最該學習的是它。

　　我又想到了另一個故事，《聖經》裏上帝把他的子民叫為羔羊，其實是不無道理的。羔羊也是基督，是他毫不保留的奉獻了自己，是他毫不反抗如綿羊一般溫馴地被釘在十字架上，才有了人類的救贖，所以，這種精神是偉大的。

　　由於這兩個故事，對羊，我總是懷著敬畏的感情。

　　第一站是岩寺。下午一點多出發，到了已經三點。岩寺的汽車站很能顯示皖南特色，像個招牌似的指引著我，準確說，像一坐有現代風格的牌坊。

　　岩寺人的活法一言以蔽之：安逸賽神仙。走在街上的人步履從容，神定氣閑。隨處可見的人，閃著扇子晃悠著雙腿，就連開小三輪拉人的師傅，也只是用斜斜的餘光懶散著打量著我，絲毫沒有上前來討生意的念頭似的。真的，這裏的人給我的第一感覺是閒散的，睜眺著眼睛看著急匆匆的我，睜眺著眼睛看著天下熙熙攘攘爲名爲利的人。

一條名爲“豐樂”的河繞岩寺而過，名如其河其地和在其居住的人，豐衣足食，安樂似神仙。岩寺雖偏隅皖南，但似乎由於豐樂河的存在，孕育出了燦爛的文明，有文峰塔可以爲證。南朝風流，唐宋繁華，都幾乎沒有怎麼影響了這個地方的發展，此地在明清時候，如奇葩一朵，秀起於中國，在短短的兩個朝代，迅速的掘起，不能不說是一個奇跡。

朋友雲陪我晚上到外面走了走，十點多了，小鎮邊的一些店鋪幾乎都關了門。我們在豐樂河邊坐了好久，感覺涼風起時，借著街燈往回走。打小道回住處，空氣中彌漫著閒散的味道，讓我陶醉，只想再體會一瞬這曾經離我遠去的幸福，儘管有些許的頹廢感漫上心頭。

如果說這裏與其他地方有什麼不同，那就是富於流動，因了豐樂河這份奢侈的靈秀，因了河邊那寂寞的光和影，因了那幾隻羔羊，讓人感覺這裏的一切都是泥土味的。

潮水般的開發商湧進了皖南，岩寺卻保留了一份獨特，保留了一份樸素和安寧，時光沉澱在了灰瓦、馬頭牆以及青石板上。

燈上許久了，該睡覺了。我居住在一戶本地人家裏。樓上是主人，樓下是我。這一家人都是極好客的，早在一年前，我成了他們全家的朋友。對這家主人的小孩，我很喜歡，他一聲接一聲的叫著我姐姐，讓我這飄零在異鄉的人多了幾分親情感。

窗外靜靜的，除了秋夜的蛙聲襯托著這清幽，明早會有鳥鳴的，這樣想著，我入了夢鄉。夢裏，我感覺置身於一片羊群，我也成了一隻羊，安然的晃悠在豐樂河邊。

# 走近呈坎

　　決定去潛口，登上的卻是開往呈坎的車子，車半路到達潛口竟沒了下車的意識。呈坎，這個江南第一村如夢魘似的，終是把我牽了去。

　　呈坎這個名字是我在上大學後才聽說的，當時是在一個乍陰乍陽的下午，老學究形象的先生搖著頭晃著他碩大的腦袋提起了這個地方。他說：「陽呈陰坎，二氣統一，天人合一，故曰呈坎。來黃山，不得不去呈坎！」我當時只記下了前一句，對於陰陽八卦，因父親喜歡知道一點點。父親生前最喜歡探討易經，買過許多八卦風水方面的書，大概他是期待自己某一天參透其中奧妙，淨得萬物真髓，可惜的是，他非為易經生，卻因易經死了。

　　身近那個可以探測卦相的羅盤針前，許多人淨手屏息，用手志忑的撥弄著可以預測前途的指標，我居然沒有踩到洗手盆前的勇氣，更別說有去求一卦的想法。

　　父親五十三歲時求得一卦，說自己五十四歲有一小難，以後順風順水，可活到八十一壽終正寢。然命運實在是不可預測的事，他在五十四歲提前偏離了預測的軌道，離開了這個變幻莫測的世界，此一別不只經年，而是陰陽兩隔。

　　因著父親的易經故事，所以對於呈坎，我內心是藐視的，甚至也可以說是仇視。這是一種莫名的感情，是不可以拿道理來解釋的，許多人做事總問個理由，其實，有些事情真的沒有理由。就像我對一些東西的感情，喜歡就是喜歡，不喜歡再美再有價值也提不起興致。人生不可彩排，都是從前往後的，又有何辦法呢？

　　呈坎給我印象深的是紅旗橋，它本還有個美麗的名字，奈何我忘了。在紅旗橋那裏，有漂浮的鴨子，有昂然的水牛，有以居高臨下眼神看著我的狗，對，還有飛鳥，在看不見的地方一聲聲的叫著……此刻，呈坎是一本攤開的書，等著我仔細的閱讀，而不是憑我的主觀去臆測。受了這些美景的誘惑，我竟流連忘返起來。

這座村莊的美麗由此無遮無攔的撲面而來，穿透了我身上的每一個毛孔，滲入了我心的每一個細胞。

到一些被燒毀被損壞被褻瀆的居室前，講解員總是提到太平天國，提到文革，這些災難早就過去了，但留在那裏的疤痕存在著，所以讓人不得不在撫摩的時候想起，以提醒那些慘痛的過往。如果美是用來破壞的，那美何必產生呢？可是如果不破壞美，太過圓滿，也不會給人留下記憶與故事，所以，有時候破壞倒成全了一種憂傷的淒美吧？那些慘痛過去這麼多年了，這裏也早已恢復了平靜，但那一段段不可複製的歷史，縱使遙遠，也是不能忘的！

呈坎之奇，若非親臨不得其感，只心弛絕難獲其神韻。我莽撞地在許多巷子裏穿來穿去，雖常劍走偏鋒，但總是有許多地方讓我頓開胸臆。這裏，真的是一個讓人迷失的鄉村國度，儘管有時讓人有陰森森的感覺。

呈坎老屋實在多，顯得太擁擠了些；老屋的採光都不是很好，給人壓迫感。我在木樓間的夾縫裏穿行，道路七拐八拐，叫人摸不著頭腦，很奇怪小村的人怎麼能如此熟稔的東鑽西竄？身在呈坎，一定要記得出來的路，稍不留神就會有丟失自己。

夜色無語，石板街透出黑亮，遊蕩著一層薄薄的水氣。有些有人的人家，緊閉著門扉，偶爾輕輕的敲打古銅色的門環，會送出一陣陣響鈴；桂樹隱隱約約地隔牆送些許香來，讓人生生的逼出幾分羈旅之感，不經意地襲著心的最深處。

其實我是不想記下這些的，當我面對這些幾近頹廢的遺址，荒蕪的家園，面對這些貼著標籤的建築，一種鮮活的感觸讓我華麗的辭章瞬間無了用武之地，我的語言真的多餘了。在呈坎，舉手投足都有凝重的感覺，我用柔弱的筆觸記下這一切，只是為了追憶，為了懷想。

回到住處，我的心仍墜墜的，呈坎的美景終是烙在了心裏。那高大的亭台，那黑暗的樓閣，那長春社，老虎洞，還有那倖存的三座女祠，那雕樑畫棟……一切都是藏在心裏得了。

# 潛口，天堂中的寶石

有人說"黃山風景甲天下，呈坎風景甲黃山"，到了潛口，對於這句話，我很不以爲然。

潛口由明園和清園組成，明園給我的感覺如呈坎一樣，只是略顯得寬闊了些。清園亭臺樓閣俱全，依山而建，一半在山上，一半在坎上。掌燈十分，天上星，地下光，我站在半山，不知道是在天上還是在人間。

清園的光線較皖南的其他老房子好些，站在半山，視野極爲開闊，既可俯視庭院，又可遙望原野，讓人頓生居陋室享自由也甘願的想法。是的，荊釵布衣，粗茶淡飯，在此消磨一生，能有此美景相伴，是值得心甘了，無怪乎"采菊東籬下，悠然見南山"的陶淵明要隱居於此。在清園半山腰的雙蔭橋處，我也悠然的看了一回南山，可算做了一回隱士吧。

清園的房子有一些比較簡陋，像是貧民人家。有一戶只一庭院，狹窄的居室，一入院子，直逼眼前是二樓的繡樓，青苔在陰暗處肆意生長著，怎麼看都覺得窘迫了些。一股莫名的酸楚湧上我心頭，我一抹眼睛，居然濕濕的，是淚，真的，那一刻我居然哭了。這淚是那麼的毫無理由和徹底，我撇過頭，默默的流了一會。事後我想，是不是麻木已久的神經觸碰到了心裏的哪根弦，才會有如此反常的回應？群山環抱的清園，在那一瞬，靜謐的沒有一絲聲息，想想這座簡樸的房子，有那麼多奢華的老房子在周圍做伴，也當是不該感到太寂寞吧？

依山傍水而建的清園，均爲木質建構，雕樑畫棟，翹角飛簷，經歷文革的毀損，仍保留下了許多，所以讓人很容易原諒歷史。不過看著清園最上面一座被燒毀的只留下門面的房子，我感到震驚了，透過莽莽蒼蒼的殘骸，仍給我一半是火焰，一半是海水的感覺。這些歷史留給潛口的記憶碎片，斷斷續續的記載了許多當時的盛況，想來讓人對古人的智慧肅然起敬，青瓦蓋頂，粉白石牆，木質園柱承載的潛口在青山綠水間是那樣的古樸凝重，但沒有陰鬱感，許是沾了南山的陽氣⋯⋯

快要離開了，有些人家早已上燈，遠遠望去，一片朦朧。

出得清園口，我看見一個髒兮兮的梳著羊角辮的小女孩，正四顧地望著對面不知名的橋，我拿出手機準備給她拍一張。她發現了我在看她，靦腆的沖著我笑，擺了個姿勢，定格了一會，然後大笑著跑開了。那銀鈴般的笑，一下子把我送回了童年，讓我想到了黃河畔成長的那些歲月。

當我走到大路邊時，已沒有我回住處的車子。沿著大道，我一步步前去，把潛口扔在身後，可惜的是，它像影子一樣，追著我的記憶。到得一座大塔下（我迄今不知道名字，好象是叫長慶塔），我做了一次很長時間的回首。這座古村落，雖裏面有許多贗品，是從別處挪來的，但仍真切的儲存到了我心裏，比呈坎給我的陰鬱多了份明快，讓我喜歡起它來。估計我這樣的人是俗人，對於可以預測未來的呈坎，難能培養起刻骨銘心的好感來，只有潛口這樣明媚的小村莊，才適合我這樣的人，不過我真的沒有非此既彼的念頭，我的喜歡，是確實的。一步三回頭，終是沒有等來公車，我辛苦著自己的雙腿，踏回了住處。

第二日清晨格外清冷，我是被冷醒的，看著水泥白牆，以及現代化的五彩燈，一瞬間我有種時空錯位感，不知自己身在何處？而昨日的一切，潛口的記憶，天堂中這座寶石一樣的村莊，消失在了晨霧的迷茫中。天明獨去無去路，恍惚不知是何年，我隱約的記得下一個月臺是唐模，那個模仿唐代風格而建的古村落，會給我什麼樣的驚喜呢？

# 唐模，我的香格里拉

　　不到唐模，不知道《天仙配》電影裏的槐蔭樹其實是棵大香樟樹，這是我進入唐模的一大收穫。

　　唐模，始建於唐朝，村裏的千年銀杏，至今依然常青，碩果累累。面對這棵至今被人供奉著的銀杏樹，讓我失了魂魄，千百年後的我會在哪里呢？

　　唐模前呼後擁，前有檀幹圓，後有水街。在水街高陽橋處可以喝五元一杯的龍井，順便可以聽上一曲地道的黃梅戲。皖南人的歡樂與悲傷，在黃梅戲裏被傾情地唱出。這裏，原本就活色生香，在黃梅戲的浸透中，更加光彩流轉，讓我這專門來看它風朵的過客，有了“停車坐愛楓林晚”的衝動。

　　唐模的水口，你若完完整整的看了，絕對會開始膜拜水。是的，在南方人眼裏，水是財富的象徵。唐模的東湖與小西湖，是飛動與靜謐的，是剛烈與溫柔的，那一泓，一池，一灣，雖不比西子湖，但因了周圍秀美的建築，會看了的人從此心湖蕩漾。

　　我是從槐蔭樹這邊開始走的，隨著腳下清石板的推進，一步一景，唐模就整個的出現在了眼底。水口裏的水，呈現出一種凝重的綠，碧透鮮活，但看起來不太乾淨，因了許久沒有下雨的緣故吧，給人一種渾濁的感覺，遠看，倒不像是流動的水，像是一片片的苔鮮。

　　忠烈廟裏供奉著許遠、張巡，這兩位忠臣死于安史之亂，成了徽州的保護神。看著他們的石相，我想是他們的佛性讓這片土地有了大慈大悲的情懷呢，還是他們莊嚴的雕相讓這山青水秀的地方增添了幾分人氣呢？

　　古村的道路是用青石板鋪築的，數百年來不知道有多少腳印打上面走過，看過去，滑滑的，透著玉一樣溫潤的光澤。一些老屋裏，如檀幹圓，許承堯故居處，緊挨著牆的那些青石板，都長著毛茸茸的青苔，看著這些長斑的青石，讓我感覺到了什麼叫做清幽，也許這些綠綠的植物，才讓人不經意的領悟到什麼叫“物換星移幾度秋”。

緊挨著檀幹園的是小西湖，小西湖也叫孝子湖，仿西湖而建立，那一排楊柳一排桃樹，給人一種天生麗質的美感。當然，如果是陽春三月來到這裏，該是比現在情誼盎然的，想到此，不免覺得遺憾。人類是如此的不知足！

走進水街，抬眼前望，店鋪林立，老房子錯落有致，這種排放讓人暗自感歎，街頭兩邊的店鋪賣的玩意雖然是古玩，卻是現代生產出來的“古意盎然”的現代產品，讓人無奈的慨歎。然而總歸是高釋然的，畢竟美好的東西未必每個人都能獲得，有一件模擬品也是不錯的了。唐模的老作坊，萬種風情、繁華耀眼的不是很多，但只要看一眼，就將永久細細烙貼在身邊，流光飛舞。

從水街右邊一處院落進去，有一縱向穿門大堂式的建築，聽前鋪賣東西的人說，這裏原本是個家族專屬戲臺，文革後改為大眾會議室，現在成了國家的戲臺了 —— 列為國家文物保護單位了。走近看，古色古香，戲臺上層敞開，四周的樑柱雕刻著不同的圖案。置身這裏，即便沒有好運氣碰上唱戲，注視著那些道具，也可以過一把徽劇癮。看著那些熟悉或者陌生的道具，尤其是那大紅的燈籠，讓人感覺周遭的一切都已舞動了起來，長袖飄飄，空氣中隱隱約約傳來咿咿呀呀的清唱聲，使人想到了魯迅的《社戲》。

唐模的槐蔭樹和千年銀杏，猶如兩把綠傘，遮天蔽日，把半個小村攬入懷中，兼之東湖檀幹溪小西湖，再加青石板鋪成的小橋，明清的建築，尤其是那個同胞翰林牌坊，共同組成了一幅富有韻味的水墨風景畫，直鋪在行人面前。所以，從某種意義上說，走進唐模村，就是走進了中國的古文化。那些敞開的庭院，白髮老人臉上暖洋洋的笑，包括那路邊晃動著尾巴的黑狗，舔著自己爪子的白貓都是讓人羨慕的。一步步走來，感覺始終有一種繾綣的味道，彌散在小村的上空。

看著來自天涯海角的遊客，感覺在這裏才是真正活著的，只有在這裏，我才感受到了天地萬物的親和力，才第一次真正有了天人合一的真切感。唐模，我的香格里拉，我一定還會來的！

# 花山謎窟遊記

花山謎窟四年前就聽說了，當時我室友與她男朋友騎著車子半天來回，就覺得它很近，近到我提不起一點興趣去膜拜。二零零七年我自作主張的蹺課到岩寺住了一周，途經花山謎窟，望著看板上醒目的美景，也沒有想去看。因此，這次的花山謎窟之行，似乎是冥冥中的安排。

花山謎窟在屯溪附近，坐去王村的車子，幾十分鐘就到了。我對王村的概念，來源於報紙，某個文藝女青年曾經在副刊裏提過王村，報紙我是很少看的，那次卻很清晰的記住了王村。我喜歡皖南古村落，對於它們的名字，也帶一種別樣的心情。

花山謎窟有石窟無數，已經證明存在的就有三十六處，很多未開採的。這些是我在下了車子買了謎窟的門票打電話問朋友知道的，他是屯溪本地人，對這裏熟。他還告訴我二號和三十五號石窟值得看，其他都草草。他說對了一半，於我只是覺得二號洞新奇。

既曰謎窟，說明沒有證明確切的用途、建造者，以及朝代，甚至如何開採和運輸，也是一個謎。之前在岩寺住了一周，聽當地人說石窟也就是一些石頭鑿出來的大窟窿，沒有什麼新奇，若沒有講解，是沒啥看頭的。

下車之後，看見原野上有很多馬兒在吃草，樣子似乎可以用閒散來形容，但準確說，就像被抽了靈氣的小獸一樣，臉上是沒有什麼表情的，身體也似乎沒有什麼活力。我近距離的跟它們對視，也絲毫交流不了什麼。人獸是可以相通的，但這裏不行。

經過一排徽式建築的小牌樓，然後踏過長長的天橋，花山謎窟就開始在腳下鋪陳了。

我們先去的是三十五號石窟，洞口極小，裏面卻很大，而且好幾個洞裏有硬化水，森森的，只我們兩人牽手走，大聲說話，回聲就在耳前，如另一個自己在對自己耳語，是那般恐懼。同行的，我叫他為陌生的朋友，因為也只是為這次旅行臨時結的伴，過後就各做南北別，自然談不上惺惺相惜，卻也難得兩人歡喜，對洞裏森然之氣的震顫，讓兩個人一下子親近了很多，然而卻不能親吻，甚至擁抱，所以那突起的相惜感，也在出洞之後消失了。

後來又去了二號石窟，這次入洞時就有很多人，洞裏更是喧嘩，三個導遊都帶來了喇叭，洞裏仍然有森然之氣，但被人氣給逼在角落似的。洞口採光不是很好，但由隱蔽處看明裏，極真切，別人的導遊說這是孫權征服黟縣歙縣等地人修築的，她也說這只是是一家之說。走到洞盡頭，我雙腳用力跳著踩，發現下面很空。經常跳著踩腳是我的習慣，導遊卻借機說下面也是石窟，只是未開發，所以聲音清空。別的遊人看我，以為我事前知道，其實我是孩性未脫盡罷了。

出二號石窟繼續往前，順著標二十四號石窟的方向走。到了到了需要乘船的地方前，發現有許多羊兒在吃草，全是山羊，有黑色，白色，還有黑白相間的；而且有個棕色的與我有緣，我跪在它面前，拍了很多照片，它也不怕，低著頭吃我壓下的樹上的葉子。

往上走，就是花湖了，看起來很深，有很多天鵝在水裏遊走，其狀怪異，有閑雲野鶴般的閒散態。我們在湖邊坐了很久，同行的人不說話，我亦覺得無須多言，不過後來他提議到山上走走，我才起身。

那日從山上下來，還去騎了馬，也選擇的是棕色的。騎馬時想到張棗的詩：「……不如看她騎馬歸來，面頰溫暖，羞慚，低下頭，回答著皇帝，一面鏡子永遠等候她……」竟莫名憂傷了。

近晚搭了車子回屯溪，兩個人無言靠著，像需要取暖的貓。那一夜還沿著新安江走了很久，說了很多話，現在大抵忘記了，因為不盡美好，當然，無涉我自己，只是跟別人的過往有關。有時想想，陌生人之間，好的一點是新奇，當這新奇看完了，也就散場了，人生之悲哀，此是一種。然而我是那麼喜歡新奇的人，舍了命的都要追了去。

花山謎窟之行，那人，那景，在夜下的現在想來，如一尋常夢境，沒有追念，無端想起罷了。

# 上海隨行記

　　去上海，在六月十日的早晨，與大夥一起，彼此熟悉或者不熟悉。別人是爲趕世博的場，我有我的私心。——我只是感受這個地方，感受一個曾經生活在這片土地的女人。

　　車子從黃山開往杭州方向，我一路安睡；車子過杭州，想到那個女子在臨離大陸前，曾經在杭州的街道上吃過一次面，遙遙的，杭州城也是可親近得了。

　　司機是南昌人，有北方男子的體格，卻無那豪氣，脾氣也不大好，不過我看著卻舒服，原因是此次是去上海。這個繁華的城市實在惱人，司機不熟悉路，車子開了很久，比正常超過兩個多小時，才艱難的進入上海市；而接著又開了近乎一個小時，才找到可以泊車和吃飯的地方，而泊車的地方還是說了很多好話人家才勉強同意的。同行的所有人都埋怨導遊，還有司機，他們的表情達到前所未有的統一，我看著忽起悲哀，雖然心裏我也是覺得導遊和司機是該埋怨的。

　　那天吃過後，就到了東方明珠，說是看景，但實際比別處的電視塔也沒有什麼兩樣，只是人在高空的玻璃地上站著時，覺得暈、刺激。

　　從東方明珠下來，參觀一樓的博物館，名字已經忘記了，館內一切記得很清晰。館內是關於舊上海的，有那個時代的印跡，半殖民地半封建的印跡。我看到了那個時代的電車，忽起憂傷，想到了那個女子曾經在她的書裏寫到自己的愛夫處於困苦之中，叫做柯靈的人，乘機在車上揩油，摸她的臀。這樣的小尷尬，傷及到尊嚴的不可說的尷尬，很多女子都有過。

　　是晚是在一個叫做城市故事的酒店入住的，周圍很安靜，似乎在醞釀著故事。同行的人吵吵嚷嚷，大城市的繁華，悅目賞心，多多少少引起了他們的興趣，於我倒沒有什麼，只靜靜的看與聽。

　　那晚在路旁露天飯店吃的飯，很不正式，但吃的開心，我喝了一點酒。回去時踏著黛青色的馬路，想到那個我為她而來上海女子，她曾經在清涼的早晨，一個人踏著碎步從情人的居處走回，那是怎樣的心境？而我踏的，正是她當時那片土地。

翌日車過靜安路，我又想到她了，不帶半絲同情，我只是常常想到她。她的文字裏，把靜安路提了又提，在婚約裏，愛夫也寫了「歲月靜好，現世安穩」，雖然他們並沒有靜好安穩，但我相信當時的情事是真的。

在上海，從十日下午呆到十二日上午，這三天，司機走了很多冤枉路，同行的人都不大痛快，我卻安然，只因為是她生活過的土地，多看看，總是好的。外灘的那麼多西式建築，想著是她描摹過的，也覺得親。

車離上海的時候，沒有留戀，大城市的繁華，若不是有她，我是怎麼都不要欣賞的。

十二日去了嘉興，眾人泛舟而遊，雖然路程很短，但很開心。湖邊風景不錯，只是湖小了點。後來在煙雨樓上坐著，看那門兩邊的對子，非常精工，然而我沒有心情記下來，略略的看，很享受。別人對於美好的東西，想著收藏或珍惜；我這裏，再喜愛，也只如平常物，感受了也就過去了。說來似乎悲觀，但我不是宿命論者，我只是以一種自去自來梁上燕的態度處事。

回來時車又經杭州，憶起「三秋桂子，十裏荷花」，忽然想去看一看。司機又開錯了車子，直接進了杭州城了，眾人抱怨，於是只能重新給收費站錢，開了回來。我的慶倖心理，終究沒有了餘地，來回兩次，都是遙遙的望著杭州城。——人生，終究是做不得主的。我也只能聽任，雖然心裏有不高興，但面上絲毫不表露，拿我包裹的《瓦爾登湖》和藍魔，聽歌看書，車裏的喧囂，車外的美景，都擋住了。

那日回來已經九點多了，徽州大劇院門口下車，眾人各自東西南北別，我坐了返校的十二路車，一個人在茫然中歸來，欣喜或者失望都沒有。

# 神木紅城淖記遊

　　臘月二十六計畫從佳縣白雲山回府穀，到了神木已經近夜了，於是便選擇在神木過夜，準備第二日登了二郎山再回府穀，然後返老家那個小村莊去過年。

　　我對神木的感情遠大于對府穀，我出生在府穀縣城的一個大院內，後來一直在鄉下生活，直到高中了才又回到府穀，因為生於斯長於斯的緣故，太過熟悉，總無端多一份難說的情緒，多呆一天都不願意。

　　二十七日早早起來，去吃了有名的神木麵食羊雜碎，就開始準備上山了。然而出門往東山那邊走的時候，在看見車站的地方卻改變了主意，先去紅城淖。這個想法一產生，便乘了去中雞的車子，往紅城淖去了。

　　用了三個小時去中雞，車子由於外面下雪走得不是很快，到了中雞已經是下午一點了。中雞沒有直接到紅城淖的車子，於是打的，風大的很，刺骨，說是的車，其實是私家車，硬硬的宰了我：四十。

　　冬季來紅城淖，只有我這般的瘋子才敢起這想法，因為這裏靠近內蒙，又有這一片結了冰的湖，適逢還下著雪，荒荒涼涼，比起大漠更感覺蒼涼多了。

　　紅城淖是沙漠明珠，而冬天的紅城淖，就如死魚的眼睛，不過難得這麼安靜。我從容的在沙面上走，在結冰的湖面上走，看遠處喜鵲在巢旁相嬉，賞風沙忽起時那一揚一沉的飄忽，覺得若不是如此寒冷，人生終老此處也沒有一點遺憾；但旋即又想，這安靜也是暫時的，夏天一到，這裏就如西湖般繁華了，看那遠處的汽艇和小型飛機就可以想見。不過至少這一刻是安靜的，這塊地方是我的。

　　我坐在冰涼的湖面上，給自己拍照，也給湖面拍照，有不知名的花尾巴的鳥在我四周叫著，圍攏來又飛了去，鄰家小女般刻意的矜持模樣，讓我覺得好笑，便偷偷的拍它們飛翔的模樣。

　　紅城淖的湖周圍幾乎沒有人，除了我，就是一個一個勁的兜售湖面生意的大叔。他有內蒙人的那種粗獷臉型，打扮卻是我陝北模樣，羊肚子手巾包頭上，豎著高高的羊毛領子，問我："滑冰嗎？滑冰嗎？"我搖頭，他憨笑，似我族裏的小叔，於是便感覺一下子親近了，想跟他說很多很多的話，想拉他的手。自己在那刻如一個八九歲的小女孩般，期望著手拉手地與人交談，但知道不能，瞬間悵悵，與陌生人，還是不能親近的，我記得那遙遠的傷害，我記得。

我深一腳淺一腳的在湖邊的沙裏走，累了，就跌坐在沙子上，這時候，雪下的很小，近乎是漫天飄著幾朵似的。我沒有害怕的感覺，有的只是舒心。兜售生意的大叔遠遠的看我，他應該知道，這樣的冷天，我一個女孩子，是不可能去滑雪的。他那樣看我，是因為他一個人在這樣的荒天雪地裏也覺得寂寞嗎？他是不是想跟我說說話？我忽然起了問他在哪里看駱駝的心思，是的，我是來看沙漠裏的駱駝的，可以拍照，還可以騎，我就是抱著這個心思來的呀！但終究沒有問，對於陌生人的戒備，我總是無端的多一層。

整個湖面是極靜寂的，我在心裏盤算若在湖邊種一層桃樹一層柳，是不是這裏的春天，也如西湖般美麗呢，但旋即就被滑入領子的雪打消了。我是善於做夢的人，然而也總是很快就醒了，這不好，有患得患失感，人生不能這樣。

湖面很遠的地方有村莊，稀稀落落，我想到了三潭印月，可惜這不是杭州。那年那月那人，曾經與我一起在西湖走，整整的一圈啊，近四個小時，現在呢？這個湖，誰來陪我走完？

一隻鳥在在我不遠處的湖面上固執的蹲著，沒有太陽，雪的沉重濕了它的翅膀，它馱不起羽翼了嗎？我與它對視著，我與一隻紅城淖的陌生的鳥對視著，我們是那麼近，那麼近。它不飛起，也不靠近，是傲氣，還是恐懼？說不清！到我離開，它也只是調轉了尾巴對著我。

下午近四點，我打電話給送我從中雞過來的計程車司機，要他再載我回中雞。

趕往中雞的路上，我發現許多高樹上有喜鵲，同司機說起。他說："這裏是喜鵲的故鄉，你逢著了，說明你會很快有喜事。"雖然我不信，但也聽著高興，於是對著車窗外拍了很多喜鵲巢。

那天幸好趕上了回店塔的最後一輛車，後來轉往府穀，在夜上時分，搭最後一班公交回到了家裏。第二日下了厚厚的雪，七八寸深，所有回家過年的人，攔截在了臘月二十八的路上。喝著母親做的黃米稀飯，想著在紅城淖遇見的喜鵲，覺得真是逢著喜事了。

# 東勝行

　　我用在小江南近一年的時光，來回憶我所成長起來的地方，但當我真正抵達它，只三天就厭了。

　　我又一次選擇逃避，用北上的方式。臘月二十一來了內蒙邊際的一個小鎮，其實這個小鎮的附近幾公里還屬於陝西，但我所居住的地方已是另外一個地方了。

　　廿二日北上，去東勝。車子一路蜿蜒，沿途風景比起我生活了四年的江南，可謂荒荒草草了，甚至草都談不上，因爲都是枯草，沒有綠的感覺。回首是黃沙，往前望還是黃沙，雖然近年來種了許多荊棘之類，但大冬天的，它們也枯成了黃沙模樣。經過烏蘭木倫河時，看到結冰的河面，我起了拍照的心情，以爲這裏也有山有水，會是好地方，但直到東勝，所見的也只這麼條小河，所經的地方都是昏黃，除了沿途各種大卡車上閃出的煤粉外，這裏沒有什麼別的顏色了。

　　在東勝住了兩天，都在逛街，主要在美食一條街那附近逛。那是東勝的主街，算是繁華地帶，人來人往，絡繹不絕。我想我在東勝最該慶倖的，是沒有碰見小偷，我很小心地照顧自己的包，似完全沒有必要。這個城市比之其他大城市，這點最好，因爲逛了兩天，沒有丟東西，也沒有看見別人丟東西，這在西安或成都，幾乎不可能。

　　東勝自有東勝的好，我帶著北方人的眼光打量它，自然覺得特親切，而且處處是鄉音，根本不可能有語言障礙，所以不怕被人欺負。

　　東勝的商鋪，比榆林的時尚，較之南方商鋪裏的衣物，顯得“胖”了一點，特寬展，即便是阿依蓮這樣的牌子，店鋪裏擺著的，也比南方的顯得寬大，許是北人比較壯實的原因吧。街上走著的行人，大都穿得蓬蓬的，也時常有漂亮的女子經過，然而大多是那種粗壯結實的，而非小巧玲瓏，看著雖養眼，但沒有如花似玉的感覺，用不著去保護，而且她們顯得很強大。男人們更不用說，一個個都陽剛氣十足，雄赳赳氣昂昂的。可能跟快過年了有關，人人都充滿喜氣，這讓我也無端受了感染，覺得回到了小時候。買新衣，過大年，這樣單純的快樂，許久不曾久違了，在這裏卻感受到了。

東勝不同於陝北的特色，就是各種店名大多是兩種文字來編寫的，一種是蒙語，一種是漢語，蒙語我不懂。不過可以理解，這裏屬於內蒙，這樣寫可以體現地方特色。我所到過的城市，夜景大多是相似的，因為都是燈光的自設，但這裏卻有了小區別，用蒙漢兩種語言標出來的商鋪名字，燈光映出來，夜下看別有一種味道，容易讓人起思古幽情，一些疑問也隨意而生，誰曾經來過這裏？誰曾經用漢字寫下“駿馬風沙大漠”？是不是“夜深千丈燈”就是在這裏點起的……一條條小巷子找尋住處的時候，我胡亂的想，巷口掠過的風，冷得刺骨，提醒著我別去感歎曾經。

我所住的房子是招待所，五十元一晚，算是便宜的了，房東收錢的時候，理所當然的樣子，不給洗漱用具，我也沒有很硬性的講理，已經習慣了。在南方，公共汽車上的人是很少吸煙的，行人是很少故意橫來撞去的，住宿的地方是很少沒有洗漱用具的……我用近四年的時間，喜歡上了南方，潛意識裏把自己當一個南方人對待，所以，我無意中為我的北人遺憾，覺得他們粗魯了，無理了，甚至有點不文明。然而我知道，正是這樣，才孕育了我北人的粗獷，不拘小節。所以，許多東西，是該原諒的，沒有什麼對不對。

在東勝的第二天，突然就降溫了，下了特大的雪，我跟友人改變了來這裏遊玩好幾天的計畫，急急的坐上車子，在黃昏時分歸去。徐志摩有語：“揮一揮衣袖，不帶走一片雲彩。”我想全部帶走，能嗎？有關東勝，能記下的，我也不知道是什麼。歸來的車上，看著逐漸昏暗的夜色，我想念南方了，那個叫屯溪的地方，魂牽夢繞的，我念著思著，多麼希望把自己融合進去。

車回到叫做大柳塔的小鎮，兜兜轉轉，我憶起在屯溪坐12路車的日子，隱約似乎身體到了那裏一般，但下車時冰涼的風提醒著我是在家鄉。忽起的記憶，也就悄然打斷了。

# 西山記

　　西山是毛烏蘇沙漠附近的神木縣城的山，我曾經在那裏呆過。我是個喜歡旅遊的人，去過許多地方，但唯有那座小城，那裏連綿的西山，才覺得是唯一可以寄託靈魂的地方。

　　神木城很小，小到地圖上幾乎找不到。我在那裏呆了一年，是人生中最灰暗的一年，也是最安寧最豐富的一年。

　　早晨從我住的地方出去，大約半個小時，就可以隱約看到籠罩在山峰中隱藏著的許多寺廟，寺廟綿延處的許多群山。傍晚，我讀書歸來，也隱約可以聽到山上傳來的鐘聲，悠遠又寂寞的那種。

　　當地人叫那些山為西山，是相對東山而言的。東山又叫二郎山，比西山喧嘩得多，西山是沉寂的，寺廟裏也少有人去，只是山下人覺得山上的一處泉水甘甜，經常在早晨或者傍晚借著鍛煉的名義接些水來。不過，我喜歡西山遠甚於東山。

　　上西山一般都是經那條蜿蜒的路去，路兩邊有些復古的泥塑。漫步在石子路上，早晨或者傍晚的霞光灑在身上，心中的隱秘總如輕柔的羽毛，撫去歲月的灰塵，在心低輕輕呻吟。

　　走完蜿蜒的路就到山頂了，山頂是極平坦空曠的，除了一座鐵塔之外，其他都是低矮的草房子，好多年沒有人住的樣子。山不高，卻連綿有序，不時有飛鳥在林間叫，仿佛訴說著遠處山巒的秘密。

　　常常是在週末，我帶些乾糧去，信步走，遇有石凳的地方就坐下來看遙遠山間的景色，有時也看書，一連看好幾個小時，風在林間來回的跑，撩動著路邊的小蜜蜂等昆蟲，時有野花借著風散發沁人心脾的香，這個時候，很容易謎醉，好象終於在不經意間，回到了自己的心靈家園。一時之間，不知今夕是何年了。

　　有時我也帶個瓶子上去，接些叫做龍泉的那口泉子的水來。那泉流出的水的確比買來的礦泉水甜，只是流的很少，有時好幾分鐘才可以蓄滿一瓶子。看小指縫一樣的水流入瓶裏，我常常在瞬間爲自己波瀾不驚的生活感到遺憾。

西山的後山聽說住著尼姑，兩個，其中一個已經很年老了。我曾經踏足後山多次，卻一次也沒有見著，不過自聽說後，我心裏倒是常常有想像出來的尼姑的樣子，所以後來見著手執佛珠的女子，總忍不住站一站，也常常在轉身的時候，爲後山裏的尼姑悲哀。一顆顆佛珠裏，珍藏了多少韶華？

很多次，我是在午後陽光的陪伴下離開的，而回到我所住的地方，已經是傍晚時分。每次去西山，我都會懷著無比滿足的心情離開，好象在這裏吸取了可以複元心靈的精華，更有勇氣面對瑣碎的人生似的。

和浮華世界的紅男綠女一樣，一入江湖歲月催，自我懂得生而爲人的悲哀後，就常常陷落到悲哀裏去，精神故鄉也在這其間錯失了，歲月的寧靜也打亂了，而那一年，我卻不知自己從西山偷了多少寧靜，偷了多少靈機。 —— 然而離開已經四年了。

我自離了那裏，再沒有去過，也從不想再去。

許多地方，我不後悔去過，雖偶有想念，但從未想過再去憑弔，人生天地間，一忽一霎，我做不得主，所以我只有面臨時享受，別去時揮手了。今日對西山的追憶，也只此一種心情。我從來不覺得有大悲哀，也沒有大歡喜，人生的歲月，亦當如在那座小城度過的每一天一樣，安然的度過。

# 白雲山遊記

　　二零零九年臘月二十五，帶著膜拜的心情，我從府穀出發，經神木，用六個小時的時間坐車，去看我在圖片上見過多次的山——白雲山。

　　白雲山在榆林市的佳縣，我對它的第一次心儀，源自在神木讀書時候一個佳縣朋友的敍述。他當時跟我說：“在白雲山上走，背依著松樹，可以看得見黃河，聽得見流水激蕩聲。”他的描繪太美，讓我做起了去佳縣看白雲山的夢，這一做，就是近五個年頭。車在開往佳縣的路上，我心惴惴的，生怕白雲山如別的許多高山一樣，讓我失望，碎了我五年來的幻想。

　　大巴車上坐的幾乎都是山裏人，聽說我是去白雲山玩的，有個年長的伯伯就講起了白雲山的故事，無非就是一些神仙鬼怪，我對於這些東西，向來新奇多於敬畏，但他說的認真，我也不好掃他的興致。後來他說到了毛澤東，也說到了蔣介石，說到了他們分別求得的“上上簽”和“下下簽”，我帶著聽故事的心情，不發一點感慨。大概這位伯伯乏了，便轉了口，向我介紹起了沿途的河流，說車經過的兩條河流叫禿尾河和佳蘆河，而且還說了具體的河名的寫法。窗外，禿尾河無聲的流淌著，一直流到佳蘆河裏，這兩條河靠近岸的部分還結著冰，我對於禿尾河的興趣，遠沒有佳蘆河來的濃。這位伯伯說：“佳縣以前叫‘葭縣’，佳蘆河應該爲‘葭蘆河’……”，還沒有聽他說完，我就陷入了自己的遐想，是不是古詩經裏的《蒹葭》，就是由這裏而書寫下來的呢？那在水一方的女子，難道就是從這裏生長起來的？僅此一想，對於這塊地方的喜歡，便一下子增加了幾分，而窗外岸邊的蘆葦，雖枯萎了，卻還隨著風蕩來蕩去，像藏著年輕女子的精靈似的。

　　車到佳縣城，打的往白雲山，直感覺在雲裏的山間走，有種天上人間的錯覺。

　　在白雲山下，仰頭一望，西北地方最大的明代古建築群，眼底眉間便展現了。是時，已下午近五點，除了在此過夜，再沒有可行的辦法。一覽之下，知道白雲山不是想像的那麼陡峭，那麼高，但也總得走一兩個小時，於是便細細思量，要不去山上過一夜？此念頭一出，覆水難收似的，也不考慮危險，直接叫司機把車開到山上去。笨拙如我，居然不問一問山上可否過夜，不過後來好在可以，也少了尷尬。然而翌日到神木，想在二郎山過一夜，結果問朋友有沒有住處，她資訊回我：「山上就是寺廟，你想跟神一起？」發生在自己身上的笑話，說來難免為難，事實如此，我的愚笨總是在生活中不經意顯示出來，真沒有辦法。

　　司機邊開車邊給我介紹白雲山的神奇，主要說佛教的興盛，我微笑；我向來喜歡自然遠多於人文，所以，他不說更好，不過言談間看出他是厚實的人，對於這塊土地，有著十二分的喜歡，雖然也抱怨：「佳縣儘管旅遊好，但經濟屬於落後區，遠比不上榆林其他地方。」然而我建議他搬離到好地方去，他卻不捨，說這裏住著舒服。他同時也不忘記向我介紹住宿便宜的地方，首先就提到了道長家，他說山上有二十多個道長，若住進去，花三四十就可以了，安全，又實惠。他越說越多，如一個多年不見的朋友，佳縣人的熱情，也許當以他為代表。

　　那天住進道長家已經七點多了，吃著道長家的小孫女端來的紅棗，喝著濃濃的茶，打量著寬展的炕，我失了晚上游白雲山的想法，只想把時間如茶一樣端在手裏細細品著。

　　一夜安靜，第二日一早就在山間走。有鳥雀一陣陣的飛，喜鵲居多，山裏到處是松樹和柏樹，透過高大的樹木，還可以看見喜鵲做的布袋似的窩。前夜所住的房東家的小狗尾隨著我，前世邂逅的情人一般，用深情的目光遠遠的打量我，讓我覺得溫暖。

　　清晨的白雲山山水相映，白雲繚繞，松柏參天，許多廟宇林立在一起，我感覺像是處在另一個世界一般。白雲山山勢一點也不陡，如一個平和的老人，隨意的舒展著四肢，任我肆意的走，一點也不排斥，沒有溝溝壑壑等特別危險的地方，比起前年登的青城山，這裏簡直寬展的如一個四十五度的小土坡。

　　在山頂，我看到了白雲山碑記，以賦的形式寫就的，介紹了白雲山的過去，賦寫的非常有文采，我當時記過，現在卻忘記了，只記得當時讀了覺得驚奇，陝北居然有如此文才斐然的人。

　　下山的時候，一路都是賣香火的，幾乎都是女子，我早上從道長家出來就被要求我買一些，奈何我是進過千家廟，不拜千尊佛的人，所以也就拒絕了，但看那沿途上了年紀拿著香火向我示意的老年女子，還是覺得心裏抱歉。

　　從白雲觀到白雲山腳，我是一路走下去的，一邊走一邊從山上拍攝山下的黃河大峽谷，朋友所說的依著山頂可以看黃河的景色是看到了，卻無緣聽到黃河聲。

　　下得山來往上望，山上一片綠意，完全不似黃土高坡的多天，倒像是小江南，生機勃勃，就連鳥雀都不似陝北別處的那般灰暗，難道真是由於住著神仙？我自然是不信的，然而白雲山一遊倒是美好的。

# 成都印象

　　成都之於我的印象很多，但最深的也不過閒適二字。許多想來深刻的東西，用詞語概括出來，往往留于簡約，成都之於我就是這樣 —— 一句話，是簡約而不簡單的。

　　想瞭解成都的人，最好先到永陵看看。永陵是中國少有的地上陵墓，埋葬的是唐末五代時期前蜀國王建，占地不是很廣。墓裏王建的雕相，是迄今為止唯一一個不是穿著帝王服飾下葬的雕相，他穿的是隨身的休閒衣服，單從這套衣服上就可以看出成都確實是個閒散的城市。祖先都是如此，後代人更不必說。

　　的確，成都因為閒散，吸引來了許多遊客，有好多從此永久定居下來。

　　古人曰：少不入川。這句話絕對正確。且不說川地的氣候、環境、美食，就是街上隨意走出個女子，慵懶的往樹陰處一站，就足以吸引我們的眼球。身居成都的人，對於自己家門口的美女，是很容易產生審美疲勞的，但只要往別的地方去走走看看，就會發出家門口美女如虹一樣奪目的感慨。外來的人見到成都的美女，往往會產生應接不暇感，偏偏辣妹子又辣，斜斜的彎著蛾眉一瞥，遊客的心魂就被攝去了。

　　經歷了地震的成都，以經歷了一場大悲慟之後，又重顯出前所未有的活力了。

　　由於汶川地震，許多處於中國地震帶的人，儘管身在其外，但一說到地震往往嚇的驚魂，但成都人卻不怕。非但不是急著搬離，反而越發有原地呆著不走的趨勢，這倒不是因為成都人不珍惜生命，而是緣於他們的樂天知命，緣於他們對家園的熱愛。

　　有成都人這樣總結過地震時的生活方式，說：“沒有地震前 —— 一杯茶，一包煙，開啓 QQ 聊一天；而地震時是這樣 —— 不泡茶,不抽煙,立個瓶瓶盯一天。”而且還有這樣的句子：“ 早上搖一搖，精神百倍；晚上搖一搖，通宵不睡。" ……在地震這樣的災難面前，成都人還有這樣閒散的心來苦中做樂，還有什麼痛苦不可以克服的呢？

汶川大地震過後不久，我就跑到成都呆了兩個月，親眼見識了成都人對於生命的珍惜，也親眼見識了他們生活的閒散（雖然幾年來，我一年往返成都五六次，但從沒有像地震剛過那樣給我留下那麼強烈的震撼）。大地震剛過，儘管沒有了六級以上的地震，但樓層之類還是常常搖晃，一天晚上甚至到了茶杯倒地的地步，我當時置身於一家花店，店主的娘是位老太太，她不晃不忙的把杯子從地上撿起來，然後才晃悠悠走出了房間，她當時臉上沒有驚懼，而是一臉的坦然、自在，讓我這做小輩的，對於她這種臨危不懼的風度，看煞了眼。

成都是個擁擠的城市，但是它不像別的城市，比如公交，人們雖不是排隊上車，但上車後絕對井然有序，年輕人給老年人讓位，是司空見慣的事，老年人也不像別處一樣，被人給讓了個位子，誠惶誠恐的坐下去連聲地道謝，而是不緊不慢的坐過去，不過別認爲他們沒有禮貌，若遇著帶小孩的，一些老年人還主動讓出自己的座位；那些標有老弱病殘的座位，即使再擁擠一般人也是不會去坐的。我初到成都曾經冒失的坐過一次，當時全車廂的人對我側目，這就是後果，這就是成都人的素質。

成都人很會享樂，經常見著半夜下館子的人，偏那些飯店也不關門，我居成都零零總總快兩年了，經常聽著麻將和喝酒的聲音入睡，早晨聽著收攤的聲音起床。但也別以爲成都人好吃懶做，他們精明的很呢！只是，這實在是個忙裏偷閒的城市，處處是一片歌舞昇平的景象。

成都人會吃會玩，而且懂得很多藝術，許多民間的技藝，如川劇、皮影戲，等等，都是由成都人發展到頂峰的。

成都還是個佛教文化興盛的城市，雖然現代文明發展到了今天，但每逢中元節，家家門前的香火還總是必點的，我曾經驚異於這種現象，私下偷著拍了許多照片，也走訪過一些當地人，得來的答案幾乎皆是："科學是一回事，祭祖是另一回事。"青羊宮文殊院更是一年香火不斷，每次去庭前庭後都是摩肩接踵，其間不乏有有許多高校的老師和學生。

成都就是這樣一個城市，於詼諧中帶幽默，每個人如此閒散的活著，自在、安然，但又不忘記忙裏偷閒的享樂。

# 都江堰記

　　此次去都江堰，是渴望已久的。由於地震，去年暑假沒有去成，至今耿耿於心。

　　這次來，直奔都江堰去，是圓夢，也是追夢。我夢想過多次的都江堰，經歷了地震的魔魘，是否已經恢復了它舊有的華美、厚重？

　　從都江堰汽車站走出來，就看到了兩個高大的石頭像。我猜測是李冰父子的，問了一下賣小吃的本地人，證實了我的想法。對於李冰父子，是從小學的歷史地理書上知道的，當時怎麼也沒有想到，十多年之後的現在，我站在他們以前站過的地方，仰視著他們的偉績。

　　成都人特別熱愛家鄉，對於家鄉的歷史，大多如數家珍。坐在開往都江堰正中景區的計程車上，聽著司機一路說著李冰父子建立都江堰水利工程的艱難，我一次次不由自主發出感歎。等到真正見到那歎為觀止的治水工程時，我的感歎已經發不出聲音了，偉大的東西，向來是讓人們噤聲的，對於他們，我們除了景仰，還有膜拜。慨歎只是一種姿勢，而膜拜，卻可以讓我們吸取力量進步。

　　走進都江堰的正門，古樹幽篁，除了人工鋪設的小路，其他都是生長了多年的珍貴樹木。這一地區各個時期偉大人物的雕相，都排立在路的兩邊提醒著人們不要忘記過去的歷史，不要忘記他們的豐功偉績，不要忘記我們民族艱苦奮鬥的作風。

　　一路過去，看到許多在地震中遭到破壞的房子，我想裏面該是放著一些文物的，可是現在還在修復期，以至我無緣見上一面。整個都江堰景區，在大巴疾弛的時候，我已經看過了許多班駁，承受滿目瘡痍的勇氣本來就有，但現在看了還是覺得悽楚，自然的殘酷，讓存世的人看了不寒而慄。

　　李冰父子建立的都江堰水利工程，至今仍在恩澤天府子民，而他們卻已作古兩千餘年了。功在當代、利在千秋的都江堰，不愧為文明世界的偉大傑作，它流動著，從巨石穿過，當洪潦過後又是沙石一片，那巨大的石子，如果會說話，是不是將要向我講述千年滴水的威力呢？

從都江堰的入口一路行進，居然走到了玉壘山下，玉壘山三個大字豎立在我的眼前，讓我無端就想到了前人那句著名的詩：「玉壘浮雲變古今。」現在已經時值春天，近前的梅花開得正燦爛，有玫紅的，有雪白的，一簇簇的，「錦江春色來天地」這話千年之後仍是如此適用此時景色，可人卻不知換了多少代了。

玉壘山是沿岷江的一座山。一條古道蜿蜒盤在山麓，這就是有名的松茂古道。松茂古道兩旁青竹成林，古樹參天，透過樹林的縫隙，可以看見完整的都江堰躺臥在岷江中。我走在紅砂石磚鋪就的古道，想體驗一下前人的感受，卻怎麼也找不到感覺。古道上一座城關——玉壘關城牆，下臨危崖湍流，上接玉壘山勢，今日看去仍是險關一道。我坐在為行人設立的亭子間，俯視整個山下，頓感人類的渺小了。

從玉壘山一路走下去，有許多寺廟，可是，我幾乎都沒有近前去觀看。玉壘浮雲容不得我做過多的停留，我也沒有停留的心思。下得半山，有個小女孩打我身邊走過，清脆的口音叫著「爸爸」、「爸爸」，我抬頭，一個青衣男子正在拍攝娘娘廟裏的菩薩。穿著鵝黃色條紋裙的女孩子，梳著兩個小尾巴，眨巴著眼睛看她身邊走過的我，顯出一副世事不知的單純模樣，讓我對那句「玉壘浮雲變古今」有了更深刻的理解。

匆匆下得山來，已經是半個太陽掛在西天角了，坐上大巴，我迫不及待地等著歸去。

列車駛出都江堰區，地震中受災的建築物雖然恢復了不少，但還有許多在晚霞的照射下脫落著班駁的殘跡。不過，我相信通過這場毀壞，成都人將會把這裏建設得更美好！

# 驪山行

　　驪山就像招引著我一樣，二零零九年二月剛到西安的第二天，我就選擇了西線一日遊，首先到達的地方，就是驪山。

　　早就讀過杜牧的《阿房宮賦》："驪山北構而西折，直走咸陽。二川溶溶，流入宮牆。五步一樓，十步一閣；廊腰縵回，簷牙高啄；各抱地勢，鉤心鬥角。"此次來，除了觀望杜牧眼中的驪山，更主要的目的是尋找楊玉環與李隆基合種下的那棵名爲連理枝的皂莢樹。

　　驪山腳下有華清池，就是楊玉環"溫泉水滑洗凝脂"的地方，同來的朋友曾經去過，當時是淡季，六十元一次，不過她沒有洗出雲鬢花顏，只是感受了一下華清池的氣氛而已。聽她這麼一說，我就覺得沒有近觀的必要了。由於時間關係，導遊忽悠我們說華清池沒有什麼好玩的，在這個冬不冬、春不春的季節，沒有必要親臨一次，坐著纜車就可以把這個聞名千年的池子看個飽。於是，我們一車十幾人就只能臨空而望當年使貴妃之美達到極點的華清溫泉了。

　　坐纜車已經不是第一次，萬丈懸崖也曾經面臨過，當初坐著纜車從峨眉山金頂上去，是不曾有過心驚肉跳的感覺的。登峨眉，下望塵寰，除了白茫茫的雪之外，再就是被雪包著的樹了，穿著雪衣的高大樹木顯出似綠非綠的顏色，一點也沒有讓我覺得害怕，而這次置身於驪山的纜車，我卻體驗了一次恐懼，那是驚徹心扉的，俯視腳下，全是雜亂的樹，懸崖，枯黃的山色，以及遠處星星點點的房子。

　　我一次次把自己的害怕之心掘出來，捧給年輕的導遊美美看，她笑著，像是在嘲笑我的土氣似的。我恐懼地抓著朋友的手，希望以此減輕俯視驪山所帶來的恐懼，然而，恐懼一路延伸，直撞我心上。這讓我明白，驪山是俯視不得的，對它，我該保持仰觀的姿態。

　　出了纜車，就是當年周幽王烽火戲諸侯的烽火臺，同來的人都忙著拍照片，好象希望把這個地方帶進自己的世界，警醒自己要吸取前人的教訓，而我只望著四圍發呆。過去的人，那麼瘋狂的活過，卻也是如煙雲一樣過去了，現在的人也將如過去的人一樣，至多僅有一小部分存活下來供後來的人憑弔。歷史註定，大多人是將要被歷史遺忘的，就像我們忘記先人一樣。

走了無數臺階，遠望見兩株高大的皂莢樹，我猜測是傳說中的連理枝，嚷嚷著在人群中準備賣弄，還未等我開口，路邊的大嬸就發話了："三元一條，只要三元，就可以把自己的緣分掛在千年紅娘連理枝上，讓千年老樹祝福你們的愛情……"我無語，經她這麼一說，我反倒連跟連理枝拍照的勇氣都沒有了。李楊的愛情是值得後人羨慕的，"天長地久有時盡，此恨綿綿無絕期"的堅持，即便是愛，也是令人感傷的，我希望愛情美滿、纏綣、專一，但是，我害怕糾纏，怕心累，所以，我不想要這棵千年老樹見證我的愛情，我怕中了讖語。

這兩株皂莢樹是雌雄連理，如同梧桐一樣，雌在左雄在右，雄上樹葉幾乎都脫光了，而且沒有結果子，雌的卻枝葉繁茂結滿了果子。有好奇的人對此提出疑問，導遊的解釋是模棱兩可的，最後歸結為神奇二字。然而我覺得宿命二字最好，直到離開此處，我沒有說出來。

茫然回眸，那樹上根根隨風洋溢的紅繩，終是牽拌著我的心了，我為它而來，卻沒有想到是懷著如此的心情離去。愛，再怎麼期待都敵不過世事的安排。

下得半山，經過夕陽晚照的亭子，導遊說："唐朝時，這裏可以直接望見咸陽。"由此一句，我想到當年楊玉環在此一回眸，長安城山頂千門次第開是何等的動人景象了。那樣轟烈的愛，都無法由當事人主宰，又何況現在我們的俗愛呢？

離開驪山，太陽已經藏在了群山背後，而那陣陣晚風卻像是蓄積了千年的力量，瘋狂的吹了起來。驪山，我們就這樣輕輕別過。

# 秦　俑

　　到埃及而不看金字塔，來西安而不觀秦始皇兵馬俑，實在是個遺憾。不過前人說的好："到西安不看秦俑遺憾一輩子，看了遺憾一陣子。"這次來，主要是到臨潼拜望驪山那被叫做連理枝的雙株樹的，沒想到順便捎帶著把秦俑看了。這也是計畫之外的一大收穫。

　　秦俑是世界八大奇跡之一，對它我是讚美多過慨歎的。對歷史，許多人都是空乏議論，死去的人畢竟不會爬出地表來解釋，所以就有了許多牽強附會，不過世人對秦始皇兵馬俑的解釋倒是顯得深刻得多。

　　知道秦俑是從大人的口中，歷史的書上，一些畫的照片裏。當時只是知道了它的存在，絲毫不覺得親切，儘管一開始就在別人莊重的介紹裏對它就產生了敬畏之情。前幾年來西安，也曾買過一些石頭製作的仿製俑，但從來沒有培養起愛惜來。似清風明月一樣，好雖然好，是大家的，也就不覺得特別珍貴。真正覺得秦俑是可以親近的，是值得珍惜的，是特別珍貴的，是在南來之後。

　　南來之後，黃山一個叫阮文生的作家，被邀請到到我校舉辦了一次文學講座。他的詩裏，不只一次深情的提到秦俑，那些詩歌雖然是舊體新用，但我覺得是可以歌可以唱的，氣勢雄渾，真正把一九七六年這次驚天的發現描摹了出來。地下將軍，觸目驚心的出現在詩行裏，列隊而走，那氣魄，那陣容，讓我無論對詩還是對秦俑，都覺得不可褻瀆。

　　好的東西本來就是藝術品，看了是種享受，無論是詩歌，還是秦俑，只是我沒能早早地體會到秦俑的偉大而已。

　　這次我是跟團來的，不過到了秦俑那裏我就開始單獨行動了。我向來覺得美的東西，自己看時才是自己的，才會跟自己對話。

　　我先觀賞的是有青銅之冠之稱的銅馬車，這沒有震懾到我，因為這些東西，我在別處也見過，大同小異罷了。真正震懾我眼睛乃至心靈的，是一號坑的那些石頭方陣擺成的俑。身邊有人遺憾地說，不就一些石頭做成的東西嘛，大老遠來，實在不值。我心想，這是兩千二百多年前的石頭啊，提回家一塊，就可以吃上大半輩子，你覺得值不值呢？外行人看熱鬧，內行人看門道，我是外行人，所以看了這些珍貴的建築物，除了感歎之外，實在沒有奇特的語言來描述心中的感受。

二號坑大多是未開發的，據說，現在還沒有達到保護的技術，如果把那些石人開採出來，顏色保護不好會發生變質。這些解釋聽了順耳，雖然略有遺憾，但更多的是欣慰。因爲許多東西還是未見到的好。許多東西，因爲被破壞，它才顯得珍貴；因爲未開採，它才給人更深的美感。我是個喜歡完美的人，但太過完美人的心會痛，因爲整個生活不是圓滿的，如果圓滿，反倒持續不下去，而人是行進著的，所以還是有缺憾好。

三號坑裏的許多將軍，都是沒有頭的，直豎著身子站在那裏。我驚歎前人精深記憶的同時，對於那些無頭的將軍，心生隱隱憐惜。許多東西是被破壞的，有破壞才有建設，那些沉睡在泥土裏的胳膊，腿，還有頭顱，都保持著一種沉默的姿勢，高貴，不，高傲的沉默。遊人肆無忌憚的掃射著自己的眼睛，想從中發現藏在地下千年的秘密。可是，將軍是沉默的，士兵也是沉默的。會說話的只有一把青銅劍，可是，它的鋒利無人問津，所以，它被供奉了起來，成爲了國寶，成爲鎮俑之寶。

走出秦俑，已是黃昏，閑月一彎掛在天角，寂寞而孤獨的掛著。離去的車子，行駛在暮色裏，西安的街市是有燈火的，像天上的星星，臨潼行就這樣落入帷幕。

# 行過景德鎮

　　對景德鎮的想像，小時就是一片瓷廠，到處都是景泰藍之類的罐子、瓶子、杯子等。我高中畢業，有一個女同學考到了景德鎮的某個瓷學院，不過我印象裏照舊只是限於那點常識，景德鎮盛產瓷器。大學四年，對景德鎮的印象，多半是從別人的文字或者圖片裏來的，雖然立體了點，但還是一片花花綠綠，比小時知道的並沒有增加多少，不過知道了黃山到景德鎮，三四個小時就到了，而且只有夜車。於是，這次就坐上了這列別人嘴裏的列車。

　　凌晨四點下的車，出站，是四點十五，風帶著一絲暖意，大地似乎有點亮了。出站口有很朵拉生意的人，說有三四十元的房子，而且可以洗澡，若在平時，我會做點考慮，我是那種省錢的人，因為自己畢竟賺的太少。朋友執拗，我自然也就不提去小旅社或者小招待所住一晚。火車站對面有三家大酒店，當時名字都記得住，現在腦海裏只剩一家，因為我們在這裏停駐過。

　　這家名半島國際酒店，我對“島”和“酒店”這兩個詞，向來有種遠距離的透視感，因為這些都是可移動的，無法安放，很不穩，這兩個詞就是這樣，何況又是半島，更覺得漂泊，好像註定了要分別的樣子；但我又一想，人的心要往哪里去，一點辦法都沒有，那就將就著住吧。於是沒有悲喜，拎著包，與友人住了進去。

　　六樓吧，我記得是六樓，走拐彎的電梯上去的，居然開不了門，於是下一樓大廳換了一次門卡。那管樓層的酒店小姐屬於零度式的，幾至無表情，處於不線上狀態，交錢忘記了收單子，給卡忘記了充磁，就連最後，問六樓樓道有沒有電話，她都是謎蒙著眼說不知道。不過陌生的地方，總是讓我有親切感，許是可以完全放鬆，所以這景德鎮認識的第一個不太禮貌人，完全可以忽略不計。

　　第二日醒來是八點多，該去看風景了，但兩個人都賴著，不想起。

直到十二點多，才施施然起來，因為肚子餓了。

　　下樓，去飯店，這時才有想法打量這座瓷城。景德鎮的電燈杆都是用瓷做的，上面還繪有各種圖案，多是藍色的，很漂亮，有地方特色，就如標籤名片一般，別的地方難以複製，這就是這座城市的好。不過我很擔心那些易碎的東西，甚至想到醉酒的人，他們會不會拿了石頭砸這些電杆？

　　由於太餓，看見一家是一家，於是就在火車站對面的那家不起眼的地方吃，有炒菜之類，於是我們早飯午飯一起用。這家菜館的菜倒是蠻好吃的，尤其那鱔魚。我們還要了一碟炒涼粉，是我看到有人大口大口吃要的，那涼粉不是我平日吃過的涼粉味，面做的，米黃，不太細，吃起來滑溜溜的，口感很好，我吃了很多。上的第一個菜是肘子，松鬆軟軟，特有筋道，朋友幾近沒有來得及動筷子，我就三下五除二全吃掉了，吃完最後一塊，我口裏含著一圓形骨頭，想跟他說你看我像不像銀行門口的獅子，卻被店裏調皮的小女孩吸了眼球去。這情形怎麼記得這麼清？

　　吃完飯朋友去火車站打聽下日凌晨的車子，我在火車站的樹下坐著，打量這座城市。有兩個大二的本地學生，吵嚷著要去杭州打工，那模樣渾然是我前兩年的樣子，無所事事，但躊躇滿志，所以我們聊了一會。然後朋友出來，我們就去瓷窯市場了。

　　各地的計程車大抵是一樣的，但景德鎮不同。一輛輛計程車經過，標著 TAXI 字眼，這同許多城市是完全一樣，但計程車頭頂卻像個雞冠，頂上的燈箱，四平八穩大大的豎著擺放著。我們開始坐的是蹬式的有窗簾的小三輪車子，返回酒店才坐的出租，那出租是便宜的，走了很久，才八塊。小三輪車主是個左腿腿腳不便利的男子，但人很好。他先把我們拉到一個正在建設的瓷窯旁，等我們參觀和拍照完，又把我們拉到景德鎮國際商貿市場，他還建議若是收藏，最好不要到市場來，那品質不太好。

　　蹬三輪的師傅還說我們真幸運，若前一天來，肯定也看不到什麼，他指著腳下的街道說：“昨天就只這一條街，其他都淹過了，水很深。”景德鎮的路面雖平，但感覺像是在山間，那道路是蜿蜒崎嶇的，回頭看，層次感特別強烈。這也是它城市規劃的特色處。

　　我對瓷器沒有研究，雖然也學過類似的知識，但大抵忘卻了。景德鎮國際商貿市場，主要賣瓷器，各種大的瓷瓶，也有小的瓷酒杯，掛飾等。那景泰藍，那玫瑰紅，每一樣都是奪人心目的。我不敢觸摸，但又禁不住輕輕用手滑過那肌理，隱隱中我聽見瓷片碎裂的聲響，似乎在打招呼般，發著某種聲音。

在一家商鋪，我們站了很久，主要是因著"既然來了，就帶個紀念"回去這句話。我倒是沒有什麼，一般出行，能不要的都不要，省錢省力氣。但同行的人說買了吧，意思是買一個，只當是送的。於是就細細看那十元一件的鐲子。鐲子是塑膠做的，但中間部分鑲著瓷，也算是著了景德鎮特色，所以想著買。選了半天，買了一個紅黑白相間的，戴手上覺得大氣。朋友付過錢之後，我忽然想著若是飾玉於手腕，該是多麼好。我對玉總有種無法釋懷感，那年去藍田，很是喜歡一粉色的玉鐲，終究沒有賣，沒有想到這竟成為幾年來的遺憾，每每想起，都覺得悵然若失，丟棄了生命裏一部分印記似的，我不是戀物癖，獨獨對那件粉色的玉鐲，一見傾心，是以以後逢著玉，如遇故人。老闆娘聽見我說玉，就說有，拿了出來，三種大小的，都是天青色，只是濃淡不一。明知心裏是不會買的，卻還是欣欣然，，我試了兩個，那個最小的很袖珍，有點粗，摸了摸，我就放下了。老闆娘給的價比較低，但我始終沒有買，若是粉色，我想我毫不猶豫就買下了。我對粉色不偏愛，只因為上次在藍田喜歡上的是粉色的，而且那人也說了，少女戴粉色玉，可以預測體溫，可以預測血液的健康程度。 —— 那時候多麼年輕啊，年輕的讓人覺得恐怖，居然可以帶粉色玉。 —— 那時候還是少女！

天青色的玉試了很久，全部放回去。試的時候，忽然無了興致，於是就急速的從商貿市場出來。

那日後來還去了步行街，從商貿廣場走著去的，走了很久，其間問了很多人，那些人都很客氣和善，熱心的指路，像是天使，讓人感覺這是個很溫情的城市。我們一路行進，其間喝了好幾瓶豆子磨制的豆漿，味道純正，同行的人喝上癮一般，返回的路上，嚷嚷的又去買了一次。

景德鎮的步行街跟別處的步行街幾乎一樣，人來人往，吵吵的，東西多，也便宜。小吃在街道兩邊的露天擺著，吃的人很多。走到盡頭，似乎是徽式建築的馬頭牆展現在視線中，但顏色卻是絳紅那種，那顏色理直氣壯的在夕陽裏慢慢淡下去，讓人起遲暮感。

　　那天回到住處已經快九點了。我一上樓就倒頭睡，全身酸軟，頭痛痛的，知道自己是中暑了。朋友去買藥，後來還買了飯，回來時近十點，我用兩個被子包著，露出頭看他，忽然有感動。

　　景德鎮之行，說到底是快樂的。

# 青城山遊記

　　數次來成都，不登青城山似是說不過去的，對於名山大川，我向來是過而必往的，所以這次的青城山之行，是預料之中的事。

　　十一長假，預計去西嶺雪山，然而回來的朋友都說：除了許多現代才發明的遊玩之物，這個地方鮮有“窗寒西嶺千秋雪”的景象。是以去這裏的行程變成了去青城山。

　　青城天下幽，果然是這樣，遠遠從車子裏望去，這種清幽的感覺就直入心頭了。

　　到得山下已經近乎十一點了，買了門票，就開始登山。

　　已經來過此地三次的朋友說，山上林木蔥蘢，峰巒疊翠，看去象個城廓，所以名青城。我對於青城山這個名字，初次知道是在武俠小說裏，如什麼青城派之類，當時最深的感覺，就是這個地方出來的道士多。等到真來了這裏行跡半山，才發現果然如此。山上看到的除了參天的大樹，再就是遊人，而山裏的幾乎都是穿著黑色道士服裝的男女，驚奇之下詢問，才知真是出家人，也算是山上的一道風景吧。

　　爬青城山並不是很累，其間有很多平緩的地方，然而有多處是上去再下來，而不是如別的山，一個勁的向上去。路邊有很多賣黃瓜的、賣野板栗的、抬滑竿的，人聲鼎沸，“青城天下幽”這個幽字似乎實在幽不起來。

　　到了半山，下起濛濛雨來，這個時候正走到懸崖下，很險峻的懸崖。如果在淡季，如果我是一個人，我是絕對不敢繼續攀登的，然而遊客眾多，大家都嚷嚷著繼續行進，我也就繼續往前了。走到中途，朋友說起去年地震的時候，陰溝山的兩座山峰碰撞在了一起，中間的遊人都沒有一個生還。抬眼望那陡峭的山，有大石壓在頭頂的感覺，上面的土就要掉下來似的，周遭的人叫囂著，有嚇哭的孩子，有嚷叫的大人，我很想在此間拍一些照片，但確實有山峰壓頂的恐懼，是以想快速的飛奔。然而前面是人，後面是人，中間只窄窄的一條道，除了跳下懸崖，無有別的捷徑，此時心惶惶的。雖然有孩子哭，有大人叫，但沒有一個人敢松了腳力，這個時候的相機似乎成了擺設。

青城山的最大特點，就是滿山的道觀，滿目的男女道士，處處是寺廟，處處是道教裏的名人塑像。這裏正一道、全真教、上清派等門派林立，太上老君、張道陵、丘處機、關雲長等人神共處，甚至還有觀世音菩薩。整個一中國神仙碰頭會，有趣得很！

出門長見識，這是真的。之前我一直以爲道教裏面老子最大，來了這裏才知道，他只是道教信奉的最高尊神“三清”裏的第三位，太上老君原來就是他。身旁有陌生的人，看了老君的塑像，大聲的炫耀似的說：“我見過很多，只這裏老君的像才是金身的。”我看，果然如此，再看那人，哈哈大笑不止，實在不嚴肅，是年輕的表現吧。

從小到大，我走過許多寺廟，聞過許多燭香，卻從未拜過哪位神仙。來了青城山，許是因爲好玩，這裏處處是廟宇，處處是神仙，以至於在老君閣，竟使我生起下跪念頭。不跪爲不虔誠，那麼多的人，無論是衣冠長袖，還是文雅書生，在一個個塑像下都屈下了自己的膝，讓我也起了這個衝動。

上得山頂的那一瞬，雲霧彌漫，抬眼望雲霞，望山下，望遠處的人家，似乎做了一回仙人。只是順風而來的香火味，提醒著我不可忘乎所以。

我只走了青城前山，也就是世人所說的青城山。後山是當代開發的景區，據說風光無限，我有躍躍欲試的心，但天色已晚只有帶有遺憾下山了。

返回的路是另一條道，一點都不陡峭。到了半山，有湖橫在前面，船隻往來，於是我們踏上了月城湖的船，向山下繼續行進。

景點中，給我留下印象最深的不是最高峰老君閣，而是朝陽洞。這個在山洞中開闢的景點，給人古老奇妙的感覺。這種感覺不在於洞裏的擺設佈置，而在於洞本身，來了這裏，不得不佩服大自然的鬼斧神工。

宋汪元量書青城山，曾經寫過：“平明絕頂窮幽討，更上青城望一回。”我這次到得這裏，如果過濾去遊人的嘈雜，也確實覺得這裏幽冷清絕，與世無爭的人來此修身養性是最好不過了。

從青城山回來已兩天了，當想著要細緻地寫下青城山的妙境時，卻無了先前的情致，它留給我的只剩下純淨的空氣和純正的青苔綠了。

# 重遊杜甫草堂

　　當代的許多旅遊景點，到處充斥著謊言與矯情，所以，對於旅遊，我都只是帶著一種隨意走走散散心的態度，是沒有什麼特別期待的。

　　來成都數次了，去杜甫草堂也不下三次，此次故地重遊，只想重溫那些門牌上的對聯、詩句，對其他是不抱什麼希望的。

　　童年的想像，杜甫草堂應該坐落在村莊裏，有遺世獨立的美好，離城市很遠的那種。但這種想像，早就被前幾次的親身抵達打破了。現在的杜甫草堂，置身于一座繁華的街道上，四面高樓賓館林立，草堂的寒酸，似乎確實可以增加對比的效果。如此的窘迫只是人為，要想尋得杜甫當年的心境已經是不可能了。

　　這次我是從側門進去的，由正門返回。

　　進得草堂景點，處處鮮花盛開，雖然時值十月，雖然秋風四起，但花開處處，給人季節錯亂之感。池裏荷花，雖不是滿塘春色，卻也並不減夏日之璀璨，讓人懷疑走錯了地方。無論是池裏的花草，還是院裏的古樹，都悠然地在秋風裏晃著。我輕輕地在裏面走，從參天的古樹旁，漫步行過一個又一個庭院、走廊，惟恐驚了那飛落枝頭的鳥兒。在此時，我才真正起了思古幽情。牆是有生命的，我相信，因為一堵薄薄的牆，真的把現代俗世的繁華擱置在了門外。我有散步於幾百年前的浣花溪畔之感，一切都是幽靜美好的，一切都是安穩平和的，然而也只是在此時吧？

　　滿目修竹，小風吹來，颯颯作響的葉子散發著秋涼，枝枝葉葉把兩邊的樹連接在了一起，遠遠看去好象走在一條拱形的路上，又如同自然修建的茅屋。小徑的樹蔭下都設著石桌石凳，有年紀大了的老太太們在竹椅上用成都方言說著閒話，四圍的遊人在她們眼裏晃過，卻不能擾了她們的悠閒。

　　一路經過了好多畫廊，別的地方雖然也有畫廊藝苑之類，卻是人聲鼎沸的，只有這裏，各人都自由自在地觀看，鮮有人聲。

走到了草堂舊址前，站在門口觀察了很久，卻沒有進去，只隔著窗沿看臥室，看屋頂，簷下風仍然是可以鑽入的，我爲杜甫感到了多天的涼意。但很快就釋然了，他畢竟是許多世紀前的人。有老太太在草堂前爭著拍照，看她們那副執著樣，我爲自己少年老成感到哀傷。走出草堂，柴門前的青苔，讓我開始遺憾失落的古意，遺憾沒有真正感覺到杜甫當時的貧寒與無奈，但也只是一瞬間。

盆景園的葉子花開得正盛　，紫色的，有許多落紅失落在樹下，我撿了幾朵收進包裏，卻隨即又倒掉了。抬頭，是斑斑駁駁的藍天和白雲，告訴我這個世界的真實。

真的，無論我怎樣揶揄，無論我用著什麼樣的口氣，但草堂確實是一塊聖地，在我心中，它是美好的。

沿著幽靜的小道穿行，一邊細細品味“花徑不曾緣客掃，蓬門今始爲君開”的詩句，一邊跥步於浣花溪畔，在平緩的步幅下慢慢走離了草堂。薄暮時分，我乘上了歸去的車子。

# 文殊院遊記

　　我是見廟進廟見教堂進教堂的人，所以文殊院之行似乎是必然的。因爲，在這裏我找到了鬧市少有的寧靜。

　　文殊院周圍的街道古樸典雅，但滿是市井氣息，仿古的建築物龐多，商市林立，酒旗飛揚，讓人以爲走錯了時代。賣旗袍的店鋪居多，賣仿製漢服的店鋪也多，衣服很好，看過去，是電影裏的場景，仿佛每一件衣服都是立體的，有靈魂一樣地佇立在那裏。幾次動了買一套回來的心理，但那價格沒有一件是可以問津的，也算是一個遺憾。

　　真正進到文殊院已經是下午一點了。因爲是週末，來往的人多，但都很肅靜，也少有架著相機拍照的，這讓我覺得很是怪異，仔細看，才知道裏面不允許拍照。但若是別的地方，偷拍的人可不少，然而這裏卻沒有，── 也許因爲這裏是寺廟吧。

　　文殊院位於成都西北角，是川西有名的佛教寺院。它的前身是唐代的妙圓塔院，宋時改稱“信相寺”，後來不幸毀於兵焚。傳說清代有人夜見紅光出現，紅光中有文殊菩薩像，便集資重建廟宇，正名爲文殊院。這是我流覽它的歷史由來記下的，雖然簡潔了點，但絕對準確。對於寺廟，我沒有褻瀆的心情，也不敢有，還是那句老話，人類總得畏懼什麼，才能活得更好。

　　寺內塔高樹古，文物薈萃，對於我來說，它是一個小型博物館。從牆上的文字，才知道文殊院也沒有倖免過災難，如算上唐代的那次焚燒，可以說是多災多難了。在文革中，它被閉觀十一年，能如此完好地保存下來，實在不易。

　　文殊院坐北朝南，由天王殿、三大士殿、大雄寶殿、說法堂等組成。藏經樓莊嚴肅穆，古樸寬敞，爲典型的清代建築。鐘樓裏懸有四千五百多公斤的銅鑄大鐘，我鑽到鐘下看，發現壁上有好多小紙條，一個個仔細看去，幾乎全是祈求愛情美好天長地久的，要不就是希望早日找到人生的另一半，鮮有其他。這讓我很震動，愛情終究是美好的，沒有人可以真正做到對它意冷心灰，然而誰又能真正把握了愛情呢？

文殊院還藏有許多珍貴文物佛經文獻，如院僧先宗等三人刺舌取血書就的、可稱血書的"舌血經書"；明神宗的田妃刺繡的千佛袈裟；清楊遇春長女以自己頭髮繡制的水月觀音……這些一個個看來，怎麼不令人心驚呢？

一入文殊院就可以聞到香火，因為到處都是拜佛的人，難得寺裏的香是免費的。凡入觀的人，幾乎沒有不上香磕頭的，很虔誠，老太太卻少見，因為她們都是三五成群的在樹下嘮嗑，下跪磕頭的幾乎都是衣觀楚楚的中年男子和時髦女郎，還有碧眼金髮的外國人。這些也算是一特殊景觀吧，因為別處可不是這樣。

出了觀已經是下午五點半，懷著少有的寧靜之心，我踏上了歸去的的士，開始了都市的夜生活。

# 白鶴山遊記

　　這次去邛崍西郊的白鶴山，主要是爲了遊覽白鶴寺，除了想看看裏面的女尼外，再就是尋古訪幽。

　　十月二十四日早上起來，發現天氣雖然沒有豔陽高照，但也無下雨的跡象，我們就從成都金沙坐車，欣然前往白鶴山。

　　到了山下，往上望，才發現白鶴山充其量是個大一點的丘陵，坡度一點也不陡。許是因爲有了寺廟，有了歷史，有了風景，而且有點山的特徵，所以這裏才叫做山吧。

　　白鶴山的山門非常氣派，很有古舊的感覺，但“白鶴山”三個字卻是現代簡體，而且是用墨水藍的顏色寫的，這讓我略微有點失望。因爲但凡有點歷史的地方，向來都是用朱紅色的繁體門匾的。

　　沿著寬敞的臺階而上，處處都是用圓木造就的垃圾桶，體現著易經的思想。在快到鶴林寺的一條必經的小徑上，逢著一個瞎眼的老爺爺，不過他的聽力很好，有遊人從他身邊過，他可以轉動著頭送出好遠。起先我以爲他是行乞的，因爲他身邊放了只盛錢的木碗，但就在我經過後不久，就聽到身邊傳來他的咆哮聲，原來是有人到他跟前的那塊被燒毀的石碑旁去照相了。我走過去仔細看，才知道寺廟的管理人員讓他在乞討的同時，順帶照看一下這被欄杆圍著的地方，估計是那裏危險。因爲欄杆是靠近石碑的，他索性不讓行人到石碑那裏去。照相的是個女孩，由於眾人的目光都充滿詢問，所以她就嚷著說是瞎老頭管得寬，但語調卻是唏噓的，雖有抱怨之意，但著實沒有生氣。老頭聽了，知道她還在那裏，於是，就伸出了自己的拐杖，那女孩急忙笑著跑開了。

　　鶴林寺建于隋代，唐時叫白鶴寺，顧名思義，鶴林寺之所以名鶴林寺，古時必定有白鶴棲於此，由此我不禁想到了崔灝吟詠武漢黃鶴樓的詩：“黃鶴一去不復返，白雲千載空悠悠”，對於人世滄桑，也瞬間起了感歎。

　　鶴林寺裏面有好多女尼，整個寺院香霧繚繞，紙灰滿地，蠟味沖鼻，但幾乎都是莊嚴肅穆的，可我不是虔誠客，無有求佛的意思，也沒有下跪的打算，進每個廟裏去，都只匆匆地來，匆匆地去。若說鶴林寺的這些廟宇跟別處的廟宇有什麼不同，除了女尼眾多外，便就是每個廟門口都放了許多蓮花狀的蠟燭，別的寺廟的蠟燭很少有比這裏好看的。在大雄寶殿，我摸了摸一個蓮花樣的蠟燭，結果身邊就走來一個六七十歲的老尼，她說三十元一個，買了就可以點燃起來。我無語，慢慢的低首退了出去。

　　我跟友人漫步于鶴林寺庭院，往上尋去，看到了“了翁祠”，再看院中，有一石碑。石碑上說一個叫常安民的，喜歡讀書，邛崍人，是個不得意的官員。我因為不熟悉歷史，也不瞭解這個人，就隨意的走過了，沒有再細看。不過想到既然是讀書台，我讀了十多年的書，也該留個影吧，正準備擺好架勢讓朋友拍照，但廟裏的女尼出來了，憤怒地朝我大叫，意思是不允許拍照。朋友很生氣的拉我而去，說是沒有見過出家人還這樣的，我勸慰著他許是人多了，說得次數多了自然會生氣，再說尼姑也是人；其實我心裏也不好受，我只是拍個讀書台，又沒有拍哪個神仙，怎麼就不能了。有過路的人也替我鳴不平，說不是神仙的地方就可以拍照的，但女尼已經到廟裏去了，沒有聽他的解釋。

　　我們跟著這個過路人走，準備返回了，隨意問，才知道這個人是本地人，他告訴我們出了鶴林寺後到西岩還可以看石頭雕刻的大佛，於是，我們開始轉往西岩。

　　向著西岩走去，先是經過一條清幽的小徑，後來便是大道了。這時正是深秋，森林裏一片蕭瑟，時有林間風飛竄出來，可聽得見蕭蕭落葉的聲響，在山水佳處，雖然有秋的蕭瑟，但也是好的，難得有處角落可以逃離城市的喧囂。

　　西岩有好多茶莊，但鮮有人聲，倒是有桃花水色的山裏女子，端坐著挑毛衣，遊人很少，來來往往也不過十多個。

　　這樣走了半個小時，就到達了大佛的地方。在陡峭的石壁下面，有一黃漆大佛，大佛的右側，是一龕十八羅漢，它們之間有一石縫，寫著“漏米洞”三字，我一邊觀察著，一邊猜測著種種得名的可能。

　　大佛旁是些羅漢的雕塑，一共二十一個，但比起大佛都是袖珍版的，如人的一半大小。往峭壁上望，有一醉羅漢的頭，在用手支著側望前面的山巒，頭是雕刻在山上的石頭上的。看到此，我不由佩服起人的巧奪天工的技能來。

白鶴山上還有一座非常有名的西塔，始建於宋朝，聽說很久了，但朋友沒有說去，我也就沒有提。然而在離開的瞬間，我心裏是不捨的，也不知道為什麼，片刻的茫然後，我對自己說：以後再來一次吧。

# 行過天臺山（一）

　　在我國，叫天臺山的山有十多座，而我這次去的，是四川邛崍市的這一座。

　　二零零九年十一月二十四，我們從茶店子汽車站出發，踏上了前往天臺山的旅程。其間在路過的鶴頂山玩了一個上午，下午一點才開始正式往天臺。因爲不是黃金周，所以一路暢通無阻，兩個小時後，就到了天臺山遊客中心。到的時候，剛好下午三點。在山下匆匆吃過飯，我們便向山上進發。

　　古人雲：天臺天臺，登天之台。從歷代帝王到百姓，一個個都希望百年之後能夠升天，所以這些被稱爲天臺山的山頂大都平坦如台。人們認爲這些平坦的地方，離天最近，適宜祭拜上天，迎接神仙下凡，所以叫做天臺。這是我一路與司機的閒聊中知道的，而且從司機那裏，我還知道天臺山有三個台，一級一級的。

　　天臺山的正門非常闊大，十分有氣勢，但不是華貴的那種。山門是按山字型來建造的，中間三個字，即“天臺山”。山門造型採用類似水桶香爐等圓形物，我猜想是想體現中國“天圓地方”的思想吧。 —— 但沒有導遊，也就不得而知了。

　　此時正值秋季，漫山遍野，好多紅葉子，十分美麗。初入山比較平坦，走了不到半個小時就崎嶇起來。山上植被茂盛，鬱鬱蔥蔥，峽谷內一股股清溪涓涓而流，林裏十分幽靜。瀑布也多，總是出其不意的展現在眼前。由於我們走的是小路，而且正在下午，遊人甚少，感覺更是清幽，行至無水處，幾乎可以聽見自己的足音。

　　石頭鋪成的臺階上，居然有羊的糞便，讓我不由羨慕起生活在這裏的羊了。在第一台到第二台之間，有許多被青石包圍的區域。那些石頭特別龐大，上面生滿了青苔，走在上面，不小心就會滑倒。

　　天越來越黑，而我們還沒有到第二個台，心裏有點急，就加快了腳步。路遇的兩個人是情侶，因乘車相遇過，所以相約一起玩。他們雖然是四川人，但膽子比較小，不喜歡走夜路，怕遇著壞人，所以，我們走得更像是跑了。

轉眼，居然看到了神蜂窟。神蜂窟形如巨大的蛤蟆嘴，但我們沒有細看，便匆匆趕路了。同行的那個男孩以前曾來過天臺，聽他說這裏一年四季都可以養蜜蜂，而且山上的花一年都開著，從來不曾間斷，甚至有千年杜鵑，那花色由粉而紅，真應了"杜鵑啼血"的話；他還說這裏的茶花平均年齡也有一百歲。聽了這些，我的好奇心強烈的上升，直到第二日真見了這千年杜鵑，百年茶花，才得到了滿足。

後來到了一線天，地勢相當陡峭，幾乎是雙手攀著爬上又爬下的。

過了一線天，天完全黑了。我們在石壁上走，感覺人貼在懸崖邊一般。山壁上有一處燈光，我們以爲是山裏人家，尋著去，才發現是一個供奉著神仙的露天平臺，不過倒是有人在旁邊住著。我戲著跟朋友說："這才是跟神仙做了鄰居。"到了近前，才知道是個上了年紀的老人，別人問了路之後，直接就走了，也沒回頭。我的悲憫之心動了，於是不顧天黑，上去與老人攀談。閒聊中，才知老人無兒無女，來這石頭間住已經兩年了，看他蚯蚓似的爬滿皺紋的臉，瞬間我想到了年邁的祖母，好想哭。

在龍窩附近，朋友們很興奮，因爲終於看到了房子。但走過去，才知道是一個名叫龍窩山寨的居所，樓上樓下只有一人，詢問之後，知道價格不菲，而且不提供晚飯，於是，我們便只有繼續摸索了。但也因此沒有去看看龍窩的真面目，現在想來真是遺憾。

後來我們又走了很久的路，才找到一家名叫竹海月的地方住了下來。入睡時已經十一點了，想想一天經歷也不算虛行吧。

# 行過天臺山（二）

山上的夜晚，很靜謐也很愜意。

在天臺山的第二臺地那裏住了一晚，第二天一早，便急匆匆的吃了早飯出發了。

山上起了很大的霧，讓人不禁擔心十八裏香草溝會不會關閉，不過一會兒，太陽便露出個臉。

我們坐觀光車直接上了正天臺，即雷音寺。雷音寺我們沒有進去，因爲寺廟大體是一樣的，于我們心靈靠近的應該是自然。

雷音寺附近有昆蟲博物館，還有許多可以觀賞螢火蟲的地方。昆蟲博物館當時沒有開門，所以沒有看到。螢火蟲若說與我們無緣，頭天晚上卻見到了。

我們步行到十八裏香草溝附近，因爲沒有人介紹，居然不知道坐船，直接挑了條好走的路，穿了進去。順著小徑走了一會，才知道我們是向香草疊溪進發，而不是去專供青年冒險的區域。

一路上，不時有蝴蝶繞著山間的野花飛，遊人好多，已經全然不是第一天的樣子了。這些人都是從大路上坐車來的，他們根本沒有如我們一樣，踩著小徑一路艱難的攀行而上，我爲自己的辛苦感覺遺憾，但也爲他們遺憾，因爲我頭天所見的美好，他們是怎麼也無法看到了。天臺山不像峨嵋有太多歷史內涵，但好在這裏的山美水美，讓人一點遺憾都沒有；這裏的水，時而像一個調皮的孩子，在山石間兜兜轉轉過後，又和人來一個隔空擁抱；時而像一個多情的少女，羞羞答答的掩著面紗，讓人想看卻又不得褻瀆。這裏的山有多高，水就有多長，彰顯著這裏的浪漫和纏綿，而人只能在懸崖下望峭壁。

在香草疊溪一路上都是小溪鋪成的瀑布、疊溪、長潭、深潭，水景線密集，諸多景觀依水幻化，形成了綿延的山水畫卷。

在香草疊溪的盡頭，我們尋到蟠龍瀑布和月洞飛水，它們如懸掛在半壁的白練，閃著金光似的，深深震撼了我。真的，無論用什麼樣的語言，我都無法描繪這裏的美景，所以，只當是秘密，我記著心頭吧。

這附近有萬人坑，我們找了很久，全都寫著沒有開發的字眼，於是，我們返回了。半路，居然碰到了前日所見的遊人，他們前晚跟我們同住一個旅店，因爲我們需要早點遊完，所以早上我們沒有叫他們，沒有想到在返回的路上碰到了。初見是生人，再見是朋友，我與那個女孩熱情的擁抱，朋友也同那個男孩稱兄道弟的聊起來。好一會，我們才又各自道別東西。別開後我與朋友唏噓，真是人生到處不相逢啊。

然後步行回十八裏香草溝，坐竹筏過河。開始在專爲青年人開發的野外冒險的區域裏，展現我們年輕的豪情。

在這裏，我們玩了好多刺激的遊戲，處處驚，卻處處安全。我們玩爬著網過山，玩踏著草繩過河，真的很刺激，看著網下的懸崖，草繩下急湍的流水，心都要跳出來的感覺，然而我們最終還是平安的一路行了過來。

最後到達叫做武林的地方，也算是現在開發出來的天臺山最高的地方，我們攀著繩子爬上木頭造成的空中房子裏，休息了一會，然後往山下去，開始退出"武林"了。

回到十八裏香草溝，又是坐竹筏過河，然後繼續步行回雷音寺，吃了點小吃攤的東西，接著坐上了下山的觀光車。那些叫做龍窩、小九寨溝、和尚街、萬人坑的地方，只能留在夢裏去拜訪了。

下到山下，我們也沒有正式吃午飯，直接買了票坐上車子往平樂古鎮去。

# 平樂鎮遊記

　　從天臺山下來，我們又去了平樂古鎮。四川的古鎮，平樂是出名的一個。

　　皖南的古鎮，我幾乎全部遊玩過。四川安仁鎮的劉氏莊園，因了裏面的"收租院"，讓我怎麼也感動不起來，因爲在皖南，幾乎每一個古鎮都可以見到這些，雖然安仁鎮裏面的雕塑給了我新鮮感。洛帶古鎮也一樣，除了那個關於飄落井中的劉禪的帶子傳說，我沒有多大興趣。四川的古鎮，只有平樂，給我留下了極深的印象。

　　平樂鎮的老街不大，主要依白沫江而建，由福會街、長慶街、草鞋街、糠市街、臺子壩組成。這裏的街道跟成都附近的農村小鎮的建設差不多，徽派建築也雜映其中，到此一遊，不能不感慨古徽州人的足跡遍及中國。

　　踏著青石板組成的街道，我們徜徉在古鎮上。幾乎所有的建築都是土木結構，除了塗些紅漆外，其他幾乎都是沒有任何油漆的二層房子，它們集體彰顯著這裏的滄桑歷史。

　　從興樂橋過去，走在我們前面的是一群扛著相機拍照的人，我們不遠不近的跟著，走了好久，似乎進入了村莊，有了迷路的感覺。這時有兩個中年婦女跟一個老太太向我們身後走來，她們都扛著竹凳子，我爲老太太擔心，認爲她年老了，實在不該受這個罪。正待我準備搭手之際，同行的朋友問她們前面是什麼地方，有沒有景點。她們很認真的回答，就連老太太，也是儘量用外鄉人能聽懂的普通話，告訴我們前面有大一片竹林，但至少有十多裏，不坐車日落前是到不了的。

　　我們這才知道走錯了路，急忙往回返。重回到興樂橋，我們買了平樂古鎮的地圖翻著，才發現在我們身邊的那棵幾個人都抱不攏的大榕樹，已經有1500多年的樹齡了。樹上面有很多紅布條，應是當地人爲祈福祛災系上的吧。

　　已經有點晚了，我們繼續穿行草鞋街，好多商家的紅燈籠都亮了起來，調皮的張望著我們這樣的行人。若說平樂古鎮街上買的東西與別處有什麼不同，草鞋街當首推了。這裏賣的全部是竹子製成的工藝品，如草鞋、草帽、草人，都栩栩如生。

　　興樂橋下是些酒樓茶肆，處處有賣小吃的小攤。我買了些煎土豆，給錢時才發現是兩元一碟。老闆娘是個風韻的少婦，我笑著說她該加價；她說這裏人窮，賣這個價就不錯了，語氣裏滿是滄桑，卻含有一種知足為樂的平和。

　　買來的地圖上，簡介裏說平樂是個休閒的天堂，你可以品茶，可以發呆，可以在榕樹下讀書，也可以在江邊租一椅子，打量過往的行人，抑或水裏的船隻。這對於我，這裏才是真正的人間，有濃烈的人世煙火味，我喜歡。如果說我喜歡皖南鄉村的風景，我則更喜歡平樂古樸的民風，在這商業化衝擊的世界，還有如此古樸的角落，實在讓我覺得欣慰。

　　走到搭車的地方，正好有開往邛崍市文君故里的車子，於是，我們便趕往那裏吃夜飯了。

# 安仁古鎮記遊

　　我曾用閑著無聊的時間，步過北方和南方許多古鎮，所以，對於那些被複製的古文明，已經失去了最初的好感，雖然也曾寫下一些古鎮的記憶。當一次次被許多古鎮欺騙後，我開始感覺失望。這次的安仁古鎮，卻在熟悉中浮現一種陌生的美，讓我覺得新奇。

　　四川的十一個著名古村落，我已經走過好幾個，就是那些不著名的也去過一些。四川的古鎮，最吸引人的一點，就是鎮名較顯祥和，給人想去一遊的欲望，如平樂古鎮，洛帶古鎮，安仁古鎮。

　　在沒有去安仁前，我是不抱什麼好的期望的，因為據我查來的資料裏，安仁最出名的也就是劉氏莊園，而對於富人留下的莊園之類，向來不在我參觀的範圍內。對於前幾代的繁華，我從不豔羨，也不懷念，天生一副樂天知命的態度，所以，對於繁華的淪陷，也從來不曾抱過幾分遺憾。確實，我常常感覺遺憾的則是無意窺見舊時光裏的青苔，蔥郁的生長，蓋過了人的痕跡。

　　來安仁是陪友人參觀熊貓卡免費的地方 —— 劉氏莊園的。由於參觀來遲了，只是匆匆逛了一處就早早地出來了。看看天色還早，我就邀他陪我看看古鎮。

　　走在古鎮，卻無意闖入了彩繪博物館，裏面的人很少，那些石頭的雕塑，也是擺在大院子裏的，不顯得很尊貴，卻給我自然親近之意，讓我覺得舒心。院裏有十二生肖的雕塑，彩繪的，跟人一樣大，我走過去跟牛拍照，還嫌不夠，又跟老虎拍照，後來又選擇了蛇，最後把它們全部彙集起來。地震博物館給我的壓抑感，至此才感覺一掃而光。

　　近十一月了，天氣已經有點寒意，成都本地人甚至穿上了棉衣，而我卻脫了外套，只穿一單衣還嫌熱，安仁像是把夏日留著似的。

　　沿途的古房子很多，我們沒有進去，只在外面看著那牌坊似的門面，然後緩步走過，也有小橋流水，也有古樹，也有飄著旗幟的酒樓茶肆，也有叫賣的小販，但都沒讓我有停下把玩的心思。我就如一個走在畫中的女子，沿途的生活場景是別人的，而我只是一個欣賞的過客，進不去。

六角的小姐樓，高高的在上面俯視著，依著門前的一株古樹，我叫朋友給我拍了照，算是到此一遊的留念。古街的彩繪製品特別多，都栩栩如生，無論線條，還是顏色，都讓我覺得有流動感，雖然有價格便宜的，儘管也有我愛不釋手的，但我統統都沒購買的欲望。我從來沒有把古鎮的東西收來做紀念的習慣，因為舊時光是留不住的。

有人在庭院裏搓麻將，周圍飄揚著上個世紀二三十年代的古曲，再看看那些中西合璧的建築，恍惚有種回到以前的感覺，但遠望那層層經過規劃的建築，就覺得當下的世界有種隔世的味道。

許多老屋是廢棄了的，隔著門牆看，裏面蜘蛛網結滿角落，然而門面卻還很氣派，以沉默的姿態訴說著，曾經的繁華，曾經的寂落，曾經的光與影。

穿過小橋，更顯得靜謐了，雖然有遊人四處行走，但都是匆忙的表情，沒有喧嘩聲，我有種走在十字街頭的迷茫感，便止步了。往繁華處走，不幾步，就車水馬龍起來，剛才的淡泊感也隨之瞬間消失。

這裏賣書的很多，但大都是介紹劉氏莊園的，所以我沒有買，連來之前帶的地圖，也沒有看。我與友人默默的行走著，他陷落關於地震的回憶中，我陷落人世匆匆的感歎中。一盞盞路燈適時的亮了起來，撫摩著我的臉頰，卻是冰涼的，因為夜風起了。

我驀地起了思家感，我祖母那被迫搬遷的老屋，是不是也會以這樣的姿態被人憑弔？但是，我是沒有辦法的。許多東西，存在的時候就在消逝，這雖然可悲哀，但宿命一般，我們無法抗拒。

走進小巷，看到斑駁層次的院牆，我想起一首詩："撐一把油紙傘，獨自彷徨，彷徨在悠長悠長，而又寂寥的雨巷，我希望逢著一個丁香一樣的姑娘。"我們走過，沒有丁香一樣的姑娘，倒是有悠然的不知人間幾世的雀鳥，來回的飛著，也有寒鴉在枝頭叫，背上爬著個太陽，有眩暈的昏黃。

天色已經很晚了，回到成都我們趕往了歌廳，此行只能算是低吟淺唱了，但我大抵是高興的。

# 地震博物館記

　　去安仁的地震博物館已經好多天了，我還是無法忘記當時的感受。

　　那天去安仁，是沖著古鎮去的，只知道建川博物館在這裏，卻不知道汶川地震博物館也是建川博物館的一個館。

　　我們從大邑坐車到安仁，同車有一個安仁本地的女子，當我跟同伴閒聊被她聽見後，她插話進來：“我這裏有建川博物館的圖片。”說著，她就掏出自己的手機讓我翻著看。她也一張張介紹，開始的一張是一個碉堡上面站在一名拿槍的戰士，接下來的幾張是紅軍革命的雕塑，最後一張是只很胖的豬，我猜測應該是地震中的豬堅強，於是問她，結果真是，這才知道地震博物館也在這裏，於是，此行來看安仁古鎮的主要目的，在忽然間變成其次了。

　　建川博物館的其他館是要門票的，只地震博物館這裏不要。

　　進入博物館部落，筆直的走一段大路，就可以看見一口大茶壺，有三個鍋爐那麼大的茶壺，壺口還流著水，壺口下面撐著一個大石缸，是用來接壺口留出來的水的。博物館喧嘩聲不斷，仔細聽，是嫋嫋的音樂，但不是流行的曲子，而是六十年代樣板戲的曲子。

　　穿過茶壺這邊這條小徑，不到百米就又寬闊起來。我到的時候是正午，陽光通透的照著大地，穿著八路軍服裝的工作人員騎著自行車在路上，也有穿著這種服裝的人三四個攏在一起。在路兩邊的草地上，有三、四匹馬在悠閒地吃著草。

　　到達地震博物館，隔著高高的門看著 69227 醒目的繁體大字，我頓時感覺心驚了，但沒有直接進去。

　　有拉車的驢子在館前的樹上系著，我過去摸了摸它的頭，它居然不怕，很享受似地抬頭看我。

　　在路的另一邊，是變了形的各種車子，以及地震中其他受到各種擠壓的器物，一個個都是有文字介紹，我們一一仔細地看。

　　走著走著，就聽見有孩子在叫："這裏有豬，有豬。"不用猜，我就知道是豬堅強了。在一個牆角裏圈著豬堅強，周圍是地震中的車子，車子下是些石子。豬堅強在躺著，眼也不睜，看介紹，已經由地震中的一百多斤變成三百多斤了。我是早就聽說了它的，地震之中居然可以堅持三十六天，簡直是動物世界的奇跡。許多人很客氣的朝它喊，希望它可以站起來，結果它理都不理。我在心裏說它是累了，非是不給我面子。有淘氣的小孩，爬過柵欄那邊伸手去摸豬堅強的頭，甚至揪它的耳朵，它也不叫，這讓我想到《西遊記》裏那可愛的老豬了。

　　看完豬堅強，我的心似乎有點釋然了，安仁的其他風景已經不抱期待，然而這是一個多麼幼稚的想法啊。

　　接著去了地震博物館裏面，幾個小時裏，只感覺山河破碎，滿目瘡痍。

　　爲了讓參觀者加深對地震的認識，博物館以汶川地震震級爲參照，模擬了真實的地震現場。進入封閉的類比地震廳後，視覺、聽覺、觸覺上，都有種身臨其境的感覺。我感受到了山崩地裂的恐懼，甚至聞到了廢墟的氣味，血的印跡少見，但感覺處處晃動著血淋淋的面孔。共有三十多個展廳，分爲震撼512-612日記、地震美術展覽館、地震科普館等，包括實物、照片和文字等，再現了抗震救災過程中一幕幕感人至深的場景。我一個個展廳匆匆走過，心裏的顫抖如秋風裏的葉子一陣陣掃過道路。從地震日記那裏的一個個臺階上，看著臺階上醒目的標著二零零八年五月十二日十四時二十八分，我震顫的腿感覺無法持續走路，

　　整個地震博物館，我都沒有仔細看，每個館我都幾乎是跑著離開的，只除了美術作品館。

　　在美術作品館裏，我看到了流淚的菩薩，斷肢的女子雕相……只感覺殘忍，難以忍受，是天要如此嗎？到此地，怎麼能不發此感歎？

　　出了美術館，我們就匆匆別去了，這次是從正門出的，那標著69227的繁體大字，又讓我震顫了，一想到那些看到的畫面，還是覺得悲傷無法抑制。

# 錦裏遊

　　去錦裏已多次了，而選擇在生日這天去，還是第一次。其實居處不遠的寬窄巷跟錦裏差不多，也是老成都的名片，但是，我捨近求遠的在生日這天跑來錦裏，卻是因爲感覺這裏更適合我。

　　去過麗江的人都說錦裏跟麗江差不多，我沒有去麗江，只單純關注過照片，這次去，也真有這感受了。以前的錦裏還是舊瓶裝舊酒，但現在是舊瓶裝新酒了，只僅僅三四年的時間，就樹立了許多咖啡館、西餐館、酒吧，但仿古的建築倒是顯示著歷史的滄桑，熱鬧的承載著許多喧嘩。

　　錦裏以前給我的感覺，像是個鄉村裏肆，有著大紅大紫的人間煙火氣；這次去，它倒像一個風情萬種的少婦，雖然故意打造的古色古香沒有改變，但多了些風騷的氣味，讓人感覺仿佛是進了脂粉堆裏，三月香薰，爭脫不出。我雖然喜歡三四年前的錦裏，喜歡那種野丫頭般的氣息，不過現在的錦裏也是不錯的，能有一個複製的小麗江在成都，是很不錯的了。

　　錦裏的街道窄窄的，每次走進去，總不由放慢腳步，平和心境，因爲匆匆忙忙趕路一樣的心是不適合這裏的。由於重修，錦裏擴建了很多，已經遠不是以前那麼小了，街道也比以前規劃的整齊，但因爲先入之見，對於現在這種總感覺有點悵惘。

　　錦裏緊鄰武候祠，所以這裏的文化是以三國文化爲背景的，到處都是以三國文化爲賣點的商鋪。我喜歡的那家賣皮影的商鋪，其實不能算是商鋪，因爲是露天的，幾年了，每次去都可以看上一場免費的皮影戲。這次去，上演的居然是邁克·傑克遜的，播放的也是他的歌曲，玩皮影的那個人真夠高明，皮影模仿傑克遜舞步像模像樣，引得許多路人圍觀。

　　錦裏的路是磚鋪出來的，房子也是磚砌的，但門是紅木的，椅子也是紅木料的，隨便走進一家店鋪，裏面的凳子也是紅木的，雖然也有用竹子編制的，但全都漆成了檀木紅，看過去，很溫暖，有一種家的味道。

　　朋友在成都已經住了近六年，他也喜歡錦裏，他認爲這裏有山有水，還有小魚塘。我笑他這黃土高原千溝萬壑的土裏出來的孩子，居然把錦裏當作有山的地方。他卻一本正經的解釋：“錦裏坑坑窪窪，有千年阿斗井；有百年銀杏樹，樹在山上，水在井裏，難道不叫有山水？”這是在錦裏發生的最好笑的事，也是我生日聽過最溢著快樂的語言。

　　這次來錦裏，最大的看頭該是露天按摩。按摩師看起來都是上了年紀的，不過手腳很靈活，過往的遊客多，生意自然非常好。我發現有幾個老外駐足，我也駐足，看了很久，那些享受按摩的人，按完之後，心滿意足的仰頭離開，好象很幸福似的。我轉身時，老外還沒離開，難道他們羨慕我們中華的街頭藝術？

　　來錦裏遊玩的情侶很多，在別處雖然也有，但遠沒有在錦裏見的多。他們大都很親密，手挽著手，也有上了年紀的，但卻是十七八歲的初戀模樣，矜持地手挽手，恬淡的靠著走過。其中有一對情侶，輕聲慢語的請求我們幫他們拍照，這種活兒，我自然是願意的，但被朋友搶了去。作爲回報，他們也給我們拍了一張，很好看，是我拍過合影最好的照片。

　　要走了，我站在錦裏門口做最後一次回望，不知名的酒吧傳出靡靡之樂，越襯得這夜的荒涼。置身紅綠燈的明滅裏，覺得人世間有錦裏這麼一個地方還是好的，雖然也有悲喜，但可以承載我們的感慨。

# 武侯祠遊記

　　朋友去越南，需要買個大包來裝東西，武侯祠附近開了好多賣戶外用品的商店，因此，我建議到這裏來買包，於是，便有了再一次的武侯祠之遊。

　　武侯祠是人們爲了紀念諸葛亮而修建的，可以上溯到魏晉時期。據史料記載，武侯祠建于唐代，明末毀於戰亂；今天看到的武侯祠，是清代重修的。

　　李白的《南都行》中有"誰識臥龍客，長吟愁鬢斑"，說的就是諸葛亮。歷代的名勝景觀，多是跟當時的名人有關，而當時的名人，雖然時隔千年，仍可以引得今人的仰慕，所以，武侯祠是文人墨客觀瞻、懷古的場所。

　　步入武侯祠內,一切都是舊相識，跟幾年前沒有什麼大變化，古柏森森，曲徑通幽。雕像、飛簷、門廊、立柱，都還是上次來時的樣子，不同的只是過往的人群和池裏樹上的景致，前幾年來時是夏天，荷花開的正豔，樹也正濃綠；這次來，卻有許多破敗處，許是因爲秋天吧；前次來因爲下雨，遊人甚少，我淋了雨，但在長廊上居然睡著一會。這已是幾年前的記憶了，當時我還可以說是個稚氣的少年，而這僅僅隔了幾年，祠裏舊物依然，我卻已不是當時少年了。當時的具體心情，現在早已模糊一片，但某些感覺依然還在的。所以，池裏片片枯萎的荷葉，終究是傷到我的眼了，不過池裏悠然遊著的灰色鴨子，卻讓我欲說喜歡卻在瞬間茫然。——時間真是個偉大的雕刻師。

　　蜀漢皇帝劉備的塑像，被供奉在最前面。諸葛亮的祠堂在劉備的後面，許是遵守先君後臣的觀念吧？

　　從大門左側進入，武侯祠掩映在森森翠柏中。殿宇坐北向南，主要庭台樓閣，布列在一條中軸線上，有大門、二門、劉備殿、過廳、諸葛亮殿五重，西側爲劉備陵園。

一入武侯祠，橫著走，從大門開始，在大門和二門中間，不到百余步，便可以看見兩個碑，一邊是明碑，一邊是唐碑，明碑前是個石龜，特大，拍下來在相機上看讓人感覺很恐懼。

進二門，長廊壁上，嵌有前後《出師表》石刻。筆力遒勁，龍飛鳳舞。我想到流傳千古的"鞠躬盡瘁，死而後已"即出此表。

二門內是劉備殿。殿的正中，供奉著劉備泥塑像，兩側分別供奉著關羽、張飛等。與殿相接的東西兩廊，是蜀國的28位文臣武將的彩繪泥塑像。東偏殿內是關羽及其子關平、關興等的塑像。西偏殿是張飛祖孫三代的塑像。武將廊內有蜀漢著名將領塑像很多，文臣廊內也有塑像十餘個。

出劉備殿過去就是諸葛亮殿。諸葛亮殿內陳列有一面銅鼓，又稱爲諸葛鼓。在殿內的兩側廂房內，陳列著許多木刻的詩文。武侯祠內石獸很多，雕工圓轉流暢，但不是常見的獅子之類，而是四不像那種，個個都仰頭向上，應該是神獸，用來驅怪避邪，鎮宅求安的。我拍了好多照片，然而因一個也說不上名字便統叫它們"怪獸"了。

武侯祠裏的好多對聯，我很喜歡，尤其是關於諸葛亮一生的那副對聯："收二川，排八陣，七擒六出，五丈原中點四十九盞星燈，一心只望酬三顧；取西蜀，定南蠻，東和北拒，中軍帳裏用土木金革爻卦，水面偏能用火攻。"

大殿暖閣中塑諸葛亮像，身披鶴氅，端坐沉思。子孫伺候左右，諸葛瞻在左，諸葛尙在右，看起來，長幼有序。

出諸葛亮殿，就是三義廟。三義廟因祭祀桃園三結義的劉、關、張而得名。這裏有劉、關、張三位的雕相，還有一位女子的雕相，形象逼真，神采飛揚。我給這尊女雕相拍了好幾張相，因爲歷史上被紀念的女子，實在少的很。

出三義廟西行，過小橋，夾道盡處是劉備墓。我沿著墓走了半圈就離開了，上次來這，導遊說走一圈可以帶來幸福，是不是走半圈就沒有幸福了？但我終究沒有返回重來。由於朋友的催促，這次武侯祠只是我草草地遊覽地一遍，終於以不該結束的方式畫上了句號，但它留給我的記憶卻是深刻的！

# 靜安路

　　靜安路，是天府之城成都的一個很有名的路。由於喜歡靜安這兩個字，便捨了魂似的，尋了去。

　　從撫琴社區出發，轉二十七路，到磨子橋，然後再轉十二路，就到了靜安路。我來時北門沒有開，正在修葺新路，只能從郵電學院（記得不太清楚了，似是）入，拐了無數次的感覺，然後出大門，問了數十人，才終於抵達。

　　高大的樹，中間有可以藏秘密的洞，人來人往，你不害怕不孤獨。舉相機拍那些樹立在路兩邊的中外藝術家的雕塑，想著若是可以來這裏住幾年，那該是怎樣的美好，於是便勇往直前了。

　　除了辦公室那跋扈的年輕少婦，所有人都是熱情的，甚至路邊上了年紀的女人，甚至校園裏白髮了的老頭，他們微笑，向你指路，使者一般。於是，你並沒有因爲某人的冰冷，而潮濕了心。

　　走了很久，從綠樓走到紅樓，再走到已經忘記顏色的樓。有紅衣女子，熱情的向兜售："樓上的人是和藹的，尤其現在開門的那間，你去，你去！"陌生的氣息，泛著暖意，若多天的半縷陽光，於是便推門而入了。

　　進得屋來，很少有慌張，總是一副理所當然的樣子，於是滔滔的說，連自己都驚異了，怎麼有那麼多話？不卑不亢，像是在說著別人的事。那個聽的人也鎮靜，由開始的旁觀，到置身其中，但可惜他不是主事的人，不過也不怕，他推薦你。是，也難得，難得經你的一番話，他認可你。

　　我就是這樣的女子，從來沒有自信，但每次在迫不得已的時候，我就站立成了一尊雕相。

　　在這裏逛是很悠然的，回來的路上，經過九眼橋，又看到白鷺了，比來時少了許多，有幾隻飛著。那該是錦江了，詩裏的春色依然駐心。

　　靜、安，多麼浪漫寧靜的名字，沒有太陽，這裏的天永遠是濛濛的，這裏的一切都可以包容，我喜歡這晨，真的，不只是因愛情。這塊土地，讓我有種心靈回歸的安穩。

　　遠遠的江南，那裏也很好，心上的涼玉一般，我愛著，我曾一次次的寫下屯溪，寫下飛鳥，也寫下後山的貓，還有，那不能被人容忍的愛，對，是愛，還記得那個人的名字，眼神。不過所在的地方一直是憋屈的，就如被擠壓的獸。第一天到了那裏，就被趕在了屯溪老街的小旅社，對此一直未能原諒。

　　踩著去多的葉子歸來，甚至來不及把在靜安路五號拍攝的孔子相、中外藝術家的雕塑、不知名樓前的臘梅上傳到空間裏，就累的只想睡覺。

　　深夜裏，睡意那麼濃，電腦裏放著的片子，正說著“鴛鴦瓦冷霜華重”，卻想著明天還要去走走，靜安路，還要重去走走。

　　很累，要睡了，不能寫下去了，心裏有很多話，多想說給人聽。這一刻，不就是希望有一個人，在春天的三月，和你說說話。

　　靜安吧，我對自己說，空氣裏有那聲音。

## 後記一

# 記憶、征途以及一條小徑的悄然召喚

### 楊 有 慶

　　本雅明說，任何一種激情都瀕臨混沌，但收藏家的激情鄰於記憶的混沌。對收藏家來說，每件事物都攜帶著記憶、欲望、秘密與令人心馳神往的遙遠過去與收藏家不期而遇，與他的個性相混合。劉國欣作為一個記憶的收藏家，通過文字呈現出來的就是一副記憶的混沌影集，使人在記憶這條綿延的長河中管窺鄉村與城市的隱秘歲月，意識到人無法站在現時認識生活，因為我們總是靠回憶生活，而這是生活本身必不可少的一部分。

　　在劉國欣的文字中，記憶不僅是敍述的主要動力，而且攜帶著獨特個性、欲望與秘密，呈現出一股笨拙、倔強而具有夢幻色彩的動人力量。那些緣於記憶的青春期的頹廢與救贖，以一種決絕的姿態，不斷地退向未來。她筆下那些人物，也總是一些十八九歲的、憂愁與瘋狂得有點可愛的形象，因此使她的作品具有了自傳的色彩。按照這些人物所生活的空間，可大致將她的作品分為兩類：溫柔而絕望的鄉村與喧囂而寂寞的城市。

## 一

　　阿爾都塞說："哲學家總要先在某天某地誕生，然後才開始思考和寫作。"其實故鄉不僅對哲學家思想的形成有重要作用，對作家也同樣具有不可忽視的作用，尤其對於年輕的作家更是如此。在很多作家的早期作品中，對故鄉的描寫，往往呈現出既要逃離、又無比眷戀的的複雜情感。

在劉國欣的文字中，她對自己的出生時間隻字不提，但對出生地陝北卻濃墨重彩，認爲陝北具有不同於以西安爲代表的陝西文化的另外一種特徵：蒼涼悲壯。對於那個鄰近沙漠的陝北，她以無比眷戀的筆調寫道："陝北是吸著人的魂的，這個地方的大漠孤煙長河落日未必爲別人所瞭解，但是存儲在自己人的心中，它是陝北人靈魂的聖水，是希望的天堂，是幸福的福地。"

在她的童年記憶中，陝北的窯洞、土炕、門前的棗樹、家裏的貓、養了許久終於跑掉的野兔、下雪天捕來燒著吃的麻雀、祖母的腳、爺爺唱的曲子，編織著她童年的酣夢，在多年以後仍然美好得讓她念念不忘。但伴隨這些美好回憶的，同時也有童年的苦難，小小年紀被迫放羊、看西瓜、挑水，作爲多餘的人被家族裏別的孩子欺負。大概正是這一系列苦難使她膽戰心驚，造成了她類似本雅明的土星氣質。那個不相信現代心理學而迷戀傳統占星術的本雅明說："我的星座是土星一顆演化得最爲緩慢的星球，繞道而行，拖延遲滯"。在他看來，土星氣質是造成他憂鬱性格的主要原因。據桑塔格說，土星氣質首先表現爲遲緩、笨拙和固執。在劉國欣的文字中，也常故意表現得笨拙和遲緩，固執地對抗世俗的檢驗，因而不但強化了她本性中的笨拙和夢幻般的倔強，而且同時使她的文字帶有某種憂鬱的調子。

童年真實的悲哀和絕望給了她某種創傷性體驗，使她開始有了逃離故鄉的願望和行動。但一旦真的離開了，這個在唐詩宋詞裏浸泡過的、沙漠邊上來的、叛逃出故土的孩子，對故鄉又陷入了一種矛盾曖昧的境況中：一方面以一種溫情脈脈的筆調回憶鄉村生活的幸福，但同時又自責 "我以前的幸福，就是我現在的罪過，我得背著"，哀歎著那是 "一個回不去的地方"。在她的文字裏，故鄉經常被死亡的陰影籠罩著，散發出一股發黴的死亡氣息。在她筆下，堂嫂的死、堂姐的死、三娘娘的死、鄉村女教師的死、爺爺的死，而早逝的父親的死亡更是貫穿了她所有的文字，死神的影子始終在那些關於鄉村的文字中徘徊著，不肯離去。這些體驗和意象帶著死亡的氣息撲面而來，使她不能不逃離。

那個認爲戲劇應該是殘酷的阿爾托說："一切真實的感情是無法表達的。表達即背叛。表達即掩飾。真正的表達隱藏了它所表現的東西。"劉國欣的文字通過描寫熟悉的人們的死亡，隱喻了當代中國北方農村在現代化進程中日益蕭條、不斷淪陷的境況。叛逃之後，雖然她一再宣稱：
"我是個對家沒有確切定義的人，心安的地方，就是我的藏身之所"，
但在文字中，卻經常以一種面向過去，退向未來的姿態回首童年，回首
那些熟悉的人和事，回首故鄉，並且一再哀歎："但我也明確的知道，
我不會回去，永將不回去，我永遠都是他方的遊子，故鄉的旅人。我的
心是流浪的，靈魂是漂泊的，我沒有家，如果有，就在我停腳的地方，
可是，這一輩子，只要我喘著氣，吸著人煙，我將永不止步。"面對故
鄉的不斷淪陷，這個沙漠邊上來的孩子永遠回不去了，成了永恆的異鄉
人，只能在文字中以一種愛恨交織的溫柔的調子將挽歌唱了又唱。

## 二

　　逃離故鄉之後，城市成了她主要的生活空間。在這一時期的文字記
憶中，尤其是小說中，更多表現了城市中的青春與愛欲。在物欲橫流的
城市，這個沙漠邊上來的孩子一如既往地笨拙和固執，相信自己的"心，
還是如以前一樣，相信美好，單純，相信愛情以及親情。"在小說中，
由於"有過寂寞的鄉村生活，它形成了我生活中溫柔的部分"，她的書
寫中一方面充滿對那只叫阿醜的小狗之死的悲憫、對書店小老闆欣賞以
及對於簡單而真實的生活與愛情的渴望，另一方面又以旁觀者的姿態冷
靜地描繪了城市中人們對於欲望的追逐、癡迷以及最終陷入被欲望役使
的困境，而這種種往往又都與青春期的迷惘與掙扎糾纏在一起。

　　相比於以充滿懷舊的溫情調子歌唱的鄉村，城市在她筆下完全是一
副罪惡而瘋狂的黑暗之地。對於鄉村的愛情，如叔叔與侄媳婦的亂倫式
愛情，鄉村女教師的柏拉圖式愛情悲劇，劉國欣用悲憫的筆調娓娓道來，
使人感受到愛情的執著與刻骨銘心之美。而城市中的愛情，對於那些青
春而迷惘的生命來說，"愛情一直不算什麼，雖然它一直左右著我"，
"那年少時對愛情的堅定，早就在歲月裏消盡了，對於現實，有著了然
於心的絕望，對於過去，有著了然於懷的悔恨，真的，不是無情，生命
是荒野古渡，連我們自己都是過客，何況別人？"她就以這種悲哀而迷
離的調子，書寫著城市對愛情的異化。

　　現代城市的燈火輝煌的表面下，隱藏著多少難以想像的罪惡和黑

暗，甚至人們已經將這黑暗內在化了，習慣了黑暗的眼睛，不僅不能尋找光明，而懼怕光明。在《地下室手記》中，那個女孩說："有時對著燈光，我反倒有些害怕。在我個人來說，黑暗更能給我安全感，它能讓我放逐自己，讓我天馬行空想一些在明亮的光線中不能想的東西，所以我喜歡黑暗。我喜歡黑暗的可能還有別的原因，無非跟曖昧有關"。曖昧成了愛情的理想形態，成了現代社會的實用主義追求下愛情的悲歌。對於五月來說，"愛情是多麼美妙的東西，她是那麼那麼的需要愛情，然而，中了魔法般的，幾年了，她的愛情，只能走兩個周，過了十四天之後，總是面目全非，所以跟每個人兒，她都只敢提兩個周的要求，然而正因為這樣，她一直被拋棄，被離棄。"

現代城市生活對"快"的追求，如此令人觸目驚心地呈現在愛情生活中。但對那些年輕的生命們來說，這大概是他們反抗社會的一種途徑。而在這種冷靜的有點絕望的文字中，土星氣質露出了它的另一個面孔：沒有信仰。也許青春本就是一個躁動而絕望、反抗卻徒勞的過程。他們感受得到社會的壓力和刺痛，感到抑鬱和煩悶，但卻不明白這是為什麼。青春無處安放，只能本能而又盲目地反抗，雖然結果一般都是徒勞無功，但總比渾渾噩噩，什麼都不做要好吧。《青苔》中的女孩說："我給得起的是曖昧，但他要的是愛情，所以只能彼此轉身。兩個相守差不多兩年的人，就這樣分道揚鑣在燈火輝煌處？我的心有輕微的痛。一掠而過，僅此而已。"愛情成了一場空心的遊戲，成了"天下並不是只我一人在地獄的證據"，成了沒有退路的瘋狂的行為藝術，最終湮沒在欲望的洪流中了。即使作者筆下最美好的愛情，之安與桃桃的愛情，最終也在城市的罪惡與黑暗中枯萎了。

在對城市生活的黑暗與醜惡的書寫中，劉國欣的文字以一種冷靜的旁觀者姿態實現了某種批判。少年成名的薩岡在其成名作《你好，憂愁》中說："我想和自己和解"，但在劉國欣的筆下，五月們儼然一副拒絕和解的姿態，因為"我知道日子會繼續過下去，就這樣一直過下去，這個世界誰也不欠誰。"而在作者看來："生活就是小說，一切都是真實的，一切都是幻覺的產物，一切都是虛空，一切都是捕風。大風吹來，一切散盡。"這是成長過程中必不可少的痛，沒人可以拒絕。

作家黑塞說："每個人的生命都是通向自身的征途，是對一條道路的嘗試，是一條小徑的悄然召喚。人們從來都無法以絕對的自我之相存在，每一個人都在努力變成絕對自我，有人遲鈍，有人更洞明，但無一不是自己的方式。人人都背負著誕生之時的殘餘，背負著來自原初世界的黏液和蛋殼，直到生命的終點。很多人都未能成人，只能繼續做青蛙、蜥蜴、螞蟻之輩。有些人上半身是人，下半身是魚。然而我個人都是自然向人投出的一擲。所有的人都擁有同一個起源和母親，我們來自同一個深淵，然而人人都在奔向自己的目的地，試圖躍出深淵。我們可以彼此理解，然而能解讀自己的人只有自己。”這個沙漠邊上叛逃出來的孩子說：“我不想回去，真的不想。我感覺我的世界處處是門，我不是在門裏就是在門外，兩個絕對的極端相互對立，中間是堅硬的地帶，我不是被拋棄在別人的門外，就是鎖在自己的門裏。我曾試著讓我的身體長驅直入，只是鞭莫能及，我開啓不了任何一部分，包括我自己。”她正以一種笨拙而固執的頹廢方式書寫著成長過程中的各種撲面而來的快樂、苦難與痛苦，以一種退向未來的決絕姿態用記憶的混沌呈現著這個世界的光明與黑暗，在水上寫下苦難與快樂的詩行。大概寫作對於她不僅是征途、嘗試與逃離，也是救贖，是對那神秘小徑的悄然召喚的回應。

## 後記二

# 感恩・感激・感謝

我一直想出一本書，在扉頁上寫下一句話："獻給我的祖母。"因為，對祖母我有著一生無法償還的感恩！

自認識方塊字以來，我就陷入一種類似幸福類似悲傷的境地，文字是有靈魂的，祖母的故事也是有靈魂的，我是在一家人圍著紅爐火聽著祖母的故事開始喜歡上文學的。

童年貧於物質，也貧于自然，守著祖母過活，守著一坡白羊，幾隻貓幾隻狗。那時候日子過得似乎幸福，慢騰騰的。吃羊雜碎是最快樂的事，一家人哈哈地笑著，一起吃，吃了給左鄰右舍端，我喜歡那感覺，有點類似於過年。但我家過年總是吵吵的，在那個落後偏僻的地方，吵架竟也成為一種娛樂，不過小孩子們終覺是害怕的，所以過年就蒙上了一層陰影，但依然喜歡。

童年的某一天，大概是個秋天的樣子，我記得我很小，也就四五歲吧，我想我以後要離開這個地方，一定要離開。這種暗示在後來長大的過程中一天天強烈起來，我感覺到某種召喚。可是我不知道自己要到哪里去。

我小學的字很不好，但作文寫的很好，初中也是。那時候我為我的字一直自卑著。

高中了，我的字好了起來，稍微"正常"了點，但我開始了我的受難歲月。我的青春很漫長，拖了很久，但無涉愛情。高中，有那麼幾年，我一日日受難似的過著日子，那時候，經常想到自殺，我想每個經歷過青春的人，都會有這個傾向，都會覺得人生這列車再也無法浩蕩下去了。—— 好在後來走過來了。

四年前我考上了南方的一所大學。去南方一直是我的理想，是因為薑夔，也是因爲柳永，他們的詞誘拐了我，毫不猶豫地去了，一刻都等不及。於是，有了這個機會後我從我所生長的窰洞逃離了。遠離風沙大漠，我開始長出自己的雛形，現在還在長。

我從大漠裏走出，從風沙遍天的黃土高原走出，我忽然有了自己的名字，有了自己的性別，我感覺天地一下子是我的了。其實早在之前的一年，我就徹底獨立了，脫離了家裏的管束，不過還是生活在那座小山村給我的陰影裏，我被許多陋習陳規控制著，我無法按照自己的願望生活。所以，南去後的這種自由，簡直如同天賜，欣欣然的想趕快享受，趕快享受，遲了就來不及了。在南方，我張揚了我的個性，也釋放了自己的天賦。

我唯一的天賦就是寫點文字，我從小就發現有這方面的特長，一個人，在遙遠的地方，需要賺錢，需要供自己上學，需要證明自己存在，那總得閃點自己的光吧，在這種情況下，我寫起了文字。

開始只是小範圍傳閱，在學校裏有點名氣。別人知道我的名字，可是他們卻很少有人認識我，班裏的同學也不知道我在寫文字，除了有時從校報上閱讀一點點，這是個奇怪的現象。每次發下相關刊物，有我的東西，我就趕快藏起來，我不知道自己是種什麼心理。從小就被排斥在人群之外，像個小怪獸一樣，我十分渴望擠到人群裏去，渴望不被發現。這也許跟我小時調皮有關，那時我總是被從人群裏拎出來，然後被打罵，被嘲笑，總是這樣，這讓我的心充滿恐懼。大學的宿舍也是吵吵鬧鬧的，但大家都很好。後來她們發現我的文字，看到刊出的文章時就讀給我聽，她們的聲音都很不錯，其中一個普通話特別好，她在夜下讀我文字的神情，至今想起來仍令我動容。那時候我失眠，整夜整夜，脾氣暴躁，我有時特別任性，她們包容著我，她們一直包容我。我很感謝她們！

我從二零零八年開始寫小說，斷斷續續也寫散文和詩歌，對於詩歌我一直是漫不經心的，我怕褻瀆了它。也就是從那時起，我走進了黃山的文化圈，就是我大學所在地方的文壇圈子。我認識了李平易老師，他在第一屆安徽省小說對抗賽的前一天電郵給我問我有沒有小說，我用四個多小時寫了《青苔》，一萬多字，帶著毛茸茸的氣息（有錯別字），我直接點擊了發送。也就是這篇文字，讓他認爲我很有文學天賦，於是，借著這篇文字，我認識了當地的幾位元作家。從此，我開始有意識地在這條路上成長。對李老師，我很感激！

　　我寫文字就如同我做人，隨性，從來都漫不經心。但也不能說我不認真，我只是不能靜下心來操持每一個字句。這毛病是由網吧寫作養成的，我寫作的起初，沒有電腦，我每天傍晚跑到網吧去敲打鍵盤，那時候那麼貧困，我計較著一兩元的網費，多一分鐘都不行，因為按一個小時算，所以，很多文字就那樣不成熟的產生了，它們和我一樣，急不可耐地出逃。

　　現在，這種環境下寫出的作品，因緣即要，將要出版，是我之前夢寐以求的，但真要出版，還是讓我覺得特別驚喜。我要送給我的祖母，送給我的黃山師長和朋友。說實話，對黃山，我總是懷著一種類似於愛情的情感，這個叫做屯溪的小地方給我按了翅膀，她塑造了我，讓我平和，我對她的愛簡直拿生命獻了都不夠，我對這個小城愛得可以失去我自己。因為這裏有許多關心我成長進步的老師、同學、朋友，有的甚至至今未曾謀面，甚至未能當面對他（她）說一聲“感謝”。正因如此，我在離開這座城市前往西南城市生活的時候，徹底把自己定義為一個徽州人！其實，故鄉於我是沒有地域限制的，心安的地方就是家，黃山就是我的故鄉，就是我的家，我永世不忘。

　　今年六月份認識了一個給予我很大幫助的人，雖然只是見過短短的幾面，但確實改變了我，他就是林靜助先生。他在我，是個長者，前輩，我很欽佩他，無論做人還是做學問，他都有自己的一套說法，他給我提過很多建議，指出了我的很多缺點和不足，包括做人，也包括作文，我很感謝他！

　　值得感謝的人還有很多，我的母親，我的家人，我的親戚朋友，以及我在黃山市文聯的同事們。我還該感謝一位這麼多年一直比較照顧我的朋友，我無法說出他的名字，我們相識於我的微時，但分別于近段時間，我感謝他在我最困難的時候，一直沒有遠離我；我還感謝一位我兒時的朋友 ── 郭霞，因為很多年前，我跟她說過：“我要寫一本書送給你。”其實那本書早在我心裏成形，這本書的出版，我希望她高興。我還要感謝楊有慶博士，他在工作繁忙中寫了鼓勵我的文字。

　　總之，該感謝的人很多，那些生命裏的人，走過的沒有走過的，夜下想起的時候，都覺得讓我欣慰，我是個喜歡在人群裏尋找安全感的人，我感謝每一個與我擦肩的人，我記得一切，真的。

　　我一直在祈禱，祈望在祖母活著的時候出一本書，祖母今年九十有二了，我曾經很難過的以爲她看不到了，現在，有了這希望，我多麼高興。感謝林靜助先生，感謝文史哲出版社，是你們成全了我這一心願！

　　我的文字還很稚嫩，只是文學土地上正在成長、渴望陽光雨露的一株嫩苗，真心希望得到你們一如既往的幫助、教導，希望得到更多的人們關注、愛護、指教。

　　我會繼續努力，請你相信，我的作品會越來越好！

　　謝謝！

**劉國欣**

2010 年 11 月 9 日于成都